KB075887

# 하인학교
## I

# 하인학교 I

**1쇄 발행** 2023년 4월 24일

**지은이** 김이은
**펴낸이** 배선아
**편　집** 유민우
**디자인** 이승은
**펴낸곳** 고즈넉이엔티

**출판등록** 2017년 3월 13일 제2022-000078호
**주　　소** 서울특별시 마포구 성지1길 35, 4층
**대표전화** 02-6269-8166 **팩스** 02-6166-9199
**이 메 일** gozknockent@gozknock.com
**홈페이지** www.gozknock.com
**블 로 그** blog.naver.com/gozknock
**페이스북** www.facebook.com/gozknock
**인스타그램** www.instagram.com/gozknock

ⓒ 김이은, 2023
ISBN 979-11-6316-860-7　04810
　　　979-11-6316-859-1　(세트)

표지/내지이미지 Designed by Getty Images Bank, Freepik

# 하인학교

김이은
장편소설

下人學校
I

oort

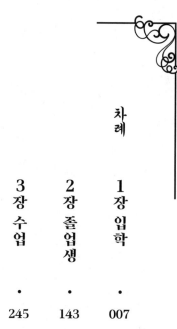

차례

1장

# 입학

그 문 너머에 무엇이 기다리고 있는지 알 수 없었다. 그 문을 열고 안으로 들어서기 전까지는.

초봄이라지만 해가 지고 어둠이 몰려온 거리는 추웠다. 한서 정은 용문역을 나와 버스정류장에 섰다. 장날엔 구버스터미널 에서 승차해야 한다는 안내문이 적힌 철제 표지판이 삐꺽거렸 다. 표지판의 네 모서리 녹슨 부분으로 거리의 바람이 엉겼다 풀어졌다.

다저녁때 관광지로 들어가는 버스 안에는 한서정 외에 노인 두엇이 졸고 있을 뿐이었다. 관광단지 진입로에는 가로등이 없어, 어둠이 세상을 차단하고 있는 느낌이었다. 버스의 헤드라이트 불빛이 진해지는 어둠을 흔들었다. 창밖 풍경이 느리게 지나갔다. 가끔 인가나 식당이 나타나면 어둠이 물러갔다가 이내 다시 집어삼키듯 공기를 검게 물들였다.

관광단지 입구에 내리자 텅 빈 주차장에 불 꺼진 관광안내소가 나왔고 그 옆으로 리조트 진입로가 널찍하게 펼쳐졌다.

한서정은 걷기 시작했다. 용문사로 향하는 길가의 식당들은 일찍 영업이 끝난 모양인지 하나같이 문이 닫혀 있었다. 하늘은 어두웠고, 산안개가 짙어서 공기가 축축했다. 한서정은 안개를 헤치며 걸었다. 막연하고도 어렴풋한 불안이 뒤축을 잡아당겼다.

리조트는 용문산 중턱, 산줄기가 둥그렇게 감싸고 있는 한중간에 들어앉아 있었다. 사실, 걸어서 리조트에 가는 사람은 거의 없겠지. 리조트에서 운영하는 셔틀을 이용하거나 승용차로 가족이나 연인과 함께 행복한 추억을 온몸에 새기러 가는 곳이니까. 삶의 정당성을 보장받을 수 있는 곳, SNS에 득달같이 올리면 수백, 수천 개의 '좋아요'를 받을 수 있는 곳. 기름 냄새 풍기는 엔진 소리를 들으며 웃고 지나는 길, 삼나무가 양쪽으로 우뚝 솟아 마치 호위하듯 인도하는 진입로, 아무도 두 발로 걷지 않아 발자국이 없는 길……

한서정은 리조트까지 걸어서 갔다. 용문역에서 택시를 탈까 했지만 흔적을 남기지 않는 게 좋겠다고 판단했다.

'Solaz Resort & Golf.'

커다랗고 하얗고 네모진 사인보드에 금박으로 새겨진 리조트 이름이 도드라져 있었다.

그 옆의 아름드리 산사나무.

이제 막 움이 튼 산사나무는 지금은 허술한 가지로 환한 조명을 감당하고 있었다. 봄이 익어 태양이 눈부시면 하얀 꽃이 구름처럼 피어나겠지. 오월의 꽃. 유럽에서는 매년 5월 1일이면 산사나무 꽃다발을 만들어 문에 매달아둔다고 들었던 것 같다. '행복의 상징'으로.

한서정은 로비로 향했다.

정복 입은 직원이 육중한 유리문을 열어주었다.

말로만 듣던 육성급 리조트의 화려하고 넓은 로비는 벽과 바닥이 대리석이었고, 신전인 듯 거대하게 솟은 기둥을 따라가면 라운지가 나왔다. 나선형 계단을 올라가면 이 층에서 한눈에 로비를 내려다볼 수 있었다.

천장은 이 층에서 보아도 높았다. 빛줄기처럼 길고 짧은 직선 모양의 조명이 천장 가득 들어차 공간을 밝게 비췄다. 전면 통창 너머로 리조트를 건축할 때 조성한 듯한 호수의 검은 표면에 조명 빛이 부서졌다.

삶의 축제를 누리듯 웃고 있는 사람들이 물결처럼 리조트 안을 흘러 다녔다. 모방할 수 없는 표정에, 들어갈 수 없는 낙원. 그녀에게는 다만 불가능과 추락한 현재의 증명일 뿐이었다.

한서정은 한참 두리번거리다 리셉션으로 갔다.

"김기홍 씨를 찾는데요."

넓은 리셉션 안쪽에서 한 남자가 전화기를 든 채 한서정을 돌아보았다. 그가 전화를 끊고 다가왔다.

"한서정 씨?"

유니폼을 입은 남자의 가슴에 '김기홍'이라고 적힌 명찰이 붙어 있었다.

"이쪽으로 오세요."

김기홍은 길고 화려한 복도를 물 흐르듯 지나 곧장 정원으로 나갔다. 그를 따라 걷다 보니 정원의 산책로는 어느새 골프장으로 연결되었다. 안내자가 아무 말이 없었기에 한서정은 아무것도 묻지 못했다. 그는 잠잠히 불 꺼진 골프장을 성큼성큼 가로질렀다.

아무도 없는 어둠 속의 골프장을 가로질러 가다니.

한서정은 당혹스러운 마음에 드높고 광활하지만 을씨년스러운 느낌을 주는 골프장을 휘둘러보았다. 내쉬는 숨을 따라 하얀 입김이 어둠에 빨려들었다.

골프장 끝에 이르러 김기홍이 벽을 등지고 돌아섰다. 측백나무 숲이 벽을 덮고 있었다. 우거진 나무로 가려진 벽. 김기홍이 벽을 넘어서듯 나무 사이로 들어갔다.

"여깁니다."

몸을 옆으로 돌려 몇 걸음 걸어가니 간신히 한 사람쯤 들어갈 수 있는 공간이 나왔다. 두 사람은 나란히 그 안으로 들어갔다.

이윽고 앞장서던 김기홍이 멈춰 섰다. 그가 핸드폰 손전등을 비춘 곳에는 우두커니 닫힌 철문이 있었다.

이런 곳에 출입문이 숨겨져 있다니, 누가 짐작이나 할 수 있을까 싶었다. 한서정은 왠지 모르게 등골이 오싹해졌다.

김기홍이 망설임 없이 철문에 달린 지문인식장치에 엄지를 갖다 댔다. 그러자 컹, 소리와 함께 문이 열렸다.

그가 열린 문을 피하며 몸을 뒤로 물렸다. 한서정 혼자 들어가라는 몸짓이었다. 망설임과 주저가 본능처럼 뒤통수를 당겼으나 들어가지 않을 도리가 없었다. 안으로 들어서자 뒤에서 다시 컹, 하면서 문이 닫혔다.

흐릿하고 긴 복도. 조도가 낮은 조명.

보이는 건 그게 다였다. 들어온 문은 이미 잠겨버렸다. 흔들어보고 밀어보았으나 요지부동이었다. 안쪽에서도 밖으로 나가려면 핀 번호든, 지문이든, 뭔가가 있어야 열리는 모양이었다.

한서정은 하는 수 없이 돌아섰다. 들어온 곳으로 다시 나가지 못하므로 앞으로 나아가는 수밖에.

주저하는 발걸음으로 복도를 걸었다. 탁, 탁, 바닥을 딛는 제 발소리에 놀라 흠칫했다. 불안이 칼날처럼 육박해 왔다. 벽은 차갑고 공기는 밀도가 높아 저절로 숨이 차올랐다.

하, 하. 급하게 숨을 몰아쉬었다. 어쩔 수 없는 힘에 밀려들어가면서 한서정은 온 존재가 하나의 점처럼 쪼그라드는 것 같았다.

복도 끝에서 기다리는 건 엘리베이터였다. 거긴 하강 버튼만 있었다.

우려와 달리 엘리베이터는 조용했다. 지하 삼 층 정도라고 짐작되는 깊이만큼 내려갔을 때 멈춰 섰다. 그리고 문이 열렸다. 문 너머에 또 다른 공간이 나왔다. 본격적인 공간의 전실인 듯 보였다.

그 앞에서 한서정이 가장 먼저 본 것은 현판이었다. 고급스럽고 완강하고 고풍스러운 전면의 문 위에 궁서체로 '하인학교'라고 쓰인 현판이 걸려 있었다. 그보다 더 위엔 기와가 얹혀 있었다. 현판은 세월의 손을 탄 듯 적당히 바래 있었다.

벽과 바닥은 고급스러운 나무 재질이었는데, 군데군데 옹이지고 모서리가 마모되어 마치 옛날 학교의 복도 같았다. 한서정이 발을 내딛자 바닥이 삐그덕, 소리를 냈다. 오래 묵은 시간의 소리였다. 순식간에 한 세기 전쯤으로 시공간을 이동한 느낌이랄까.

한서정은 이번에도 문을 열고 들어갔다.

왼쪽에 수위실, 오른쪽에 양호실 팻말이 붙어 있고, 전면엔 양쪽으로 열리도록 되어 있는 목재로 된 문이 닫혀 있었다.

"한서정 씨?"

수위실에서 누군가 나와 물었다. 힐끗 보니 큰 건물의 보안실과 비슷했다. 남자 둘이서 한쪽 벽면을 가득 채운 수십 개의 CCTV 화면을 들여다보고 있었다.

한서정이 고개를 끄덕이자 남자가 그녀의 소지품을 검사했다. 소지품은 별게 없었다. 작은 백팩 안에 속옷 몇 벌과 세면도구, 책 두어 권이 들었을 뿐이었다. 무엇을 챙겨야 하는지 몰라 그저 뭐라도 넣은 것들이었다.

"핸드폰은 학교에서 보관합니다. 퇴교 시 돌려줄 겁니다."

한서정이 뭐라 대꾸할 새도 없이 남자가 가방을 돌려주고 양호실 문 앞에 달린 인터폰으로 누군가를 호출했다.

"이쪽으로 들어와요."

의사 가운을 입은 중년 여자가 양호실에서 나와 한서정을 맞았다. 가슴에 '양호교사 이정심'이라고 적힌 명찰이 붙어 있었다.

양호실 안쪽에는 또다시 예진실, 검진실, 수술실의 팻말이 붙은 방이 따로 구분되어 있었다. 이곳, 지하의 은밀한 공간에 수술실이 있다는 사실만으로 머리칼이 쭈뼛 섰다.

"난 원래 산부인과 전문의이지만 웬만한 수술은 다 가능해요. 재학 기간 동안 바깥세상의 병원에 가기는 어려우니까."

이정심이 한서정의 시선을 따라 수술실을 보면서 웃었다.

"자, 그럼 시작해볼까? 입학 전에 입학 취소 사유는 없는지 알아봐야겠죠? 옷부터 모두 벗어요."

예진실로 들어서자 이정심이 말했다. 당황스러운 요구에 한서정은 멈칫했다.

"옷을, 모두요?"

이정심이 말없이 고개를 까딱하는 것으로 한서정을 재촉했다. 어쩐지 여기서요? 왜요? 속옷까지 다 벗어야 하나요? 따위의 질문은 하면 안 될 것 같았다. 한서정은 남김없이 옷을 벗었다. 타인의 시선 앞에서 발가벗은 것만으로 온몸이 무언가에 묶인 것처럼 위축되었다.

이정심이 발가벗은 한서정을 세워두고 꼼꼼하게 살폈다.

"일단 자해 흔적은 없네. 간혹 손목이나 목 부위에 자살 시도 흔적이 있는 경우가 있거든. 그럼 입학 취소고요."

이정심은 기록지를 들고 한서정의 신체 사이즈를 재서 적어 넣었다.

"허리는 잘록하고 가슴은 평균 정도고 엉덩이는 덜 발달된 편이네. 체중은 적당하지만 약간만 줄이면 더 좋겠어요."

이정심이 기록지를 책상 위에 두고 면 가운을 가져와 건넸다.

"쇄골이랑 어깨선이 특히 예쁘네. 그 점을 염두에 둬요."

검진실로 한서정을 안내하면서 이정심이 말했다. 그 점을, 왜, 염두에 두라는 것인지는 말해주지 않았다. 검진실 안에서는 엑스레이 촬영과 피검사를 시작으로 웬만한 종합건강검진 수준의 각종 검사가 이루어졌다.

"왜 이런 검사들이 필요한 거죠?"

모든 검사가 끝나자 한서정이 검진실에서 나와 물었다.

"말하자면 그물질? 재학 중이나 졸업 후에 병이 있어서 요절해버리면 학교로서는 낭패거든. 입학 전에 걸러내는 거죠."

이정심이 웃었다. 투자가치가 있는 상품인지, 불량품은 아닌지 검증한다는 뜻이겠구나, 생각했다.

"검사 결과가 나오려면 하루 정도 걸려요. 결과가 나와야 정식 입학이 가능하고요. 오늘은 여기 양호실에서 자도록 해요."

이정심이 안내한 방은 병원의 병실 같기도 하고 교도소의 독방 수감실 같기도 했다. 옛날 병원에서 쓰던 것과 같은 철제 프레임 침대 하나에 협탁 하나, 협탁 위 플라스틱 물병과 컵 하나, 딸려 있는 좁은 화장실. 안에서 문을 열 수 없는 것도 아니었고 밖에서 자물쇠를 걸지도 않았다. 하지만 누군가의 허락 없이 나가면 안 된다는 것이 느껴지는 공간이었다. 그 방에 들어서는 순간 저절로 공포가 솟아났다.

이상한 사기단체나 광적인 종교단체 아니면 지하에 본거지를 둔 범죄단체 같은 곳에 발을 들인 건 아닐까. 자려고 불을 끄자 새카만 어둠이 방 안을 지배했다. 적막만이 가득해진 틈으로 불안과 공포가 자가 증식을 하는 생명체처럼 자라났다. 무언가 일이 잘못되어가는 것 같았다. 누군가 여기서 죽는다면 그야말로 쥐도 새도 모르는 죽음이 되겠지. 그런 생각이 은밀하고 집요하게 숨통을 조였다.

한서정은 태아처럼 몸을 잔뜩 웅크리고 이불로 온몸을 둘둘 감쌌다. 이불 속에서도 숨소리를 죽였다. 아득한 곳으로 불려 가듯, 선잠에 빠졌다. 꿈속에서 과거의 장면이 펼쳐졌다.


푸르게 뻗은 바닷가였다. 바다만큼이나 청명하고 푸른 하늘. 우뚝 솟은 바위들과 그 사이를 넘나들면서 솟았다 꺼지는 파도의 소리. 인생의 모든 기억을 푸르게 물들일 것만 같은, 아무리 바라보아도 질리지 않는 아름다운 풍경 앞에서, 한서정이 덜덜 떨고 있었다.

김현수 때문이었다. 그녀가 일하던 회사의 오너. 한서정은 김현수와 함께 거제도 바닷가로 출장을 온 참이었다. 한서정은 김현수를 보았다. 김현수가 쓰러져 있었다. 그의 머리에서 시작된 피가 어깨를 지나 함께 타고 있던 배의 바닥으로 스며들고 있었다. 울음처럼 꺽, 꺽, 급한 숨이 목 안에서 엉켰다. 어쩌다 일이 이렇게 되어버렸을까.

떨고 있는 그녀 옆에 이진욱이 있었다. 고딩 때부터 알고 지냈던 이진욱은 그녀의 다급한 목소리를 듣고 한달음에 그곳으로 달려와주었다.

"나를 봐, 한서정. 나를 보라고."

이진욱이 그녀의 어깨를 붙들고 흔들었다.

"내 말 잘 들어."

한서정은 간신히 그를 보았다. 눈앞의 몰락으로부터 도망치고 싶다는 두려움이 필사적으로 의식을 붙들었다. 이진욱이 상황을 파악했다. 그리고 그녀에게 말했다.

"여긴 내가 알아서 할게. 이걸 갖고 여기 숨어 있어. 내가 찾아갈게."

이진욱이 명함 한 장을 손에 쥐여주었다.

'Solaz Resort & Golf.'

그 밑에 적힌 이름이 바로 '김기홍'이었다.

꿈속에서 한서정은 하얗고 작고 네모난 종이를 꽉 움켜쥐었다. 그 종이 한 장이 유일한 구원이라도 되는 듯, 신의 발아래 엎드린 심정이 되었다. 솔라즈. 스페인어로 마음의 위안이라는 뜻인데…… 한서정은 '마음의 위안'이라는 낱말을 '주여, 어린 양을 구원하소서'라고 말하는 투의 간절함으로 발음해보았다. 한서정은 종교가 없었다. 꿈속에서 발음은 힘없이 뭉개졌다.

몇 시쯤 됐는지 짐작도 하기 어려웠다. 창문이 없어 내부의 전등을 켜지 않고는 내내 어둠이었다. 일어나 불을 켜고 시계를 확인하고서야 늦은 오전 시간인 걸 알았다.

몸 안에 독처럼 쌓인 피로감이 퍼져 어디 할 것 없이 온몸이 욱신거렸다. 한서정은 아직도 꿈속에서 다 빠져나오지 못한 듯 멍한 눈으로 방 안을 둘러보았다. 그제야 하인학교의 양호실 안에 있다는 걸 상기했다.

정신을 다 차리기도 전에 누군가 문을 두드리는 소리가 들렸다. 문은 곧 열렸다.

"잘 잤나 보네. 이 방에선 대부분 잠을 설치던데."

문을 열고 들어온 이는 이정심이었다.

"이제 입학해야죠?"

검진에서 큰 문제가 발견되지는 않았다는 뜻으로 들렸다. 어
찌 됐든 허들 하나는 넘은 셈인가. 한서정은 일어나 머리를 대
충 묶었다. 남은 꿈을 떨쳐내듯 심호흡을 크게 하고 등허리를
곧추세웠다.

"교무실로 가요. 가서 총학사 선생님을 찾아."

"총학사요?"

"요즘 말로 교감."

이정심이 살며시 웃고서 돌아 나갔다.

한서정은 양호실을 나와 다시 어제의 문 앞에 섰다.

손잡이를 양손으로 동시에 잡아 양쪽으로 열게 되어 있는 문.
리조트의 출입문을 시작으로 어제부터 자꾸만 문 앞에 서게 됐
다. 예상치 못한 상황에 처해 있어서인지 그 문들이 모두 벽처
럼 느껴졌다. 문을 하나씩 통과할 때마다 덫을 빠져나가는 느낌.
아니, 반대로 더욱 덫으로 빠져들고 있는 건지도 몰랐다. 문을
열고 들어갈 때마다 모든 것이 난생처음 보는 것들이었다. 한서
정은 손잡이를 잡은 손에서 미세한 떨림을 느꼈다.

이윽고 문을 열었다.

"흡."

저절로 숨이 멈췄다. 그다음엔 벌어진 입을 다물지 못했다. 눈
앞의 광경에 압도되고 말았다. 지하 깊은 곳에 이런 곳이 있으
리라고 과연 상상이나 할 수 있을까. 재벌들이 사는 집 어디라
면 이런 모습이지 않을까.

펜트하우스의 뻥 뚫린 거실처럼 넓은 공간이었다. 중앙에 소파와 테이블이 군데군데 놓여 있었다. 한눈에 딱 봐도 최고급 가구들이었다. 안락하고 부드러운 면피가죽 소파는 왠지 감각적인 신예 디자이너의 작품 같았고, 실내 인테리어 또한 막 오픈한 최고급 호텔을 연상시켰다. 그런 호텔엔 가본 적도 없지만, 여긴 그런 분위기를 충분히 풍겼다.

"하!"

이번엔 저절로 탄성이 터져 나왔다. 층고가 어마어마하게 높았다. 엘리베이터를 타고 내려온 그 높이만큼 천장은 높은 곳에 떠 있었다. 어제 본 리조트의 로비보다도 웅장한 공간이었다. 으리으리한 샹들리에에서 밝은 불빛이 한없이 뿜어져 나왔다. 천장만 높아져도 관점이 넓어진다더니 과연 그 넓은 공간이 한눈에 들어왔다. 아니다, 그 공간 속으로 순식간에 빨려 들어갔다.

원형 구조였는데 중앙의 응접실 공간을 둘러싸고 그 바깥쪽으로 다양한 공간이 파노라마처럼 펼쳐졌다. 먼저 대리석으로 만든 바. 와인셀러에는 값비싸 보이는 와인들이 가득했다. 바 뒤쪽 진열장에는 위스키들이 전문가의 손을 탄 것처럼 세련된 자태로 진열되어 있었다. 바 위쪽 거치대에는 와인 잔들과 온더록 잔들이 아름답게 비치되어 있었다. 상류층의 웬만한 파티 정도는 거뜬히 소화할 수 있겠구나. 바 앞에 놓인 바이올렛 색깔의 스툴 또한 고급스럽고 은은했다.

그 옆으로 그랜드피아노가 우아하게 공간을 차지했고, 카페처럼 여러 종류의 커피머신이 구비되어 있었다. 향긋한 커피 향이 거기서 풍기는 것 같았다. 약간 떨어진 데에는 높고 넓은 책장이 들어차 있었다. 눈으로 훑어보니 주로 상류층들의 삶과 성공을 담은 책들이었고, 동서양의 고전들 또한 빼곡하게 꽂혀 있었다. 책장 중간엔 '이달의 추천'이라는 제목의 작은 전시대도 보였다. 거기 놓여 있는 책은 마키아벨리의 『군주론』이었다.

그리고 한쪽 공간을 거의 다 차지하고 있는 조각상 분수가 보였다. 손목 부분을 맞대고 양손을 오목하게 펼쳐 마치 무언가를 받치고 있는 모양 위에 활짝 핀 꽃잎이 조각된.

꽃잎의 수술 부분에서 거대하고 힘찬 물줄기가 뿜어져 나왔다. 그 분수 높이 또한 매우 높았다. 그 옆으로는 거대하고 둥근 기둥들이 세워져 있었다. 육성급 리조트인 솔라즈와도 비교할 수 없을 정도의 광경이었다.

그리고 바로 그곳.

문 앞에서 정면으로 보이는 그곳에 분수의 조각상과 같은 모양의 문장(紋章)이 붙어 있었다. 원형 테두리 안에 손목 부분을 맞대고 양손을 오목하게 펼친 모양. 그 손바닥 위쪽엔 활짝 핀 꽃잎이 새겨져 있었다. 다섯 장의 활짝 핀 꽃잎 문양은 어디선가 봤다는 기시감을 불러일으켰다. 한서정은 그 밑에 걸려 있는 교훈을 보았다.


**하인으로 들어가 주인이 된다.**

## 오직 일 등만 살아남는다.

궁서체로 쓰인 교훈은 '하인학교' 현판과 마찬가지로 적당히
바래 있었다. 모든 것이 최고급으로만 꾸며져 있는 이곳에서 다
분히 이질적인 느낌이었다. 그리고 그 때문에 오히려 그 교훈이
공간을 압도하고 있었다.

한서정은 속으로 교훈을 읽었다. 오직 일 등만 살아남아서 최
고의 집안에 들어가 결국 주인이 된다? 그런 뜻이겠구나. 등줄
기로 싸늘하게 식은땀이 흘렀다. 한서정은 창백한 얼굴로 한동
안 가만히 서 있었다. 그러다 생각났다. 교무실. 총학사.

둘러보았으나 아무도 없었다. 공간이 주는 화려함과 위압감
에 미처 깨닫지 못하고 있었다. 너무 조용했다. 오로지 분수대의
물만 위로 솟구쳤다 떨어지면서 규칙적인 소음을 만들어낼 뿐.
이 넓은 공간에 아무도 없다니. 어찌 됐든 학교가 아닌가. 모두
어디 있는 걸까.

낯선 곳에 혼자 떨어져 고요에 휩싸이면 누구든 몸을 떨게 된
다. 한서정은 두려움으로 몸을 떨었다. 어떡할까. 더 깊은 안쪽
으로 들어가봐야 하나. 들어온 문을 다시 열고 밖으로 나가고
싶은 충동을 애써 누르면서 한서정은 공간의 안쪽으로 발걸음
을 뗐다.

땡. 땡. 땡.

종이 울렸다. 정확히 종소리였다. 무쇠 공을 흔들어 무쇠 종갓

을 때리는 소리. 사방에 걸린 고성능 스피커로 종소리는 빈틈없이 쏟아졌다. 놀랄 새도 없이 전면의 끝 쪽, 복도로 이어지는 곳에서 한꺼번에 학생들이 쏟아져 나왔다.

학생이라……. 학생이라고? 모를 수가 없었다. 누가 봐도 학생들이었다. 다들 교복을 입고 있었으니까. 검은색 윗도리와 검은색 치마, 옷깃 부분의 흰 칼라. 남자도 몇 보였다. 검은 바지에 목 윗부분까지 단추를 채운 검은 윗도리. 교복이란 걸 처음 입기 시작했을 때의 모양 같았다.

학생들은 카페처럼 보이는 곳으로 가 커피를 마시고 소파에 앉아 떠들었다. 제집 거실처럼 여유 있고 편안해 보였다. 한서정은 넋을 놓고 그들을 쳐다봤다. '입학 허가'라고 했으니 이제 곧 나도 저 교복을 입고 저들 사이에 섞여드는 걸까. 내내 오줌이 마려운 것 같은 기분이었는데 이들의 여유로운 표정에 긴장이 조금 풀어지는 기분이 들었다. 어쩌면 여기는 생각보다 괜찮은 곳일지도 몰랐다.

"저, 교무실이 어딘가요?"

한서정이 한 학생을 붙잡고 물었다.

"추가 합격생이구나?"

가슴에 '강유진'이라 적힌 명찰을 단 학생이 한서정을 흘긋 훑어보더니 되물었다.

"딱 봐도 내가 언니니까 말 놓는다?"

강유진은 목소리가 크고 밝았다.

"이쪽이야."

강유진이 앞장서 거실 공간을 가로질러 복도를 따라 걸었다. 복도는 곧 양쪽으로 갈라졌다. 그녀는 오른쪽으로 향했다.

"저기야."

그녀의 손가락이 가리킨 곳에 교무실 팻말이 걸려 있었다.

"이따 보자."

손을 흔들어 보이더니 그녀는 얼른 뒤돌아 사라졌다.

한서정은 또 문 앞에 섰다. 뜬금없이 '사는 게 연속해서 어떤 문 앞에 서는 거겠구나' 싶었다. 눈앞에 놓인 문을 열지 말지에 따라 운명의 방향이 바뀌겠지. 한서정은 문을 열기로 했다. 미닫이문을 밀자 드르륵, 부드러운 소음이 일면서 문이 열렸다.

옛날 학교의 교무실 같은 곳일 거라 짐작했다. 횡과 열을 맞춰 책상들이 배치되어 있고 벽을 따라서 철제 캐비닛들이 줄지어 서 있고, 학생 하나가 교사에게 꾸중을 들으며 고개를 푹 숙이고 있는 모습…….

그런데 여긴 또 뭐지?

대기업의 우아한 사무실 같은 모습이었다. 애플이나 구글 같은, 직원들의 자율과 창의성을 극도로 존중하는 형태의 사무실. 곳곳에 밝은 색깔의 안락소파가 놓여 있고 카페처럼 꾸며진 인테리어에 낮게 흐르는 최신 팝뮤직. 글로벌하고 세련된 감각의 오피스.

한서정은 등을 보인 채 무언가 열심히 적고 있는 사람에게 다가갔다. 흘러나오는 음악에 맞춰 작게 어깨를 들썩이고 있었다.

"저, 총학사 선생님을 찾는데요."

돌아본 여자는 구한말 사진 속 유관순 열사처럼 흰 저고리에 검정 치마 차림이었다. 이 여자는 교사구나. 이제 짐작 가능한 일이었다. 그럼 남자 교사는 흰 동정 깃이 달린 검정 두루마기를 입고 있겠지.

"저쪽."

여자 교사는 턱짓으로 안쪽을 가리켰다. 한서정이 머뭇거리는 걸음으로 안쪽으로 들어갔다.

"한서정 씨?"

'총학사 손경희'라는 명찰을 단 여자가 그녀를 맞았다. 오십 대 중반쯤 되어 보이는 여자였다. 손경희는 엘리트 코스만 밟아 온 기업의 이사처럼 세련되고 여유로운 표정을 짓고 있었다.

"이쪽으로 앉아요."

손경희가 한쪽에 놓인 소파로 이끌었다. 짙은 코발트블루의 벨벳 소파가 한서정을 깊숙하게 끌어당겼다.

"입학을 축하합니다."

몇 가지 서류를 챙겨 와 손경희도 맞은편에 앉았다. 한서정이 어색하게 고개를 까딱 숙였다. 여기 들어온 것이 축하받을 일인지 아직 알 수 없었다.

"이 학교의 설립 취지와 가치관과 운영 방식 뭐 이런 거 다 집어치우고……. 한서정 씨, 여기까지 오는 과정이 녹록지 않았죠? 대부분 그래요. 아, 여기가 내 인생 끝이구나, 싶었던 바로 그 지점에서 우리 학교에 입학하죠. 왜? 모든 과거를 지우고 다시 시작하고 싶으니까. 완전히 새로운 삶을 살 수 있다는 희망. 그거 하나로."

행복한 표정의 학생들이 다들 엄청난 사연들을 가진 사람들이라는 말로 들렸다.

"교훈 봤죠? 하인으로 들어가 주인이 된다. 목표는 그것 하나예요."

"어떻게 하인이 갑자기 주인이 된다는 말씀이죠?"

한서정의 입에서 본능적으로 질문이 나왔다.

"올바른 질문을 하면 이미 그 문제를 절반은 푼 셈이죠."

손경희가 한서정을 빤히 보았다. 한서정이 학교에 관심이 생긴 거라고 판단한 눈빛이었다.

"여기서 최고 수준의 교육을 받고 학교를 졸업하면 각 기업에 들어가 오너와 결혼해서 그 기업의 주인이 되는 거예요. 황금 수저 물고 태어난 사람들은 모르겠지만 우리 학생들이 삶을 완전히 바꾸는 방법은 그것밖에 없어요. 다섯 개 반으로 구성되어 있고 각 반의 학생은 열 명. 그러니까 타깃은 다섯 명이고 지원자는 열 배수. 입학할 때는 열 명이지만 졸업은 단 한 명만 할 수 있다는 말이죠."

온갖 질문이 머리를 스치는 탓에 한마디도 내뱉을 수 없었다. 만약 내가 그러길 원치 않는다면? 그러니까 그 '타깃'의 기업에 들어가고 오녀를 꼬셔 결혼한다는 이들의 목적을 거부한다면? 또 그 '타깃'이 나를 원하지 않는다면? 그리고 단 한 명만 졸업한다면 나머지 아홉 명은 어떻게 되는가.

"궁금한 게 많죠?"

손경희가 물었다.

"네."

진심이었다.

"차차 알게 될 거예요. 하지만 하인학교의 교훈에 동의할 수 없다면 입학은 불가합니다."

손경희가 한서정의 대답을 기다렸다.

지금 당장 너의 운명을 결정해라. 손경희의 시선이 그렇게 말하고 있었다.

자신에게 주어진 선택. 하인학교에 들어가거나 혹은 거부하거나.

거부할 경우를 생각했다. 이곳에서 나가야겠지. 어디로 갈 것인가. 자취하던 원룸으로 돌아갈 수는 없다. 이미 경찰들이 진을 치고 있을 것이다. 김현수는 어떻게 되었을까. 어딜 가든 도망자다. 숨을 곳은 어디에도 없다. 결국 체포될 것이다. 나락으로 굴러떨어질 것이 사진처럼 선명했다.

여기는 이진욱이 말한 '안전한 곳'이다. 화려한 거실 공간과 학생들의 행복한 표정이 떠올랐다. 학교의 존재 자체가 비밀이므로 이곳에 있는 한 세상의 눈길이 미치지 못할 것이다. 여기는 세상의 바깥이다.

"동의합니다."

한서정이 결정했다.

"좋아요. 아무쪼록 열심히 해서 꼭 졸업할 수 있기를 바랄게
요."

손경희가 들고 있던 서류를 건넸다.

"학교 내규예요."

내규는 이랬다.


교장과 교사들의 지시는 반드시 따른다.

학교의 안전을 위협하는 행위를 금지한다.

학교 내에서의 분란을 금지한다.

어떤 경우에도 얼굴에 흔적을 남기는 것을 엄금한다.

학교 의사에 반하여 탈출할 시엔 어떤 처벌도 가능하다.


"내규를 어기면 벌점도 함께 받게 돼요. 벌점이 많으면 졸업
할 수 없으니 조심하고. 자, 여기 서약서에 사인해요."

손경희가 서약서를 내밀었다.


1. 나는 어떤 경우에도 학교의 존재를 함구하며 학교 안에서의 모
   든 일을 비밀에 부치겠다.
2. 나는 사고를 치거나 학교의 존재에 위협이 되는 경우 어떠한

처벌도 감수하겠다.

3. 나는 학교의 교육 내용과 관리 시스템에 어떠한 이의도 제기하지 않겠다.

4. 나는 서약을 위반하는 즉시 퇴교 처분을 받는 것에 동의하며 죽음까지도 감수하겠다.


입학과 동시에 신체포기각서에 사인하는 셈이었다. 한서정은 망설였다. 손경희가 원치 않는다면 지금 포기해도 된다며 싱글거렸다. 너에겐 선택지가 없지 않냐는 조롱에 가까운 웃음이었다.

그래서 알아차렸다. 학교에서 나의 모든 정보를 파악하고 있다는 것. 나뿐 아니라 학생들 모두의 생사여탈권을 학교가 쥐고 있으리라는 것. 따라서 학교를 졸업한 후에도 계속 학교의 뜻에 따라야 한다는 것. 졸업하면 재벌가의 주인이 된다 했으니 학교 운영의 제반 비용은 모두 졸업생에게서 나올 거라는 것. 그것까지 이해했다. 그리고 손경희의 표정에 동의했다. 다른 선택지는 없었다. 한서정은 서약서에 사인했다.

"좋아요. 이제 우리 학교 학생이니까 학생으로 대하지."

손경희가 일어나면서 금세 뒤바뀐 말투로 말했다. 한서정은 말없이 따라 일어섰다. 기숙사로 안내해준다고 했다. 아까의 복도를 다시 걸어 양 갈래 길 앞에서 왼쪽으로 향했다.

"교무실이 있는 쪽은 교사(校舍)동, 왼쪽이 기숙사동."

남학생 서넛이 지나가며 손경희에게 인사했다.

"이번 기수부터 남학생을 들였어. 학교도 시대 변화를 따라야지. 여자가 오너인 기업들이 많아졌으니까. 안주인이 바깥주인이 되기도 하는 세상이잖아."

"하인으로 들어가 주인이 되는 방법이 결혼밖에 없을까요? 다른 방법도 있지 않을까요?"

얼굴도 모르는 재벌 남자와 결혼하려고 훈련한다는 것이 마뜩잖았다. 혹시나 종일 외모를 가꾸고 남자 꼬시는 방법을 익히고 급기야 방중술 같은 걸 매일 실습하고, 뭐 그래야 하나?

"재벌이 최첨단이고 진보적일 거 같지만 아니야. 고루하고 진부해. 자기 핏줄, 가족 아니면 누구에게도 벽을 세우지. 그러니 주인이 아닌 사람이 주인이 되는 방법은 가족이 되는 것밖에 없어. 울타리 경계선을 열지 않으니 그 안으로 들어갈 수밖에."

기숙사동은 이 층짜리 건물이었다. 문들이 짧은 간격으로 다닥다닥 붙어 있어 고시원 같았다.

"예전 재벌 이세들은 멍청해서 꼬시기 쉬웠어. 대신 집안이 알게 되면 돈 몇 푼 받고 쫓겨나거나, 한 푼도 못 받고 팽당했지. 애 낳으면 애만 뺏기고. 흔한 일이었어. 그래서 학교가 필요한 거야. 실력을 키워야 하니까. 그게 힘이니까. 지금은 젊은 신흥 재벌이 많아져서 이세가 아니라 직접 오너를 공략하는 경우가 많아."

손경희가 멈춰 섰다. 방문 앞이었고 문에 '3호'라는 번호가 붙어 있었다.

"여기가 네 방이야."

오늘은 토요일이라 오전 수업까지만 있고 이미 수업이 끝났으니 월요일 수업부터 들어가라, 그 밖의 자세한 내용은 방 안에 적혀 있다, 모쪼록 건투를 빈다. 손경희는 그 말을 끝으로 돌아갔다. 한서정은 3호실 방문을 열고 들어갔다.

전면에 붙어 있는 교훈이 보였다.


**하인으로 들어가 주인이 된다.**
**오직 일 등만 살아남는다.**


거실 공간에서 본 것과 같았다. 그 밑에 붙은 격언은 이랬다.


**세상은 거대한 골리앗이 아니라**
**상처받은 다윗에 의해 발전한다.**
**천재라도 만 시간을 쏟아부어야 비로소 업적을 이룬다.**
**천재도 아닌 너는 지금 잠이 오는가.**


딱 고시원이었다. 결의에 찬 듯한 격언은 그런 분위기를 풍겼다. 있는 것이라곤 싱글 침대 하나, 구석에 책상 하나, 양팔 길이도 안 되는 좁은 옷장 하나. 그게 다였다.

학교에 들어와서 본 모든 공간과 사뭇 달랐다. 그곳들은 이상

향, 기숙사는 현실. 쉽게 이해됐다. 화장실은 밖에 있는 것 같았다. 옷장 안에 교복과 평상복 몇 벌, 속옷과 양말 몇 벌, 책상 위에 교재인 듯 보이는 책들과 각종 문구용품 그리고 수업시간표. 영어, 역사, 체육, 무용, 음악, 뷰티, 제2외국어, 요리, 현장학습, 토론, 시뮬레이션, 비즈니스 심리학.

고등학교 졸업한 지가 언젠데, 이건 딱 고딩 시간표 수준이었다.

"시간표 대박이지?"

누군가 대뜸 문을 열고 물었다. 강유진이었다.

"기숙사 방엔 잠금장치가 없어. 각종 사고 방지 차원에서."

강유진은 문에 얼굴을 댄 채 뒤늦게 노크하며 웃었다.

"들어가도 되지?"

그녀가 허락하기도 전에 방 안에 들어와서 물었다. 그리고 곧장 침대 맡에 걸터앉았다. 거기 말곤 딱히 앉을 곳이 없었다.

"난 강유진. 스물여섯. 넌?"

"한서정. 스물넷."

"어디 보자."

강유진이 일어나 한서정을 살폈다.

"음, 무난하게 통과네."

그러다 푸웃, 하며 웃어댔다. 한서정은 그녀가 웃는 까닭이 궁금했다.

"입학 자격 조건이 있어."

그런 얘긴 들은 적이 없었다.

강유진에 따르면, 하인학교는 순혈주의다. 재벌이 그래서다. 외국인이나 혼혈은 안 된다는 뜻이다. 동성애자도 안 된다. 손목이나 목에 자해 흔적이 있으면 안 된다. 그건 이정심에게 들어서 알고 있었다. 당연히 똑똑해야 한다. 학생들 거의 다 전교 일등, 전국 일 등 이런 걸 해본 애들이다.

"마지막으로 이게 젤 중요한데, 지나치게 예쁘면 안 돼. 너무 예쁘면 주인이 아니라 노리개가 될 가능성이 높아서."

한참 설명하던 강유진이 이번엔 한서정을 보고 깔깔댔다.

"넌 안전하게 통과."

강유진이 웃는 걸 자꾸 보게 되었다. 마치 사람이 웃는 것을 처음 보기라도 한 듯. 사슬에 묶인 듯 움츠러든 어깨, 두려움에 떨며 초점을 잃고 흔들리는 눈동자, 마치 포식자 앞에 무방비로 던져진 먹잇감이 된 듯 숨조차 제대로 쉬지 못했던 시간들이 그녀의 웃음 앞에서 천천히 녹았다. 온몸에 얼음처럼 굳어 있던 불안과 공포가 봄에 언 땅이 녹듯 풀어져 포슬거렸다. 미지의 두려움 속에서 피어난 하나의 작은 위안이랄까. 나도 곧 저렇게 웃을 수 있을까, 하는 기대. 두려움을 떨치고 희망을 가질 수 있을까, 그런 바람.

"밥 먹으러 가자."

한서정이 여전히 어리둥절한 표정으로 강유진을 따라나섰다.

식당으로 자리를 옮겨 앉자마자 강유진은 배터리를 갈아 끼운 기계처럼 신이 나서 떠들었다. 학생들 모두 낭떠러지로 떨어진 경험이 있다고 했다. 그래야 목숨을 거니까. 그들은 가난하고 가진 것 없고, 그런데 똑똑하고 재능이 뛰어나서 현실과 이상의 괴리가 하늘과 땅 차이인 애들이라고 했다. 뛰어난 능력을 가졌으므로 욕망이 클 수밖에 없다는 것이다.

하인학교의 이번 기수 학기는 이미 일주일 전에 시작되었다고 했다. 신입생은 각 반 열 명씩 총 오십 명이었다. 그러니까 강유진이 자신을 보자마자 추가 합격생이라고 말했다는 건 신입생 중 한 명에게 무슨 문제가 있었다는 뜻이겠지. 자신의 전임자. 강유진은 과연 그 학생의 건강검진 결과에 문제가 있었다고 들려주었다.


누구도 몰랐던 전임자의 병명은 '신경섬유종증'이었다. 처음에는 커피 색깔처럼 담갈색을 띠는 반점들이 몸 여기저기 나타나다가 이런 것들이 자라서 커다란 혹이 몸 곳곳에 매달려 자라는 병. 신경세포가 있는 곳 어디에나 생길 수 있어서 안면기형이나 실명이 올 수도 있고 사망에까지 이를 수 있는 질환.

당연히 입학 불허 판정이 났고 곧 퇴교 명령이 떨어졌다. 전임자는 울고불고 매달렸다. 제발 학교에 들어가게 해달라고 아무나 붙잡고 애원했다. 하지만 차갑게 닫힌 하인학교의 문은 끝내 열리지 않았다.

전임자는 아무 데도 갈 곳이 없었다.

학교에 들어오기 전 바깥세상에서 그녀는 사채업자에게 쫓기던 신세였다. 그들에게 잡히면 죽은 목숨이란 걸 알았다. 차라리 죽자. 그렇게 마음먹고 어두운 밤에 한강으로 뛰어들었다. 막 다리가 공중으로 솟구치던 순간, 누군가 전임자의 팔을 붙잡았다. 한 남자였다.

"죽기 전에 마지막 기회가 있다면 한번 도전해보시겠습니까?"

남자는 무슨 소린지 모를 말을 했다. 이어 하인학교에 대해 설명했다. 하인학교라니. 세상에 그런 학교가 다 있단 말인가. 전임자는 남자를 믿을 수 없다는 눈으로 바라보았지만 자기에게 다른 선택지가 없다는 걸 알았다. 그래서 남자를 따라 하인학교로 왔다.

"여기서 나가면 어디로 가라고요?"

전임자는 비명을 지르며 울었지만 아무도 들어주는 사람이 없었다. 신경섬유종증을 치료할 돈도 당연히 없었다. 나가면 바로 사채업자들에게 잡힐 것이었다. 전임자는 인생이 끝장났다는 걸 알았다. 그래서 그날 밤 방에서 목을 매 죽었다.

그렇게 후임으로 한서정이 추가 합격이 되었고, 그 전임자의 방이 바로 3호실이었다.


강유진은 한서정의 전임자 얘기를 마치면서 작게 한숨을 내쉬었다.

"궁지에 몰려 있긴 나도 마찬가지고."

어떤 종류의 궁지인지는 말하지 않았다.

"나는 몇 달 여기 있다가 나갈 거야. 어떻게든 나가서 방법을 찾을 거야."

쉴 새 없이 떠들어대면서 본인에 대해서는 함구한다? 같은 학생들에게도 알려지면 안 되는 사연이 있거나, 오지랖은 넓지만 내면의 상처는 깊어서 감히 스스로 꺼내놓지 못하는 것이거나 둘 중 하나겠지.

강유진의 태도로 봐서는 아무래도 전자 같았다. 한서정은 상관없다고 생각했다. 중요한 건 강유진이 어떤 역할을 해줄 것인가였다. 괴상하고 알 수 없고 비밀이 가득한 이 하인학교에서 정보를 얻고 도움을 청할 누군가는 반드시 있어야 한다. 어디서나 그런 조력자가 꼭 필요하다는 것은 그녀가 살면서 터득한 생존 전략 중 하나였다.

식당은 고급 레스토랑 같았다. 기능적인 육 인용 테이블이 줄지어 배치되어 있고 배식구 앞에 음식들이 나열되어 있어 식판을 들고 지나가면서 스스로 음식을 덜어 먹는, 구내식당 분위기일 줄 알았지만 그렇지 않았다. 커다란 원형 테이블이 십여 개 있었고 벨벳 천이 씌워진 의자는 폭신했다. 먹지 않아도 훌륭한 음식이 나올 걸 알았다. 자리에 앉고 잠시 뒤 메이드 유니폼을 입은 직원이 음식이 담긴 쟁반을 날라 왔다. 한정식집의 일인 상차림 같았다.

유자소스 야채샐러드, 백김치와 나박김치, 전복버터구이, 잣

이 올라간 갈비찜, 오곡밥과 해물된장찌개.

저절로 침이 꼴깍, 넘어갔다. 그러고 보니 하루가 지나도록 한 끼도 안 먹었다는 걸 이제야 깨달았다. 배고픈 줄도 몰랐다. 그만큼 긴장한 탓이었다. 하지만 막상 맛있는 음식이 앞에 놓이자 갑자기 내장이 깨어나면서 어서 빨리 음식을 넣어달라고 아우성쳤다.

사람이, 참⋯⋯.

바깥 상황이 어떻게 돌아가는지 모른다는 불안 때문에 잠을 못 자고, 또 듣도 보도 못한 이상한 학교에 들어오게 되어 막막하면서도 맛있는 음식을 보자 배고픈 위장을 달래는 것이 가장 시급한 문제가 되었다.

입학한 지 일주일이나 지난 학생들은 느긋하게 식사를 하는 중이었다. 한서정은 달랐다. 굶주린 길고양이처럼 먹었다. 처음엔 입 안에 음식을 넣기 바빴고 반쯤 지나서부터는 음식 맛에 감탄했다.

그녀가 게걸스럽게 먹는 걸 보며 강유진이 코웃음 쳤다. 한서정은 강유진과 친해져야겠다고 마음먹었다. 그편이 학교를 빨리 파악하는 데 도움이 될 걸 알았다.

슬슬 포만감이 느껴질 즈음, 어딘가에서 소란이 일었다.

"야, 이년아. 뚫린 입이라고 막 싸질러대? 니 입은 필터가 없냐?"

"네년이 먼저 깐족댔잖아."

서너 테이블 건너에서 싸움이 터졌다. 여학생 둘이 일어나 서로 노려보며 씩씩댔다.

"양키스반 애들."

한서정이 물음표의 표정으로 강유진을 보았다.

"쟤네 반 타깃이 생명공학회사 오넌데 야구광이래. 아, 참고로 우리 반은 래시반."

"그게 무슨 뜻……."

"우리 반 타깃이 키우는 보더콜리 이름. 자세한 건 나중 설명. 지금은 싸움 구경이 급하니까."

한서정은 저따위 싸움보다 강유진이 말하다 만 학교 정보가 더 궁금했다. 타깃, 생명공학회사 오너, 야구광, 래시, 보더콜리……. 어떤 맥락도 짐작되지 않는 생경한 단어들의 실체가 손에 잡히지 않았다. 강유진에게 더 물어보려고 입을 열다 말고 그만두었다. 천천히 하자. 지금은 강유진에게 동조하고 친밀감을 쌓는 쪽이 더 중요하다고 판단했다.

여학생들의 호흡이 점점 더 거칠게 솟았다.

"너 니네 사장 따까리였잖아. 어디서 냄새나는 늙은이 뒤 빨아주던 넌이……."

정확히 그 순간 두 사람은 서로 머리채를 움켜잡았다.

의자를 뒤로 끌고 맞붙었다. 투우장의 황소들처럼 성난 김을 뿜어댔다. 뒷발을 차고, 흙먼지를 일으키고, 찌르듯 독이 오른 눈빛으로, 어깨를 실룩여 강한 근육의 힘을 다리에 끌어모아, 마침내 돌진하는 황소들처럼. 오너라, 다 들이받아줄 테다.

두 학생은 몸을 바짝 붙였다 떨어뜨렸다 하며 머리칼을 쥐어뜯었다. 한 학생이 머리채를 잡힌 상태에서 발길질로 조인트를 깠다. 효과가 있다고 판단했는지 곧이어 주먹으로 배를 가격했다. 헉. 맞은 학생이 낮은 비명을 토해내더니, 의자 등받이에 부딪히면서 의자와 함께 나가떨어졌다.

주먹질을 한 학생이 벌처럼 날아 바닥에 누운 학생의 가슴팍을 내리찍어버렸다.

"뭐 하는 짓들이야?"

그때 교사로 보이는 한 남자가 등장했다.

"기숙사 사감 선생."

흥미롭다는 표정으로 구경하던 강유진이 말해줬다.

날카로운 금테 안경을 쓰고 베일 듯 반듯하고 눈부시도록 하얀 동정 깃이 달린 검정 두루마기를 입은 남자. 손에 든 가늘고 긴 막대가 눈에 들어왔다. 감정이 모조리 빠져나가 마치 표백된 듯 무엇도 읽히지 않는 무표정도 눈길을 끌었다. 어떤 판에서 잔뼈가 굵은 사람인지 짐작되지 않았다.

"둘 다 그만두지 못해?"

사감이 들고 있던 막대로 테이블을 내리쳤다. 짧고 강렬한 그 소음이 싸움의 끝을 알렸다.

이윽고 바닥에 누운 학생이 비척거리며 일어났고 주먹질을 한 학생은 흥분한 숨소리를 거듭 내뱉었다. 두 학생은 눈빛으로 마저 싸우고 있었다. 분노와 혐오와 경멸과 두고 보자는 의지가 뒤섞인 눈빛이 공중에서 부딪쳐 불꽃이 튀었다. 한번 튄 불꽃은 쉽게 사그라지지 않았다. 여전히 서로 밟아버리겠다는 증오로 타올랐다.

"이유 불문, 얼굴에 흔적을 남기는 행위 금지. 모르나?"

사감이 다시 한번 막대로 테이블을 내리쳤다.

"둘 다 벌점 부과. 또 한 번 이런 일이 벌어질 땐 경고 없이 아웃이다."

간결하게 말하곤 각자 방으로 돌아갈 것을 명령했다.

사감의 말이 수갑처럼 두 학생을 묶었다. 묶인 학생들이 심판자의 뒤를 따라 식당을 빠져나갔다.

벌점까지는 이해 가능했다. 그런데 '경고 없이 아웃'이라니. 아웃이라니……. 보통 아웃이라면 더 이상 선수가 필드에서 경기에 임할 수 없도록 정지할 뿐 아니라 그 경기장에서 아예 축출하는 명령어였다.

그렇다면 정학 조치와 비슷하게 일정 기간 모든 교과과정에서 배제된다는 뜻일까? 아니면 아예 퇴교 조치를 하겠다는 것일까?

한서정은 궁리해봐야 알 수도 없는 생각을 끊고 다시 식사하면서 웃고 떠드는 학생들을 둘러보았다. 그러다 혼자 앉아 있는 한 학생을 보았다.

"그런데 왜 저 애만 메뉴가 다르지?"

한서정이 소리를 낮춰 강유진에게 물었다. 이런 와중에 고요하게 식사에 집중하고 있는 학생에게 자연스럽게 시선이 갔다. 옆 테이블에 앉은 그 학생의 식판엔 소고기미역국에 호박죽이다였다. 가슴에 '오윤주'라고 적힌 명찰이 붙어 있었다.

"며칠 전에 낙태했거든."

강유진이 귀에다 대고 말했다. 한서정의 시선이 오윤주가 입은 패딩 점퍼에 가 멎었다. 그녀는 초봄인 데다 따뜻한 온도로 유지되는 이곳 실내에서 패딩 점퍼를 입고 있었다.

"낙태하고 몸조리 제대로 안 하면 산후풍 들어 평생 고생이니까."

문득 양호실 안에서 보았던 수술실이 떠올랐다. 양호교사 이정심은 산부인과 전문의였다고 하지 않았나. 그렇다면 오윤주는 하인학교에 들어와서 이정심에게 낙태 수술을 받았다는 뜻일까? 한서정은 저절로 몸이 떨렸다. 이곳은 여학생의 숫자가 압도적으로 많은 곳이다. 하인학교의 양호교사가 산부인과 전문의인 까닭이 여기 있겠지. 그러면 혹시, 이전에도 오윤주 같은 케이스가 여럿 있었을까.

한서정은 머릿속으로 그 장면을 상상했다. 수술은 한밤중에 비밀스럽게 행해졌을 테지. 세상에 태어나보지 못한 배 속의 생명은 아무도 모르게, 그렇게 허무하게 지워졌겠지. 지하의 은밀한 학교 안. 무엇까지 가능하고 어떤 일까지 벌어질 수 있는 걸까.

그렇다면 긁어낸 핏덩이의 행방은 어디로? 대체 오윤주는 무슨 생각으로 그렇게까지 해서 하인학교에 들어온 걸까. 강유진은 학생들 모두 낭떠러지로 떨어진 경험이 있다고 했다. 오윤주의 내력도 신산하기가 누구보다 만만치 않을 것이다. 한서정은 혼란스러운 마음이 들었지만 지금은 그런 걸 물어볼 엄두도 내지 못했다.

"다 먹었으면 일어나."

강유진이 먼저 일어났다. 그러고는 한서정과 함께 오윤주 앞에 가 앉았다.

"자, 이거 철분제. 잘 챙겨 먹어."

"오지랖이 넓으면 돌 맞을 수 있어."

오윤주가 그래도 고마워, 하는 표정으로 말했다.

"양호실에서 훔쳤어."

해맑은 강유진의 말장난에 오윤주가 피식 웃었다. 강유진의 말이 진담인지 아닌지는 상관없어 보였다.

"얘 알지? 새로 들어온 애."

"넌 뭐 하자 없냐?"

오윤주가 한서정을 툭 쳤다. 어퍼컷보다는 잽에 가까웠다. 초면에 첫마디가 시비의 범주에 들어갈 만한 말이라니. 강유진이 오호, 하는 표정으로 오윤주를 흘겼다. 한서정도 악의 없는 얼굴의 오윤주를 보았다. 간 좀 보자는데 주먹 쥐고 달려들 필요는 없다고 판단했다.

"있으면, 여기서 까라고?"

각오는 돼 있겠지, 같은 말을 생략한 표정으로 대답했다.

"뭐, 딱히."

밥상머리 앞에서, 몸조리 중에, 꼭 그럴 필요는 없지 않겠냐는 표정이었지만 서로 농담조였다. 오윤주의 첫마디는 오히려 한 서정에게 적의가 없음을 알리는 악수에 가까웠다.

오윤주는 승무원이었다. 하늘길을 날면서 남들은 이십사 시간을 꼬박 살아내야 손에 움켜쥘 수 있는 하루를 배로 살길 원했다. 시간의 경계선을 넘나들며 어제와 내일을 단번에 사는 경험을 하고 싶었다. 북유럽의 끝자락에 가면 뿔 달린 바이킹 모자를 사다가 방 안에 걸어두리라, 마음먹었다. 몇 년간 연차를 모아 한 달 동안 시베리아 횡단열차를 타고 지구의 동쪽에서 서쪽까지 달려보리라, 계획했다.

계획과 달리 오윤주는 매일 김포에서 부산을 여섯 번 왕복했다. 구두를 신고 흔들리는 비행기 안에서 음식을 서빙했다. 매번 다른 진상 손님들 따까리도 담당했다. 단순 식당 서빙보다 힘들었다. 유니폼 입은 하녀와 다를 바 없었다. 꿈꾸던 삶이 거기 없다는 것이 명확해졌다.

그래서 오윤주는 필라테스 강사로 변신했다. 강남의 고급 스튜디오에서 맨스 필라테스를 가르쳤다.

거기서 남편을 만났다.

그는 출장이 잦았다. 해외 휴양지의 리조트나 호텔을 개발하는 일을 한다고 했다. 유머도 많았고, 출장 후엔 언제나 재밌는 이야기를 들려주었다.

한번은 바렐에 기대 옆구리 운동을 하면서, 필리핀 출장을 갔다 돌아오는 비행기에서 패키지여행을 다녀온 할머니들이 복도에 앉아 싸운 이야기를 해줬다. 주머니에 오십 페소가 있었는데 잃어버렸다며 싸운 거였다. 세 할머니가 서로 자긴 아니라며 소리 질렀다. 그러다 캐리어를 복도에 늘어놓고 뒤지기 시작했다.

승무원은 말리다 안 되니까 승객들에게 필리핀 동전이 있는지 묻고 다녔다. 그래서 그가 오십 페소를 할머니에게 주었다. 오십 페소는 한국 돈으로 천 원쯤이었다.

"나 아니었음 오늘까지 싸웠을걸."

어느 날은 리조트 부지 답사로 맹그로브숲을 헤매다 갯깔따구라 불리는 샌드플라이에 물렸다며 다리가 온통 벌게져 왔다. 한국 모기보다 백배는 강력하다고 했다. 하도 긁어대 피딱지가 앉은 데가 많았다.

오윤주는 그에게 얼음주머니를 만들어주었다. 그는 오윤주를 응시했다. 그리고 운동을 시작했다.

캐딜락 숄더롤다운 동작이었다. 양쪽 어깨와 팔로 바닥을 지지하고 머리는 고정한 채 복부의 힘과 척추의 분절력 그리고 집중력으로 발이 걸쳐진 푸시스루바를 다뤄야 했다. 파워하우스, 즉 복부와 엉덩이에 힘이 생기고 근육이 붙는 동작이었다. 그렇게 조근조근 설명하던 중에 그가 청혼했다.

일사천리였다. 오윤주와 남편이 반씩 부담해 신도시 이십오
평 아파트를 샀다. 남편이 원해서 오윤주 명의로 계약했다. 은퇴
후 태국 치앙마이에 살고 있다는 시부모와는 상견례와 결혼식
때만 딱 두 번 만났다.

고급 국제병원이 갖춰져 있고 사철 덥지 않은 봄 날씨인 치앙
마이에는 유럽인들이 많이 거주한다고 했다. 시부모는 어떤 날
은 하루 종일 숫자를 센다고 했다. 떠오르는 태양을 가르며 날
아가는 새의 숫자, 카페의 차양 밖으로 보이는 사람들의 숫자,
깔깔대는 저 아이들이 몇 번을 웃었는지. 그걸로 내기를 해서
저녁 설거지 당번을 결정한다고 했다.

결혼한 지 석 달 만에 혼인신고를 자꾸 미루던 남편이 애가
둘이나 있는 유부남인 걸 알았다. 한 달이면 반은 집에 오지 않
는 것이 해외 출장 때문만은 아니었다.

"미안해, 윤주야. 정말 미안해. 널 정말 사랑해서 그랬어. 널
놓치면 죽을 것 같아서."

하마터면 웃음을 터트릴 뻔했다. 사랑해서, 놓치면 죽을 것 같
아서 사기로 결혼했다니.

남편이 부담한 아파트 구매자금은 오윤주 명의의 아파트를
담보로 대출한 거였다. 남편은 어디에도 흔적을 남기는 짓은 하
지 않았다. 남편은 사랑이라는 창으로 심장을 찔러 오윤주를 첩
으로 만들었다. 한창 단꿈을 꿔야 할 신혼 초에 그녀는 벼랑 끝

으로 생이 곤두박질쳐 철철 피가 흘렀다. 치앙마이에서 종일 숫자를 세던 시부모는 일당 칠만 원짜리 알바였다. 돌아가며 받은 일당이 맞는지 지폐 숫자나 꼼꼼하게 셌겠지.

오윤주는 식음을 전폐했다. 양손에 깨져버린 꿈을 올려두고 돌처럼 굳어가는 심장을 붙잡고 울었다. 비번을 바꾼 현관문 밖에서 남편이 며칠째 계속 문을 두드렸으나 그녀는 한번 닫아건 문을 다시 열지 않았다.

그러나 마음 한편에는 미련이 남아 있었다. 먼지처럼 흩어진 사랑을 되찾는 것과 처절한 복수 중에서 어느 쪽을 택해야 하는지 쉽게 결정할 수 없었다. 그즈음 발신자표시제한으로 전화가 걸려 왔다. 하인학교 입학 안내 전화였다.

오윤주는 복수를 택했다. 복수는 그냥 하면 되는 게 아니다. 상대방을 제압하고 찍어 누를 만한 확실한 힘이 있어야 가능하다. 그녀는 알았다. 하인학교를 졸업하고 손아귀에 맘껏 휘두를 수 있는 힘과 권력을 움켜쥐게 되었을 때, 비로소 복수가 시작되리란 걸.

낙태 결정은 오히려 쉬웠다. 불에 달군 쇠로 몸을 지지는 고통을 견디는 심정이었지만 복수를 다짐하는 단근질이라 여겼다.

배 속에 든 핏줄이 갈가리 찢겨나갔을 때, 오윤주는 딱딱하게 굳은 심장으로 눈물을 삼키며 자신의 과거를 버렸다. 생을 깨트린 놈을 바닥에 거꾸로 처박아 메치려면 그 정도 각오는 세워야 했으니까.

"그렇게 볼 거 없어. 난 꼭 졸업할 거야. 미리 사과할게. 넌 내가 밟고 오르는 계단이 될 거야. 스텝."

철분제를 꿀꺽 삼키고 오윤주가 한서정에게 말했다.

졸업이라니……. 입학한 지 이제 일주일인데 오윤주는 벌써 졸업을 생각하고 있구나. 어떻게 그럴 수 있는지 모르겠다. 오윤주는 하인학교에 대해 미리 알고 있기라도 했다는 말인가. 그렇다면 불공평하지 않은가.

그게 아니라면 뻔했다. 졸업한 다음 재벌가에 들어가면 결국 재벌이 된다니까 피상적으로 그 결론만 생각하고 있는 거겠지. 하인학교의 문을 열고 들어갔다가 다시 나오는 문을 짠, 하고 열면 모든 것이 끝나고 화려한 결과만 남을 걸로 기대하겠지. 과정은 생략한 채 말이다.

과연 그 문과 문 사이에 무엇이 도사리고 있을 것인가. 결국 단 한 명만 살아남아야 한다지 않은가. 오윤주는 그 단 한 명이 되려고 낙태까지 감행했다. 나도 그럴 수 있을까. 갑자기 온몸에 소름이 돋아 후두두 다리를 떨었다.

"스텝이라고 하니까 스태프가 생각나네. 스탶. 앞으로 너를 스탶이라 부를게. 나는 주인공. 너는 내 스탶."

오윤주가 기선제압이 담긴 말에 장난기를 섞어 미소를 지어 보였다.

한서정은 짧게 탄식했다.

식당을 나와 학교를 둘러보았다.

강유진이 앞장섰다. 기숙사동은 별게 없었다. 교사동도 짐작 가능한 정도였다. 교실과 음악실, 미술실, 영상실 등등이 일반 학교보다 고급스러운 것 빼고는.

"여기는 박물관."

강유진이 가리킨 곳엔 극장처럼 양쪽으로 열리는 문이 있었다. 이런 데 박물관이라니! 흐르는 시간을 붙잡아 집약해놓은 곳이 박물관이다. 인간이 수많은 과거의 축적물임을 일깨우는 곳이자 단번에 시공간을 초월하는 비밀스러운 통로였다. 양쪽으로 활짝 문을 열고 들어가면 오래된 마룻바닥이 삐그덕거릴 것이다. 그 소리는 축적된 시간을 청각의 감각으로 바꿔줄 것이다. 옛날 학교 교실처럼 정면에 진녹색 칠판이 걸려 있고 칠판 위로 왼쪽에는 교훈이, 오른쪽에는 옛날 태극기가 걸려 있을 것이다. 책상과 의자에서는 오래된 나무 냄새가 나고 중앙엔 조개탄을 땔 때는 녹슨 난로가 커다랗게 자리를 차지하고 있겠지. 난로 위에는 사각의 양은도시락이 서너 개 올라가 있을 것이다. 사방 벽을 둘러가며 학교의 연혁과 주요 행사들, 학교에서 쓰던 물품들이 전시되어 있겠지. 그렇게 짐작했다.

틀렸다.

하인학교의 박물관은 최고급 전시실이었다. 품위 있는 블랙 대리석의 차가운 질감, 적당히 조도가 낮고 주황과 노랑이 적절하게 배합된 조명. 각각의 전시물에 세련된 핀 조명이 떨어지고 있었다. 공간에서 뿜어져 나오는 자부심이 온몸으로 느껴졌다.

한편에 역대 교장들의 사진이 나란히 걸려 있었고 맞은편엔 졸업생들의 사진이 전시되어 있었다.

"저 사람은……."

한서정의 입이 벌어졌다. 그리고 다물어지지 않았다.

"응, 맞아. 우리나라 십 대 재벌. 다른 졸업생들도 물론 굉장한 집안의 안주인들이고."

다른 쪽엔 구한말에 제작된 듯 보이는 태극기가 커다란 액자에 걸려 있고 그 위로 하인학교의 문장이 새겨져 있었다. 꽃잎을 받치고 있는 두 손. 기시감이 들었던 다섯 장의 꽃잎도 함께.

어디서 봤던 건지 비로소 알 수 있었다.

전시실 전면에 실물 크기로 걸려 있는 대한제국 고종 황제 사진. 그 황실의 문장이 바로 오얏꽃, 다섯 장의 꽃잎 문양이었다. 말하자면 하인학교의 문장은 대한제국을 떠받치고 있는 모양새였다. 어찌 된 까닭일까.

의문은 쉽게 풀렸다. 학교의 연혁을 읽었다.


1894년 고종 황제는 갑오개혁을 단행했다. 조선은 중국 연호를 폐지하고 '개국' 연호를 사용하였으며, 연좌법과 과거제도를 폐지하고, 조혼을 금지했다. 그리고 노비제도를 공식적으로 폐지했다. 이때 궁궐의 궁인 교육기관 수장이었던 '조말심' 상궁이 궁을 나와 하인학교를 설립했다. 공노비 제도의 폐지와 다수 외국인의 조선 거주에 즈음하여 전문 교육을 받은 하인에 대한 수요가 폭증하리라는 예측 때문이었다.

개교와 더불어 하인학교 초대 교장은 고종 황제로부터 태극기를 하사받았다. 조말심 교장은 태극기를 펼쳤을 때, 비단으로 감싸 곱게 접힌 황제의 밀서를 발견했다.

'작금에 나라의 형상이 풍전등화와도 같아 사방에서 적들이 몰아닥치나 나의 모책이 어질지 못하여 팔도의 백성들이 호환을 당한 듯 떨고 있으니 내 몸속에서 아픔과 슬픔이 들끓어 밤에도 몸을 뒤척인다. 이제 너의 출궁과 새로운 길에 앞서 나는 부탁한다. 부디 조선의 앞날에 한 줄기 작은 등불이 되어다오.'

조선 황제의 하인학교에 대한 신뢰와 바람이 여기 있었다. 전시실 중앙 높은 단 위, 투명 유리 박스 안에 들어 있었다. 이 밀서가 말이다. 붓글씨가 쓰인 종이엔 고종 황제의 옥새가 찍혀 있었다.

"나도 처음 보고 깜놀했어. 하인학교 역사가 이토록 유구할 줄 누가 알았겠어?"

강유진이 이번엔 학교 업적 코너를 가리켰다.

1895년 10월 8일 발생한 명성황후 시해사건(을미사변)은 그해 9월 조선공사에 취임한 조슈(長州)번(藩) 출신 군인 미우라 고로(三

浦梧樓)가 주도했고 실행 과정에는 일본 외교관과 경찰, 민간인들이 포함됐다고 알려졌으나 더욱 자세한 사항은 아직도 미궁이다. 당시 하인학교 졸업생 중 한 명이 호리구치 구마이치(堀口九万一) 주조선 영사관보의 집에서 통역으로 일했다. 일본 군인이었던 주인의 서재를 정리하던 중 하인은 서랍 안에 든 편지의 내용을 보고 하인학교에 알렸다. '담장을 넘어 어전에 이르러 왕비를 시해했다'는 내용이었다.

하인은 직감적으로 그것이 명성황후의 일임을 알아차렸다. 호리구치는 '의외로 쉬웠고, 오히려 어안이 벙벙했다'는 소회도 밝힘과 동시에 사건에 관련된 자들의 명단을 기록했다. 그 편지는 호리구치가 사건 다음 날 적어서 자신의 고향 친구인 다케히코 사다마쓰(武石貞松)에게 보낸 것이다.

하인은 편지에 적힌 명단을 모두 기억했다. 하인학교는 이 명단을 왕비 학살의 비보로 분개해 일어난 을미의병에게 전달했다. 의병들의 손에 닿은 사건 가담자들은 그 즉시 보복 살해를 당했으나 고위직과 일본 경찰 등은 수많은 의병들의 희생에도 불구하고 제거하지 못했다. 의병들은 살해한 자들의 머리를 효수해 경무청 대문에 매달았다. 훗날 이 편지는 나고야에 사는 일본계 미국인 우표·인지 연구가 스티브 하세가와(スティーブ長谷川)에 의해 골동품 상점에서 발견됐다.

1932년 3월, 대한민국 임시정부의 김구는 조선총독 우가키 가즈

시게(宇垣一成)를 비롯한 일본 요인 암살을 목적으로 유진만, 이덕주 등 한인애국단을 국내로 파견했다. 이때 우가키의 집에는 하인학교 출신인 백의신이 집사로 일하고 있었다. 백의신은 우가키의 일정과 집의 내부구조, 집 안에 머무르는 시간 등 주요 정보를 빼내 유진만에게 전달하는 역할을 했다. 그러나 불행히도 그들의 계획은 4월 7일 일본 경찰에 체포되어 미수로 끝났다. 유진만은 그해 7월 해주지방법원에서 징역 6년 형을 선고받고 옥고를 치렀다. 1990년 건국훈장 애국장이 추서되었다.

"이게 다 사실이라고?"

놀라웠다. 마치 영화의 장면들이 눈앞에 펼쳐진 것처럼 생생하게 상상할 수 있었다. 정보를 빼내고 그걸 몰래 전달하고 다시 돌아가 태연하게 하인 노릇을 할 때 턱밑에 칼이 들어오는 심정이었을 것이다. 날카롭게 잘 벼린 칼날이 언제 모가지를 쑤시고 들어올지 모르는 상황에서 임무를 수행했을 것이다. 뿌연 안개에 가려진 나라의 운명을 구하려고 스스로 섶을 지고 적진에 뛰어들다니. 그런 게 가능하다니.

하인학교가 은밀한 정보기관 역할을 했다는 사실이 믿어지지 않았다. 그 외에도 해방공간과 한국전쟁, 유신시대와 민주화운동 등 역사의 페이지마다 하인학교가 관여되어 있다는 이야기들이 박물관에 차고 넘쳤다. 내가 들어온 곳이 이런 학교였어? 한서정은 아득한 표정이 되었다.

"전통과 역사를 가진 학교에 입학한 소감이 어때?"

강유진이 넋이 나간 한서정에게 물었다.

"전통? 역사? 그게 밥 먹여주니?"

되묻은 이는 한서정이 아니었다. 두 사람은 뒤에서 들리는 목소리에 돌아보았다. 고급스러운 차림의 중년 여자였다. 순식간에 분위기가 찬물을 끼얹은 것처럼 서늘해졌다.

"교장 선생님, 안녕하세요?"

강유진이 귀에다 대고 '교장, 교장'이라고 속삭였다.

"그런 역사와 전통을 가진 학교 출신이라고 어디 가서 자랑이라도 하게?"

교장이 조소를 머금고서 박물관을 둘러봤다.

"박물관이고 뭐고 싹 다 없앨까 봐. 너희 그 교복도 너무 촌스러워. 다음 기수부터는 교복도 바꿔야겠어."

그러다 신물 난다는 표정으로 한서정과 강유진을 응시했다.

"전임 교장들이 쓸데없는 짓들을 한 거지. 다 소용없어. 주인이 되든지 영영 시궁창에서 살든지, 아님 죽든지. 너희의 선택은 오직 그것뿐이야. 명심해. 살아남으려면 어떡해야 하는지."

한 발짝, 도발하듯 교장이 한서정에게 다가섰다.

"너는 갈 데가 없지. 여기가 너 같은 사람들을 숨겨주는 데는 아니야. 학교에 들어온 이상 학교의 목표를 따라야지. 쉬울 것 같니? 바깥보다 더 지독한 고난이 닥칠 수도 있어."

온몸에 소름이 돋고 솜털이 일어섰다. 갑자기 자신의 처지가 새삼스럽게 환기되었다. 교장은 한서정의 모든 정보를 이미 알고 있는 듯했다. 어디까지 알고 있을까. 김현수에 관한 일들은 물론이고 그 외의 일들까지 모조리 알고 있을까? 갈 데가 없다는 것, 사실 이곳으로 도망쳐 들어왔다는 것이 사슬이 될 것이다.

'학교에 들어온 이상 학교의 목표를 따라야 한다'는 교장의 말은 충고나 조언보다는 경고에 가깝게 들렸다. 꼼짝없이 고양이 앞 쥐 신세인가. 여기서 무사히 졸업해서 주인이 되든지 영영 시궁창에서 살든지, 아님 죽든지. 교장의 태도와 말은 턱밑으로 조여 오는 칼날 같았다.

"지금부터 떨 건 없고. 혹시 아니? 네가 일 등이 되어 졸업할지. 스스로에게서 예상치 못한 것을 상상해봐. 미래는 아직 비어 있으니까."

나갈 때 문 닫고 나가고, 하면서 교장이 박물관을 빠져나갔다.

"별명이 미친 여우래. 완전 찰떡이지? 학교 다닐 때 학교에 미친개 한 사람씩 다 있었잖아."

강유진이 키득거렸다.

"저 교장, 이름이 정이화야. 이화(李花), 오얏꽃."

하인학교 문장에 새겨진 오얏꽃 문양을 가리키며 이어 말했다.

"교장이 되면서 이름을 바꿨대. 학교랑 물아일체가 된 셈이지."

"'나는 국가와 결혼했다'라고 선언한 처녀 여왕 엘리자베스처럼 학교랑 결혼이라도 했나?"

한서정의 목소리엔 비아냥이 실려 있었다.

"야, 너! 나랑 좀 통한다? 암튼 노처녀 히스테리 만땅일 테니 웬만하면 피해 다니자고."

박물관 문을 닫으며 강유진이 앞장섰다. 학교에서 가장 중요한 곳을 가봐야 한다고 서둘렀다.

"가장 중요한 곳? 그게 어딘데?"

"잘 생각해봐. 너 학교 다닐 때 제일 좋아했던 곳."

알 수 없었다. 학교를 좋아한 적이 없었으니까.

"잘 봐. 여기야."

아, 그렇구나. 어느 학교든 학교 안에서 학생들에게 가장 중요한 곳.

매점이었다. 강유진이 그렇다고 하니까 정말 그런 것 같았다. 가장 중요한 곳. 그곳으로 들어갔다.

들어서고 보니 웬만한 마트보다 컸다. 그리고 없는 게 없었다. 생활에 필요한 모든 것이 망라되어 있다고 봐도 무방했다. 유기농 식재료로 조리된 음식은 기본이고, 위생용품과 문구용품, 이지웨어들과 학습에 필요한 스마트기기까지 갖춰져 있었다. 극한의 재난 상황에서도 반년은 풍족하게 살 수 있을 것 같았다. 한마디로, 끝내줬다.

"여기에 사인만 하면 뭐든 다 가져갈 수 있어."

강유진이 보드게임 한 벌을 가져와 큐알 코드를 찍고 데스크에 놓인 전자 장부에 사인했다.

"그렇다고 막 먹어대면 안 돼. 정기적으로 체중 체크하거든.

십 프로 오버되면 강제 단식 들어가야 하니까."

매점에 있으니 잠깐이지만 위로받는 기분이었다. 한서정은
달콤쌉싸름한 초콜릿을 가져다 입에 넣었다. 무거운 잠수복을
입고 숨을 헐떡거리는 기분일 땐 역시 초콜릿만 한 게 없었다.

초콜릿이 입 안에서 녹았다. 한서정은 상상했다. 다음 계획이
아무것도 없는 사람처럼 느긋하게 목욕하고 희고 두껍고 햇빛
냄새가 나는 목욕 가운을 두르고 영국인들처럼 오후의 티를 마
시면서 달콤한 버터쿠키를 먹는 일상을. 고작 매점에 서서 초콜
릿을 먹으면서, 주인이 되었을 때나 펼쳐질 장면을 처음으로 상
상했다.

해가 들지 않으니 언제 해가 지는지 알 수 없었다. 하인학교
의 시간은 학교가 정한 대로 흐르거나, 멈췄다.

밝았던 조명은 밤 열한 시가 되자 복도의 인도등과 비상등을
제외하고 전부 소등되었다. 기숙사동의 얇은 벽을 타고 간간이
소음이 흘러들고, 문밖으로 발소리가 들렸다. 자정까지 기숙사
사감이 순찰을 돈다고 했다.

잠이 쉽게 들지 않았다. 삶의 혼란을 내버려둔 채 알 수 없는
곳에 들어와 있다는 불안이 갈비뼈 밑을 찔렀다. 숱한 의문들이
꼬리에 꼬리를 물었다.

하인학교. 일 등이 되어 졸업하면 어떤 과정으로 주인이 된다는 걸까. 만약 일 등이 되지 못하고 탈락하면 어떻게 되는 걸까. 이곳에서 무사히 나갈 수 있을까. 나간다면 또 어디로 가야 하는가. 만약 교장의 말대로 학교에서 고난을 이겨내고 졸업을 하면 정말 과거의 나와 완전히 다른 새로운 모습으로 살아갈 수 있는 건가. 이 괴상한 학교는 무엇으로 그것을 보장할 것인가.

한서정은 뒤척거렸다. 어둠이 소리를 집어삼킨 듯 아무 소리도 들리지 않았다. 세상 전체가 죽기라도 한 것 같았다. 그 고요가 먼 과거를 가까이 끌어당겼다. 자꾸만 기억이 떠올랐다. 어째서 사람은 고요하고 어두운 곳에 혼자 있게 되면 필연적으로 과거를 돌아보게 되는 걸까. 찰나의 순간순간이 장면처럼 머릿속을 스쳤다.

그 피. 붉고 선연하고 소름 끼치도록 맑은 피.

한서정은 김현수가 흘리던 피를 떠올렸다. 애써 피하려고 해도 저절로 그렇게 되었다.


김현수는 한서정이 일하던 회사의 오너였다. 플라이십 주식회사. 말 그대로 물 위를 나는 배를 만드는 회사였다.

"이미 그런 컨셉의 배가 있지만 보통 수면에서 오 미터 내지 십 미터 뜨는 게 고작이거든. 우리 배는 달라. 수면 위 이백 미터까지 떠서 갈 수 있어. 속도도 거의 비행기에 가깝고. 그러니까 부산에서 울릉도까지 칠십 분이면 갈 수 있지."

김현수의 자부심은 대단했다. 해양수산부에서 국책사업으로 지정되어 수백억의 자금을 지원받아 물 위를 나는 배를 개발 중이었다. 서울 사무실은 연구소 역할을 겸하고 있었다. 생산 공장은 거제도 해안가에 있었다. 연구소에는 비밀스러운 암호 같은 설계도와 비행기 같기도 하고 배 같기도 한 모형들이 가득 차 있었다. 그에 비해 사무 공간은 최소한의 가구만 배치된 단출하고 기능적인 모습이었다. 한서정은 그 회사의 내부 살림을 맡고 있었다.

"한 대리, 바빠?"

어느 날 김현수가 한서정에게 물었다.

"괜찮으면 나랑 같이 거제도 현장에 가자고."

사무실에서 몇 년을 근무했지만 한서정은 현장에 가본 적이 없었다. 맑은 햇살, 시원한 바람, 너른 바닷가. 가보고 싶었다.

"네."

여행이라도 가는 기분이었다. 바다를 못 본 지도 오래되었다고 생각했다. 바람은 시원했고 햇살은 화창했다.

물 위를 나는 배는 굉장했다. 사무실에서 사진이나 영상으로만 보다 실물로 보니 압도되는 기분이었다. 요트보다 약간 더 큰 크기의 날렵한 배였는데 세련된 모양의 비행기 날개가 달려 있고 뾰족한 앞쪽에는 프로펠러가 붙어 있었다. 파도는 잔잔하게 일렁였고 하늘도 바다도 파래서 온 세상이 하나로 확장되어 보였다.

"타. 오늘은 특별 승객으로 모실 테니까."

김현수가 먼저 올라타면서 말했다. 한서정이 조심스러운 걸음으로 오르자 김현수가 시동을 걸고 출발했다.

정말이었다.

출발한 지 일 분도 되지 않아 물 위로 떠올랐다. 파도를 가르며 나아가는 게 아니라 파도 위에 떠서 날듯이 공기를 가르며 나아갔다. 대병대도와 소병대도 등 크고 작은 섬들이 푸른 물결 위에서 너울거리듯 나타났다 금세 사라졌고, 해안 절벽의 풍광은 막 지기 시작하는 노을빛을 받아서 신비로운 느낌마저 들었다.

그런데 뭔가 이상했다.

수면 위로 백 미터 이상 떠서 날 수 있다고 하지 않았나. 김현수가 일부러 그렇게까지는 작동하지 않은 것일까. 자꾸만 수면 위 오 미터 정도에서 움직이다가 처음의 정박 지점으로 돌아왔다. 의아해진 한서정은 묻고 싶었지만 이유가 있겠지 싶어 무엇도 묻지 않았다. 그랬어도 표정으로 보였던 모양이었다.

"왜 더 오르지 않는지 이상하지?"

김현수가 먼저 물었다. 한서정은 대답 없이 그를 쳐다봤다.

"활주로 없이 높이 떠오르는 것이 내가 내세운 핵심 기술이었어."

그는 어두운 얼굴로 한숨을 내쉬었다.

"한 대리가 지금 보다시피 실패했어. 내 설계는 완벽했지만 상용화에 성공하진 못했어."

뭐라고 대꾸해야 할지 적당한 말을 찾기 어려웠다. 우물쭈물하는데 한서정에게 전화가 걸려 왔다. 서울의 사무실이었다.

"네, 정 이사님. 말씀하세요. 사무실에 무슨 일이라도 있어요?"

한서정은 정 이사가 하는 말을 바로 이해하지 못했다.

사무실에 검찰이 들이닥쳤다고 했다. 체포영장을 들이밀면서 자신을 찾았다고 했다. 혐의는 횡령. 백억이 넘는 회삿돈이 한서정의 계좌로 들어갔다가 온데간데없이 빠져나갔다고 했다.

"그게 무슨 말이에요?"

한서정이 놀라 묻는 동시에 김현수를 쳐다보았다. 김현수는 먼 하늘을 보며 담배를 피우고 있었다. 반년쯤 전에 김현수가 요청했던 일이 떠올랐다. 예상보다 개발이 늦어지면서 회사 자금 운용이 빠듯하다, 법인세니 뭐니 세금이 빡빡하다, 그래서 말인데 운영 자금을 따로 빼놓고 관리하고 싶으니 가끔 네 개인 계좌를 사용해도 되겠냐, 규모는 그저 임대료니 관리비니 그런 정도니까 몇천만 원 수준일 거다…….

미심쩍고 불안한 기분이 들긴 했어도 자신이 직접 관리하는 것이니 별문제는 없을 거라고 생각했다. 그리고 실제로 많지 않은 금액만 들어왔다 나갔다 했을 뿐 문제 될 소지는 없어 보였다.

서둘러 전화를 끊고 한서정이 김현수에게 물었다.

"대표님은 무슨 일인지 아시죠?"

김현수가 한서정을 돌아보지 않고 말했다.

"이 사업은 실패야."

김현수는 다 타들어간 담배를 버리고 새 담배에 불을 붙였다.

"한 대리. 아니, 서정아. 난 다 알고 있었다. 재학증명서며 뭐며 네 서류가 다 가짜라는 걸 말이다."

얘기가 이상하게 돌아가고 있었다. 한서정은 날카로운 창으로 불시에 심장을 찔린 것 같았다.

"내가 입을 열면 넌 어차피 감옥에 가게 돼 있었어. 그러니까 네가 좀 고생해주면 그다음은 내가 평생 널 책임질게."

"그러니까 대표님이 회삿돈을 횡령했고 그걸 나한테 뒤집어 씌운 거라고요?"

눈앞이 노래졌다. 한서정은 김현수의 멱살을 잡았다.

"어떻게 그럴 수 있어요, 어떻게 나한테……."

혼자 세상을 살아가면서도 울지 않았던 한서정은 울었다. 비명을 지르고 싶은 심정이었다. 그녀가 울분에 차 김현수의 멱살을 잡고 흔들었다.

"아니, 그렇게는 안 돼요. 내가 다 말할 거예요. 검찰에 가서 사실대로 말할 거라고요. 내 개인 계좌를 사용하겠다고 했을 때 녹음해뒀어요. 세상 살다 보면 무슨 일이 생길지 모르니까. 그럼 대표님이 내 개인 계좌를 사용했다는 사실이 밝혀지겠죠."

김현수가 한서정의 뺨을 후려쳤다.

"전화기 이리 내."

한서정이 이를 물었다. 그리고 다가오는 김현수를 온몸으로 밀쳤다. 그 힘에 밀려 뒷걸음질 치던 김현수가 바닥에 흐른 물기에 미끄러졌다. 뒤로 넘어지면서 그는 흔들리는 배의 철제 난간에 뒤통수를 부딪쳤다. 쿵, 소리가 났다.

뒤로 나가떨어진 김현수의 몸이 바르르 떨리더니, 이내 움직임이 멎었다. 기겁한 한서정이 달려들어 김현수를 흔들었다. 미동도 없었다. 바닥으로 검붉은 피가 흐르기 시작했다.

"대표님."

외마디 비명처럼 한서정이 소리를 질렀지만 김현수는 뻣뻣했다. 죽은 거야? 정말 죽은 거야? 한서정은 그 자리에 털썩 주저앉았다.

그때였다. 전화가 울렸다. 정 이사님인가? 뭔가 착오가 있었다고 말해주겠지. 핸드폰 화면을 보았다. 정 이사가 아니었다. 이진욱이었다.

— 웬일이냐? 내 전화도 받고. 한서정? 듣고 있냐?

한서정이 울먹였다.

"도와줘."

그렇게 그 자리에서, 단 한 발짝도 움직이지 않고 이진욱을 기다리며 시간을 흘려보냈다. 단지 몇 시간일 뿐인데, 그 시간이 마치 영원 같았다. 영원히 그 지옥에서 빠져나오지 못하는 건 아닐까. 한서정은 덜덜 떨면서 축 늘어진 김현수를 외면했다.

이진욱이 도착했을 때, 한서정은 영혼이 빠져나간 얼굴을 한 채 고개도 제대로 가누지 못하고 있었다. 이진욱은 숨이 차올라

헐떡거리면서 배로 뛰어 올라왔다.

"무슨 일이야?"

이진욱은 아무 대답도 없는 한서정을 뒤로하고 배 안부터 둘러본 다음에 김현수를 살폈다.

"너는? 너는 괜찮아?"

그가 선실에서 담요를 가져다 그녀의 어깨를 덮어주었다. 한서정은 보기에도 끔찍할 만큼 떨고 있었다. 이진욱이 보이지 않고 그의 목소리도 들리지 않는 것처럼 시선이 멍했다. 눈에서는 계속 눈물이 흘렀고 이빨이 딱딱 부딪쳤다.

"한서정!"

이진욱이 한서정의 어깨를 쥐고 흔들었다.

"정신 차려봐."

어디를 보는 걸까. 한서정의 눈은 방향을 알 수 없었다. 불시에 삶의 방향을 잃은 눈동자는 그저 허공 위에서 흔들릴 뿐이었다.

"날 봐. 나를 보라고."

이진욱이 한서정의 뺨을 때렸다. 그제야 그녀의 눈동자가 이진욱을 향했다.

"난 이제 살인자야. 이제 다 끝이라고!"

한서정이 소리 질렀다. 절규였고 울음이었으며 삶의 낭떠러지에서 추락하며 내는 마지막 비명이었다.

"안전한 곳이 있으면 갈래?"

"어딘데? 나한테 그런 데가 이제 어디 있다고."

"가보면 알아. 끝이 아닌 곳. 다시 시작할 수 있는 곳."

이진욱이 한서정의 어깨를 손으로 잡고 고개를 끄덕여 보였다.

한서정은 쓰러진 김현수를 등지고 이진욱을 보고 있었다. 그러느라 보지 못했다. 김현수가 가느다란 신음 소리를 흘리며 손가락을 까딱이는 것을. 이진욱이 힐끗 김현수를 보았고 한서정이 고개를 돌리지 못하도록 그녀를 끌어안았다.


김현수는 어떻게 되었을까.

침대 헤드에 기대 어둠을 쏘아보았다. 마음이 기우뚱해서 그런가, 여기 말고는 갈 곳 없는 몸뚱이가 더 움츠러들었다. 한서정은 이후 상황을 알지 못했다. 바깥 사정을 알지 못하니 더욱 불안하고 두려웠다.

눈물이 흘렀다. 소리를 내지 않으려 입을 틀어막고 울었다. 흐른 눈물에는 푸른 독이 들어 바닥에 꽂히듯이 땅으로 추락했다. 입 속에서 짖는 듯 우는 듯 다급하고 억눌린 신음이 흘러나왔다. 날카로운 모양의 두려움이 명치끝을 짓이겨대서 앙가슴을 주먹으로 마구 두들겼다. 모든 것이 다 무서웠다.

이진욱. 분명 따라온다고 했었는데. 그는 자신이 그 자리를 떠난 이후의 사정을 모두 알까. 분명 '다시 시작할 수 있는 곳'이라고 했다. 정말 그럴까. 여기서 모든 것을 새롭게 시작할 수 있을까. 절망과 불가능과 간절한 바람 사이에서 한서정은 가쁜 숨을 들이쉬었다. 기도하는 마음으로 이진욱을 떠올렸다. 그러자 자연스럽게 그를 처음 만났던 때가 떠올랐다.

이진욱과는 원주 근처 작은 소도시에 살 때 처음 만났다. 늘 가던 복권방에서였다.


행운복권방. 이진욱은 카운터 안쪽에 앉아 있었다. 출입문에 매달린 풍경이 딸랑, 울렸는데 이진욱은 한서정을 쳐다보지 않았다.

"로또 주세요. 이십만 원어치요. 반은 자동, 반은 수동."

이윽고 카운터 안쪽에 앉아 있던 이진욱이 고개를 들었다.

"너구나?"

그가 입고 있는 교복에 '이진욱'이라고 적힌 명찰이 붙어 있었다. 이진욱. 진양고 삼 학년. 전국 석차 백 위권. 좁은 동네라 그 정도 프로필이면 누구나 다 알았다. 그 이진욱이 하필 행운복권방 집 아들이란 건 그때 처음 알았고. 그런데 첫마디가 '너구나?'라니.

"매주 이십만 원어치씩 로또 사는 고딩이 하나 있다더니."

한서정은 그의 명찰을 다시 보았다. 혹시 고딩이란 사실을 트집 잡아 신고라도 할까 싶었다.

"원래 십만 원 이상 사면 안 되는 거 알지?"

"주세요."

한서정이 고개를 숙이고 말했다.

"편의점 알바 뛴 돈 여기로 다 가져오는 거야, 한서정?"

이진욱이 로또 용지를 세면서 말했다. 깜짝 놀랐다.

"네 가슴에 이름표."

아, 이름표. 원래는 교복 입고 오지 않는데.

"그런데 고딩이 왜 그렇게 로또를 사는 거야?"

로또 용지를 건네며 묻기에 한서정이 손을 내밀다 말고 멈칫했다. 쏘아보는 눈빛에 그가 워워, 손짓했다.

"잠깐."

로또 등록을 끝내고 복권방 문을 나서는데 그가 멈춰 세웠다. 카운터에서 나와 바싹 다가들었다. 이진욱은 눈썹이 짙고 입매가 시원했다. 그가 손을 내밀었다.

"폰 번호 줘봐. 내가 매주 로또 번호 찍어줄게."

무슨 수작이냐. 한서정이 노려봤다.

"내가 복권방 집 아들 노릇만 십수 년이야. 당첨 번호에 패턴이 있어. 내가 이 동네 탑 브레인인 건 알지?"

안다. 그리고 변덕스럽고 한낱 기분 따위에 좌우되는 타인의 호의에 기대서는 안 된다는 것도 알았다. 한서정은 유년을 거치면서 자연스럽게 사람을 믿지 않게 됐다. 살아온 시간의 누적으로, 호의는 믿지 말아야 한다는 걸 깨달았다. 상대방이 호의를 베풀 때는 그 밑에 깔린 진짜 목적을 간파해야 한다.

"작업 거는 거 아니다."

이진욱이 그럴 리가 없지 않냐, 하는 표정으로 웃었다.

그렇지. 그럴 리가 없지. 머쓱한 기분이 되었다. 그 목적이 아

니라면 이진욱이 초면인 자신에게 다른 목적이 있겠는가. 한서
정은 혹시라도 그런 당첨 패턴을 알기라도 하나 싶어서, 그렇다
면 정말 그랬으면 좋겠다는 심정으로 이진욱에게 폰 번호를 주
었다.

이진욱은 매주 예상 번호를 문자로 보내주었다. 그리고 계속
틀렸다. 그러니까 새벽까지 식당에서 설거지하고 편의점에서
알바 뛰어 번 돈이 매주 이십만 원씩 공중으로 사라진다는 뜻이
었다.

새삼스러울 건 없었다. 늘 그래왔고 더 나빠질 게 있겠나, 싶
은 하루하루였다. 가장 힘든 건 하루가 지나면 또 똑같은 하루
가 밀어닥친다는 거였다. 그런데 이진욱의 문자를 보면 위로를
받는 기분이었다. 이진욱은 숫자를 적은 다음 한마디씩 덧붙여
보냈다. '파이팅~'이라거나 '대박 기원!'이라거나 폭죽이 빵 터
지는 이모티콘을 붙인다거나. 그 때문인지 매번 틀렸어도 한서
정은 웃었다.


행운복권방 집 아들 이진욱. 그가 이끌어 들어온 하인학교. 과
연 이번에는 복권에 당첨될 수 있을까. 하인학교는 로또와 같은
행운일까. 한서정은 침대에 누운 채 천장을 보았다.

밤새 뒤척거려 몇 시인 줄 몰랐는데 어느새 아침이었다. 바깥
이 소란스러워졌다. 한서정은 자리에서 일어났다. 행운의 복권
인지 아닌지는 지금부터, 알아봐야겠지.

한서정이 방문을 열고 나갔다.


교실에선 학생들이 떠들고 있었다. 여느 학교의 교실과 마찬
가지였다. 학생들은 마음껏 웃었고 유쾌했으며 시끄러웠다. 강
유진이 손짓해 한서정은 강유진 뒷자리에 앉았다.

"안녕, 마이 스탭."

오윤주가 손을 들고 말했다. 미소 어린 표정이었고, 경쟁자로
서의 비아냥과 동료로서의 장난기가 섞여 있는 투였다.

"누가 스탭이 될지는 두고 보자고."

픽, 하는 웃음을 지으며 한서정이 대답했다.

강유진이 옆자리 학생을 가리켰다.

"인사해. 여기는 김엘리사."

정작 지목받은 엘리사는 책상에 고개를 처박고 자고 있었다.

"냅둬. 얘는 벙어린지 말하는 걸 한 번도 못 봤어."

인사하랄 땐 언제고. 엘리사는 강유진의 비아냥에 그제야 고
개를 들었다. 그리고 잠깐 강유진과 한서정을 노려보더니 다시
엎드렸다.

엘리사는 자고 있지 않았다.

다만 누구하고든 부딪치고 섞이고 웃고 떠드는 짓을 하기 싫
었다. 엘리사의 몸과 마음은 따로 놀았다. 그녀에게 하인학교 교
실에 앉아 뭉개고 있는 몸뚱이는 중요하지 않았다. 지금 엘리사
의 주인은 그녀 자신이 아니었다. 그녀가 겪은 과거였다. 이미

지나버린 과거가 지금의 엘리사를 집어삼켜 놓아주지 않았다.


  그것은 물이었다.

  가만히 있어도 물에 잠긴 것처럼 숨을 쉬지 못해 꺽꺽거렸다.
물이 칼날처럼 몸의 모든 구멍으로 쑤시고 들어와 폐를 가득 채
워 오장육부를 찢어놓을 것만 같았다. 전국 수영 대회 금메달리
스트 출신인 엘리사는 물이…… 무서웠다.

  엘리사는 쌍둥이였다. 언니는 엘리야. 두 자매 모두 수영선수
였다. 엘리야는 구세주 재림의 선구자, 엘리사는 예언자 엘리야
의 제자이며 후계자. 아버지가 목사인 탓이었다. 사이비 교회의
목사. 이상한 건, 아버지가 목사이며 밤마다 그렇게 기도를 해대
는데도 쌍둥이 자매에게 툭하면 마귀가 씐다는 거였다. 어째서
사탄이 매일 밤 어린 쌍둥이 자매에게 파고들었던 것인지 아무
도 몰랐다. 아버지는 밤마다 쌍둥이 자매를 때렸다. 자매는 등짝
과 허벅지의 피멍을 가리려고 언제나 전신수영복을 입었다.

  '사탄아 물러가라.'

  자매가 맞는 이유는 오직 한 가지였다. 마귀를 몰아내야 한다
는 것.

  마귀 퇴치에는 매 말고도 다른 방법이 있다는 걸 자매는 초경
을 치를 무렵에 알았다. 아버지는 가슴이 봉긋하게 솟고 엉덩이
가 커지기 시작하는 자매를, 번갈아 성폭행했다. 오직 마귀를 쫓
을 목적으로 말이다. 자매는 그런 밤들을 오랫동안 견뎠다. 아

주, 오랫동안.

"아버지, 우리 같이 여행 가요."

자매는 살갑게 아버지에게 말했다.

"여행?"

"아버지는 신도들이며 우리들이 늘 회개하고 구원받도록 애쓰느라 힘드니까 좀 쉬셔야죠."

자매가 양쪽에서 아버지 팔짱을 끼자 아버지는 헤벌레, 웃었다.

"아버지랑 여행 가려고 우리가 정말 좋은 곳을 일부러 찾았다니까요."

과연 절경이었다. 도롯가에 차를 주차하고 제대로 나 있지 않은 좁은 돌길을 따라 언덕을 내려오자 확 트인 강가가 나왔다. 강변답지 않게 고운 모래가 널찍하게 깔려 있었고 커다랗고 넓은 물이 둥근 모양으로 고인 듯 흐르고 있었다. 도로에서는 잘 보이지 않기 때문에 모르는 사람들은 찾아오기 어려운 지형의 장소였다.

자매는 텐트를 치고 캠핑용품을 세팅하고 음식을 차렸다. 마치 미리 연습이라도 한 것처럼 일사불란하게 자매가 움직이는 동안 아버지는 뜬금없이 물에 대고 '야호'를 외쳤다. 그 목소리는 물이 삼키고 절벽이 빨아들여 밖으로 새어 나가지 않았다.

아버지는 신발을 벗고 물에 발을 적셨다. 한여름을 갓 지난 물은 제 안에 서늘한 기운을 머금고 있었다.

"그냥 근처 펜션에 묵으면서 밥은 식당에서 사 먹으면 될 걸 너희가 고생이구나."

아버지의 목소리는 인자했다.

"근처에 펜션이 없어요. 마을도 한참 떨어져 있고. 그리고 우리 가족끼리 오붓하게 있으니까 좋잖아요."

자매는 삼겹살을 구워 아버지에게 먹였다. 기름진 고기에 짜디짠 쌈장에 소주를 곁들였다.

"얼마나 좋냐. 식구끼리 고기 구워 먹고 소주도 한잔하고."

아버지는 금세 취했다. 공기가 좋은 곳이라 그런지 지는 석양이 짙은 핏빛이었다. 피가 흘러 번지듯 주변을 붉게 물들이던 석양이 넘어가자 하늘이 어둠으로 검어졌다. 개구리 소리, 어느새 활동을 시작한 귀뚜라미 소리, 이름을 잘 모르겠는 풀벌레소리. 텐트 안에 켜진 한 줌 빛을 제외하곤 밖은 어느새 어둠뿐이었다.

"덩그러니 우리만 있으려니까 좀 무섭기도 하고."

아버지가 문득 몸을 떨었다. 불빛 한 줄기, 사람 소리 하나 없어서인가. 그것이 무엇이든 살면서 만나고 싶지 않은 어떤 게 웅크리고 있을 것 같은 기분이었다. 사람의 힘으로는 제어할 수 없는 종류의 악귀 같은 것이 땅속에서 일어나 살아있는 자들에게 눈독 들일 것 같은 기분 나쁜 느낌이었다.

"그럼 우리 같이 물놀이할까요?"

자매가 웃으며 아버지를 일으켰다.

"지금? 이 밤에? 같이?"

"좋잖아요. 아무도 없고."

물은, 할랑할랑 조용하게 흐르면서 밤의 세계를 한층 어둡게 만들고 있었다. 낮 시간 동안에 늘어져 있던 그림자와 그늘마저 빨아들여 삼킨 물은 물소리마저 제 안으로 받아 삼켰다.

"이쪽으로요."

자매가 아버지의 손을 잡아 이끌었다. 고요한 표면으로 유혹하고 있는 물은 와류를 감추고 있었다. 불과 몇 미터만 들어가도 급작스럽게 수심이 깊어지는, 그래서 생겨난 소용돌이를. 그것은 바로 자매가 이곳을 택한 이유였다.

물.

더럽게 고여 있는 물이 아니라 깨끗하게 흐르는 물. 그래서 좋았다. 불결한 것을 씻어 내려 정화하는 것은 모든 제물이 반드시 거쳐야 하는 과정이니까.

소용돌이 바로 앞에서 자매는 아버지와 위치를 서로 바꾸었다. 젊고 싱싱한 자매들의 손길에 눈이 먼 아버지는 자매가 이끄는 대로 물속으로 걸어 들어갔다. 자매는 그저 아버지의 등을 슬쩍 밀쳤다. 그러면서 물속에서의 손놀림이 느리면서도 우아하다고 생각했다.

그게 다였다. 그다음은 물이 알아서 자매를 도와주었다. 미끄러운 바닥으로 아버지의 발을 헛딛게 만들었고, 일단 한 발을 들이밀자 소용돌이가 난폭하게 아버지의 나머지 몸뚱이를 빨아들였다.

"사람 살려!"

아버지는 소리 질렀다. 딸꾹질을 하는 것처럼 발작적이면서도 격렬하게 물을 삼켰다. 아버지는 죽어가면서 끝도 없이 물을 삼켜 더러운 제 몸을 스스로 정화했다. 부디 아버지 몸에 붙은 마귀가 물에 쓸려가버리기를.

"미안해요, 아버지."

수영선수인 두 자매는 아름다운 몸짓으로 팔을 뻗고 춤사위처럼 발을 굴려 빠져나왔다. 달빛에 드러난 물결은 아름다웠다. 아버지는 그 물결을 따라 그림자도 남기지 못한 채 둥글게, 더 깊이 빠져 들어가고 있었다. 수없는 밤마다 딸들을 짓밟으며 살아온 아버지는 물에 씻겨 어둡고 말개질 것이다.

누가 그랬더라. 물은 그 무엇에도 상처받지 않는 피부와 같다고. 감쪽같이 아버지를 삼키고 나서 언제 그랬냐는 듯 시치미를 떼고 다시금 고요해지는 물의 탄성이 갑자기 두려워졌다. 걷기 시작하면서부터 수영을 시작했고, 제 몸처럼 하나 되어 물속에서 살아온 시간이 십수 년인데, 물은 거대한 올가미로 변했다. 울면서 흘러가는 물의 목소리는 자매의 피눈물을 대변했다. 차가운 물결이 잘 벼린 칼날처럼 온몸을 난자했다. 물이 몸을 묶어 다시는 물에서 수영을 하지 못했다.


"조용."

교실 문이 열리고 교사가 들어와 교탁을 내리쳤을 때 비로소 엘리사는 눈을 뜨고 고개를 들었다.

"래시반 담임 최정희."

강유진이 속삭였다. 최정희가 손을 들어 학생들 숫자를 셌다.

"열 명 맞네. 새로 온 한서정?"

한서정이 네, 대답하며 손을 들었다.

"그래. 모르는 건 앞에 앉은 강유진에게 물어보고."

강유진이 어깨를 으쓱했다.

"아픈 사람 없고? 싸우지들 말고. 오늘도 무사히. 웃을 수 있을 때 실컷 웃어두고. 이상."

최정희가 무성의하게 말하고 나가자 곧이어 땡, 땡, 땡, 종이 울려 수업 시작을 알렸다.

첫 교시는 음악 시간이었다. 음악실은 사방 벽에 커다란 스피커가 붙어 있고 매킨토시의 MC275 진공관 앰프가 설치된 곳이었다. 짙은 자줏빛 벨벳 커튼이 드리워진 실내는 낮은 조도의 조명이 은은했다.

음악교사는 남자였다. 문남준. 사십 대 초반쯤으로 키가 작고 정수리가 벗겨지고 있었는데 구레나룻이 짙었다. 검정 두루마기로도 튀어나온 뱃살이 다 가려지진 않았다. 여기저기서 키득거렸다.

"교양 음악과 전공 음악을 동시에 수업한다."

문남준은 웃을 테면 웃으라는 듯한 표정이었다.

"오늘 교양 음악은 베토벤의 피아노 소나타 '월광' 그리고 쇼팽의 '피아노 협주곡 2번'이다."

문남준이 앰프를 작동하자 미리 예열된 진공관을 타고 피아노 소리가 사방 스피커로 흘러나왔다. 소리는 음악실을 가득 채우고 듣는 사람의 귓바퀴를 타 넘어 고막 안으로 곧바로 흘러들었다. 그만큼 깨끗하고 풍성하고 부드러웠다.

"월광이 왜 월광인지 아는 사람?"

누군가 손을 들고 대답했다.

"베토벤 사후 독일의 시인인 루트비히 렐슈타프가 붙인 제목입니다."

"맞다. 1832년, 즉 베토벤이 세상을 떠나고 오 년쯤 지난 후의 일이었다. 그런데 이건 상식에 가깝지. 중요한 건 제목이 잘못 붙여졌다는 사실이다."

문남준이 학생들을 훑어보았다.

"우리가 교양 음악을 수업하는 까닭은 너희도 잘 알 거다. 너희 중 누군가는 꼭대기까지 올라가 사회 지도층이 되어야 하니까. 그러나 대중적으로 잘 알려진 '월광'을 고른 까닭은 따로 있다. 무릇 꼭대기에 있는 사람은 모든 일의 표면뿐 아니라 이면까지 꿰뚫고 있어야 하기 때문이다."

더없이 거만한 표정으로 문남준이 말을 이었다.

"이 곡은 백작의 딸인 줄리에타 귀차르디를 위해 작곡되었다. 줄리에타는 베토벤의 제자로 열네 살 연하였다. 베토벤은 그녀와 사랑에 빠졌지만 귀도 들리지 않는 가난한 음악가와의 결혼을 그녀의 아버지가 찬성할 리 없었지. 이 사랑은 비극적으로 끝났고, 줄리에타는 다른 백작과 결혼해 이탈리아로 떠났다. '월광'은 베토벤이 그녀와의 사랑을 표현한 곡이었다."

막 '월광 소나타'의 3악장이 시작되었다. 꿈결처럼 속삭이듯 흐르던 피아노는 3악장에 이르자 파탄 난 사랑의 비극에 울부짖듯, 건반이 부서질 듯, 포효했다.

"그러니 이 곡의 제목은 '사랑'이어야 맞다. 귀 밝은 사람이라면 부드럽게 시작해 폭풍 같은 오열로 끝나는 사랑의 전개를 이 곡에서 들을 수 있을 것이다. '월광'은 사랑으로 인한 감정의 양극을 알지도 못한 채 후대의 시인 따위가 함부로 붙인 제목이었던 셈이지."

학생들이 건성으로 고개를 끄덕였다.

"이면을 기억해라. 그러면 당연하게도 타깃이 너희를 훨씬 더 매력적으로 느낄 테니까."

곧 '월광'이 끝났다. 문남준은 이어서 쇼팽의 '피아노 협주곡 2번'을 틀었다.

"2악장인 '라르게토'는 쇼팽의 낭만적인 아름다움을 최고로 잘 표현한 곡이지. 이 곡의 이면엔 뭐가 있을까?"

자, 어서 말해라. 어떤 숨은 이야기가 있는가. 학생들이 눈빛으로 문남준을 재촉했다.

"이 곡은 쇼팽이 미모의 백작 부인 델핀 포토카에게 헌정한 것으로 잘 알려져 있다. 그러나 이 곡의 주인은 따로 있었다. 바로 쇼팽이 짝사랑하던 여인 코스탄차였다. 성악 공부를 하는 학생이었던 코스탄차를 두고 쇼팽은 '진정으로 숭배할 수 있는 여성'이라고 했지만 그 사랑은 이루어지지 못했다."

문남준이 잠시 뜸을 들이며 학생들을 둘러보았다.

"여기서 중요한 건 무엇이겠냐?"

학생들이 멀뚱멀뚱 문남준을 보았다.

"음악과 사랑은 뗄 수 없는 관계라는 것이다. 너희 중 누군가는 타깃과 사랑을 해야 하지."

풋. 웃겼다. 그러니까, 얼굴 한 번 본 적 없는 누군가와 사랑에 빠지려고 지금 이따위 수업을 듣고 있다는 것이다. 무려 열 명의 여학생들이.

한서정은 호의나 연민처럼 사랑 또한 믿지 않았다. 사랑이 하는 역할이라곤 정상적으로 균형 잡힌 삶의 질서를 교란하는 것 말고 무엇이 있나. 사랑에 빠지면 어떤 상황에 놓여 있든 단번에 사랑 모드로 전환되잖나. 종일 죽도록 일하고 피곤에 절어도 자정이고 새벽이고 '사랑'이 호출하면 단박에 응답하고 그다음 날 또 병든 닭처럼 흐물거리겠지. 그러다 보면 모든 것이 무질서해지고 견딜 수 없어지며 매혹에 빠진 상태가 되고 또 무기력해지겠지. 결국 사랑의 시간을 갖기 위해 나머지 삶이 작동하는 꼴이 되는 것이다. 사랑은 점점 더 스스로를 딛고 일어서 증식되어 사랑 말고는 아무것도 남지 않게 만들고서야 직성이 풀리겠지. 사랑이라니. 개뿔. 개에게나 줘버려라.

사랑을 위해 쇼팽이 남긴 아름다운 선율은 길고, 지루했다.

"이제 전공 음악으로 넘어가볼까?"

문남준이 일어서서 진공관 앰프 옆으로 가더니 천으로 씌워진 덮개를 열었다.

노래방 기계였다.

"래시반 타깃의 애창곡은 박효신의 '야생화' 그리고 심수봉의 '그때 그 사람'이다. 잘 마스터해둬야겠지?"

빵 터졌다. 학생들이 일제히 크게 웃었다. 책상을 치면서 웃었다. 손뼉을 치면서 박장대소했다. 터지는 실소를 참지 못했다. 문남준이 진지한 표정으로 노래방 기계 번호를 누르고 시작 버튼을 누른 다음 마이크를 켰다.

"아주 희희낙락이구만. 자신 있는 사람 어디 나와서 불러봐."

갑자기, 분위기, 노래방. 탬버린 없냐? 누군가 큰 소리로 말했다. 그러자 문남준이 노래방 기계 아래 선반에서 탬버린 두 개를 꺼냈다. 무표정으로.

한서정도 웃지 않을 수 없었다. 힐끗 보니 오윤주도 엘리사도 입꼬리가 슬쩍 올라가고 있었다.

막 전주가 시작되었을 때였다. 땡. 땡. 땡. 종이 울려 수업이 끝났음을 알렸다.

"아쉽지만 전공 음악 수업은 다음 시간에."

문남준이 즉시 노래방 기계를 끄고 덮개를 씌운 다음, 손으로 구김을 펴고, 마이크와 탬버린을 원래 자리에 보관하고, 교실을 나갔다. 학생들이 곧바로 소란스럽게 떠들었다.

"싸움 났다!"

교실 뒤쪽에서 한 학생이 소리쳤다. 의자가 드르륵 뒤로 밀리는 소리, 우르르 일어나 나가는 소리, 곧이어 들리는 함성. 강유진이 한서정을 잡아끌었다.

어제 식당에서 한바탕 싸웠던 양키스반 두 학생이었다. 이번에는 복도에서 붙었다.

학생들이 모여들어 둘러쌌다. 두 학생은 머리채를 움켜쥐었고 주먹을 휘둘렀다. 발길질이 오가고 눈빛이 공중에서 부딪쳐 불꽃이 튀었다. 네 개의 팔과 네 개의 다리가 하나로 얽혔다. 바닥을 뒹굴고 서로 올라타려고 아등바등했다. 내 발아래 굴복하라고 으르렁댔다.

가진 무기는 단 하나, 서로의 몸뚱이밖에 없었다. 올라탄 학생이 무릎으로 깔린 학생의 가슴팍을 찍었다. 어떠냐, 너 따위쯤 오늘 끝장내줄게. 먹잇감을 제압한 맹수처럼 목덜미를 조였다. 급기야 납작하게 깔린 학생이 머리로 올라탄 학생의 코를 들이받았다. 악, 비명이 터졌다. 코에서 뻘건 피가 흘렀다.

학생들의 탄식과 환호성이 뒤섞였다. 머리로 들이받힌 학생이 코를 감싸 쥐고 나동그라졌다. 감싸 쥔 손가락 사이로 흐른 피가 바닥으로 번졌다.

"뭐 하는 짓들이야?"

사감이었다. 두 학생이 비척거리며 일어났다. 사감이 다가섰다. 사감의 구두 소리가 복도에 울렸다. 순식간에 공기가 긴장되고 경직되어 미세한 떨림도 감지할 수 있을 정도였다. 사감의 등장만으로 분위기는 살벌해졌다.

그리고 곧 정말로 살벌한 일이 일어났다.

사감이 두 학생을 때리기 시작했다. 잘잘못을 따지지도 않았고 어떤 질문도 없었다. 경고나 질책 따위 한마디도 없었다. 스승으로서 잘못을 저지른 학생을 훈계하는 상황이 아니었다.

사감은 내내 표정이 없었다. 손바닥으로 연신 뺨을 때리다가 곧이어 주먹으로 가격했다. 한쪽 발을 뒤로 물리고 상체를 낮춰 안정된 자세를 취한 다음, 학생들의 얼굴과 가슴팍과 복부를 정확하게 강타했다. 사감은 맹렬한 기세로 주먹을 휘둘렀다. 예상치 못한 폭력이었다.

흡, 한서정은 숨을 멈췄다. 모두가 그랬다. 누구도 나서지 못했다. 찍소리도 없었다. 오직 때리는 소리와 맞는 소리만이 공기를 가르고 찢었다. 그토록 말 없는 순수한 폭력은 처음이었다. 나름대로 삶의 고난과 시련을 거쳐 독기를 품고 들어온 학생들이 모두 다 입을 다물었다. 지금 나섰다간 같은 처지가 될 걸 알았다.

두 학생이 비명을 지르고 쓰러졌다. 여기저기 찢어진 얼굴은 눈에선지 코에선지 입에선지, 어디서 흐르고 있는 건지 알 수 없을 만큼 피로 범벅이었다.

사감은 나자빠진 학생들을 계속해서 때렸다. 발길질도 서슴지 않았다. 뼈가 부러지고 오장육부가 바스러질 폭력이었다. 거기에는 분노나 증오나 혐오와 같은 여타의 감정이 느껴지지 않았다. 사감은 그저 벽을 대하듯 아무런 표정이 없었다. 학생들에게서 튄 핏방울이 사감의 얼굴과 옷과 주먹을 물들였다. 사감의 거친 숨소리와 발길질하는 둔탁한 소리만이 공간을 채웠다.

숨을 쉴 수 없었다. 그것은 공포였다. 감정이 빠진 폭력은 난생처음 맛보는 공포였다. 그것은 상대를 가리지 않는 공평한 두려움이었다. 이가 저절로 부딪힐 만큼 강렬할 공포가 차갑고 날카롭게 관통했다. 그 공포의 이름은 바로 죽음이었다.

저렇게 맞으면 죽을 수 있으리라는 걸 자연스럽게 알았다. 나도 저렇게 될 수 있구나. 맞고 쓰러져 몸을 떨다 기절한 학생들을 내려다보며 한서정은 순수한 공포가 서린 표정으로 굳어버렸다. 창백한 얼굴로 앙다문 입술만 깨물고 있었다. 소리 내지 못하는 눈물이 흘렀다.

보안요원 둘이 와서 쓰러진 학생들을 끌고 갔다. 그제야 즉결 심판이 끝이 난 것이었다.

제 발로 걷지 못하고 의식이 없는 학생들은 바닥을 쓸며 질질 끌려갔다. 학생들이 양 갈래로 흩어지며 길이 났다. 바닥에 피가 흥건했다. 사감이 그 피 웅덩이를 딛고 섰다. 끌려가는 학생들을 보다가 양쪽으로 서 있는 학생들을 둘러보았다. 저마다 눈을 마주치지 않으려고 고개 숙였다.

한서정은 갓 흐른 신선한 피의 색깔을 보았다. 마치 살아있는 생물처럼 꿈틀대며 흐르는 것 같았다. 머릿속이 텅 비었다.

　기숙사에 돌아와 누웠어도 공포는 가시지 않았다. 끔찍한 의문이 머릿속을 스쳤다. 이건 이상하다. 이 폭력은 인간이 인간에게 할 수 있는 행위의 범주에서 벗어난 것이다. 하물며 명색이 학교라는 데가 아닌가. 그 자리에서 나 자신도 덤벼들지 못했다. 내게도 언제든 일어날 수 있는 일이라는 사실을 저절로 알게 됐다. 그 깨달음으로 항의도 무엇도 아무것도 하지 못했다. 자괴감이 들 걸 알았으면서도 두려움과 공포가 온몸을 묶었다. 새카만 어둠 같은 현기증이 밀려들었다. 대체 이 학교의 정체가 뭘까.

　기숙사 곳곳에서 숨죽인 울음소리가 벽을 타고 넘나들었다. 침대에 기대 무릎을 끌어안고 덜덜 떨다가, 이불을 뒤집어쓰고 잔뜩 웅크린 채 누가 들을까 제 손으로 입을 틀어막는데도 어쩔 수 없는 비명처럼 터져 나오는 울음. 안 봐도 알 수 있었다.

　부당한 폭력을 보면 강한 분노가 솟아 온 힘을 다해 저항하는 것이 당연한 일이다. 그러나 완전히 짓뭉개지면, 그러면 분노는 생기지 않는다. 이성과 감정은 마비된다. 바로 눈앞에서 죽음을 연상시키는 폭력이 벌어지자 어쩐지 자신의 과거와 알 수 없는 바깥의 상황과 암울한 미래 따위는 저 멀리 달아나고 오직 한 가지만 강하게 작동하기 시작했다.

　생존본능.

　의식하지 못하는 사이, 가장 중요한 질문 하나를 심장에 새겼다. 여기서 살아남으려면 어찌해야 하는가. 횡령죄에 살인죄에 도무지 앞이 보이지 않는 미래와 어떻게 돌아가는지 모르는 바깥 상황 같은 것은 그다음 아닌가. 여기서 살아 나가야, 불행도 절망도 있는 것이다.

다음 날, 학교는 멀쩡했다. 핏자국이 흥건했던 복도는 말끔했다. 아무 일도 없던 듯, 누구도 어제 일을 말하지 않았다. 교사들은 혼돈의 침묵 한가운데 서서 수업을 진행했다. 교사의 말소리가 아니라면 교실은 쥐죽은 듯 고요했다.

공포는 집중하게 만든다. 그것이 공포가 가진 힘이다. 수업 분위기는 완전히 바뀌었다. 수업 내용에 집중한다기보다 집중하는 척이라도 하지 않으면 무슨 벌을 받을지 모른다는 두려움 때문이었다.

학생들은 입을 닫았다. 쉬는 시간에도 식사 시간에도 떠들지 않았다. 아니다. 간혹 작은 소리로 교사들과 학교를 욕하는 소리가 들려왔다. 그러면 다른 학생들이 숨죽여 소곤거렸다.

"저런 식으로 엇나가면 안 될 텐데. 교사들 없을 때 욕하는 거 누가 들을지 알고."

학생들은 어느새 학교 안에 프락치가 있을지도 모른다고 생각했다. 이십사 시간 감시받고 있지 않을까. 합리적 의심이었다.

학생들이 스스로 말과 행동을 검열하기 시작했고 다른 학생들의 언행을 관찰하기 시작했다. 공포는 힘이 셌다.

죽도록 맞고 끌려간 학생들이 보이지 않았다. 누구도 행방을 몰랐다. 소화불량과 두통을 호소하는 학생들이 갑자기 많아져 양호실을 들락거렸지만 거기에도 없었다.

죽었을까.

아니면, 죽였을까.

온종일 그 생각으로 머릿속이 가득했어도 모두 애써 그 물음을 외면했다. 아무도 입 밖으로 꺼내지 않았다.

"야, 진짜 살벌하지 않냐."

강유진이 몸을 부르르 떨며 귓속말을 하듯 속삭였다. 저녁 식사 시간이었다. 메뉴는 육회비빔밥.

붉은 핏빛의 신선한 고기가 얹힌 그릇을 내려다보았다. 이런 날은 채식 메뉴를 주면 안 되나. 꼭 이런 날고기가 들어간 음식을 먹어야 하나. 입맛이 떨어진 한서정은 건성으로 밥을 뒤적거렸다.

"먹을 수 있을 때 많이 먹어둬."

옆 테이블의 손보미가 강유진과 한서정에게 충고했다. 같은 반 소속이라 이미 알고 있는 학생이었다.

그녀는 육회비빔밥을 싹 다 비웠다. 엘리사는 친아빠 살해범, 한서정은 횡령죄에 김현수 살인죄까지. 그렇다면 손보미는 무슨 사연을 품고 하인학교에 들어왔을까.

손보미는 빚쟁이 출신이다. 어릴 적엔 남부러울 것 없이 잘살았다고 했다. 압구정동 삼십 평대 아파트에 살고 건축설계회사에 다니던 아빠와 피아노를 전공하고 대학에서 강의하던 엄마. 손보미의 부모는 외동딸, 외동아들이었다. 그 외로움과 이로움을 PC통신으로 주고받다 연애해 결혼했다.

손보미의 유치원 졸업식 전날, 그녀의 부모는 딸을 외할머니 댁에 맡기고 졸업 선물을 사기 위해 백화점에 갔다. 손보미가 졸업식에서 대표로 올라가 졸업장을 받기로 되어 있었다.

부모는 막 태어난 딸의 울음소리를 듣던 일, 옹알거릴 때 오물거리던 입술, 걸음마를 시작해 뒤뚱뒤뚱 걷다 넘어져 울던 일, 유치원 입학식 때 남자아이와 손을 꼭 잡고 서 있던 일을 떠올리며 웃었다. 하루 중 햇살이 가장 환한 시간이었다. 딸에게 어울릴 만한 새 신발과 원피스를 고르고 있었다. 서로 이건 어떠냐며 골라 든 옷을 보며 웃었다. 딸이 어느새 유치원을 졸업하고 어엿한 초등학생이 될 테니 이제 우리도 학부모가 된다며, 행복한 일상을 이야기하고 있었다. 그러다가 갑자기 모든 몸짓을 멈추었다.

지진이 난 듯 요란스레 굉음이 들렸다. 천장이 무너져 내렸다. 벽이 부서졌다. 사람들이 비명을 지르며 뛰었다. 어디로 뛰어야 하는지도 모르면서 필사적으로 뛰었다. 순식간이었다. 손보미의 부모는 서로 손을 잡고 뛰었다. 손보미의 아빠가 계단 앞에서 멈춰 섰다. 건축설계사였던 그는 알았다. 이것이 건물 전체의

붕괴 조짐이라는 걸. 결국 빠져나가지 못하리라는 것을. 그들은 아동복 코너가 있는 백화점 육 층에 있었다.

사랑해.

그것이 손보미의 부모가 마지막으로 서로에게 건넨 말이었다. 그날 계획한 일들, 딸이 초등학교를 졸업하고 고등학교를 졸업하고 대학에 들어갈 때를 상상하며 그때마다 세워두었던 인생의 계획들. 그날, 백화점이 무너지면서 수많은 사람들의 삶의 계획들이 함께 붕괴되었다.

손보미의 외할머니는 그 충격으로 쓰러져 일어나지 못했다. 아빠 쪽 조부모는 일찍 사망한 터라 손보미에겐 남은 직계가족이 없었다. 그녀는 보육원으로 보내졌다. 자라면서 그녀는 그날을 떠올릴 때마다 부모가 주고받았던 말이 정말 '사랑해'였을까 생각했다. 오직 자신의 상상 속에서 그랬을 거라 믿었던 그 말은 보육원에서 자라면서 점차 흐려지고 결국 믿을 수 없게 되었다. 하필 그날 백화점에 가자고 했던 것이 누구였는지 원망 가득한 눈으로 서로를 바라보지 않았을까. 보육원의 딱딱한 침대에서 잠드는 밤마다 손보미는 하필이면 그날 백화점에 갔던 부모를 원망했다. 그날이 아니었다면 지금쯤 나는 무얼 하고 있을까, 생각하다 보면 원망이 더욱 커져 잠들 수 없었다.

손보미는 수학경시대회 전국 일 등이었다. 서울대에 장학금을 받고 들어갔다. 그리고 고등학교 졸업과 동시에 보육원을 나가야 했다. 그녀는 생활비를 벌려고 과외에 편의점 알바에 식당 서빙까지 했다. 일 년이 지나자 쑤시는 삭신에 구멍이 숭숭 뚫린 듯 밤마다 끙끙 앓았고 학교에 가지 못하는 날도 생겼다.

계속해서 학업과 알바를 병행하는 것은 무리였다. 손보미는 학교를 휴학하고 백화점 안내 데스크에 취직했다. 돈을 좀 모아 일 년 뒤 복학할 생각이었다. 그녀는 유니폼을 입고 각 잡힌 모자를 쓰고 풀메이크업을 하고 데스크에 앉아 종일 미소 지었다. 야근이 없는 직종이라 밤에는 따로 공부할 수도 있고 또 편의점 알바를 더 할 수도 있었다.

거기서 그를 만났다. 박종호. 고가의 남자 시계 브랜드 판매 사원이었다. 박종호는 왁스를 발라 깔끔하게 빗어 넘긴 머리에 딱 떨어지는 블랙 슈트를 입고 신뢰와 품격이 느껴지는 미소를 짓고 있었다.

서로 처지가 비슷했다. 혈혈단신, 사고무탁, 천애고아. 저절로 가까워졌다. 서로 왕래하다가 차츰 손보미의 옥탑방에 박종호가 눌러앉았다. 손보미는 알뜰살뜰 돈을 모아 둘 다 공부하고 결혼도 하고 이사도 하고…… 여러 꿈을 꾸기 시작했다.

박종호는 자신이 일하는 브랜드의 매장을 갖는 것이 꿈이었다. 누구보다 잘 팔 자신이 있었다. 손보미가 원하는 것처럼 한 푼 두 푼 모아 밤잠 안 자고 공부해서 취직 시험 보고 입사해서 쥐꼬리만 한 월급을 받으며 살 생각 따위 없었다. 매장을 오픈할 돈만 있으면 삶이 달라질 거라 믿었다. 돈만 있으면.

여느 날과 다름없었다. 박종호가 일하던 매장 직원이 손보미에게 와서 그를 찾았다. 출근하지 않았다고 했다. 그럴 리가. 어젯밤 그는 커플링을 사 와서 곧 결혼하자며 프러포즈했다. 그리고 아침에 같이 출근했다. 그런데 출근하지 않았다니. 전화기는 꺼져 있었다. 무언가, 잘못되었다. 손보미는 손가락의 반지를 불안하게 문질렀다. 그날 박종호는 돌아오지 않았다.

대신 다음 날부터 채권자가 들이닥치기 시작했다. 사채업자였다. 박종호가 손보미의 이름으로 사채를 썼다. 삼억. 빚은 고금리 이자가 붙어 점점 늘었다. 애초에 손보미가 감당할 수 있는 돈이 아니었다.

이윽고 채권자는 신체포기각서를 들고 나타났다. 자정과 새벽에 주로 전화를 걸었다. 출근과 퇴근 시간에 맞춰 백화점으로 찾아왔다. 결국 백화점에서 해고되었다.

갈 데가 없었다. 도움을 청할 곳이 없었다. 옥탑방에는 빚쟁이가 진을 치고 있었다. 그저 걸었다. 길고양이처럼 길들을 배회했다. 오른쪽 길로 걷다가 다시 왼쪽 길로 걷다가 계단을 올라갔다가 다리가 후들거리도록 높이 오른 계단을 다시 내려왔다가.

무서웠다. 본능적으로 생과 사의 경계에 위태롭게 서 있다는 걸 알았다. 온몸을 조여드는 공포. 자꾸만 죽음을 떠올렸다. 저들에게 잡히는 날엔 어떻게 되는 거지? 갈 데가 없는 손보미는 계속 걸을 수밖에 없었다. 삭신이 쑤시고 다리가 아팠지만 그래도 또 걸었다. 걷고 또 걸었다.

어느새 한강 다리 위였다. 어째서 절망에 빠진 사람들은 단 하나의 결론처럼 다리 위에 가 멈추게 되는 건가. 손보미는 난간 너머 물을 보았다. 반짝이는 야경 때문에 물은 더욱 검어 보였다. 그 어둡고 깊이를 알 수 없는 물로 뛰어드는 것 외에 다른 방법이 없다는 걸 알았다.

그래도 배가 갈라지고 창자가 다 드러내진 채 너덜거리는 몸뚱이가 쓰레기봉투에 담겨 길고양이들의 이빨에 씹히는 것보다는 익사가 낫겠지. 그리 생각하면서 희미하게 웃었다. 눈물이 흘렀다.

신발을 벗었다. 가방을 그 옆에 놓아두었다. 코트를 벗고 그 위에 핸드폰을 올려두었다. 누군가 자신의 시신을 건진다면 신원 파악에 쓸데없는 공권력을 낭비하지 않도록 배려했다. 그리고 난간 위로 올라섰다. 밤바람은 찼고 새벽녘의 길은 어두웠다.

안녕. 손보미는 세상에 대고 짧게 작별을 고했다. 그리고 탁, 바닥을 차고 올랐다.

막 난간 밖으로 몸이 떨어지려는 순간, 누군가 허리춤을 낚아챘다. 허공에서 몸뚱이가 흔들리던 그때 손보미는 떨어지지 않으려고 팔다리를 버둥거렸다. 본능이었다. 그리고 뒤로 엉덩방아를 찧었다.

"누구세요?"

한 남자가 넘어진 손보미를 내려다보고 있었다. 고급스러운 블랙 코트에 슬림한 몸피. 균형 잡힌 얼굴선. 이 짙은 어둠 속을 배회하고 있을 법한 비주얼이 아니었다. 남자가 손보미에게 손을 내밀었다.

"일어나요."

일어났다. 살았다는 안도감과 죽지 못했다는 실패감이 교차
했다. 자살할 마음을 다시 먹어야 한다는 사실이 까마득했다. 왜
참견해서 일을 복잡하게 만드느냐, 따지고 싶었다.

"전화 받아요."

남자가 핸드폰을 건넸다. 하인학교 입학 안내 전화였다. 하인
학교라고? 손보미가 전화를 받는 동안 남자가 손보미의 핸드폰
과 신분증을 챙겨 다리 난간 밖으로 던졌다.


그때를 생각하면 어쨌거나 지금은 안전하고 안온하지 않은가.

육회비빔밥을 싹 다 비운 손보미는 지금 이 순간을 음미했다.
하인학교의 식사는 언제나 훌륭하지 않은가 하며 말이다. 살면
서 이런 음식을 그것도 매일, 먹을 수 있다니.

후식으로 나온 애플망고 접시까지 다 비웠다. 당장은 그것만
으로도 좋았다. 사채업자도 없었고 배가 갈리고 오장육부를 갈
취당할 위험도 없었다. 얼마나 좋은가.

"넌 진짜 강심장이다! 아니면, 아예 딴 애들한텐 관심 자체가
없는 건가?"

강유진이 손보미에게 시비를 걸었다.

"너나 잘하세요. 까딱 잘못하면 너도 그 꼴 나니까."

"그 꼴? 너 지금 말 다 했니?"

화를 내고 있음에도 강유진의 목소리는 작았다.

"잔뜩 쫄아서 찍소리도 못 하는 주제에."

강유진이 입을 벌리다 말고 주위를 둘러보고는 다시 다물었다. 표정만 씩씩거렸다.

"어이쿠, 미안."

대신 음식 쟁반을 들고 일어나면서 팔꿈치로 손보미의 뒤통수를 가격했다. 큭큭, 강유진이 가볍게 비웃었다.

"사무라이 칼집을 건드리면 그 자리에서 베일 수도 있어."

손보미가 뒤통수를 문질렀다. 강유진을 노려보면서.

"등 뒤로 칼집이 튀어나와 있다고. 그러니 늘 등 뒤에 의식을 집중하고 있다는 거, 몰라?"

이어 사무라이가 칼을 꺼내 든 것처럼 젓가락을 들어 공중에 대고 휘둘렀다.

"나 뒤통수에 예민하니까 기억해둬. 경고야."

강유진이 훗, 코웃음 쳤다.

이런 작은 소요가 아마 곳곳에서 일었을 거다. 표면적으로 드러나 터지고 싸우고 그러다 접점을 찾아가며 해소되어야 하지만, 그러지 못하고 쌓이는 작은 감정의 동요들은 언젠가 곪아 터질 뇌관이 될 것이다. 학교 안은 여전히 고요했지만 묘한 긴장감이 감돌았다. 한동안 학생들은 특별한 이벤트 없이 생활하고 수업했다.

하인학교의 교과과정은 일 년이다. 그 안에 영어와 제2외국어를 비롯해 최고 대학 수준의 전문 분야 과목까지 모두 마스터해야 하는 살벌한 일정이었으나 누구도 아직 그 빡빡함을 포착하지 못했다. 학생들은 수업이 끝나면 여가 시간을 즐겼다. 영화를 보고 음악을 듣고 삼삼오오 모여 보드게임을 했다. 농구나 탁구, 배구 같은 구기 종목을 즐기고 일일 최대 허용치만큼의 술을 마시기도 했다.

한서정도 차분하게 생각을 가다듬을 수 있는 여유가 생겼다. 어쨌거나 별 말썽 없이 지낸다면 최소한 일 년은 안전하게 지낼 수 있을 것이다. 살면서 이렇게 여유로웠던 적이 단 한 번이라도 있었던가. 천천히 생각하자. 이제부터 어떻게 할지 생각해보면 된다. 완전히 새로운 국면이고, 앞으로 일이 어떻게 흘러갈지 아무도 모르니까.

학교는 터치하지 않았다. 교사들에 따르면 학생들 스스로 목표 의식을 갖고 절제력와 분별력을 키우는 것 또한 중요한 과정이었다.

그런데 그래놓고 갑자기 학생들을 벼랑 끝으로 내몰았다.

굶기기 시작한 것이다.

점심 식사 시간, 식당 앞에 사감이 서 있었다. 어리둥절한 학생들이 그와 눈을 마주치지 않으려 고개를 돌린 채 안으로 걸음을 옮겼다.

"멈춰."

사감이 제지했다. 하는 수 없이 눈을 들어 사감을 보아야 했다. 난 잘못한 게 없어요, 하는 표정으로 최대한 공손한 태도를 보이면서.

"오늘부터 식사는 공짜가 아니다."

학생들 입이 일제히 벌어졌다.

"식사 시간에 쪽지 시험을 시행할 거고 시험에 통과하지 못하면 밥은 없다."

사감이 시험지를 나눠주었다. 영어 단어 백 개가 들어 있었다.

"룰은 간단하다. 한 시간 준다. 모두 외운다. 그다음 여기 답안지에 외운 것을 쓴다. 모두 맞춘다면 먹을 수 있다. 이상."

웅성거리는 소리로 들썩거렸다. 볼멘소리가 새어 나왔다. 먹을 걸 가지고 사람을, 예고라도 하던가, 고딩도 아니고 무슨 영어 단어로 쪽지 시험을 등등의 불평이 작은 목소리로 터져 나왔다. 그러나 누구도 감히 사감에게 항의하지 못했다. 눈으로만 사감과 식당과 시험지를 번갈아 보았다. 한 시간 안에 외울 수 있는 분량이 아니었다. 그중 아는 단어는 스무 개도 되지 않았다.

학생들이 시험지를 들고 멍한 표정으로 서로를 보았다. 식당에서 음식 냄새가 밀려 나왔다. 고소하고 달큰하고 느끼한 버터 향이 실린. 후각을 자극한 냄새는 식도를 타고 내려가 위장을 쥐고 흔들었다. 학생들이 본능적으로 입맛을 다셨다.

십 분쯤 지나자 몇몇이 시험지를 들고 소리 내어 외우기 시작했다. 그러자 나머지 학생들도 시험지를 뚫어져라 들여다보았다. 입 속으로 외우고 소리 내어 외우고 공중에 손가락으로 써가며 외웠다.

삼십 분쯤 경과했을 무렵, 한 남학생이 식당 앞에 놓인 책상으로 다가갔다. 앉아서 답안지를 작성했다. 모두의 눈이 그에게 집중되었다.

휘갈겨 쓰듯 순식간에 작성된 답안지를 사감이 눈으로 훑었다.

"통과."

이내 그의 입에서 짧은 한마디가 나왔다.

"교포 출신."

강유진이 속삭였다.

"티모시반. 쟤네 반 타깃 여자가 패션업계 거물인데 티모시 살라메 광팬이래."

남학생이 식당으로 들어가자 한둘씩 답안지에 영어 단어를 채워 넣기 시작했다.

"불합격."

사감이 표정 없이 말했다.

"십오 분 남았다."

웅성거리는 소리가 더 크게 일어났다. 동시에 너도나도 답안지에 답을 적어 내렸다. 불합격. 불합격. 불합격. 불합격의 연속이었다. 한서정도 예외는 아니었다. 불합격.

대체 어떻게 이걸 한 시간 안에 통과하지. 배가 고팠다. 학생들 모두 두어 번씩 불합격을 받았고 모두 굶었다. 정확히 한 시간이 지나자 사감이 말없이 식당 문을 잠갔다. 그리고 시험지를 챙겨 가버렸다.

학생들은 그제야 소리 내어 불평을 터트렸다. 사감의 등 뒤에 대고 욕을 했다.

"우리가 무슨 똥개도 아니고 먹을 걸로 사람을 훈련시켜?"

"쟤는 교포 출신이라 우리랑 완전히 베이스가 다르잖아. 불공평한 거 아냐? 하인학교 모토가 공평이라며? 순 개뻥이네."

"저 사감도 똥 싸고 오줌 싸고 밤에 잠은 자겠지?"

"무슨 기계도 아니고 사람이 어떻게 저렇게 표정이 없냐?"

한서정과 강유진은 한동안 멍하니 아무 말도 못 하고 서 있었다. 그러다 강유진이 먼저 입을 열었다.

"가자."

"어딜?"

여전히 멍한 얼굴로 한서정이 물었다.

"학교에서 가장 중요한 곳."

"응?"

"바보야. 젤 중요한 곳은 매점이랬잖아."

아, 그렇지. 한서정이 고개를 끄덕였다.

다른 학생들도 일제히 매점으로 발길을 돌렸다. 매점에는 컵라면, 삼각김밥, 즉석 햄버거, 어묵꼬치 따위가 뚜르르하게 있지 않은가. 학생들은 삼삼오오 종알거렸고 걸음은 느긋했다. 매점은 넓었고, 마흔여덟 명의 학생들이 충분히 먹을 만큼의 음식이 있었다.

다만 들어갈 수가 없었다. 문이 잠겨 있었다. 통유리문 너머로 매대 가득 들어찬 음식들을 볼 수만 있을 뿐이었다.

학생들이 잠긴 문을 흔들고 밀고 두드렸다. 헛짓인 걸 알면서도 그랬다. 사감에게 뛰어가 항의하고 요구하고 화를 낼 수 없어서 그랬다. 그래봐야 돌아오는 답은 뻔할 거였다.

'먹고 싶다고? 그럼 공부해라.'

저녁 식사 시간 종소리가 땡 땡 땡, 울리자마자 학생들이 우르르 식당 앞으로 몰려갔다.

역시나…….

사감이 버티고 서 있었다. 옆쪽 책상 위에 놓인 시험지를 손가락으로 가리킬 뿐이었다.

학생들은 이번엔 말없이 곧바로 시험지를 낚아챘다. 마흔여덟 명 모두 순식간에 시험지를 손에 들고 외우기 시작했다. 이번에도 교포 출신 남학생이 가장 먼저 답안지를 작성했다. 시험 시작 십오 분 만이었다. 그리고 통과. 남학생이 뒤돌아 활짝 웃어 보이고는 식당 안으로 유유히 들어갔다.

오직 시험에 통과한 자만이 먹을 수 있다. 남학생은 단호박꽃게탕을 먹으며 손을 높이 들어 문밖의 나머지 학생들에게 손짓해 부르는 시늉을 했다. 문 하나를 사이에 두고 나머지 마흔일곱 명이 침을 꼴깍 삼켜댔다. 문의 경계가 성공과 실패를 가르는 냉혹한 선이나 다름없었다. 그 경계에 사감이 야차처럼 버티고 서 있었다.

냄새는 경계가 없어 달큼하고 고소한 꽃게 향이 연신 퍼져 나왔다. 학생들이 앞다퉈 답안지를 작성했다. 그리고 불합격. 불합격. 불합격.

시간을 체크하던 사감은 정확히 한 시간이 지나자 식당 문을 잠갔다. 하, 흡, 이게 무슨, 똥개 훈련도 아니고. 분노의 속삭임이 소리 없는 화살처럼 사감의 등 뒤에 꽂혔다. 사감은 긴 막대를 창처럼 들고 복도로 사라졌다. 다시 매점으로 가봤지만 역시나 종일 잠겨 있었다.

학생들 입에서 대놓고 욕이 터져 나왔다. 더러는 고픈 배를 움켜쥐고 인상을 썼다. 다들 배가 고팠다. 거실 공간의 술을 떠올린 건 당연한 본능이었다. 우르르 몰려갔다.

무언가를 통제할 때 중요한 점은 빈틈이 없어야 한다는 것이다. 역시나 술이 진열된 진열장 문도 굳게 잠겨 있었다. 부술까? 식당 문이고 매점 문이고 진열장이고? 누군가 말했지만 하나같이 픽, 웃고 말았다. 사감이 학교 안을 돌아다녔다. 문을 부수는 짓을 했다가는 어떤 결과가 따라올지 상상도 하기 싫었다. 텅 빈 위장을 부여잡고 기숙사로 돌아가는 것 말고 달리 할 수 있는 게 없었다. 냉수를 한 사발 들이켜고 이불을 뒤집어쓰고 내일은 다 맞출 수 있기를 기도하는 것 말고는. 빈속에 들이부은 냉수가 식도를 차갑게 훑고 내려갔다.

다음 날엔 모두가 식사 시간 삼십 분 전에 식당 앞으로 모여들었다. 혹여 정해진 시간 전에 좀 더 일찍 시험지를 받을 수 있을까 싶어 여기저기 기웃거렸다. 음식을 준비하고 있는 식당 안에서 조리사들이 분주하게 움직이는 게 보였다. 사감은 오지 않았다. 자연스럽게 학생들이 줄을 섰다. 시험지를 먼저 받기 위해서였다.

사감이 오고, 시험지를 받고, 필사적으로 외우고, 또 불합격.

잘 조리된 음식 사십팔 인분은 오늘도 이대로 버려지는 건가. 지금이 어느 때인데 음식을 함부로 버리는가. 별걱정을 다 했다. 어차피 버릴 거 그냥 좀 주면 안 되나. 속이 쓰렸다. 한서정은 또다시 냉수로 배를 채웠다.

다음 식사 시간 종이 울리자 학생들이 일제히 뛰었다. 재빨리 달려들어 시험지를 들고 외워댔다. 누구도 불평을 하거나 욕을 하느라 힘을 낭비하지 않았다. 남은 에너지를 끌어모아 오직 영어 단어를 외우는 데 집중했다. 그런데 어라, 교포 출신 말고도 통과한 학생이 한 명 더 나왔다. 모두의 시선이 멎었다. 마르스반 소속 학생이었다. 타깃이 게임회사 오너인데 화성 우주여행명단에 이름을 올렸다고 전해졌다.

학생들이 쟤 뭐냐, 어떻게 통과한 거냐, 개부럽다, 혹시 뒷구멍으로 사감을 구워삶았나, 하며 다들 비슷한 표정으로 쳐다봤다.

"배고프지? 그럼 나처럼 해."

"어떻게?"

학생들이 묻자 마르스반 학생이 의기양양한 표정으로 답했다.

"공부했어. 날밤 새워서."

그러고는 식당으로 들어갔다. 문의 경계를 넘어서는 발걸음이 당당하고 힘찼다. 아, 공부. 학생들이 미간을 찌푸리고 머리를 긁고 텅 빈 배를 감싸고 문질렀다. 음식 냄새를 맡으니 빈 위장이 더욱 요동쳤다.

그리고 한 명 더. 오윤주가 어느 틈에 답안지를 작성해 사감에게 내밀었다.

"통과."

아, 승무원 출신이었지. 오윤주는 낙태 후 몸조리 중이었다. 한서정은 다행이라고 생각하면서도 마음이 조급해지는 걸 느꼈다. 계속 굶는 상황도 그렇지만 무언가 벌써부터 서열이 매겨지고 있는 느낌 때문이었다. 누군가는 통과. 누군가는 불합격. 누군가는 생존. 누군가는 탈락.

그 외엔 모두 불합격이었다. 하는 수 없었다. 모두들 정수기로 향했다.

물이 나오지 않았다. 학생들이 돌아가며 버튼을 수십 번 누르고 전원을 껐다 켜보고 급기야 발로 차보았다. 그리고 명확해졌다. 물도 끊은 것이다. 진심으로 욕이 나왔다. 제기랄, 젠장, 씨발, 개떡, 같은. 무엇이든 부술 수 있을 것 같았다. 누가 됐든 들이받을 수 있을 것 같았다. 통제되고 묶이고 가둬지고 짓밟힌 기분이었다. 이쯤 되면 인권 유린 아닌가.

아니었다. 아직은.

이틀을 굶은 학생들은 어찌할 바를 몰라 우왕좌왕했다. 그리고 누군가 말했다. 아리수.

별수 있나, 하는 표정으로 샤워실로 향했다. 샤워실에 쪼그리고 앉아 수도꼭지를 틀고 고개를 바닥으로 꺾어 수도꼭지에 입을 대고 수돗물을 마실 생각을 하니 기분이 더러웠다.

그나마 그럴 수 있을 때 얘기였다. 젠장, 제기랄. 샤워실 물도 끊겼다. 그제야 샤워실 문에 붙어 있는 공고문이 보였다.

'시험에 통과한 학생은 교사용 샤워실 이용 가능.'

사감의 말처럼 룰은 간단했다. 공부해라. 그리고 시험에 통과해라. 시험에 통과하지 못하면 먹지도, 마시지도 그리고 씻지도 못한다. 소요가 일었다. 마흔다섯 명의 학생들이 분노로 몸을 떨었다. 주먹을 쥐고 서로를 노려보았다. 어디를 조준해야 하는지 표적을 모르는 학생들은 아무나 붙잡고 싸우고 싶었다. 자칫 자해하듯 서로를 들이받을 태세였다.

"기숙사로 돌아가."

복도 끝 쪽에서 사감이 소리쳤다. 막대로 벽을 탕탕 쳤다. 그의 행동이 폭력을 상기시켰다. 그 결과가 어찌 되었는지 떠올렸다. 주먹 쥔 손으로 배를 움켜쥐고 돌아설 수밖에 없었다.

그날 밤부터 기숙사 방엔 불이 꺼지지 않았다. 먹기 위해 공부했다. 잠을 포기하고 공부했다. 한서정은 공부하느라 세 시간도 자지 못했다.

다음 날부터 학생들의 눈빛이 달라졌다. 파블로프의 개처럼 식사 시간 종이 울리면 입가에 침을 질질 흘리면서 전력 질주하듯 달려가 시험지를 들고 외웠다. 대부분 불합격했다. 배가 고팠고 목이 말랐다. 나흘째가 되자 입에서 단내가 나고 목젖이 부었다. 손이 덜덜 떨렸고 현기증으로 세상이 빙빙 돌았다. 먹지 못하고 마시지 못하자 그것이 숨 붙어 있는 목숨들의 단 하나의 이치인 것을 깨달았다.

누가 먼저 시작했는지 몰랐다. 변기 속의 물을 마시기 시작했다. 더러 변기 물을 마시면서 울었다. 더러는 구역질했다. 체면과 염치는 배 속이 차야 생기는 법이다. 씻지 못하는 것은 아무것도 아니었다. 학생들은 말이 없어졌다. 빈 끼니들이 계속해서 겹치자 눈빛이 찌를 듯 날카로워졌다. 허기가 파고들어 실핏줄을 따라 퍼져나갔는지 눈동자에 핏발이 섰다. 굶주림에 감정이 먹혀버려 배고픔 말고는 아무 생각도 나지 않았다. 굶으니까, 인생의 모든 걱정과 염원이 하나로 압축됐다. 내일은 먹을 수 있을까.

엿새째 저녁 식사 시간이었다. 마흔여덟 명 중 서른두 명이 통과하고 열여섯 명이 불합격했다. 그중 엿새 내내 불합격한 학생은 엘리사를 포함해 총 일곱이었다.

한서정은 엿새 동안 네 끼를 먹고 열네 끼를 굶었다. 오직 어떻게 하면 먹을 수 있을까 하는 데 초점이 맞춰져 하루가 돌아갔다. 자고 싸는 시간을 빼고 모든 시간을 공부했다. 그건 욕망이라기보다 본능이었다.

생존본능. 하인학교에 들어와 한서정이 가장 먼저 배워가는 것이 바로 생존본능이었다. 살아남기 위해 과연 무엇까지 할 수 있을까. 하인학교는 삶의 방향과 가치관에 어떤 변화를 가져올 것인가.

배고픔이 가장 중요하고 시급한 문제가 되었다. 살인 혐의를 받고 있다는 자각도, 하인학교에 대한 두려움도, 우선 배고픔을 해결하고 난 뒤의 문제가 되었다. 한낱 시스템에 의해 변하는 것이 인간일지도 몰랐다.

학생 하나가 탈진해 쓰러졌다. 노번아웃반 학생이었다. 포털회사 오너인 타깃이 아무런 취미도 없이 번아웃도 없이 밤낮 일만 하는 사람이라 붙여진 이름이었다.

"여기 학생이 쓰러졌어요!"

여럿이 동시에 소리쳤다. 사감이 다가왔다. 그 뒤로 보안요원 둘이 따라왔다.

사감이 말없이 쓰러진 학생을 가리키자 보안요원이 학생을 질질 끌고 갔다. 학생들이 주먹으로 입을 막고 두려움으로 떨었다. 과연 저들이 쓰러진 학생을 양호실로 데려가 링거를 주고 음식을 주고 회복시켜줄 것인지 장담할 수 없었다.

갑자기 옆에 서 있던 엘리사가 한서정의 팔을 붙잡았다. 그러지 않으면 쓰러질 거였다. 한서정이 엘리사의 겨드랑이에 팔을

껴 부축했다. 까무룩, 흐려지는 시야로 엘리사는 끌려가는 학생을 보았다.

사흘 전에 한 번 먹고 다시 시험에 통과한 한서정은 저녁 식사로 나온 들깨미역국을 허겁지겁 비우고 후식으로 나온 사과를 몰래 옷 속에 감췄다. 누가 보고 있지는 않은지 주위를 둘러보았으나 식당 안 학생들은 코 박고 먹기 바빴고, 식당 밖 학생들은 시험지에 코 박고 외우기 바빴다. 사과는 기숙사 방으로 돌아가 쓰러져 누운 엘리사 몫이었다. 한서정은 다만 하루에 두 명이 끌려가는 꼴을 보고 싶지 않았다.

예상대로 쓰러진 학생은 다시 돌아오지 않았다. 그러니까 이제 학생은 총 마흔일곱 명. 마흔일곱 명의 학생들이 이곳에서 살아남으려면 어떻게 해야 하는지 깨달아가고 있었다. 오직 살기 위해 잠을 줄이고 공부했다. 생존본능을 일깨우고, 공부하고, 경쟁하는 시스템을 몸에 배게 하는 것이 학교의 목적이라면, 성공이었다.

한 달이 지나자 한서정은 자주 먹고, 간혹 굶었다. 밤이면 잠꼬대나 코 고는 소리 대신 책장 넘어가는 소리가 고요한 기숙사를 흔들었다. 한서정은 책상 앞에 붙은 격언을 부릅뜬 눈으로 노려보았다. 천재도 아닌 너는 지금 잠이 오는가.

한서정은 입을 꾹 다물고 수업에 임했다. 오직 눈빛만 날카롭게 살아서 교사의 말을 뼈에 새기듯 공부했다. 이제 교칙에 따라 행동하는 수밖에 도리가 없음을 뼈저리게 깨달았다. 그럼에도 이곳의 냉혹한 규정이 어느 정도일지는 짐작조차 할 수 없었다.

"이제야 제대로 수업하는 맛이 나네."

교사들이 웃었다.

"아무튼 굶겨야 말을 듣는다니까."

학기 초에 꼭 한 번씩 이 난리를 치러야 수업 분위기가 잡힌 다며, 왜 좋은 말로 할 때 안 듣는 건지 멍청하다며 학생들을 비웃었다.

수업을 마치고 저녁 시간이 되어 시험을 치르고, 통과해서 먹거나 불합격해서 굶거나 하면 하루 일과가 끝났다. 굶은 날은 기숙사로 돌아가는 걸음이 돌덩이를 매단 듯 무거웠고 침대에 누우면 등뼈가 깎이는 것처럼 삭신이 아팠다.

한서정은 등뼈를 구부정하게 구부리고 웅크린 몸으로 숨죽여 울었다. 혹여 울음소리가 커질라 싶으면 등을 더욱 구부려 몸의 체적을 줄여 울었다. 목구멍에서 울음이 솟구칠 때마다 수척해진 몸의 등뼈는 더욱 불거져서 울음에 따라 오르락내리락했다.

갑작스레 세상이 끝나버린 처지였다. 누구보다 착실하고 성실하게 살았는데 어쩌다 일이 이렇게 되어버렸을까. 횡령죄에 살인죄라니. 이게 무슨 말도 안 되는 상황이란 말이냐. 만약 하인학교에 들어오지 않았더라면 어떻게 되었을까. 몰려드는 사람들, 경찰차의 사이렌 소리, 우르르 달려오는 경찰들, 손목에 채워지는 수갑, 호송차, 여기저기서 들이닥치는 기자들 그리고 감옥……

더 이상 물러설 곳 없는 감옥에 갇히면 세상은 캄캄해져 더욱 멀어지고, 어둠의 절벽 앞에서 다 끝났다는 절망으로 몸뚱이는 무기력해질 것이다.

한밤중 간신히 든 잠에서 깨면 다시 잠들지 못하겠지. 무기력한 사지를 끌어당겨 흙벽에 기대 쭈그려 앉아 울겠지. 뒤통수 꼭지부터 똥구멍까지 무기력에 무기력이 겹쳐져 첩첩이 쌓인 무기력 위에 날마다 또 새롭고 병적인 무기력이 생겨나겠지. 어느 날이 되면 견딜 수 없다는 울분마저 누렇게 뜬 얼굴 피부 밑으로 눌어버리겠지.

한서정은 고개를 흔들었다. 하인학교에 들어온 건 어쩔 수 없는 선택이었다.

여전히 바깥이 어떻게 돌아가고 있을지 궁금하긴 했다. 전국에 수배 전단이라도 붙었으려나. 이진욱은 분명 자신이 알아서 해결한다고 했다. 대체 어떻게 해결한다는 뜻이었을까. 누구에게도 물을 수 없었다. 핸드폰을 압수당해 이진욱에게 연락을 할 수도 없었다.

그렇다면 지금 할 수 있는 것은 무엇이지? 그것에 집중해야 했다. 하인학교 교과과정은 일 년이다. 그리고 이곳은 공식적으로 세상에 존재하지 않는 곳이다. 즉, 일 년 동안은 바깥에서 어떤 일이 벌어져도 안전하다는 뜻이다. 그러므로 당장 이곳에서 나가는 짓은 무모하다. 천천히, 일 년 동안 여기에 머물면서 다음을 도모하는 것이 현명한 판단일 것이다. 중간에 탈락하거나 끌려갔던 학생들처럼 갑자기 사라져서는 안 된다. 그래, 지금은 그것만 생각하자. 여기서 살아남기. 그다음은 또 그다음에 할 수 있는 걸 하자.

어쩌면 그런 생각을 한 것은 한서정만이 아니었을지 몰랐다. 시간이 흐르면서 학생들은 눈빛이 달라졌다. 처음 하인학교에 들어왔을 때는 신변의 위협으로부터 벗어났다는 안도감과 화려하고 으리으리한 학교의 외관에 취해 있었지만 이제는 다르다. 차츰 이곳이 생존을 두고 펼치는 무한 경쟁의 장이라는 것을 체득해가고 있었다. 그것은 물론 배고픔으로 인해 빠르게 습득된 것이었다.

그날도 한서정은 저녁을 굶고 기숙사로 돌아가는 중이었다. 몸뚱이가 물먹은 솜뭉치 같았다. 비틀거리다 미화원 김복희가 밀고 가던 청소도구함에 부딪혔다.

"학생, 괜찮아요?"

김복희가 한서정을 붙잡아 일으켰다. 그러느라 도구함에 있던 걸레가 바닥에 떨어졌다.

"네."

한서정이 맥없이 대답하면서도 자연스럽게 떨어진 걸레를 집어 들었다.

"아줌마?"

걸레를 건네려다 말고 놀라 소리쳤다.

"네?"

김복희가 숙인 고개를 들고 한서정을 보았다. 한참을 보았다.

"아, 죄송해요. 제가 아는 분과 닮으셔서 착각했어요."

하도 굶었더니 이제 눈앞도 흐려지나 보네. 한서정은 고개를 숙여 인사했다.

"괜찮아요. 누가 나랑 많이 닮았나 보네."

"네. 엄마처럼 절 예뻐하시던 분이랑 닮으셔서……."

순간적으로 한서정의 표정에 그리움과 슬픔이 교차했다. 김복희가 그녀를 물끄러미 보았다. 그 연민의 시선에 그녀는 울컥했다. 놀란 김복희가 한서정의 손을 잡아끌었다.

"조용히 따라와요."

김복희가 속삭이더니 청소도구함을 밀며 복도 끝, 창고와 비품실과 자재실 따위가 모여 있는 쪽으로 걸어갔다.

한서정이 고개를 갸웃하다 아무도 보는 사람이 없는 걸 확인하고는 김복희를 따라 미화원 휴게실 문을 열고 들어갔다.

휴게실 한쪽엔 전기장판이 깔려 있었고 그 위에는 이부자리 한 채가 개켜져 있었다. 벽에 붙은 옷걸이에 옷가지 서너 벌이 걸려 있었다. 작은 티브이 한 대, 자질구레한 살림살이들. 김복희는 바깥에 인기척이 없는지 확인하고 휴게실 문을 잠갔다.

그리고 돌아서며 주머니에서 우유 한 팩을 꺼내 건넸다.

"마셔요."

그게 뭐라고. 한서정은 김복희가 내민 우유 한 팩을 손에 받아 들자 갑자기 눈물을 쏟았다. 배고픔 때문이었을 것이다. 아니다. 몸도 마음도 지쳐서 그랬을 것이다. 아니다. 외로워서 그랬을 것이다. 무엇 때문이었는지 몰랐지만 한서정은 그 모든 이유를 다 부정하고 싶었다.

생판 모르는 남 앞에서 갑자기 울어버리다니. 스스로도 당황스러웠는데 한번 터진 울음은 잘 멈춰지지 않았다. 생각해보니 사건이 벌어지고 하인학교에 들어오고 수업하고 학생들이 끌려가고 수없이 굶고…… 우여곡절이 많았는데도 남에게 눈물을 보인 건 처음이었다. 기억 속의 누군가를 연상시키는 김복희가 베푼 작은 친절이 그렇게 만들었다는 게 어이없으면서도 눈물은 멈추지 않았다.

한참을 울다가 간신히 진정한 한서정은 옆에 놓인 걸레를 물끄러미 보았다.

"아줌마."

"왜요? 말해요."

"저요…… 가끔씩 아줌마 도와드려도 될까요? 저 걸레질 엄청 잘해요."

사실이었다. 걸레질이라면 일가견이 있다고 자부했다. 김복희가 우선 마시기부터 하라며 대신 우유 팩을 열어 손에 쥐여주었다. 한서정이 우는 얼굴로 웃으며 우유를 마셨다. 한서정은 걸레질의 추억을 떠올렸다. 그러다 보니 자연히 아빠 한동식이 그 기억의 끝에 함께 딸려 나왔다.

어릴 적 한서정은 한동식을 따라 전국을 떠돌았다. 한곳에서 일 년을 머무를 때도 있었고 육 개월이나 삼 개월만 머무르기도 했다. 초등학교에 입학해 사 년 동안 총 여섯 번 거주지를 옮겼고 어떤 때는 전학 절차를 마치자마자 다시 전학한 적도 있었다.

언제 떠나야 할지 모르기 때문에 반지하 단칸방도 얻을 수 없었다. 처음엔 모텔에 장기 투숙 했지만 이 년쯤 지나자 주거지는 여인숙으로 바뀌었다.

한동식은 한서정을 여인숙 골방에 방치해두고 누군지 모를 사람들을 잡으러 다녔다. 자신의 인생을 끝장낸 놈을 찾으러 다닌다고 했다.

한서정은 벽지가 허술하게 발린 벽에 기대 종일 혼자 있었다. 흙벽 속에 숨었던 습기가 솟아오르는 소리가 폭포 소리처럼 팽팽했다. 벌레가 벽을 기는 소리가 뇌까지 치솟아 파고들었다. 늘 물것들이 많았다. 사철 시린 바람이 불어닥치는 것 같았다. 어린 한서정은 무릎을 안고 몸의 체적을 최소화했다. 그런 다음엔 몰래 울었다.

차츰 여인숙에서도 살길을 찾았다. 한서정은 카운터를 기웃거렸고 주인이 청소도구를 들고나오면 눈치 빠르게 걸레를 빼앗아 들고 앞장섰다. 여인숙 주인들은 대개 한서정을 기특해하고 귀여워하고 안쓰러워했다. 좀 지나면 식사 때마다 불러 손에 숟가락을 쥐여주었다. 골방에 틀어박혀 빵과 우유로 끼니를 때우는 것보다 훨씬 좋았다.

아줌마를 만난 건 묵호의 바닷가 끝이었다. 도깨비골의 가파른 골목을 오르다 보면 중간쯤에 낡은 여인숙이 박혀 있었고, 중년의 여자가 주인이었다. 거기서 삼 년 남짓 머물렀다.

오르막길의 골목 끝까지 올라가면 등대를 머리에 이고 있는 언덕이 나왔다. 언덕 끝에 앉으면 크고 넓고 끝을 모르겠는 바다가 보였다. 바다는 늘 출렁거렸고 기러기가 울었다. 안개 낀 새벽이면 어둠이 달아나는 빈 공간에 파도가 밀물로 달려들었다. 겨울엔 난바다에 눈이 내려 몽환이 가까이 와 있었다.

한서정은 거기서 행복했다. 항상 걸레를 들고 앞장서는 그녀를 주인아줌마는 딸 비슷하게 여겨주었다. 한동식은 오징어잡이 배를 탔는데 간혹 바다에 나갔다가 오징어를 한 묶음 들고 들어오면 아줌마가 맛깔나게 매운 오징어볶음을 만들어주었다.

한동식은 길게는 일주일씩 오징어잡이를 나가기도 했다. 먼 곳 대화퇴어장이라고 했는데 거기는 수심이 사십 미터쯤으로 얕은 곳이 있어 오징어가 많았다. 밤에 집어등을 환하게 밝히면 검은 바닷속에 하얀 오징어가 떼로 몰려드는 것이 장관이었다.

한번은 바다 위에서 풍랑을 만났다. 산더미 같은 파도가 닥쳐서 배가 바닷속으로 곤두박질치는 것 같았다. 일주일 만에 돌아온 한동식은 행복상회 앞 평상에 앉아 한서정에게 풍랑 이야기를 해주었다. 행복상회는 여인숙 조금 밑에 있는 구멍가게였다.

두 사람 앞에 놓인 건 소주 한 병, 참치 캔 하나, 한서정이 좋아하는 보름달 빵과 짱구 과자 하나.

"집채만 한 파도가 몰려오면 어떻게 해야 하는지 알아?"

한동식이 빈 소주잔에 소주를 따르며 딸에게 물었다.

"도망가야지."

오랜만에 아빠와 대화를 나누는 게 기분이 좋아 한서정은 열심히 대답했다.

"아니야."

"그럼?"

"풍랑이 몰려와서 산만큼 큰 파도가 닥치면 피하면 안 돼. 뱃머리를 정면으로 부딪치면서 나아가야 해. 그래야 배가 안 넘어져."

아득한 표정으로 먼 곳을 바라보던 그가 딸을 향해 고개를 돌렸다.

"알겠지? 살면서 어떤 파도가 몰려와도 도망가면 안 돼. 부딪쳐야 해."

아빠가 딸에게 다짐을 받았다.

"응, 아빠."

그때 한서정은 행복했다. 먼 바다에서 날리는 파도 거품이 발을 적실 듯 가까이 다가왔다.

나는 아버지이자 오빠인 사람을 죽였다.

그것이 진실이다.

나는 아빠가 둘이었다. 생물학적 아빠와 법적 아빠이자 할아버지. 그것이 내 유년의 요약이다.

나는 부산에서 태어났다. 태어나 보니 부잣집이었다. 넓은 정원엔 연못이 있었고 물속에서 팔딱이는 빨간 비단잉어는 어른 팔뚝만 했다.

집 안의 거실은 층고가 높아 소리를 지르면 공간에 넓게 퍼져 울렸다. 간혹 부모에게 야단맞아 숨을라치면 그들은 한참이나 온 집 안을 찾아다녀야 했다.

그렇다고는 해도 사실 부모에게 야단맞는 일은 거의 없었다. 부모는 언제나 내가 원하는 모든 것을 주었다. 또래 아이들 부모보다 곱절은 나이가 많은 사람들이란 것은 어린이집에 들어가서야 자각했다.

왜 내 부모는 다른 아이들 부모와 달리 주름진 얼굴에 피부는 딱딱한 나무껍질 같을까. 그게 창피하기도 했지만 사람들이 부모를 볼 때마다 '회장님'이라 부르며 고개를 숙이는 것은 기분 좋았다.

부모에게선 늘상 생선 냄새가 났다. 부모는 수산물 유통업체를 운영했다. 그 업계에선 부산에서 손꼽는 큰손이라고 사람들이 말하는 소리를 들었다. 사람들은 언제나 부모에 대해 감탄했다. 둘 다 한국전쟁 때 혈혈단신으로 부산으로 피난 와 자갈치시장에서 생선 난전으로 시작해 그만한 사업체를 일궜으니 그야말로 자수성가의 표본이라고 칭송했다.

누군가 집에 오면 부모는 끝에 가서 꼭 자신들의 과거 얘기를 하곤 했다.

"자네는 상상도 못 할 거야. 포탄이 빗발치는데 부둣가에는 그 조그만 배에 올라가겠다고 사람들이 아우성을 쳐. 거기서 밧줄을 타고 기어오르다 떨어져 죽은 사람만 수십 명이야. 나중에 들으니 그 배는 육십 인승 화물선이었다잖아. 거기 선장이 화물을 버리고 대신 사람들을 태웠어. 정원의 이백 배가 훨씬 넘는 만사천 명이나. 훗날 '가장 작은 배로 가장 많은 생명을 구한 배'로 기네스북에도 올랐어."

부모는 함경도 함흥 출신이었다. 전쟁이 터진 어느 날, 어머니가 학교에 갔다가 돌아가는 길이었는데 성천강을 건너는 유일한 다리인 만세교를 미군들이 점령하고 통행을 막고 있었다. 길에는 보따리를 이고 지고 어린애 손을 잡아끌고 나온 사람들로 북새통이었다. 중공군 때문이라고 했다. 중공군이 도착하면 다 죽는다고 했다.

놀란 어머니는 집으로 뛰었다. 집에 도착하기 전에 이미 어머니의 부모가 뛰쳐나오고 있었다. 그들은 함께 부두로 향했다.

걸음은 앞으로 나아가지 못했다. 두 발짝 나아가면 사람들에 떠밀려 다시 한 발짝 뒤로 물러났다. 여기저기서 넘어지고 깔리고 비명을 질렀다. 온통 아수라장이었다. 그때 뒤쪽에서 빵빵, 클랙슨 소리가 났다. 미군 차량이었다. 어머니의 부모가 미군 차량을 향해 뛰쳐나가 차 앞을 가로막고는 막무가내로 딸을 그 차에 태웠다.

"엄마! 아빠!"

어린 어머니가 발악하듯 소리 질렀다. 처음에는 손사래 치던 미군들이 아수라장을 휘둘러보고는 그들의 딸을 받아 차에 태웠다.

어머니는 울면서 소리 질렀지만 남겨진 부모와는 점점 더 멀어졌다. 부둣가에 도착한 미군들이 차에서 내려 배에 태울 때까지 그녀는 내내 울기만 했다.

"다시는 부모를 못 만날 줄 그때는 몰랐지."

그 이야기를 할 때면 어머니는 소매 끝으로 눈물을 찍어냈다.

아버지와는 배 위에서 만났다. 배가 흥남항을 벗어나 남쪽으로 향했을 때 어머니는 두려움과 추위에 덜덜 떨면서 갑판 위 굴뚝 옆에 쪼그리고 앉아 있었다. 그 옆에 앉아 있던 사람이 아버지였다. 둘은 천막촌에 살면서 시장에서 생선을 팔았다. 그때부터 하루 네 시간 이상 자본 적이 없었다.

나의 부모는 부자였지만 밥상에 반찬을 세 가지 이상 올리지 않았다. 양말은 구멍 날 때까지 신었고, 구멍이 나면 그걸 어머니가 밤마다 직접 기웠다. 검고 크고 빠른 차를 탔다. 운전석에서 양복을 빼입은 사람이 내려 뒷좌석 문을 열어주면 허름한 차림의 아버지가 내렸다. 사람들은 아버지가 그 차의 주인이라고 생각하지 못했다.

나의 부모는 완고하고 이기적인 자린고비였다. 십 원 한 장 허투루 쓰는 법이 없었고 회사 직원들의 점심값을 아끼려고 어머니가 직접 밥과 김치를 매일 퍼다 날랐다. 직원들의 경조사를 알은체하지 않았고 주위 사람들이 혹여나 돈 빌리러 올까 봐 친구를 사귀지 않았다. 다만 나에게는 달랐다. 원하는 모든 것을 주었고 나는 늘 새 옷을 입었으며 고기반찬은 거의 늘 독차지였다. 그때는 내가 워낙 늦둥이라 그런 줄 알았다.

나에게는 방탕한 오빠가 하나 있었다. 할 줄 아는 거라곤 부모 돈을 타다 물 쓰듯 쓰는 것. 그거 하나는 기가 막히게 잘해서 부산 바닥에 소문난 호구였다. 내가 태어나기 전, 오빠가 회사 경리 직원과 연애했고 '싸가지없는 년이 아들과 붙어먹었다'며 욕을 한 바가지 퍼붓고 경리 직원을 내쫓은 부모는 오빠를 부산지검장 딸과 결혼시켰다.

오빠는 결혼한 지 일 년도 안 돼 이혼당했다. 오빠는 따로 나가 살면서 여전히 호구 짓을 하고 다녔는데 한때는 전국에 불어닥친 건설 경기 붐을 타고 부산까지 입성한 건설업자들과 손을 잡기도 했다.

"두고 봐요. 부산에 어마어마한 건물을 세울 거야. 랜드마크가 되는 거지. 이제 비린내 나는 생선은 지겨워."

부모는 눈물로 호소하고 쌍수를 들어 말렸지만 오빠는 호언장담했다. 그때 아버지는 노인성 질환으로 회사 일에 거의 손을 뗀 형편이었다. 아들을 두들겨 패서라도 내쫓은 다음 스스로 전면에 나서 회사 운영을 하기에는 이미 기력이 너무 쇠했다. 나중에 들으니 오빠가 부모의 뭔가를 훔쳐 갔다나.

오빠는 한동안 양복을 쫙 빼입고 조감도며 무슨 서류 뭉치들을 잔뜩 들고 부산 바닥을 쓸고 다니면서 굉장히 바빴다. 그러다 어느 날 갑자기 집에 찾아와 부모 앞에 무릎 꿇고 빌었다.

"내가 그 새끼 꼭 잡아 올 거니까 아무 걱정 마요. 어디로 갔든 지옥에라도 가서 끌고 올 거야. 그러면 다 해결되니까 조금만 기다려줘요."

그리고 오래지 않아 우리 집안은 폭삭 망했다. 그 과정이 어땠는지 당시 어렸던 나로서는 다 알 수는 없다. 다만 아들을 거지같이 낳은 탓으로 제대로 먹지도 자지도 못하고 평생 일군 것을 한순간에 모조리 빼앗긴 부모가 그 충격으로 쓰러지고 말았다는 것만큼은 생생하게 기억했다. 아버지가 먼저 심근경색으로 죽고 얼마 뒤 식음을 전폐하고 단칸방에서 울기만 하던 어머니가 숨을 거뒀다.

"쟤가 그 애구나?"

어머니의 장례식장에서 들었다. 사람들이 나를 손가락질하며 수군댔다. 그래서 알았다. 오빠와 연애했던 회사 경리 직원이 사실은 애를 낳았다는 것. 부모가 애만 뺐고 여자는 쫓아버렸다는 것. 앞길 창창한 아들을 지검장 딸과 결혼시키려고 애는 자기들 호적에 올렸다는 것. 그러니까 내가 부모의 딸이 아니라 사실은 오빠의 딸이었다는 것. 내가 오빠라고 불렀던 인간이 사실은 아빠였다는 것. 그 오빠이자 아빠가 집안의 모든 재산을 홀랑 들어먹은 것도 모자라 다른 사람들 돈까지 끌어다 댄 것이 수십억이라는 것.

이제 아빠가 된 오빠는 동생이자 딸인 나를 데리고 부산을 떴다. 부산 바닥에 두고두고 회자될 만한 사건을 일으켜 어딜 가도 따가운 눈총과 수군대는 말이 들렸기에 견디기 힘들어진 탓도 있지만 순식간에 채무자가 된 탓이 더 컸다. 당연히 변제할 능력은 없었다.

게다가 또 다른 이유도 있었다. 자기에게 사기 친 놈을 잡아야 한다는 것. 순식간에 집안을 말아먹고 부모를 죽게 하고 어린 딸까지 떠맡게 한, 인생을 완전히 파탄 낸 '그놈'을 잡아야 했다. 씹어 먹어도 분이 풀리지 않을 그놈을.

우리는 떠돌아다녔다. 아빠는 그놈이 어디에 나타났더라는 말을 들을 때마다 거주지를 옮겼다. 그리고 매번 허탕이었다. 그놈은 잡지 못했다. 아빠는 차츰 놈이 해외로 빠져나갔으리라는 가설에 무게를 두었다. 남태평양의 신비로운 섬에서 왕처럼 평생을 살기에 충분한 돈을 들고 사라진 놈 아니던가. 남국의 바람에 몸을 맡기고 탄력 있는 피부에 기다란 속눈썹을 가진 여자들을 끼고 이쪽으로는 오줌도 안 누겠지.

합리적인 추론은 아니었다. 절망과 지독한 피로감과 당장 먹고살아야 할 하루하루가 닥쳐서 그런 결론에 이른 것뿐이었다. 노력해도 이룰 수 없으리라는 명백한 결론에 이르게 되면, 사람은 그 일 자체를 애당초 불가능한 것이라고 합리화하며 스스로를 위로하니까.

그러니까 묵호에서 삼 년 남짓 머물렀던 것은 그놈 때문이 아니라 생계 때문이었다. 어린 소녀였던 내게 그 삼 년은 아빠와 지낸 중 가장 행복한 시절이었다. 아빠가 여인숙 주인아줌마랑 결혼하면 좋겠다, 그러면 이제 떠돌지 않아도 되고 바닷가 언덕 집에 살면서 오래 사귄 친구들과 함께 파도치는 바닷물 속을 자맥질할 수 있을 텐데, 하고 속으로 바랐다.

나는 시간이 많이 흐른 지금도 인생의 가장 행복한 시절을 꼽으라면 주저 없이 묵호를 떠올린다. 묵호에 눌러앉아 남들처럼 평범하게 살았더라면 얼마나 좋았을까, 생각하면서 낮게 탄식하곤 한다.

하지만 그럴 수 없었다. 아빠가 그놈을 잡으러 다니듯 또 누군가는 아빠를 잡으러 다녔다. 아빠는 나를 데리고 또 야반도주했다. 그리고 숨어든 곳은 바닷가에서 아주 먼 원주시 외곽이었다.

아빠는 양계장에서 일했다. 인생을 포기하고, 완전한 실패로 삶의 모든 의지를 잃어 무기력했다. 자신의 현실에서 도망쳐 하루 벌어 하루 먹는 삶. 알코올중독에 빠진 패배자. 그게 아빠가 도달한 나락이었다.

양계장에서 아빠와 함께 일하던 배칠구는 약간 모자란 남자였다. 몸집이 깡말라서 어깨뼈가 위로 솟은 듯 툭 튀어나왔고 얼굴은 황달이라도 걸린 듯 누랬다. 까만 이빨을 드러내며 늘상

낄낄거리면서 아빠에게 굼뜨다고 핀잔을 주곤 했다. 막노동에 서툰 아빠는 양계장 주인이 없을 때 주인 행세를 하며 명령조로 일을 시키는 배칠구에게도 굽신댔다.

"어이, 한씨. 닭똥 좀 치우랬더니 여기서 나자빠져 있으면 어떡해. 누굴 엿 먹이려고?"

배칠구는 양계장 구석에 쌓아놓은 사료 포대 사이에서 졸고 있던 아빠를 발로 찼다.

"어, 어, 아니야. 난 그런 놈이 아니란 말이야."

아빠는 꿈속에서 헤매는 듯 눈을 감은 채 팔을 마구 휘저었다. 아빠는 매번 같은 악몽을 꾸었다. 무리하게 사업을 확장하다 실패한 무능한 오너, 혼전 사생아를 방치한 패륜아, 상습 도박에 빠진 데다 대마초나 피우는 쓰레기…… 그런 기사가 적힌 신문 쪼가리들이 사방에 흩어져 날았다. 마치 뾰족한 창인 듯, 그 종이 쪼가리에 찔려 아빠는 바닥에 나뒹굴었다.

"그런 놈이 아니면 뭔데?"

배칠구가 거칠게 흔들어 아빠를 깨웠다.

"닭똥 치우고 계란판에 계란 담고. 그렇게 농땡이 피우고 돈 받아갈 수 있을 줄 알아? 내가 사장님한테 말해 한씨 밥줄 끊어줄까?"

배칠구의 욕설에 아빠는 구부정한 몸을 일으켜 일하러 갔다. 냄새나고 더러운 양계장의 비좁은 닭장에 갇힌 닭들이 시끄럽게 울어댔다. 배칠구는 그 옆에서 닭이 갓 낳은 달걀을 하나 톡,

깨서 입 안에 넣고는 소주병을 새로 까 마셨다. 아빠는 묵묵히 삽으로 닭똥 무더기를 치우고 갓 낳아 따뜻한 달걀을 회색 판으로 옮겼다.

아빠가 연신 뿜어내는 숨엔 시큼한 술 냄새가 진하게 배어 있었다. 일을 마친 아빠는 비틀거리며 구멍가게에 들어가 소주를 한 병 사 주머니에 넣고 진흙탕 길을 걸었다. 몇 년을 매일같이 그 길을 걸었다. 딸이 자라고 자라 고등학교 이 학년이 될 때까지 하루도 빼지 않고 그랬다.

그런 날들이 쌓이고 쌓인 어느 날이었다.

"쟈가 가라?"

골목 어귀 평상에 앉아 고구마를 까먹던 노파 둘이 소곤거렸다. 엄마손분식 앞을 지날 때였다. 그들의 말소리 때문에 외상값을 갚아야 한다는 사실을 또 잊었다.

"응, 폭삭 망하고 동구 밖 양계장서 일하는 한씨 딸이잖어. 옛날엔 엄청 부자였다던데, 쯧쯧. 술에 쩔은 한씨 때문에 저 딸이 고생이잖여."

나는 노파들이 말이라도 걸까 봐 어깨를 움츠리고 재게 걸었다. 낡고 오래된 동네의 소통 방식이란 언제나 무례하다. 쌍방 소통이 아니라 직선형 일방 소통이다. 골목길의 말은 출처가 불분명하고 누구든 잠시 맡겨놓았던 것을 찾아가는 듯 당당해서 마치 뭇매를 맞는 조리돌림에 가깝다. 분명 부침개 접시 따위를 앞세우고 들이닥치던 옆집 할머니가 소문냈을 터였다.

소문은 아무리 크게 외치거나 작게 속삭여도 같은 크기로 들린다는 점에서 기계음처럼 정확하고 무심했다. 골목길에 살면, 그것도 오래 살면, 누군가를 알고 지속적인 관계를 맺는다는 일이 끔찍하게 여겨지기 마련이었다.

현관 앞에서 새삼스럽게 낡고 오래된 집을 쳐다보았다. 지상에 간신히 버티고 선, 평지붕을 인 네모난 단층 벽돌집. 소문의 시작이 되는 원초의 집. 모름지기 끝이란 이런 거야, 그러니 함께 망하자, 하며 비웃는 듯한 그 집은 날마다 더 납작하게 짜부라지는 듯했고 부풀어 갈라진 페인트 조각들을 뱉어내고 있었다.

삐걱거리는 낡은 철문을 열고 들어갔다. 그나마 우리 집은 그 집 반지하 셋방이었다.

다행히 아빠는 집에 없었다. 옷을 갈아입은 다음 낮은 책상 앞에 쪼그려 앉았다. 책상 위에 붙은 '수능 D-355'. 반드시 수능을 보고 졸업도 하고 대학도 갈 것이다. 그렇게 다짐하며 책장을 펼쳤다.

"계십니까, 한동식 씨?"

제기랄! 저절로 미간이 찌푸려졌다. 또 찾아왔다. 일어나 방문을 열었다.

"아빠 안 계시니?"

이름은 박종권. 채권추심업자였다. 처음 왔을 때 정식 추심업체에서 왔다며 신분증과 채권 관련 서류들을 들고 왔었다.

"안 계세요."

"그럼 아빠 올 때까지 좀 기다려도 될까?"

오래 입은 듯 천이 반들거리는 검은색 양복에 구김이 가고 비싸 보이지 않는 셔츠, 온종일 채무자를 찾아다니는 업무 특성 탓에 뒤축이 닳은 구두, 빚진 사람들에게 빚 갚으라는 말을 하고 다닐 때 뻔하게 예상되는 반응들로 인한 감정 노동에 시달려 지친 표정. 그런 것들이 모두 역력했다.

"그러시든지요."

나는 박종권을 그냥 밖에 세워둔 채 다시 책상 앞에 앉았다. 잠시 그러고 있다가 다시 일어났다.

"아저씨, 물어볼 게 있어요."

"뭔데?"

"만약 아빠가 빚을 못 갚으면 어떻게 되죠?"

박종권이 대답은 안 하고 나를 물끄러미 보았다. 그리고 뒤쪽 벽에 붙은 '수능 D-355'를 보았다. 박종권이 작게 한숨을 쉬었다.

"학생, 아빠가 갚아야 할 빚이 얼만지는 알아?"

"대충이요."

"그래, 학생에게 이 말을 해주는 게 맞는지 잘 모르겠는데 아무래도 학생도 알아둬야 할 것 같으니까 말해줄게."

본능적으로 긴장했다. 뭔가 나와 관계된 말일 걸 알았다.

"아빠가 못 갚으면 그 빚은 아마 학생에게 돌아갈 거야."

"왜요? 어떻게요?"

"학생이 성년이 되면 말이야."

"아빠가 있잖아요."

"내가 이 바닥 오래 있어서 좀 짐작 가는 바가 있는데……."

박종권이 뜸을 들였다. 말해라, 빨리. 눈으로 재촉했다.

"아마 채권자들이 아빠를 금치산자로 만들 거야. 그러면 자연히 그 빚은 학생이 전부 떠맡아야 해."

"어떻게요?"

"아빠가 반신불수가 돼서 평생 누워 있게 된다든지, 뭐 방법은 여러 가지가 있겠지."

"그럼 일부러 아빠에게 해코지라도 한다는 건가요?"

박종권은 대답 없이 깊은 한숨을 쉬었다. 한참이나 침묵했다. 그 침묵이 뜻하는 바를 알 수 있었다. 때론 침묵은 만 마디 말보다 더 확실하고 무거운 대답이다.

"그렇다면 내가 그 빚을 안 갚을 방법은 있어요?"

"한 가지 있기는 한데……."

"뭔데요?"

"아빠가 죽으면, 그러고 나서 학생이 모든 상속을 포기하겠다고 하면 돼. 상속에는 빚도 포함이거든. 그러면 아빠 빚에 대해 학생은 책임이 없어지지."

하아, 저절로 탄식이 나왔다. 말문이 막혔다. 더 말할 수 있는 게 없었다. 중학교 때부터 한 푼이라도 벌어보겠다고 식당이며 편의점이며 전전하면서 새벽부터 밤중까지 일한 게 다 무슨 소용인가. 아니다, 그걸로 어림도 없을 줄 알았다. 그래서 매주 이십만 원씩 로또를 샀던 것 아닌가. 그러지 않고서는 이 상황을 빠져나갈 방법이 없었다.

그런데 이제 더 확실해졌다. 일 년 남짓 지나 성년이 되자마자 나는 수십억의 빚을 떠안게 된다. 제대로 한번 살아보지도 못하고 아무것도 한 것 없이 갚을 수 없는 빚을 지게 되는 것이다. 꽃다운 청춘? 새롭게 펼쳐질 세상? 웃기지 말라. 그야말로 거지 같은 인생 아닌가. 수능 D-355? 수능을 보고 대학을 가고 남들처럼 평범하게 취직해서 성실하게 한번 살아보겠다고? 내게 남은 건 희망과 기대를 품고 살아갈 수 있는 삶이 아니라 어둠의 절벽 같은 지옥뿐이다.

박종권이 오늘은 이만 돌아가겠다며 문을 나섰다. 나는 그저 텅 빈 시선으로 멍하니 벽을 바라보았다. 박종권이 가는지 따위는 안중에 없었다.

나중에 들었다. 박종권이 문을 열고 나가다 아빠와 마주쳤다는 걸. 아빠가 내가 알지 못하도록 박종권을 잡아끌었고, 박종권과 내가 나눈 대화를 자신이 들었다는 사실을 비밀로 해달라고 부탁했다는 걸.

얼마간 시간이 흘렀다. 생각해보면, 그날 아빠는 유난히 쾌활했다. 무슨 바람이 불었는지 월급을 탔다며 딸에게 주겠다고 새 운동화를 사 왔다. 손수 삼겹살을 굽고 된장찌개를 끓여 딸 앞에 밥상을 내왔다. 다리를 폈다 접었다 할 수 있는 가벼운 양철 밥상이 반찬으로 가득했다.

아빠는 소주를 따라 마시며 열심히 일하고 있다고 말했다. 소주도 반주 정도로만 마셨다. 그날 아빠는 돈을 모아 작은 양계장을 하나 꾸려 딸과 함께 평범하고 조용하게 사는 게 꿈이라고 했다.

"우리 딸, 착하고 공부도 잘하고 불쌍한 우리 딸내미……."

아빠를 잘못 만나 고생하는 게 미안하다고 했다.

"무슨 일인데? 말해봐."

나는 뭔가 아빠가 또 나에게 미안할 짓을 했나 보다 싶었다.

"일은 무슨. 아빠 이제 정신 차렸어. 더 이상 너 고생 안 시킬 거야."

"말은 좋네."

그저 픽 웃었다. 내심 안도감이 들었다.

그즈음 양계장 배칠구에게서 전화가 걸려 왔다.

"아빠 잠깐 다녀와야겠다. 조류독감 돈다더니 닭들이 갑자기 이상하다네."

아빠가 나간 뒤에 밥상을 치우려고 보니 소주잔에 소주가 반쯤 남아 있었다. 나는 그걸 얼른 입 안에 털어 넣었다.

자정이 넘었을 무렵, 아빠가 문을 열고 들어오는 소리 대신 전화벨 소리가 울렸다. 경찰이었다. 아빠가, 죽었다고 했다. 양계장 소유의 낡은 르망 자동차를 타고 가던 아빠는 맞은편에서 오던 트럭과 정면으로 충돌했다. 르망 자동차는 언덕길을 굴러

구겨졌고 아빠는 병원으로 옮겨지던 도중 사망했다.

나는 울지 않았다. 겹겹이 겹쳐진 상처들이 어느새 삶의 섭리가 되었다. 절망의 세상에선 감정도 감각도 무뎌지는 법이다. 온통 절벽투성이인 삶에 묶여 절망과 원망이 병이 된 마음은 눈물을 흘리지 못했다. 다만, 숨이 막혔다. 그러니 나는 울지 않은 것이 아니라 울지 못한 것이다. 나는 숨이 막혀 꺽꺽거렸다. 숨을 쉬지 못해 얼굴이 벌게지고 오장육부가 조이다 못해 갈가리 찢기는 것 같았다.

아빠의 죽음이 사고가 아니라 자살이었다는 걸 알려준 건 보험사 직원이었다. 그는 자살로 여길 수밖에 없는 이유를 설명했다. 몇 달 전에 내 앞으로 사망보험을 들었다는 것, 사고 지점이 평소 아빠가 늘 다니던 길이라는 것, 트럭 운전사 말에 의하면 아빠가 술에 취한 듯 지그재그로 움직였다는 것, 부딪치기 직전에 브레이크를 밟은 흔적이 없다는 것. 그러므로 사망보험금은 지급할 수 없다는 거였다.

사실을 말하자면, 알고 있었다. 아빠는 사고 직전에 나에게 문자메시지를 보냈다. 내가 아빠의 빚을 갚을 필요는 없으며 내 앞으로 곧 일억오천만 원이 생길 거라고 했다.

'아빠가 미안하다. 사랑한다, 우리 딸.'

아빠가 문자메시지 끝에 남긴 말이었다.

내가, 아빠를, 죽인 것이다.

아빠는 나 때문에 죽음을 택했다. 장례식장에 박종권이 들어섰을 때, 그의 표정을 보았을 때, 알 수 있었다. 금치산자, 빚의 대물림, 죽음과 상속 포기. 그런 단어들이 한꺼번에 대못처럼 뾰족하게 내 심장을 찔렀다. 아빠는 스스로 인생의 짐을 모두 떠안고 죽었다. 실패한 삶의 찌꺼기로 딸의 인생마저 시궁창에 떨어지는 것을 막으려고 자신을 살해하는 방법을 택한 것이다.

술기운을 머금고 운전대를 잡은 아빠는 울고 있었을까. 죽음에 이르는 길이 외로워 음악을 크게 틀었을지도 모른다. 차창을 열고 생의 마지막 바람을 맞으며 돌이킬 수 없는 마지막 순간을 향해 달렸을 것이다. 길 끝에 트럭이 마주 오는 것을 알아차렸을 때 아빠는 그것이 지옥으로 가는 통로라는 걸 확신했겠지. 트럭을 보고, 헤드라이트를 끄고, 전속력으로 액셀을 밟고. 속으로 순서를 생각하면서 마지막으로 나를 떠올렸을 것이다. 트럭이 가까워지고, 마침내, 쾅.

충돌했을 때의 굉음으로 어둠에 잠겼던 세상이 깨어났을 것이다. 개들이 한꺼번에 짖어대고 순하고 곤한 잠에 빠졌던 사람들이 소스라쳐 일어나 밖으로 나오고. 곧이어 언덕을 굴러 처참하게 구겨진 차 안에서 사연 많은 한 남자의 죽음을 목격하고 비명을 질렀겠지.

나는 그 모든 순간을 생생하게 알 수 있었다. 껵, 껵, 숨이 쉬어지지 않는 몸뚱이에 아빠가 겪었을 외로움과 두려움과 딸을 위한 간절함이 뼈를 깎듯 새겨졌다. 딸에게 남겨줄 것이 없었던 아빠는 보험금을 주려고 자신의 죽음을 한참 전부터 계획했을 테니까.

만약 보험조사원이 아빠의 자살을 알아내지 못했다면, 그래서 내게 보험금이 생겼다면 내 삶은 달라졌을지 모른다. 남들처럼 평범하게 열심히 공부해서 수능도 보고 대학도 가고 직장도 다니면서. 오직 그것이 아빠가 죽음을 택한 이유가 아닌가. 그러나 개떡 같았던 아빠의 인생은 마지막까지도 자신의 뜻대로 되지 않았다.

한 가지 다행인 건 아빠가 들이받은 게 페라리나 포르셰가 아니라 돼지 세 마리가 실려 있던 트럭이었다는 점이었다. 나는 아빠의 장례를 치르고 난 뒤 남은 돈으로 죽은 돼지 세 마리 값만 물어주면 되었다.

모든 장례 절차가 끝나고 난 뒤 얼마 안 가서 조폭들이 오기 시작했다.

"어이, 딸. 반가워."

그들은 허락도 없이 벌컥 반지하방 출입문을 열었다. 두 남자가 나를 보고 실실거렸다. 나는 그들을 노려보았다.

"그렇게 보면 좀 무서운데?"

그들이 더 크게 웃으며 방 안을 휘 돌아보았다.

"D-215? 뭐, 딸내미 수능 보시게? 우리 한씨 어쩌나, 죽어서도 딸내미한테 미안해서."

남자들의 조롱에도 나는 입을 꾹 다물고 있었다. 그중 한 놈이 손가락으로 뺨을 건드렸다. 주먹으로 그 손가락을 툭 쳐냈다.

"오호, 사나우면 더 귀엽지. 너는 딴짓 말고 성년 될 때까지 몸매 관리 잘하고 미모 가꾸고 있어라. 미성년일 때는 교육부가 나서고 어쩌고 골치 아프거든. 그리고 그때까지 살아있어야 이 자가 차곡차곡 붙어서 갚아야 할 돈이 불어나거든. 니가 뭔 짓을 해도 못 갚는 액수지."

내가 법적으로 빚의 상속을 포기했어도 채권자들은 채무를 끝까지 내게 지울 셈이었다. 아빠는 결국 죽음으로도 딸의 인생이 나락으로 떨어지는 걸 막지 못했다.

그들은 일주일에 한 번꼴로 다녀갔다. 집 앞에 있을 때도 있었고, 학교 앞에서 기다리거나 알바 뛰는 편의점 안에 들어와 죽치고 있기도 했다.

무슨 수를 써야 한다고 생각했지만 아무 생각이 나지 않았다. 유일한 가족이었던 아빠가 죽은 지 얼마나 되었다고 또 세상은 내게 이렇게 무자비한 걸까.

무슨 수는, 그들이 내게로 가지고 왔다.

식당 알바를 끝내고 행운복권방을 들러 집으로 돌아가는 중이었다. 여느 때와 같이 골목에서 이번 주 로또 당첨번호를 확인했다.

그런데 결과는 여느 때와 달랐다. 믿을 수 없었다. 정말로 당첨되고 만 것이다. 일 등은 아니었지만 이천만 원 정도 되는 큰 금액이었다.

나는 누가 보기라도 할까 봐 홀로 속으로 환호했다. 기쁘다는 감정을 느껴본 지가 하도 오래되어서 기쁠 때 어떻게 해야 하는지 몰라 겉으로는 담담하게 굴었다.

그러다 매주 예상 번호를 찍어준 이진욱이 떠올랐다. 하다못해 그에게 떡볶이라도 사줘야 할까. 설마, 십 프로를 떼어달라는 둥, 그런 헛소리는 안 하겠지. 그러면 어떡하지? 나는 상상의 나래를 펼쳤다.

"딸, 안녕?"

놈들이었다. 채권자들 사주를 받은 조폭 두 놈. 놈들은 먼저 집에 들렀다 허탕 치고 나와 골목에서 나를 기다리고 있었다.

제기랄. 나는 뒷걸음질 쳤다. 그들이 다가왔다.

"어디 가게? 우리 지금 막 만났는데."

놈들이 내 옷깃을 거칠게 낚아챘다. 로또 용지가 손에서 떨어졌다. 놈들의 발바닥 밑에서 찰나의 순간에 이천만 원이 찢어져 증발했다. 나는 살기 어린 눈으로 찢긴 로또 용지를 노려보면서 으르렁거리듯 소리쳤다.

"놔!"

"그렇게는 못 하겠는데. 좀 기다릴까 했는데 그냥 지금 널 데려오라네. 한 살 더 늙으면 가치가 떨어진다나. 미성년을 선호하시는 분들이 또 엄청 여기저기 계시니까. 우리야 뭐 힘이 있나. 시키면 시키는 대로 하는 거지. 우리도 맘 아파, 딸."

놈들은 적당히 넘어갈 생각이 아니었다. 이번엔 정말로 잡아 갈 셈으로 나를 잡아끌었다.

어디서 그런 힘이 나왔을까. 얼떨결에 나는 발을 들어서 잡고 있는 놈의 가랑이 사이를 힘껏 걷어찼다. 한 놈이 팔을 풀고 가격당한 부위를 감싸고 주저앉은 사이, 뛰었다. 뒤돌아볼 새도 없이 골목길을 뛰어나왔다. 그리고 나지막한 가게들을 지나고 막대로로 향하던 때에 누군가와 부딪쳤다.

이진욱이었다. 행운복권방 앞이었다.

이진욱이 놀라 숨을 몰아쉬는 나를 보다가 뒤쪽을 보았다. 뛰어 다가오는 놈들을 보았다.

"이쪽이야."

그러더니 내 손을 잡고 달리기 시작했다. 행운복권방 앞을 지나 편의점 앞을 지나 중국집 선빈관 앞을 지났다. 놈들이 계속 따라왔다.

"이진욱? 뭐야, 여친이야?"

쌩쌩배달 노란 조끼를 입고 막 배달 음식을 픽업하려던 남자가 이진욱에게 말을 걸었다. 남자가 타고 있는 스쿠터 엔진 소리가 그르렁거렸다.

"미안."

이진욱이 남자를 끌어내렸다. 스쿠터에 황급히 올라탄 다음 나를 뒷자리로 끌어당겼다. 막 출발하고 돌아보니 놈들이 배달부 남자의 멱살을 잡고 있었다.

스쿠터는 동네를 빠져나와서도 한참을 더 달렸다.

"어디로 갈까?"

이진욱이 물었다. 가르는 바람 소리에 묻혀 목소리는 희미하게 내게 닿았다.

"멀리."

이제 끝이다. 다시 집으로 돌아갈 수는 없다. 이진욱은 더 묻지 않고 스쿠터를 몰았다. 아는 동네를 벗어나 알지 못하는 곳으로 향했다. 어디로 가는지 둘 다 몰랐다. 얼굴로 몰아닥쳐 오는 바람에 눈에서 흐른 눈물이 조금 흩날린 것 같기도 했다.

정신을 차리고 보니, 오성급 호텔 앞이었다. 이진욱과는 헤어졌다. 그는 내가 다시 붙잡힐까 봐 걱정하며 돌아가기를 거부했지만, 돌아가지 않는다면 어쩔 것인가. 나와 함께 도망가기라도 하려고? 무엇 때문에 자기 인생을 걸고 이런 무모한 도주에 동반한단 말인가. 강압적인 말투와 과격한 제스처를 동원해서야 간신히 그를 돌려보낼 수 있었다. 그러느라 전화는 꼭 받겠다는 약속을 세 번이나 해야 했다.

이진욱과 헤어지고 무작정 걷다가 호텔 앞에 이르렀다. 홀린 듯 돌아보니 화려하고 고급스럽고 따뜻하면서 값비싸 보이는 호텔 로비가 유리문 하나 너머에 펼쳐져 있었다. 세상에서 가장 환한 것 같은 불빛이 홍수처럼 쏟아져 나오고 있었다.

눈물이 흘렀고, 어릴 적 한때가 떠올랐다. 넓은 집 안에 샹들리에가 걸린 높은 층고 아래에서 커다란 크리스마스트리를 장식하던 때를 기억했다. 트리의 맨 꼭대기에 빛나는 별을 달고 불을 켜면 작은 전구들이 반짝거렸고 나는 늙은 부모를 돌아보며 웃었다. 그때, 나는 부자였다.

입 속으로 '부자'라고 말해보았다. 그러자 심장에 뻐근하게 통증이 몰려왔다. 부자였을 때 부자라는 말은 입고 있는 가볍고 편한 홈웨어 같은 것이었다. 하지만 밑바닥까지 추락해버린 지금은 부자라는 말이 실패한 삶의 증명이라도 되는 듯 심장이 따끔하게 찔렸다.

나는 오성급 호텔이 마주 보이는 공원 벤치에 쪼그려 앉았다. 갈 데가 없었다. 주머니에는 이진욱이 쥐여준 돈이 얼마 있었고 통장에는 악착같이 알바 뛰어서 모은 돈이 약간 있었다. 그게 다였다.

먼 데서 몰아닥친 밤바람이 세상을 휘저었다. 제 몸을 눌러 바닥에 납작하게 엎드린 모래알이 바람에 휘말려 흙먼지로 일어났다. 흙모래를 삼킨 바람이 내 얼굴을 마구 때렸다. 밤은, 추웠다. 나는 벤치에 웅크려 비스듬히 누웠다.

새벽이 되자 한기에 저절로 눈이 떠졌다. 한 번 깬 뒤로 더 이상 잠들 수 없었다. 얼마나 시간이 흘렀는지 몰랐다. 벤치에 쪼그려 앉아 중천에 뜬 해를 올려다보았다. 날은 화창했지만 갈 곳이 없었다. 공원 벤치는 딱딱하고 외로웠다. 다시 먼 데로 시선을 주었다. 따뜻하고 화려하고 값비싼 어제의 그 호텔은 더 높고 웅장해 보였다. 오성급 호텔과 공원 벤치 사이의 거리는 백 미터도 되지 않는데 그 차이는 극과 극이었다.

그렇게 생각하니까 문득 세상이 다 가짜처럼 보였다. 세상이 가짜인데 내가 진짜처럼 구는 게 무슨 소용 있나. 가짜 세상에선 가짜가 되는 게 이상할 것도 없지 않나. 스스로를 가짜로 만들면 무엇이든 다 가능하다. 가짜가 보는 가짜 세상은 뭐든 다 가짜여서 진짜인지 가짜인지는 더 이상 중요하지 않게 된다. 나는 고개를 떨구고 발끝으로 거짓된 세상의 거짓된 땅바닥을 찼다.

그러다 보았다. 땅바닥에 떨어져 있는 네모난 작은 카드 한 장을. 이게 뭐지? 한서정은 그걸 손가락으로 집었다. 탄식이 저절로 나왔다. 그것은 명문대의 학생증이었다. 가짜 세상에서 가짜가 되기로 작정한 나는, 그 작은 카드 한 장을 뚫어져라 보았다. 그리고 그것이 가짜 세상으로 진입하는 마스터키가 될 것을 알았다.


명문대생들이라고 다를 건 없었다. 삼삼오오 모여 웃고 떠들고 어디론가 가고 오고, 분주했다. 나는 최대한 자연스럽게 행동했다. 그들 중 일부를 따라 자연스러운 동작으로 강의실로 들어갔다. 넓은 공간의 계단식 강의실이었다. 뒤쪽 구석에 티 나지 않도록 조용히 앉았다. 빈 노트를 펼치고 교수가 서 있는 뒤쪽 보드판의 글씨를 옮겨 적었다.

'미래사회의 이해.'

흰머리가 간혹 섞인 머리칼을 깔끔하게 빗어 넘긴 교수는 내가 생각하던 대학교수의 모습보다 훨씬 젊고 세련돼 보였다. 교수는 늦게 들어온 나를 잠깐 보고는 계속 수업을 진행했다.

"세계적으로 주목받는 미래학자들의 발표와 세계경제포럼, UNESCO, OECD 등 관련 주요 미래비전 보고서 등을 종합하여 보면 미래 사회의 변화는 직업 생태계의 변화, 탈도시화와 분산화, 인간성 상실의 위기 도래로 범주화할 수 있습니다……."

설명만 하던 교수가 학생들 쪽을 돌아보며 물었다.

"또 다른 위기로는 무엇이 있을지 누가 말해볼 사람?"

학생들이 고개를 숙이고 뭔가 열심히 적는 척했다.

"거기 늦게 들어온 학생?"

교수가 손을 뻗어 나를 가리켰다.

"저요?"

내가 놀라 손가락으로 제 가슴을 짚으며 말했다. 목소리가 떨리며 나왔다.

"그래, 학생. 한번 말해봐."

"어, 그게, 그러니까, 위기라면, 심각한 양극화로 인한 자본주의의 위기가 극에 달할 것으로 보이는데 자본 수익률이 경제 성장률보다 높기 때문에 시간이 갈수록 부의 불평등은 커질 것이며, 부모의 소득에 따른 교육의 양극화로 인해 자녀 세대는 어느 부모에게서 태어났느냐에 따라 인생이 결정될 것이며, 이는 점점 더 자유시장경제를 압박할 것으로 생각됩니다."

오, 오! 몇몇 학생이 일부러 과장되게 환호했다.

강의실에 들어오기 전, 이 학교 학생으로 보이기 위해 서점에 들러 어려워 보이는 책을 골랐다. 그중 한 권 뽑아 읽은 것이 『부의 알고리즘』이었다.

휴, 나는 속으로 안도의 숨을 쉬고 더 이상 주목받지 않도록 고개를 숙였다.

나는 노트에 '인간성 상실의 위기', '심각한 양극화로 인한 위기' 따위의 말을 적었다. 티브이든 포털의 뉴스든 언제는 위기가 아니라고 한 적이 있었나, 저런 말을 하는 교수나 여기 모인 학생들이 진짜 위기가 뭔지 알기는 할까 싶었다. 나는 '위기'라는 단어에 동그라미를 겹쳐 그리고 그 옆에 '탈출'이라고 적었다. 또 그 옆에는 '어떻게?'라고 적었다. 그러는 사이 수업이 끝났다.

학생들은 책을 접고 가방을 챙기고 강의실을 나가느라 바빴다. 나도 잊고 있던 중요한 일이라도 생각난 듯 황급히 소지품을 챙겼다. 서두르는 몸짓으로 뒤돌아 나가려는데 누군가 말을 걸었다.

"안녕?"

"어? 안……녕?"

너무 갑작스러워 말을 더듬는 내게 말을 건 학생이 방그레 웃었다.

"너 말 잘하더라? 놀랄 거 없어. 난 영문과 일 학년 김다미."

김다미가 재미있다는 듯 소리 내어 웃었다. 내가 입고 있는 백화점 브랜드 옷을 훑어보는 것이 느껴졌다. 이진욱이 준 돈으로 산 옷이었다. 나도 김다미의 차림새를 훑어보았다. 옷이며 가방, 신발까지 딱 봐도 사는 집 애였다. 잘 차려입어야 괜찮은 애들이 접근할 거라는 생각은 옳았다.

"넌 법학과?"

내가 들고 있는 『민법개론』을 힐끗 보고 물었다. 『부의 알고리즘』을 읽다가 포기하고 골라 산 책이었다.

"응? 응."

나는 작은 목소리로 얼버무렸다.

"반가워."

쭈뼛거리다 김다미가 내민 손을 살짝 잡았다.

"너 동아리 들었어?"

"아직."

"그럼 우리 동아리 들어와. 영어영화 동아리. 영어 공부 신경 쓰면서 영화 보는 거 별루라고 애들이 들어오기 싫어해서 아직 티오가 있거든."

"뭐 하는 건데?"

"뭐 하긴. 자막 없는 영화를 보면서 영어 공부하는 데지. 꼭 그런 거 처음 들어본 애처럼 말한다?"

김다미가 살짝 흘겨보면서 나를 놀렸다.

따라가서 참가해본 동아리 활동은 지루했다. 주로 노인과 아이가 나오는 영화를 자막도 없이 봤는데 어느 포인트에서 웃거나 울어야 하는지 잘 알 수 없었다. 그마저도 영어 공부를 한답시고 같은 장면을 여러 번 돌려보는 바람에 나오는 하품을 참느라 고역이었다.

"영화 어땠어?"

동아리방에서 나와 김다미가 저녁을 같이 먹자고 나를 이끌었다.

"뭐랄까, 노인이 아이가 되어가는 과정을 보니까 꼭 사는 게 다 저렇게 거지 같구나, 싶달까."

"넌 뭔 애늙은이 같다."

김다미가 웃었다. 노을이 지는 캠퍼스는 아름다웠고 그 안의 학생들은 모두 눈부셨다. 내 눈에는 그렇게 보였다. 김다미의 핸드폰이 울렸다.

"응, 아빠."

— 엄마가 외할머니 병간호하러 병원 가고 없어서 말인데, 집에 가서 아빠 속옷하고 양말 좀 챙겨다 줘야겠다.

통화음이 옆에서 걷던 내게도 다 들렸다.

"일하시는 아줌마 있잖아. 나 친구랑 밥 먹으러 갈 거야."

— 딴것도 아니고 속옷이라서. 친구랑 같이 와. 아빠가 맛있는 거 사줄게.

김다미가 '그럴래?' 하는 표정으로 나를 쳐다보았다. 잠깐 생각하는 듯 뜸 들이다 고개를 끄덕였다.

"용돈도 줄 거지?"

김다미가 아빠에게 어리광부렸다.

― 용돈 받고 랍스터 식당 예약. 콜?

"아싸."

김다미의 아빠는 바로 김현수였다.

물 위를 나는 배를 만드는 회사의 오너. 그는 오십 대 초반의 인상 좋은 남자였다.

직원들이 모두 퇴근한 시각에도 김현수는 혼자 남아 일하고 있었다. 사무실은 최소한의 가구만 배치된 단출하고 기능적인 모습이었다. 깔끔하고 미니멀하고, 무엇보다 거기에는 미래가 있었다. 내가 어떻게 그 회사에서 일하게 되었는지는 짐작 가능할 것이다. 김다미와 친해지고, 김현수를 가끔 함께 만나고, 마침 사무실 관리 직원이 퇴사해 공백이 생겼을 때, 스스로 학비를 벌어야 하는 처지임을 불쌍한 투로 말해서 취직에 성공했다.

정직하고 평범하게 사는 삶이었다. 많지 않지만 매달 월급을 받았고 남들처럼 성실하게 출퇴근하면서 일했다. 회사 직원들은 어린 나이에 직장 생활을 하는 나에게 친절했다.

월급날이면 스스로를 칭찬하는 뜻에서 치킨이나 소고기를 사먹을 때도 있었다. 작지만 적금도 하나 붓기 시작했고, 고시원을 벗어나 옥탑방이지만 월세방도 마련했다. 중고 가구와 가전제품을 사들이고 볕이 잘 드는 침대맡에는 에델바이스꽃 화분을 놓아두었다. 꽃말은, 인내와 용기. 봄이면 하얗고 작은 꽃이 온 방 안에 향기를 피워 올렸다.

그렇게 평범하고 별일 없는 몇 년이 지났다. 가끔 아빠가 생각날 때 혼자 소주를 마시면서 조금 울기는 했지만 다음 날 출근에 지장을 줄 정도는 아니었다.

이진욱은 가끔 연락했다. 문자로 주로 자신의 근황을 알려주었다. 이진욱은 예상대로 서울대 공대에 수석으로 합격했고, 그 지방 소도시에 플래카드가 내걸렸다고 했다.

때론 전화를 걸었는데 나는 이진욱의 전화를 받지 않았다. 그러면 곧 문자메시지가 도착했다.

'너, 내 전화는 받기로 약속한 거 잊었냐? 전화받아라.'

문자도 씹으면 또 막 문자 폭탄을 날리다가 제풀에 지쳐 그만두곤 했다.

나는 다만 과거와 연관된 어떤 것과도 다시 연결되고 싶지 않았다. 이진욱의 문자에 따르면, 내가 도망친 뒤로 조폭들은 여러 번 쳐들어와 난장판을 치고 그것도 모자라 이진욱을 개 패듯 패기도 했다. 미안한 마음이 들었지만 내가 할 수 있는 건 없었다. 이진욱의 마지막 연락은 필리핀에서였다. 여행을 갔댔나? 아닌가? 솔직히 잘 기억나지 않는다.

김다미는 삼 학년을 마친 후 미국으로 유학을 갔다. 사는 집 애치고 유학 가지 않은 애가 없으니 당연한 순서라고 생각했다. 내가 학비가 없어 학교를 그만두었다고 생각한 탓에 김다미는 내게 자신의 유학 생활을 자랑하는 짓은 하지 않았다.

그렇게 평범한 소시민으로 살 수 있을 줄 알았다. 거제도 바닷가에서 김현수가 흘린 피를 보기 전까지는.

2장

# 졸업생

아침 식사 시간은 언제나 정확히 일곱 시였다. 전금희는 늘 다섯 시 삼십 분에 알람을 맞춰두었지만 소리가 울리기도 전에 먼저 일어났다. 알람을 맞춰둔 건 그저 자신에 대한 일말의 불안 때문이었다. 그렇게 혹여 모를 일을 언제나 대비했다. 의식하지 못하는 새에 늦잠을 자 아침 준비에 소홀해지는 일이 없도록 말이다.

　침실 밖으로 나오자 막 들기 시작한 햇살이 거실과 복도, 주방에 느리게 퍼져나가고 있었다. 창문을 여니 새가 울었다. 미명이었다. 지저귀는 것이 아니라 우는 것. 전금희는 그렇게 생각했다. 새가 어떻게 생각할지는 알 수 없었다. 새의 말과 뜻과 목적에 관해 알지 못하니까. 그래서 묶이지 않고 날개가 달려 한없이 자유로울 것이라는 서툰 짐작이 새의 입장에서 보자면 잔인한 올가미여서, 어쩌면 새는 소리 내 무언가를 짖거나 외치는 것일지도 모른다고 생각했다. 지친 듯 밀려나는 어둠을 비난하기라도 하듯 날카로운 새벽 공기는 유리처럼 푸르고 위태로웠다.

"안녕하십니까!"

긴 복도를 지나 주방에 들어서자 메이드 직원 둘이 인사를 했다. 자신이 다섯 시 삼십 분쯤에 일어났으므로 이들은 다섯 시가 되기도 전에 잠에서 깨어 온 저택의 커튼을 열고 아침을 불러들이고 음식 준비를 했을 것이다.

"좋은 아침."

전금희는 직원들에게 웃어 보였다. 남은 잠을 떨치려는 듯 목소리는 높고 밝았다.

"준비는 다 되었죠?"

전금희는 직원들에게 하대를 하는 법이 없었다. 사실 이 집안 모두가 그랬다.

"네, 사모님."

에이프런을 두르고 직접 조리대 앞에 선 전금희에게 메이드가 미꾸라지가 담긴 커다란 볼을 가져왔다.

"저희에게 맡기시면 될 일을……."

민망하다는 투로 메이드가 말끝을 흐렸다.

"나도 그러고 싶지. 그래도 어쩌겠어. 회장님이 내가 한 음식을 좋아하시니."

전금희가 볼 안으로 굵은 소금을 뿌렸다. 그러자 살아있는 미꾸라지들이 꿈틀거렸다. 이토록 미끈하고 요염한 몸체라니. 손으로 잡을라치면 엄청난 힘으로 이리저리 쏙쏙 빠져나갔다. 그러다 곧 마구 꿈틀대면서 내장에 든 것들을 토해내고 점막이 벗겨져나갔다.

이어 호박잎으로 문질러 더욱 깨끗하게 해감했다. 옆에 선 나이 어린 메이드가 그 장면을 외면했다. 전금희가 웃었다.

"징그러워요? 살아있는 생명인데 얼마나 고통스러울까 싶고? 사람 먹자고 이 잔인한 짓을 하는 게 웃긴가? 추어탕은 아예 안 먹나?"

"먹습니다, 사모님. 갈아 만든 남도식으로요."

지적받았다고 느낀 메이드가 시선을 그녀에게 옮기며 말했다.

"요즘은 대부분 그렇지. 그런데 그건 추어탕의 본질을 모르고 하는 얘기지. 통으로 입 안에 넣고 씹으면 얼마나 고소한데."

메이드가 고개를 끄덕였다. 동의라기보다 주인에 대한 순응이었다.

"비밀 하나 말해줄까요? 사실 나도 안 좋아해."

전금희가 속삭이듯 말하며 웃었다.

"그래도 어떡해. 회장님이 즐겨 드시니."

인덕션 위의 큰 솥으로 고개 돌리며 눈짓하자 메이드가 눈치 빠르게 뚜껑을 열었다. 고추장과 된장을 푼 장국이 바글바글 끓고 있었다. 거기에 산 미꾸라지를 통째로 쏟아부었다. 그리고 모두부를 통으로 넣었다.

전금희는 국이 끓어오르기를 기다렸다.

마침내 국이 끓고 거품이 솟아오르자 맹렬하게 꿈틀거리던 미꾸라지들이 모두부 속으로 기어들기 시작했다. 미꾸라지는 살려고 뜨거운 국을 피해 일시적으로 온도가 낮은 두부 속으로 들어가 징그러운 모습을 감춘다. 마지막으로 발악하는 생존본능일 것이다. 마침내 파고들어 한 몸이 된다. 원래 그 속에 속해 있던 듯 스며드는 것을 지켜보았다.

전금희는 묘한 감정의 이입감을 느꼈다. 살려고 발악하는 꼴이 꼭 나 같지 않은가. 이 집에 들어와 산 지 삼 년이나 되었는데도 전금희는 아직 이물감을 다 떨치지 못했다. 안주인이 되었다고는 하나 원래 모든 것이 갖춰진 집에 새로 들어왔으니, 말하자면 이물질인 셈이었다.

안주인이 되어서도 최대한 기존의 것들을 바꾸지 않았다. 집 안의 모든 인테리어와 운영 방식과 분위기를 원래 주인이 갖추어놓은 대로 받아들이고 거기에 적응했다. 누가 봐도 전 안주인을 존중하고 그 방식을 계승한다고 느낄 수 있도록 했다. 새로 주인이 되자마자 자신의 방식대로 기존의 시스템을 전복하는 오만은 잃을 게 없는 자들의 몫이라는 걸 잘 알았다.

전금희는 가능한 한 고요한 방식으로, 마치 온 세상이 언제 스며들었는지 모를 안개에 휩싸이듯, 알아차리는 순간에는 이미 안개에 젖어 온몸이 축축해지듯, 그렇게 장악하려 했다. 그러니 종종 자신이 꼭 미꾸라지 같다고 느꼈다. 징그럽고 미끈하고 팔딱거리고 힘이 넘치는 미꾸라지. 살기 위해서 두부 속으로 파고드는 미꾸라지. 악착같이 파고들어 이 집에 자리 잡은 것은 오로지 살기 위함이었다.

끓고 있는 추어탕에 밑양념을 한 우거지, 토란대, 느타리버섯을 넣고 다시 푹 끓였다. 미꾸라지가 파고든 두부를 꺼내 적당한 크기로 썰어 뚝배기에 담고 국물을 부은 다음 홍고추, 풋고추, 마늘, 생강을 곱게 다져 고명으로 올리고 산초가루와 들깨가루를 뿌렸다. 거기에 배추겉절이, 오이무침, 얼갈이된장무침을 곁들여 상차림을 꾸몄다.

"냄새 좋은데?"

일곱 시 정각. 회장 백성철과 딸 백도희, 아들 백도현이 함께 다이닝룸으로 들어섰다.

"앉으세요."

메이드들과 전금희가 음식을 식탁 위로 날랐다. 커다랗고 둥근 원형 식탁에 금세 근사한 한 상이 차려졌다.

원형 식탁을 둔 것은 백성철의 뜻이었다. 긴 직사각형의 식탁 맨 윗자리에 앉아 가족들을 마치 아랫사람을 대하듯 하면 안 된다는 이유에서였다. 더없이 그럴싸했다. 권위적이지 않고 수평적이며 서로가 서로를 존중하는 분위기로 보이기에는.

그러나 전금희도, 백도희와 백도현도 알았다. 그것은 이곳이 무한 경쟁의 각축장이라는 뜻이라는 걸. 백성철이 일군, 가족들이 함께 키워나가야 할 재계 오십 위권의 기업. 그 안에서 세 명 모두 아내와 자식이라는 가족관계에 그치는 것이 아니라 능력으로 스스로의 가치를 증명해야 한다는 것을.

백성철은 국내 굴지의 철강회사 오너였다. 열연, 후판, 선재, 냉연, 전기아연, 전기강판, 스테인리스 스틸, 티타늄 등등 많은 철강 제품을 원재료를 사서 목적에 맞게 가공해 다시 역수출하는 사업이 주력이었다. 지난 수년간 자동차용 강판 시장에서 비약적인 성장을 이루었다. 올해는 육백만 톤에 육박하는 자동차용 강판을 판매할 계획이며, 오 년 안에 삼천만 톤까지 판매량을 늘린다는 목표를 세웠다. 그렇게 되면 명실공히 글로벌 플레이어로 성장하는 것이었다.

"고마워요."

물잔을 놓아주는 메이드에게 백성철이 존댓말을 했다. 오십 대 후반의 백성철은 목소리가 차분하고 태도가 침착했다. 근엄한 태도나 쓸데없는 무게라기보다 생의 거친 파도를 여러 번 타고 넘어온 자의 단단함에 가까웠다.

"먹자."

백성철이 먼저 숟가락을 들어 추어탕을 떠먹었다.

"그래, 역시 이 맛이야. 내가 당신한테 꼼짝 못 하는 이유. 당신 말고 누가 또 이 맛을 낼 수 있겠어?"

오늘도 백성철이 전금희를 칭찬했다.

"회장님 오늘 신사업 추진하시는 첫날이니 응원해드려야죠."

전금희의 미소에 백성철이 고개를 끄덕였다. 백도희는 숟가락으로 추어탕을 휘휘 저었다. 두부 단면에 미꾸라지가 박혀 있는 꼴이 보기만 해도 역겨웠다. 백성철이 백도희를 쳐다보았다. 무언의 경고였다. 하는 수 없이 백도희는 추어탕 국물을 한 숟가락 떠 입 안에 넣었다.

"무슨 맛이 이래?"

백도희가 소리 나게 숟가락을 내려놓았다.

"전 다른 거 주세요."

인상을 찌푸린 채 메이드 쪽으로 고개만 돌려 말했다. 전금희가 일어나 미리 준비해둔 것을 들고 와 그녀 앞에 놓아주었다. 캐비어를 듬뿍 얹은 신선한 샐러드와 반숙 달걀프라이와 메이플시럽을 살짝 끼얹은 팬케이크.

평소 백도희가 즐겨 먹는 메뉴였다. 주로 값비싸고 화려한 음식을 그녀는 좋아했다. 이럴 때마다 쥐뿔도 없이 태어난 전금희는 어릴 적에 그리고 하인학교 재학 시절에 굶기를 일삼았던 일을 떠올렸다. 금수저를 물고 태어난 백도희는 종종 한 끼에 수십만 원을 먹어 치운다.

전금희는 백도희가 추어탕을 물리고 이걸 찾을 줄 알고 있었다. 엄연히 백도희의 엄마가 아닌가. 딸의 기분과 취향쯤 엄마라면 당연히 파악하고 있어야 했다.

"그래, 그냥 이런 거 먹으면 좋잖아요."

백도희가 슬쩍 전금희를 흘겨보았다. 흠을 잡고 싶지만 어쩔 수 없다는 표정이었다.

"코끝에 느껴지는 쇠 맛, 피 냄새를 맡아본 적 없으면 이 맛을 모르지."

백성철이 뚝배기째 들고 추어탕을 먹다가 말했다. 백도희가 부러 인상을 썼다. 아침부터 일장 연설이구만, 그런 표정이었다.

"너희들이 코흘리개였을 때 남아공으로 출장을 갔었지. 회사 사정이 안 좋았던 때였다. 대부분 남아공을 아직도 인종차별이 엄연한 나라 정도로만 알고 있지만 그 나라는 세계적으로 광물이 풍부해. 오 일 동안 일곱 개 도시를 돌아야 하는 살인적인 일정이었다. 그 계약 실패하면 부도나고 직원들은 모두 일자리를 잃고 난 감옥에 가야 할 상황이었으니 칠십사 시간을 잠 못 자고 일했어. 폭염과 열대야가 끔찍했지. 낮 기온이 사십 도에 육박했다. 입에서 단내가 나고 이빨이 흔들리고 아파서 죄다 뽑아버리고 싶었어. 그때가 딱 분기점이었다. 성공하면 단단한 기반이 생기고 실패하면 선택할 수 있는 거라곤 죽음뿐이었어. 그런 각오로 거길 갔다."

차라리 아무 소리 없이 추어탕이나 퍼먹을 걸, 그런 표정으로 백도희가 값비싼 캐비어를 깨작거렸다.

"마침내 계약서에 사인하고 그 방에서 나서자마자 난 그 자리에 쓰러졌다. 케이프타운에서. 갑자기 무서운 돌풍이 불어닥친 때에. 남극에서 시작된 벵겔라 해류가 몰고 온 강풍이었는데 케이프타운의 매연과 온갖 공해를 다 쓸어버릴 만큼 차갑고 센 것이었다. 그걸 사람들은 '케이프 닥터'라고 부르지. 더러운 것들을 싹 쓸어가고 도시는 깨끗해지니까."

백성철이 생각에 잠긴 듯한 표정으로 말을 이었다.

"속에서 뭔가 뜨거운 것이 치받쳐 올라왔지. 명치끝이 따끔거렸어. 그래, 불어라. 내 역경과 고난을 싹 다 몰아가거라. 인생길, 이제 순풍을 타고 나아가보자. 그렇게 생각하는데 갑자기 코피가 흐르더니 현기증이 덮치더구나. 몸뚱이가 바닥에 넘어지면서 의식을 잃어가는 그 짧은 순간, 내가 이긴 걸 알았다. 그 짜릿한 순간은 아무도 모른다. 극한의 고통을 뚫고 이뤄낸 성취의 감각이 내 뼈에 새겨져 있어."

그게 대체 이 맛도 없고 보기에도 징그러운 통추어탕과 무슨 관계냔 말입니다, 아버지……. 입으로 내뱉지는 못해도 백도희의 표정은 딱 그랬다.

"간신히 정신을 차리고 나서야 배가 고픈 걸 알았다. 하루 종일 아무것도 먹지 못했거든. 알고 나니까 뱃가죽이 등가죽에 붙는 것처럼 맹렬한 허기가 날 잡아먹을 듯이 몰려왔지. 뭐라도 먹어야겠다 싶어서 거리로 나가 식당을 찾았다. 누가 상상이나 했겠니? 거기서 추어탕을 먹게 될 줄 말이다. '서울가든'이라는 간판이 보이더구나. 뛰어 들어갔지. 추어탕이라니. 믿을 수 없는 기분으로 시켜서 먹었다. 그 맛이 어땠는지는 짐작도 할 수 없을 거다. 내 평생 단 한 가지 음식을 꼽으라면 그때 먹었던 그 추어탕이야."

백성철이 전금희를 보고 미소 지었다.

"지금 내 앞에 놓인 추어탕이 바로 딱 그때 그 추어탕 맛이야. 성공의 맛!"

안다.

전금희는 알고 있었다.

'음식이란 단지 목구멍을 넘어가 창자를 채워 필요한 만큼 쓰고 나머지는 똥으로 배출하는 일종의 연료가 아니다. 식사는 통시적이면서 동시에 공시적인 한 인간의 역사를 새기는 행위다. 먹고, 자고, 싸는 게 인간의 존속 조건이지만 그중 먹는 것이 그 사람의 계급을 잘 보여준다. 그 사람의 축적된 과거와 집약된 현재의 위치가 메뉴를 결정하고, 고유한 개성과 그날의 감정, 신체 상태 등에 따라 다만 지나가는 한 끼가 되는지 관 뚜껑 덮을 때까지 생각나는 단 하나의 음식이 될지가 결정된다. 백성철이 추어탕에 꽂힌 데는 음식 그 자체보다 그 음식을 먹었던 시간과 공간, 그때의 상태 등이 관여되어 있다⋯⋯.'

하인학교 재학 시절 귀에 못이 박히도록 훈련하고 익힌 것이다. 음식이 인간의 가장 중요한 부분을 차지할 수 있다는 사실. 그러므로 모든 음식엔 분명한 목적이 있어야 한다는 것. 또한 타깃의 마음을 얻기 위한 수단 중 하나로 음식이 훌륭한 방도가 된다는 것.

백성철의 원픽인 음식이 케이프타운에서 먹었던 통추어탕이었다. 하인학교에서 그 레시피와 조리 방법까지 몸에 익혔다. 수없는 훈련을 거쳐 남아공 '서울가든'의 통추어탕을 재현했다.

비법이 무엇이냐고? 그것은 바로 설탕이다. 다 끓인 추어탕에 설탕을 한 스푼 듬뿍 넣는 것. 당연히 맛이 없다. 한국 사람 어느 누가 설탕을 넣은 추어탕을 좋아하겠는가.

"전 맛있어요, 어머니."

백도현이 전금희에게 인사치레를 했다. 맛없을 게 뻔한 음식을 먹으면서 맛있다고 말한다, 백도현은. 열다섯 살 차이밖에 나지 않는 계모를 꼬박꼬박 어머니라고 부른다, 백도현은.

백도현은 당진 공장의 책임자로 있다. 매일 저녁 업무 보고를 하라는 아버지의 명으로 서울에서 출퇴근한다. 보통 주말엔 그곳에서 요트 파티를 즐기느라 올라오지 않지만 오늘은 예외다. 백성철이 새로운 일을 벌이려는 첫날이었으니까.

"곧 재단을 설립한다는 건 다들 알고 있을 거다."

백성철이 본론을 꺼냈다. 그러자 식탁 위에 갑자기 긴장감이 돌았다. 여느 재벌 집처럼 이 집 식탁도 단순한 식사 자리가 아니다. 여기는 업무의 장이며 중요 안건들이 처리되는 최고 회의 기구다.

백도희가 눈을 크게 뜨고 아버지를 뚫어져라 쳐다보았다. 누가 봐도 아버지 그거 나 주세요, 하는 어리광 섞인 눈빛이었다. 백성철은 보고도 알은체하지 않았다.

"도현이한테 맡겨보면 어때요? 혼자 먼 당진에서 고생하는 게 영 안쓰러워서……."

전금희가 선수 쳤다. 백씨 세 사람 모두 전금희가 재단을 탐

낼 거라 생각하고 있었는데 말이다.

"당신이 맡으면 잘 운영하지 않을까, 생각하고 있기는 한데……. 그간 여러 사업을 훌륭하게 성공시켰으니까 그룹 내 반대도 없을 것 같고."

"저는 지금 일도 바빠요. 도희나 도현이가 맡는 게 보기도 좋을 거예요."

전금희는 잘 안다. 백성철의 말이 결론이 아니라 미끼라는 걸. 덥석 물었다가는 날카로운 바늘에 꿰여 옴짝달싹 못 하다 결국 숨통이 끊길 수도 있다는 걸.

백성철은 특유의 차분한 어투로 말했으나, 그룹의 미래 지형을 설계하는 막중한 일이었다. 그는 부드럽지만 날카로운 눈빛으로 전금희를 보았다.

"저렇게 말해놓고 뒤로는 자기가 재단 먹으려는 거라니까요."

백도희가 다급하게 쏘아붙였다. 재단이 전금희에게 넘어가는 일은 막아야 하지 않겠나, 싶은 마음이 튀어나온 것이었다.

"너, 어머니한테 무슨 말버릇이냐!"

"어머니는 무슨. 열세 살 많은 엄마가 어딨다고. 밖에 같이 나가면 언닌 줄 알아요."

"내가 좀 많이 동안이야. 그렇지?"

전금희가 능치며 웃었다.

"도현이 주세요. 제가 맡으면 괜히 집안에 분란만 생겨요."

코 박고 밥을 먹던 백도현이 손사래를 쳤다.

"전 됐어요. 일 늘어나는 거 싫어, 싫어."

앙탈 부리듯 백도현이 고개를 저었다.

"그건 됐고, 오늘 저 아버지 따라 양양 갈래요."

"거긴 왜?"

백성철은 오늘 양양 출장 일정이 잡혀 있다. 새롭게 추진하는 리조트 사업 때문이다. 재단 건과 마찬가지로 전금희와 두 자식 중 하나를 골라 리조트 사업을 맡기고 공격적으로 추진할 생각이었다. 오늘 그 시작으로 엄선한 리조트 부지를 검토하러 갈 예정이었다.

"보드 타러요."

백도현이 웃었다. 백도현은 요즘 서핑에 꽂혀 있었다.

"아버지는 주말도 없이 일하러 간다는데 아들 녀석이 거길 놀자고 따라가겠다고?"

백성철이 어이없다는 듯 웃었다. 잠시나마 재단 문제는 좀 더 신중하게 결정해야겠다는 생각까지 들었다.

"양양이 서핑 성지인 거 모르세요?"

모를 리가. 국내 핫한 청춘들이 모여드는 곳이라는 걸 백성철이 왜 모르겠나. 첫 리조트 부지로 양양을 택한 주요한 이유였다. 양양은 서핑 성지로 급부상했지만 아직 이렇다 할 고급 리조트가 없었다.

백성철은 문득 아들놈이 마침 서핑에 미쳐 있으니 데리고 가서 이것저것 살펴보는 것도 나쁘지 않겠다, 판단했다.

"아직 물이 찰 텐데."

"모르시는 말씀."

백성철의 대답을 허락으로 읽은 백도현은 의기양양했다.

"우리나라는 여름에 파도가 거의 없어서 봄가을이 서핑하기엔 좋아요. 한겨울에도 파도 타겠다고 몰려드는 사람들이 얼마나 많은데요."

"그래, 왜 하필 양양인 게냐?"

설명을 더 듣고 싶었는지 백성철이 부추겼다.

"파도가 끝내주니까. 피크가 좋고, 좌우 사면이 모두 길고, 움푹한 구역도 있고. 참고로 피크는 파도 높이요."

"무슨 말인지, 원. 회장의 아들이란 놈이 서핑 같은 거에 미쳐 있다니. 남들 들으면 혀를 찰 노릇이다."

백성철이 슬며시 웃으며 반 농담조로 말했다.

"아버지가 안 타봐서 그래요. 이게, 인생 희로애락을 담고 있는 스포츠라니까요."

반응이 나쁘지 않자 백도현이 신이 나 떠들어댔다.

쉴 새 없이 치는 거친 파도를 보면 흥분하게 되어 있다. 깨져보고 이겨보고 싶어서. 파도에 두들겨 맞고, 파도와 싸우고, 때로는 추위와 바람을 맞아가며 계절을 이기고, 나 자신의 한계를 극복해가는 과정이 바로 서핑이다.

파도와 싸우기 전엔 파도가 그렇게 힘이 센 줄 모른다. 타이밍을 잘 잡아야만 파도를 탈 수 있다. 인생도 마찬가지 아닌가.

모든 일에는 다 타이밍이 있고 그 타이밍을 잘 잡아야 성공한다. 완벽한 순간을 위해 때를 기다릴 줄 알아야 한다. 괜히 인생을 파도타기에 비유하는 게 아니다. 인생이란 게 뭐냐, 계속 파도가 몰아닥치는 밀물과 썰물의 연속 아니냐. 우리 인간에게 주어진 건 단 두 가지 선택뿐. 파도에 올라타 앞으로 나아가거나, 파도에 집어삼켜져 물속에 빠지거나. 고난과 역경을 뚫고 나아가는 인생 모습이 바로 서핑이다…….

"녀석, 말은 청산유수네."

백성철이 유쾌하게 웃었다. 백도현은 그런 구석이 있었다. 마치 상대방의 마음을 읽고 있기라도 한 듯, 같은 말이라도 상대가 듣기 좋은 방식으로 할 줄 알았다.

"누가 인생을 처음 파도에 비유했을까요? 역경과 고난을 보면 피하지 말라. 역경에 잡아먹히지 않으려면 어찌해야 하는지 아느냐, 친구가 되어야 한다. 역경과 그렇게 친구가 돼서 나란히 가는 게 인생길이라고 생각하면 받아들일 수 있다. 아버지가 늘 하시는 말씀이잖아요."

"알았다. 그만해라. 못 따라오게 하면 밤새도록 서핑 강의를 들어야 할 참이구만."

식사를 마친 백성철이 못 이긴 척 자리에서 일어나며 말했다.

백도현이 따라 일어나며 웃었다. 백도희가 흥, 콧방귀 뀌고는 제 방으로 먼저 가버렸다.

"잘 먹었어요."

백성철이 전금희와 메이드 직원들에게 인사했다.

"먼저 들어가 계시면 여기 정리하고 들어가 준비 도와드릴게요."

전금희가 빈 그릇들을 정리하며 말했다. 백도현이 살갑게 다가와 그녀를 도왔다.

"누나는 어머니가 이해하세요. 백상아리가 지금은 저래도 언젠가는 어머니를 좋아하게 될 거예요. 이렇게 완벽하신 분인걸요."

백도희는 본사의 상무다. 백도현은 제 누나를 백 상무라 부르다 경우에 따라 백상아리라고 불러제낀다. 전금희가 말없이 웃음으로 받아주었다. 백도현이 메이드 직원들이 나가는 걸 확인하고 전금희에게 바싹 다가와 귓속말을 건넸다.

"아버지에게 비밀로 해주셔서 감사해요, 어머니."

전금희가 보일 듯 말 듯 고개를 까딱했다. 의문이었다. 백도현의 숨은 의도가 뭘까.

그녀가 파악한 백도현은 남들과 대면해 싸우는 걸 피한다. 대신 머리가 좋아 뒤에서 목표물을 무너트리는 방법을 찾을 줄 안다. 잘 때 발가벗고 자길 즐기고, 여자관계가 복잡한 편은 아니다. 심각한 정도는 아니지만 하이힐 페티시가 있다. 그리고 다른 사람의 숨은 의도를 파악할 줄 안다.

백도현의 말은, 백성철 대신 당진 출장을 갔던 날 전금희가 본 것을 말하는 것이었다. 마약 파티. 한다하는 정재계 자식들을 불러다 요트에서 난장을 벌였다. 그걸 전금희가 알게 됐고 백성철에게 비밀로 묻어두었다. 백도현이 전금희에게 살갑게 구는 데는 그 일이 한몫했다.

물론 전금희는 그 일을 우연히 알게 된 게 아니다. 이 집안에 들어와 장악하려면 각각의 약점을 틀어쥐고 있어야 한다는 사실 또한 하인학교에서 습득한 생존 전략이다. 이미 증거물은 따로 챙겨두었다. 백도현 몰래 말이다. 언제, 어떻게 쓰일지 모르는 막강한 무기가 될 테지.

그렇다고는 해도 백도현은 여간 의뭉스러운 게 아니다. 제 속을 다 까발리는 백도희보다 오히려 그녀는 백도현을 더 주시했다. 제 아비를 닮아 속을 알 수 없는 포커페이스였다. 서핑에 꽂힌 시점 또한 묘한 것이, 백성철이 리조트 신사업을 구상하면서 처음으로 양양을 염두에 두기 시작했던 시기와 맞물렸다. 당장은 그쪽에 발 담그고 일하지 않아도 제 아비를 따라 양양을 오가기에 좋은 핑계가 아니던가.

백성철이 그룹을 일구는 과정에서 그 아들은 무얼 보고 배웠을까. 남들을 밟고 살아남는 법을 배웠겠지. 간교한 꼼수든 술수든 뭐든 수단과 방법은 상관없다. 원하는 걸 쟁취하면 그만이다.

전금희가 십여 년 전 처음 본처의 비서로 이 집에 들어왔을 때 백도현은 고등학생이었다. 인물도 좋고 성적도 우수하고 성격도 활발해 어디서나 인기가 많았다.

그 무렵 교육부에서 주최하는 장학생 선발대회에서 이 등을 했다. 자식이라도 본인의 능력을 증명해야만 인정하는 아버지는 고작 이 등에 머문 아들에게 냉담했다.

오직 일 등 단 한 명에게 주어지는 혜택은 삼 개월 단기 해외 연수. 그런데 갑자기 일 등을 한 여학생한테서 스캔들이 터졌다. 그 학생이 임신을 했고, 불법 낙태를 했다는 것이었다. 언론에 터지고 비난 여론이 일자 결국 그녀는 해외연수를 포기할 수밖에 없었다. 그래서 이 등인 백도현이 연수를 다녀왔다. 백성철은 아비 도움 없이 제 앞길을 헤쳐나가는 놈이라고 칭찬했다.

하인학교에서는 백도현을 주시하라는 지시를 내렸다. 그 여학생의 일을 언론에 터트리고 악플을 조장한 장본인이 바로 백도현이란 사실을 알려주면서 말이다. 그룹을 장악하고 전금희의 위치를 확고히 하는 데 언젠가 치워야 할 방해물이 될 거라는 것. 사실 말해주지 않아도 그 정도는 전금희도 알 수 있었다. 지금은 사이좋은 계모와 아들처럼 보일 뿐이지만.


"준비는 다 됐죠?"

전금희가 직원에게 물었다.

백성철과 백도현이 양양으로 떠난 뒤, 전금희도 출근했다. 주말이라 나와야 했다. 쇼핑몰이란 데가 주말이 가장 바쁘지 않은가. 게다가 오늘은 해외 언론에서 쇼핑몰을 취재한다기에 더욱이 맞춰 나와야만 했다.

"네, 대표님. 문제없습니다."

"좋아요. 가능한 모든 편의를 봐주도록 하고."

전금희는 거침없이 당장 처리해야 할 업무를 지시해나갔다. 화려하고 넓고, 성공의 지표가 될 만한 사무실이었다. 전면에 수십 개의 CCTV가 쇼핑몰 안에 가득 들어찬 사람들을 보여주고 있었다.

직원이 나가자 전금희는 가만히 사무실을 둘러봤다. 벽에 새겨진 로고에 시선이 머물렀다.

'POSH CLUB.'

전금희가 론칭한 복합쇼핑몰이었다. 새로 생긴 민자역사에 들어선 곳으로, 전금희가 성공시킨 바로 그 신사업의 결과물이었다.

그룹 내 많은 사람이 반대하는 사업이었다. 막대한 자금이 드는 일인데 경험 없는 회사에 돈을 빌려주겠다는 은행이 없을 것이다, 성공 여부를 장담할 수 없어 공격적 투자는 불가능하다 등등 누가 들어도 이치에 맞는 말이 나왔다. 뒤로는 새로 들어올 안주인이라면 조용히 집에 있다가 자선사업이나 문화예술사업을 하는 것이 모양새 좋지 않겠느냐고 수군거렸다.

맞는 말이었다. 쇼핑몰 사업은 당시 그룹의 네트워크로는 성공시킬 수 없었다. 그걸 보란 듯 전금희가 성공시켰다. 그것도 국내 최대 은행에서 모든 자금을 지원받았다. 백성철이 두 자식 외에 전금희를 염두에 두기 시작한 것도 그 때문이었다. 누구도 보여주지 못한 능력을 증명했으니까. 키포인트는 은행이었다. 대체 어떻게 은행에서 막대한 자금이 나올 수 있었던 걸까?

전금희가 백성철에게도 함구했던 그 비결은 하인학교의 정보력이었다.

은행장에게는 숨겨둔 사생아가 있었다. 그는 오래전부터 정치를 꿈꿨기에 사생활 관리에 철저했고, 누가 달려들어도 사생아의 존재를 알아내지 못할 거라고 믿었다.

말도 안 된다고 콧방귀를 끼고 일언지하에 거절했던 사업 건을 들고 전금희가 재차 찾아갔을 때, 은행장은 백성철에 대한 예우로 십 분 정도 차나 한잔하고 다음 일정을 가기로 스케줄을 잡아두었다.

"커피 향이 정말 좋은데요."

전금희는 느긋하게 은행장실의 소파에 깊숙하게 몸을 묻으며 커피를 음미했다.

"그렇죠? 세계에서 가장 비싼 하와이안 코나 원두예요. 백성철 회장님께도 몇 번 대접해드렸던 거예요."

은행장은 예의 바르게 대답하면서 동시에 바쁜 티를 냈다. 비서가 자꾸 방으로 들어와 은행장을 재촉했다.

"은행장님, 많이 바쁘신가 봐요."

"은행장이라는 자리가 그렇죠. 여기저기 불려 다니면서 대부분 싫은 소리를 해야 하는 게 일이다 보니."

"고충이 많으시겠어요. 사생활 관리만도 골치 아프실 텐데."

전금희가 하와이안 코나의 구수하고 쌉싸름한 향을 음미하면서 속삭이듯 말했다.

"예?"

은행장의 목소리가 튀었다.

"저도 은행장님이 돈을 안 주셔서 참 고충이 많거든요. 돈만 주시면 서로 좋고 조용할 것 같은데."

"무슨 말씀이신지……."

"이름 양진숙. 나이 삼십오 세. 딸 양샛별, 나이 칠 세."

은행장이 튕기듯 일어나 멱살이라도 잡을 기세로 다가붙었다. 그러나 당연하게도 물러설 수밖에 없었다.

"그게 지금 무슨! 아니, 그걸 어떻게?"

"전 은행장님이 행복하시길 바라고 있어요. 샛별 양도 건강하고 예쁘게 잘 자라고."

어떻게 되었을까? 누구라도 짐작할 수 있을 것이다. 그는 고작 이따위 일로 자신이 평생 일군 것들을 모두 잃을 생각은 추호도 없었다. 물론 그녀가 강탈하듯 은행장의 약점만 물고 늘어진 건 아니었다. 그녀는 매사에 일을 공정하게 처리해야 뒤탈이 없다는 걸 알았다.

은행장으로부터 양씨 모녀에게 나가는 모든 금전적 지원, 그걸 책임지기로 약속했다. 그때부터 은행장은 십 원 한 장 사사롭게 쓰는 일이 없는 검소하고 투명한 캐릭터를 획득했다. 그러니까 전금희는 은행장의 삶을 몰락시킬 폭탄이 아니라 사생활까지도 보호해주는 든든한 원군이 되어준 것이다.

그렇다고 전금희가 돈만 들여 쇼핑몰을 성공시킨 건 아니었다. 처음부터 그녀는 쇼핑몰을 인싸들의 인증 샷 성지로 만들 계획이었다. 이른바 MZ 세대를 잡아야 한다! 그것이 지상 과제였다. 비주얼에 약하고 인정욕구가 강한 세대를 만족시키는 방법. 그것이 전금희의 사업 전략이었다.

혁신적인 디자인! 거기에 전금희는 사활을 걸었다. 그렇게 찾은 것이 바로 3D 스크린이었다. 강남 한복판 코엑스에 가보았다면 누구든 보았을 것이다. 외관 전면에 높이 걸린 '파도'를. 고개를 위로 꺾어 하늘을 올려다보면 거기에 바로 그것, 힘차게 소용돌이치는 파도가 있었다. CNN은 늘 떠나고 싶지만 그러지 못하고, 언제나 동경하지만 매일이 바쁜 도시인들을 위해 '바다를 통째로 옮겨놨다'는 찬사를 보냈다. 마치 성난 파도가 금방이라도 몰아쳐 세상에 쏟아져 내릴 듯 생생한 모습. 그 실재감엔 누구라도 입이 딱 벌어지고 만다.

그 신기술을 가져왔다. 쇼핑몰 전면에 농구코트 세 개 정도의 면적으로 3D 스크린을 설치했다. 그리고 매주 테마를 바꿔 시연했다.

쇼핑몰 개장 첫날, 거대한 수사자가 포효하다가 엄청난 높이에서 뛰어내렸을 때 사람들은 비명을 질렀다. 혼비백산. 우왕좌왕. 출구를 향해 달려라. 이쪽저쪽으로 두서없이 뛰던 사람들이 정신을 차리고 다시 돌아보면 수사자는 조용히 앉아 꼬리를 흔들었다.

그다음은 외눈박이 거인. 자고 있던 거인이 고개를 들고 일어나 손을 내밀면 사람들은 깜짝 놀랐다. 지나는 사람을 움켜쥘 듯 거대한 팔을 내미는 거인을 보고 아이들은 울음을 터트렸다.

그다음은 이집트의 피라미드에 들어가는 듯한 착각을 불러일으키는 영상. 신비롭고 은밀한 공간으로 빨려 들어가는 감각은 느껴보지 않으면 도무지 알 수 없었다.

바로 그거였다. 안 느껴보면 모른다.

눈으로 보고 심장으로 느껴야 그 생생함을 절감할 수 있다.

그렇게 SNS를 타고 급속도로 입소문이 퍼졌다. 거기에 더해 전금희는 매달 우수 고객을 선정해 테마 영상의 주인공이 될 기회를 주었다. 〈겨울왕국〉의 공주랄지, 거친 숲속의 전설적인 사냥꾼이랄지, 황금 왕관을 쓴 마야 제국의 추장이랄지. 꿈과 상상을 자극하고 만족시킬 수 있도록 최고의 기술력을 동원했다.

전금희는 비즈니스에 능력이 뛰어났다. 타고난 감각이 있다는 걸 백성철도 알았다. 자신의 도움 없이 성공시킨 것을 보고 진심으로 감탄했다. 전금희도 그걸 알았다. 두 자식뿐 아니라 이제 자신도 백성철의 물망에 올랐다는 걸.

누구보다 그룹을 잘 운영할 자신도 있었다. 어린애들한테 맡겨놓으면 갖고 놀다 망치지 않겠는가. 일은 할 줄 아는 사람이 해야 하는 법이다.


"주말인데 왜 부른 거예요?"

백도희가 나타났다.

백도희. 가슴은 B컵과 C컵 중간쯤으로 확대 수술을 했고, 작년엔 추가로 엉덩이 성형도 했다. 미국 위스콘신 유학 시절 낙태 경험이 있으며 남들과 협동할 줄 모른다. 힙합을 즐겨 듣는다. 잘 때마다 코냑 두 잔을 마시고 수면제를 두 알 먹는다.

전금희는 속으로 백도희에 대해 파악한 것들을 다시 한번 상기했다.

"왔니?"

본사 오 전무를 달고 왔다. 요즘 들어 두 사람은 항상 세트로 다녔다.

"오 전무님도 같이 오셨네요."

형식적으로 인사치레했다.

"네, 백 상무님께서 요즘 바쁘시니 제가 도와야죠."

암, 바쁘겠지. 오죽하겠나.

제 아비한테 조르다 단칼에 까이고 나서 백도희는 회삿돈 백억을 빼돌려 제 사업을 따로 시작했다. 패션사업으로.

명품 수준의 고가 아웃도어 브랜드를 론칭했다. 바지 사장을 대표자로 내세우고 본인은 뒤에 숨어 일을 꾸몄다. 보란 듯 성공시켜 제 아비에게 큰소리칠 작정이었다. 마음이 급했겠지. 밑에서 남동생이 치고 올라오는 것도 짜증 날 텐데, 난데없이 제 엄마 비서나 하던 전금희가 떡하니 안방을 차지하고 그것도 모자라 신사업을 성공시켜 제 아비 입을 벌어지게 만들었으니. 아웃도어 브랜드 론칭은 절박한 가운데 나온 불가피한 선택이었다.

그런데 망했다.

지난겨울은 지구온난화로 지구가 너무 따뜻했다. 고가의 패딩들이 창고에 그대로 쌓였다.

전금희는 돌아가는 꼬락서니를 보며 한껏 비아냥거렸다. 사실 '지구온난화'라는 낱말부터가 문제라고.

'지구온난화', 'Global Warming', 'Warm', '溫暖', '따뜻하다'······.

느낌이 올 것이다.

속으로 읽어보고 입으로 발음해보면, 사람은 학습된 이미지로 그 느낌을 받아들인다. '온난'과 '따뜻하다'라는 말을 사람들은 대개 무의식적으로 이렇게 받아들인다. 온화하고, 부드럽고, 속도가 느리고, 차가움에 대비되는 개선이고, 진보이며, 새로운 시작이라고. 더 깊은 무의식 속에서는 '따뜻하다'라는 낱말이 앞으로 뻗어나갈 발판이 될 것이며, 탄생과 성장을 위한 동력이 될 것이라는 이미지를 가진다.

말의 힘이 어느 정도나 될까. 말 한마디로 천 냥 빚도 갚을 수 있고, 길은 갈 탓이며 말은 할 탓이고, 아 다르고 어 다르며, 말만 잘하면 징역도 면한다는 말이 있듯, 말은 힘이 세다.

전 지구적이고 당장 눈앞에 닥친 가장 큰 위기를 '따뜻해진다'는 말로 표현했으니 그 다급함을 제대로 체득할 수 있을까. 그러니 말부터 바꿔야 한다.

'Global Burning'이 맞다. 'Warming'이 아니라.

지구는 지금 따뜻해지고 있는 게 아니라 불타서 죽어가고 있다. 인간의 탐욕이 점점 더 뜨거워지면서 그 검붉은 혀가 불이 되어 하늘로 치솟아 지구를 끌어당기고 인류를 무너뜨리고 있다. 머지않아 불이 터지는 소리에 아이들이 울고, 온 생명들이 순서 없이 죽어가며, 푸르렀던 별 지구가 숨 쉴 수 없는 땅이 될 것이다. 지구가 불타고 있다. 나중은 없다. Global Burning.

갑자기 생각이 많아져 흥분했다는 걸 의식하곤 전금희는 속으로 한숨을 쉬었다.

아무튼, 기왕의 브랜드들도 창고 세일이나 해서 겨우 목숨 줄을 연명하거나 죽어나가는 시기였다. 백도희의 신생 브랜드가 망하는 건 별로 이상한 일이 아니었다.

그런데 백도희는 어떻게 돈을 빼돌렸을까. 원자재값 지불 명목으로 처리된 자금을 다섯 번에 걸쳐서 조금씩 빼돌렸다. 그 돈이 싱가포르의 페이퍼컴퍼니를 통해 다시 국내 그 브랜드로 흘러들어 온 증거를 갖고 있다. 전금희, 자신이 말이다. 백도희는 꿈에도 모르겠지만.

그 뒤처리를 하는 건 오 전무였다. 백씨 남매가 어릴 적부터 회사에 입사해 잔뼈가 굵은 탓에 백도희에게 오 전무는 집사, 후원인, 삼촌이자 아빠한테 혼이 나 울고 있을 때 달려가 안기면 어리광을 받아주던 사람이었다.

그런데 이 오 전무라는 인간, 낌새가 수상했다. 자신을 탐탁지 않게 여기는 건 예상 가능한 일이었다. 계열사 대표 자리는 확실히 제 몫이라 여겼는데 굴러온 돌이 박힌 돌 걸어차고 들어앉은 모양새니까. 이상한 건, 언제나 자신을 유심히 보면서 과거에 대해 자꾸 질문을 던진다는 거였다.

"어릴 때 사고로 부모를 모두 잃고 국비장학생으로 예일대에 다니셨다면서요?"

오 전무가 백도희 옆에 앉아 선전포고도 없이 칼을 빼 들었다.

"아참, 오 전무님도 예일대 출신이라고 하셨죠? 이렇게 반가울 데가."

전금희가 '감히 네까짓 게 어디서'라는 속내를 감추고 선수를 쳤다.

"혼자 고생이 많으셨겠어요. 듣기로는 경제학을 전공하셨다고요."

"말도 마세요. 학비는 준다지만 생활비는 제가 벌어야 했으니까요. 밤엔 '돈 타코스'라고 학교 근처 멕시코 음식점에서 일했는데. 거기서 혹시 마주쳤을지도 모르겠네요."

"제가 원래 멕시코 음식을 안 좋아해서……."

알고 있었다. 그래서 한 말이었다. 하인학교 재학 시절 이미 파악한 사항 중 하나였다.

"제가 경제학 전공은 아니었지만 그래도 매켄지 교수님 수업을 종종 들었어요. 어찌나 카리스마 넘치고 깐깐하시던지."

오 전무는 아직 검증 절차를 끝낼 생각이 없는 것 같았다. 전금희는 차와 과일을 손수 내오면서 받아쳤다.

"말도 못 하죠. 저는 매켄지 교수님 수업 들어갈 생각만 하면 먹은 게 얹히고 두통으로 머리가 아프더라고요. 그래도 재혼하시고 베티라는 귀여운 딸 낳으시고는 빨리 집에 가려고 좀 유연해지셔서 학생들 숨통이 트였죠."

유쾌하고 막힘없는 말투였다. 그때가 생각난 것처럼, 먼 데를 보며 혼자 추억을 떠올리는 듯한 미소를 지었다.

"그때 고생했던 거 생각하면 지금도 살 떨려요."

전금희가 쐐기를 박으며 온몸에 소름이 돋는다는 듯 손으로 팔을 쓸어내렸다.

"힘들 때면 웅장하고 고풍스러운 석조건물 앞 잔디밭에 누워서 혼자 조금씩 울기도 했던 기억이 나요. 해가 저물 때 노을이 한낮의 금빛 가루들을 거둬 가면 금세 붉은 기운을 뚫고 달이 솟았어요. 하루는 비가 왔는데 하늘에 어찌나 커다란 무지개가 뜨던지. 정말 비현실적으로 아름다워서 중세시대로 타임 슬립을 한 기분이 들었죠. 예일은 제게 삶이 얼마나 치열한지, 동시에 얼마나 아름다운지 알려줬어요."

예일대 근처에도 가본 적 없지만 전금희는 진짜 예일대 출신을 찜쪄먹을 실력을 갖추느라 극한의 훈련을 거쳤다. 하인학교 재학 시절은 그야말로 지옥 훈련의 연속이었다. 처음엔 학교가 굶겼지만 나중엔 밥 먹으러 갈 시간이 아까워 굶었다. 자고 먹고 싸고 공부하고. 그중 줄일 수 있는 시간을 모두 줄여 공부했다. 안 자고 안 먹었다. 학생들 모두가 그랬다.

예일대와 다른 오직 한 가지는 바로 단 한 명만 졸업할 수 있었다는 것이다. 그 한 명이 되려고 전금희는 매일 자신의 한계를 뛰어넘었다. 구토가 나오고 코피가 쏟아지고 극심한 현기증으로 쓰러지기를 다반사로 하면서.

세상은 언제나 어둠뿐이었고 캄캄한 절벽 앞에 위태롭게 서 있는 몸뚱이는 어느 한 곳 기댈 곳이 없었다. 밤마다 부러질 듯, 찢어질 듯, 쑤시고 아픈 몸으로 외로움과 서러움과 두려움이 밀려들었다. 삭신이 저리고 뼈마디가 쑤셔서 한 마디 한 마디 똑똑 분질러지는 것 같았다. 그럴 때마다 이를 악물었다. 그랬어도 눈물이 흘렀다. 누구 하나 돌아봐주는 이 없었고 다만 깊이 떨리는 두려움과 허기가 울음과 같이 흐를 뿐이었다.

그렇게 매일 추락하며 견뎠다. 어둠에 눈을 박고 노려보고 있으면 희망은 멀었고 아침은 내내 오지 않을 것만 같았다.

시간은 무심하고 야멸차게 흘렀다. 하루가 지나면 또다시 지옥 같은 하루가 다가왔다. 시간은 적의도 호의도 없어서 더욱 모질었다. 그 한없는 연속이, 가끔은 불안한 미래나 완전히 망쳐버린 과거보다 더 무서웠다. 그럼에도 곧 다시 일어나야만 했다. 쓰러진 채 스스로를 방치하면 여지없이 어디론가 끌려가 사라지곤 했으니까.

그렇게 살다 보니 가슴에 돌이 놓였다. 바위 같은 무게로 가슴을 누르는 돌덩이는 매일의 울음을 누르고, 누르고, 누르고,

눌러 마침내 돌이 된 거였다. 울음이 돌이 되는 긴 시간이었다.

그걸 이겨내고 지금, 여기에 있다. 그러하니 전금희는 얻은 것을 지키기 위해서라면 못 할 것이 없는 심정이었다. 위태로움을 없애고 모든 시스템을 탄탄하게 다지는 것. 그것이 전금희의 단한 가지 목표였다.

그 과정을 떠올리다 전금희는 몸을 떨었다. 온몸에 소름이 돋았다.

"잘 아시는군요. 그런데 제가 왠지 사모님을 아주 옛날에 본 것 같아서."

"오다가다 몇 번은 마주쳤겠죠. 저도 돈 타코스 앞을 지나가는 오 전무님을 본 것 같기도 하거든요."

"그게 아니라……."

"오 전무님은 이제 그만 들어가보세요. 나머지는 제가 얘기할게요."

답답했는지 백도희가 오 전무를 쳐냈다. 오 전무가 쩝, 입소리를 내고는 방에서 나갔다.

"재단 이사장 자리 갖는 데 동의해달라고 설득할 거면 포기하세요."

백도희가 다리를 꼬고 앉으며 말했다.

재단 이사장이라니, 얼마나 폼 나는가. 수백억의 돈을 맘대로 굴리면서 공연이나 전시 같은 문화사업과 장학사업 등등의 일들을 설렁설렁 하면서 사회적으로 대접받고 존경받는 자리가 아닌가. 회사로서는 세금 안 내고 돈을 빼돌릴 수 있는 곳이 재단이니 회사 비자금도 손안에 넣게 될 테고. 그룹의 비선 실세가 되는 셈이지.

전금희가 백도희를 보며 슬쩍 웃었다. 귀엽다는 듯 혹은 가소롭다는 듯. 더 지껄여보라는 듯. 너의 패를 까보라는 듯. 나하고 붙어 승산이 있다고 생각하냐는 듯, 비아냥거리듯. 어린애를 보는 듯.

백도희라고 그걸 모를 리 없었다. 전금희의 표정을 보고 기가 막혀 튀어 올랐다.

"당신, 처음부터 목적이 있어 우리 집에 들어온 거지. 우리 엄마 죽게 한 거, 당신 아냐?"

백도희의 말이 무슨 뜻인지 전금희는 짐작했다. 백도희는 전금희가 제 엄마의 자리를 차지하기 위해 호흡기를 몰래 뗐다고 의심했다. 합리적인 의심이었다. 본처가 죽고 얼마 안 돼 전금희는 백성철의 비서가 되었고 그도 모자라 안주인이 되어 이 집안에 들어앉았으니까.

하지만 그럴 리가. 아니다. 그럴 필요가 없는 일이었다.


전금희는 백성철의 본처 수행비서로 들어왔다. 들어올 때 비밀유지 확약 각서를 썼다. 들어와보니 본처는 시한부였다. 길어야 일 년 반. 아무도 몰랐다. 백성철과 병원을 제외하곤. 아, 한 군데 더 있었지. 하인학교. 학교는 그 사실을 처음부터 알고 있었다. 그래서 본처를 먼저 공략하는 우회 전략을 짰다.

전금희는 본처를 물심양면으로 돌봤다. 그야말로 몸과 마음을 바쳐 본처를 수행했다. 이십사 시간 붙어서 수족이 되어주었다. 지극정성이었다. 워낙 극진히 돌본 탓인지 몰라도 본처는 예상치보다 넉 달이나 더 살았다. 죽어가는 병자를 이 년 가까이나 돌본다는 게 얼마나 고역인지, 안 해본 사람은 모른다.

병자 처지에도 호흡기를 달고 연명하는 하루하루가 좋을 리 없었다.

"그거 아니?"

"무얼요, 사모님?"

본처가 가쁜 숨을 몰아쉬며 말했다. 전금희는 본처의 입 가까이 귀를 바짝 붙였다. 가늘고 힘없는 목소리가 간신히 들렸다. 그녀는 입 냄새가 심했다. 똥이 썩은 것 같은 냄새가 풍겨 나왔다.

전금희는 입을 벌리고 입으로 숨을 들이쉬며 본처가 말할 수 있도록 손을 잡아주었다. 한 생명의 마지막 말이 될 거라는 걸 알았다.

"죽는다는 게 오장육부가 헐거워지다가 멈추는 거잖아. 매일 곧 죽을 거라는 공포가 독을 품고 밤마다 간교하게 나를 파고들어. 사람이 이렇게 무기력한 거다. 죽을 만큼 아프니까 그래도 내가 아직 살아있구나 싶어. 죽음에 육박하는 고통이 바로 삶의 증명이라니."

숨이 차 내뱉은 가쁜 숨에 실려 온 지독한 입 냄새가 거의 참을 수 없을 지경이었다. 그것은 배 속 깊이 고여 있는 죽음이 내뱉은 냄새였다. 그러니까 그것은 시취(屍臭)에 가까웠다.

"나는 알아. 이제 다 왔어. 너도 언젠가 죽을 때가 되면 알게 될 거야. 곧 죽을 거라는 걸. 인간으로서는 끝났다는 걸 깨달았어. 이제 그만 나를 보내줘."

전금희가 눈물을 흘리며 본처의 손을 잡았다. 진심이었다. 처음부터 진심이 아니었다면 그리 지극히 돌볼 수 없었다.

본처도 그 마음을 알았다. 아픈 사람은 곁에 있는 이의 마음을 예민하게 알아채곤 하니까.

"애들이랑 애들 아빠 부탁해. 믿을 사람이 너밖에 없다."

본처의 마지막 부탁이었다.

"네, 사모님. 걱정 마세요. 있는 힘껏 돌볼게요."

전금희가 본처에게 약속했다.

이윽고 호흡기를 떼주었다.


"앞이 요란하면 뒤가 구린 법이라고, 아버지랑 결혼하고 쇼핑몰 성공시키면서 무슨 짓을 했는지 알 게 뭐겠어. 안 그래요?"

전금희가 잠시 본처와의 기억을 떠올리는데 백도희가 여지없이 찌르고 들어왔다. 제법 앙칼지게 들이받았다.

금수저 물고 태어나 곱게 자란 공주님을 전금희는 귀엽다는 표정으로 쳐다보았다. 아끼고 사랑하고 돌봐줄 필요가 있는 딸이었다. 전금희는 진심으로 그렇게 생각했다.

"대표님."

노크 소리와 함께 직원이 들어와 전금희를 불렀다.

"무슨 일이에요?"

"지금 촬영 중인데 잠깐 대표님 인터뷰를 하고 싶다고 해서요."

"나 지금 비주얼 엉망인데? 도희야, 나 어때?"

백도희가 대꾸하지 않고 투덜댔다. 가겠다고 일어서는 걸 전금희가 붙잡았다.

"잠깐만 있어봐. 할 얘기가 있어. 들어오시라고 하고."

잠시 후 미국인 리포터와 카메라맨이 들어왔다.

전금희의 인터뷰는 흠잡을 데 없었다. 능숙한 영어로 농담을 섞어가며 분위기를 주도했다. 백도희와 오 전무는 나가지도 못하고 똥 씹은 표정으로 인터뷰하는 전금희를 노려보고 있었다.

"제가 소개할 사람이 있어요."

화기애애한 분위기가 이어지던 사이, 전금희가 대뜸 말을 돌렸다. 그리고 한편에 서 있던 백도희를 끌어다 옆에 앉혔다.

"제 딸이에요. 포시클럽 론칭 준비할 때부터 딸이 획기적인 아이디어를 많이 줘서 얼마나 힘이 됐는지 몰라요. 이제 포시클럽도 안정기에 접어들었으니 저는 뒷방 늙은이로 물러나고 딸에게 맡길 생각이에요."

인터뷰어가 놀란 표정을 지으며 백도희에게 질문을 퍼부었다. 그럼 3D 스크린 아이디어도 직접 낸 것이냐, 또 다른 MZ

세대 공략법으로는 무엇이 있느냐, 앞으로 포시클럽을 어떻게 운영해나갈 예정이냐, 꼬리를 물고 질문이 이어졌다.

백도희는 인터뷰 내내 많이 웃었고, 비밀이라는 말과 지켜봐 달라는 말을 가장 많이 했다.

인터뷰가 끝나자 방 안엔 다시 세 사람만 남았다.

"뭐 하는 짓이에요?"

백도희가 한 대 칠 듯 바싹 다가들어 소리 질렀다.

"뭐가?"

"기껏 불러놓고 이렇게 사람을 놀리시겠다?"

"누가 그래? 놀린다고? 정말이야. 이제 포시클럽 네가 가져."

"뭐요?"

어떤 표정을 지어야 할지 모르겠는지 백도희의 얼굴 근육이 제멋대로 움직였다.

"백도희 상무님, 이제 포시클럽 대표도 맡으시라구요."

"무슨 꿍꿍이예요?"

진심으로 놀란 백도희는 저도 모르게 갑자기 어조를 누그러 뜨렸다.

"꿍꿍이라니. 처음부터 그럴 생각이었어. 진심이야."

전금희가 백도희 쪽으로 다가앉았다.

"도희가 새로운 사업 했다가 잘 안된 거 알아. 아버지에게는 물론 비밀을 지킬 거야. 포시클럽 잘 운영해봐. 그럼 내가 재단 이사장 자리 도희 주라고 아버지에게 말해볼게."

백도현을 밀어주는 듯했던 전금희가 재단 이사장 자리를 백도희에게 제안하고 있었다.

백성철이 전금희의 의견을 존중한다는 것은 백도희도 잘 알고 있었다. 무엇보다 전금희의 뛰어난 업무 능력 때문이었다. 전금희는 이미 제 능력을 백성철에게 증명한 적이 있었다. 친모가 죽고 전금희가 백성철의 비서로 있을 때 일이었다.

스페인 기업과 중요한 계약을 앞두고 마지막 미팅 자리가 만들어졌다. 현지에서 전금희가 백성철을 수행했다. 회의는 영어로 진행되었으나 상대 기업 오너 카를로스와 그의 비서는 간간이 스페인어로 대화했다.

"다 좋은데 조금 쪼잔하지 않아? 한 푼도 안 깎아주려 하고 말이야."

카를로스가 스페인어로 중얼거렸다.

"좀 그렇죠?"

비서가 맞장구쳤다.

"사람이 빡빡한 것이 재미가 없잖아. 올 때 좋은 선물 같은 것도 들고 와야지. 저번에 거긴 국보급이라며 백자를 가져왔잖아. 쓸 데는 없지만."

그러면서 저희끼리 웃었다. 전금희가 스페인어를 하는 줄 몰랐으니 그랬다. 당연했다. 백성철도 몰랐으니까.

가만히 듣던 전금희는 백성철에게 귓속말했다. 그러자 백성철이 고개를 작게 끄덕인 뒤 카를로스에게 말했다.

"내일 저녁 식사 어떠실까요? 최종 계약 조건은 그 자리에서 말씀드리죠."

백성철이 갑작스레 회의 중단을 요청했다. 카를로스가 뭐 그러시든가, 하는 표정으로 고개를 까딱했다.

다음 날 저녁, 플라멩코 공연을 겸하는 고급 식당 앞에서 백성철과 전금희가 카를로스를 기다렸다. 그 옆에는 롤스로이스 팬텀이 서 있었다.

판테온 신전을 형상화한 그릴에 양 날개를 위로 한껏 치켜올린 환희의 여신상 엠블럼. 판테온 신전이라면 지금까지도 서양 건축사의 불후의 명작으로 남아 있는, '모든 신을 위한 신전'으로 불리는 곳이었다. 롤스로이스가 상징하는 바는 단 하나였다.

'성공.'

카를로스가 지금껏 이 멋지고 화려하며 중후한 차를 소유하지 않은 건 돈이 없어서가 아니었다. 그의 차고엔 이미 수십 억 대의 차들이 즐비했다. 다만 카를로스는 아껴두었다. 누구보다 이 차의 상징을 존중하기 때문이었다. 그러다 성공을 손에 쥐었다고 확신한 즈음 구매했고 삼 개월째 기다리는 중이었다.

그가 놀라 입이 벌어진 건 당연지사였다. 백성철의 정보력과 추진력이 어마어마하다는 것을 실감할 수밖에 없었다. 그는 세 가지 측면에서 완벽히 만족했다.

첫째, 자신이 자동차 마니아라는 사실을 파악하고 취향을 저격하는 선물을 가져왔다는 점.

둘째, 자신도 수개월은 더 기다려야 받을 수 있는 차를 하루 만에 가져왔다는 점.

셋째, 롤스로이스 팬텀 조수석에 최종 조건이 적힌 계약서가 놓여 있었는데 가격이 다른 회사보다 딱, 정확하게 일 달러 적었다는 점.

어떻게 전금희는 하루 만에 이 차를 준비할 수 있었을까.

그야말로 '007작전'을 방불케 했다.

카를로스가 자동차 마니아이며 롤스로이스를 예약해놓았다는 사실은 알기 어렵지 않았다. 그걸 영국에서 하루 만에 가져오는 것이 역대급 미션이었다.

전금희는 회의가 끝나자마자 하인학교에 연락했다. 졸업생 중 재계 십 위권 그룹의 안주인이 있었고 마침 곧 롤스로이스 팬텀을 받을 예정이었다. 하인학교의 중재로 카를로스와 순서를 바꿨다.

차는 전금희가 하인학교와 연락한 지 네 시간 만에 영국 공장의 문을 열고 힘찬 엔진 소리를 울리며 출발했다. 마침내 도착한 도버해협에서 팬텀은 배에 올랐다. 먼 바다에서 떠오른 노을이 붉게 환희의 여신상 날개를 물들였다. 마지막 남은 햇살이 바다 표면에 머물러 있던 금빛을 거둬 가자 멀리서 새들이 낮게 날면서 어디론가 돌아갔다. 팬텀은 그 시간의 순환 위에서 숨을 고르며 당당하고 조용하게 달릴 때를 기다렸다.

프랑스 칼레에 도착한 순간, 팬텀은 웅웅, 포식자의 으르렁거림 같은 엔진 소리를 내며 출발했다. 팬텀은 전속력으로 달렸다. 좌우와 뒤를 살피지 않았다. 오직 제 갈 길, 앞만 보고 달렸다. 마치 원래 주인이었던 듯 가는 길마다 점령자의 위세로 시선들을 압도했다. 그런 시선들은 앞으로 달려나가는 자에게 아무런 의미도 없다는 듯 시크하게 달렸다. 오직 태어난 목적대로 팬텀은 밤을 새워 달렸다. 프랑스의 미명을 지나 이윽고 스페인에 당도하며 새벽을 맞았다. 어둠을 밀어내듯 햇살을 향해 달렸고 푸른 대기를 가르고 붉은 태양을 맞아들이고 금빛으로 빛나는 태양을 온몸으로 받다가 다시 기우는 하루를 옆구리에 끼고 달렸다.

그렇게 달리고 달려, 결국 팬텀은 단 한 치의 실수도 없이 목적지에 당도하는 데 성공했다.

백성철이 팬텀의 차 문을 열어주며 카를로스에게 말했다.

"이제, 타셔야죠."

더 이상 무슨 말이 필요하겠는가. 차에 올라타는 카를로스를 보면서 전금희는 그게 어떤 기분일까 궁금했다. '성공'이라는 신전에 오르는 신이 된 기분일까. 운전석에 앉아 있던 카를로스는 만족한 듯, 함박웃음을 지으며 차에서 내렸다.

이어진 식사 자리는 플라멩코로 시작됐다.

수수께끼 같은 음계에 기이한 리듬이 무한히 반복되는 기타 반주가 이어지는 가운데 신비로움과 애수의 감정, 정력적인 구두 소리가 조화를 이룬 춤이 펼쳐졌다. 투우 기질을 가진 스페인 사람들이 춤의 흐름에 따라 소리 지르고 손뼉 치고 손가락을 튕기며 환호했다. 춤은 화려하고 아름다웠다. 추지 않고는 견딜 수 없는, 스스로를 위한 춤이었다.

그러나 백성철은 긴장한 모습으로 자꾸 계약 얘기를 꺼냈다. 얼마나 중요한 계약인지 누가 봐도 티가 났다. 플라멩코가 아름다운지, 기타 소리가 심장을 파고드는지는 신경도 안 썼다. 그 탓에 카를로스가 인상을 구기는 걸 알아차리지 못했다.

일어나 화장실에 가는 카를로스를 전금희가 손을 씻으러 가는 척 뒤따랐다.

"스페인에 와서 플라멩코를 즐기지 않는다니. 스페인의 영혼을 존중하지 않는 거지, 안 그래?"

카를로스가 잠시 생각하다 이윽고 비서에게 말했다.

"차는 센스 있었어. 그래도 스페인의 영혼을 존중하지 않는다면 그건 나를 존중하지 않는 거나 마찬가지야. 이렇게 하지. 내가 신호를 줄게. '예스'면 내가 너를 '헤수스(예수)'라고 부를게. '노'면 너를 '케소(치즈)'라고 부르겠어. '예스'라면 계약 얘기를 마저 하고 아니면 그냥 플라멩코 무용수나 옆에 끼고 집에 가자고."

플라멩코로 천억에 가까운 계약을 의사를 정하다니. 과연 정열의 나라, 투우의 나라가 아닐 수 없었다. 그렇게 생각할 수 있겠지만 스페인 사람을 이해한다면 이상하지 않은 일이란 걸 알 것이다. 플라멩코가 무엇인가. 고된 방랑 생활을 해야 하는 집

시들의 인생을 춤으로 표현한 것 아닌가. 그들의 한과 외로움과 삶의 고단함이 고스란히 담겨 있는, 스페인 정서의 핵심이었다. 더 중요한 건, 카를로스의 부모가 집시 출신이라는 거였다.

먼저 돌아온 전금희가 백성철에게 귓속말했다. 백성철이 전금희의 사인을 알아차렸다.

백성철은 호기로운 자세로 카를로스를 맞았다. 원래 담배를 피우지 않는데도 카를로스가 건넨 시가를 받아 피우더니 자리에서 벌떡 일어났다. 급기야 자신감 있는 걸음으로 무대 중앙으로 나갔다.

예의를 갖추고 존중하는 자세로 무릎을 살짝 굽혀 플라멩코 무용수에게 인사했다. 그리고 플라멩코를 추었다. 선연하게 붉고, 층층이 주름이 진 치마에 함께 감겨 돌아가면서 춤을 추고 발을 굴렀다. 춤과 분위기와 무용수에 함께 취했다.

우주의 찰나만도 못한 인간이 태어나 세상에서 버려져 세상의 바깥을 떠돌며 생의 모든 시름을 안으로 삭인 춤. 플라멩코는 그런 춤이었다. 명치에 쌓인 삶의 고통을 사슬처럼 스스로 묶어 숨을 한 번 내뱉는 것에도 가슴을 틀어쥐어야 했을 간난의 생을 표현하는 춤. 춤의 화려함은 그만큼 깊은 슬픔의 역사를 반증하는 것이었다.

백성철의 몸짓은 플라멩코와 집시의 한과 슬픔과 애수 어린 역사에 대한 예우였다. 스페인에 대한 최대치의 존중이었고, 카를로스에 대한 깊은 이해와 공감의 기가 막힌 표현이었다.

"우리가 오해했군."

카를로스가 턱수염을 쓰다듬으며 말했다.

"안 그래, 헤수스?"

비서를 그렇게 불렀다. 카를로스의 눈가가 촉촉해지는 걸 전금희는 보았다. 무슨 일이건 사람이 바탕이라는 걸, 사람에 대한 이해와 공감이 가장 중요한 키라는 걸 다시 한번 가슴에 새겼다. 그렇게 사람을 자기편으로 만들면서 전금희는 오늘에 이르렀다.

"잘 다녀오셨어요?"

전금희가 밝은 미소로 양양에서 돌아온 백성철을 맞았다.

"응, 바닷바람이 제법 찬기가 빠져서 시원하더라고."

양양 건에 대해서는 파악해야 할 것이 많았다. 그러나 전금희는 내색하지 않았다. 그저 남편을 염려하고 배려하고 존중하는 아내 노릇을 했다.

"서핑한답시고 도현이가 마침 당신 따라다니니까 잘 가르쳐서 양양 리조트 사업 맡겨봐요."

"그놈이 뭘 안다고. 아직 멀었지."

와인과 핑거 푸드 두어 가지를 담은 쟁반을 내오면서 전금희가 떠보았으나 백성철은 흔들리지 않았다.

누가 봐도 백도현이 아직 갈 길이 먼 건 사실이었다. 백도희는 포시클럽을 맡을 것이다. 재단은 백도현에게 주어야 한다. 그러면 남은 사람은 전금희다. 맡을 만한 능력이 기준이라면 그녀는 차고도 넘친다. 백성철도 그걸 안다.

"아직 어려서 그렇죠. 우선 재단을 맡겨서 잘 운영하는 걸 보여주면 차차 도현이도 입지가 생길 거예요."

와인을 잔에 따르면서 전금희가 말했다. 그 또한 진심이었다. 전금희는 제 피를 이은 후계가 없다. 언젠가는 백씨 남매에게 모든 것을 남겨주어야 할 것이다. 사후에 말이다.

"족욕 준비할까요?"

"좋지."

백성철이 기분 좋게 답했다.

전금희가 천연 아로마 오일을 넣은 족욕 물을 가지고 왔다. 백성철 앞에 무릎 꿇어 그의 발을 족욕 물에 넣었다. 손으로 직접 따뜻한 물을 발등에 연신 부어주었다.

백성철이 전금희를 물끄러미 보았다. 애정이 듬뿍 담긴 눈빛이었다. 전금희도 백성철을 보았다. 미소 가득한 얼굴이었다. 서로의 시선이 감정을 북돋워주었다. 깊은 눈빛에 아로마의 향이 더해져 향기로웠다.

"당신, 기억나요?"

"뭐가?"

백성철의 음성은 낮고 부드러웠다.

"왜목마을. 새우."

"나도 참. 마음이 급해서 그랬지."

본처가 죽고 전금희가 백성철의 비서가 된 지 얼마 지나지 않았을 때였다. 두 사람은 당진 공장 업무를 끝내고 저녁을 먹으러 근처 왜목마을로 갔다. 서해지만 일출을 볼 수 있는 해변이었다. 그러니까 일출과 일몰을 전부 볼 수 있는 해변이었다. 저녁이라 두 사람은 식당에 앉아 일몰을 보았다.

바다에 노을이 내려앉아 물결이 순했다. 저무는 석양이 남아 있던 햇빛의 눈부심을 걷어 갔다. 난바다 끝에서부터 흐르듯 안개가 밀려왔다. 금빛이었다, 은빛이었다, 마침내 붉은빛으로 변한 바다 표면이 점차 흐린 달이 불러들인 밤의 색깔로 어둡게 물들어갔다. 바다를 품고 있던 식당 창문은 이내 밤이 되자 두 사람의 얼굴을 비췄다.

거기서 두 사람은 새우를 먹었다. 제철 새우는 통통하고, 맛이 달았다. 전금희가 새우를 까려고 앞으로 다가앉았는데 백성철이 먼저 소매를 걷고 새우를 까 그녀의 앞접시에 놓아주었다. 회장님이 비서에게 베푸는 친절의 범주라기엔 손길과 눈길이 사뭇 달고 진했다.

"당신이 직접 까준 새우를 먹은 게 나 말고 또 누가 있을까?"

전금희는 백성철을 '당신'이라고 불렀다.

"쉿, 비밀이야."

백성철이 손가락을 전금희의 입술에 갖다 대면서 장난스럽게 말했다.

"그땐 그냥 여러 가지로 당신한테 고마워서 그랬지. 내가 뭐 다른 뜻이 있었겠어?"

그저 애정하는 남녀가 서로 희롱하며 즐기는 대화였다. 좋아한 게 네가 먼저네, 내가 먼저네 하며 투닥거리는 애들 장난 같은 거였다. 백성철은 진짜야, 하며 전금희의 동의를 요구하는 표정을 지었다. 전금희가 웃었다.

진짜였다. 백성철은 전금희에게 고마웠다. 본처를 끝까지 정성으로 수행하고 보살펴준 것을 알았다. 거기다 전금희는 지친 백성철을 진심으로 위로했다. 본처를 수행하느라 안방 바로 옆방에 전금희의 거처를 두었고, 그곳은 백성철의 옆방이기도 했다. 가끔 모두 잠든 깊은 밤에 백성철은 자신을 위로하는 전금희의 품에 안겼다. 그리고 전금희는 백성철의 비서가 되었다.

"자, 다 됐어요."

전금희가 식어버린 족욕물을 가지고 일어났다. 백성철은 뒤돌아 욕실로 들어가는 그녀의 뒷모습을 보았다. 새삼스럽게 참 대단한 여자라고 생각했다.

전금희는 비즈니스 능력이 뛰어난 여자다. 아직도 포시클럽의 성공 내막에 대해 그녀는 함구하고 있다. 기반이 없는 상태에서 그게 어떻게 가능했을까? 불가능한 것이었다. 백성철은 의심과 감탄을 동시에 마음에 품었다.

처음부터 그녀를 염두에 둔 건 아니었다. 그러나 시간이 흐를

수록, 전금희가 능력치를 보여줄수록 백성철의 마음은 그녀에게 기울었다. 전금희도 가족 아니던가. 백성철 입장에서는 누구든 상관없었다. 회사를 키우고 잘 경영할 수 있는 사람이라면 굳이 백씨가 아니라도 괜찮다고 생각했다.

언젠가 오른 자리에서 물러날 것이다. 그 자리를 누구에게 주어야 하는지 결정하는 것이 백성철에게 주어진 최대 과제였다. 자신이 창조하고 완성한 세계를 지키려면 모든 것을 의심해야 했다. 그 자리에 있으려면 모든 말과 행동, 생각이 보통 사람과 달라야 했다. 전통? 도덕? 관습? 그런 것들은 모조리 무시되었다. 항상 선이 이기는 건 아니니까. 백성철의 목적은 오직 성공하는 것, 모든 싸움에서 이기는 것이니까.

그러니까 중요한 건 전투력이다. 누구나 한계점이 있다. 그걸 어떻게 헤쳐가는지가 중요하다. 마치 사자 새끼 키우기와 비슷하달까. 백성철은 세 사람의 일에 지원도 간섭도 하지 않았다. 그런데 전금희가 보란 듯 포시클럽을 성공시켰다. '어떻게?'라는 물음은 중요하지 않았다. 오직 성공했다는 것이 중요했다.

백성철은 누누이 그 점을 강조해왔다. 누구도 가능하되, 누구도 안심할 수 없도록. 항상 긴장하도록. 늘 불안정하게 만들었다. 만약 전금희의 손을 들어줄 거라면 백성철로서는 그다음을 생각해야 했다. 그녀와의 사이에 애를 낳지 않은 까닭도 그녀의 뛰어난 능력 때문이었다.

핏줄이 있다면 전금희는 지금처럼 이 가족에게 헌신하지 않을 것이다. 제 새끼를 키우기 위해 수단과 방법을 안 가리겠지. 그러나 제 혈육이 없다면 그녀가 백성철의 자리를 갖는다 해도 그다음은 백씨 남매 중 하나에게 물려줄 수밖에. 그러면 백도현과 백도희 중 하나는 전금희가 최대치로 키워놓은 그룹을 힘 안들이고 손에 넣게 될 것이다. 그러니까 전금희는 백씨 집안의 단단한 디딤돌이 될 것이다.

백성철은 그렇게 생각했다. 회장이 할 일은 그런 거라고.

전금희의 속내는 무얼까. 재단을 아들놈에게 주라니. 백성철은 그녀가 포시클럽을 딸에게 주겠다고 선언한 걸 알았다. 사실 백성철은 모두 알고 있었다. 백도현의 마약 파티와 백도희가 돈을 빼돌려 사업을 벌였다가 망한 일까지 이미 알고 있었다. 그뿐인가! 전금희가 그 사실을 알고도 자기에게 함구하고 있다는 것까지 파악하고 있었다.

전금희와 자식들의 알력 관계를 알고도 모른 척하는 것이 백성철로서는 당연한 일이었다. 어떤 면에서는 즐기는 기분으로 세 사람이 치고받고 싸우는 것을 부추기기도 했다. 재단 얘기를 꺼낸 것도 그런 맥락이었다. 자기가 주는 패에 어떻게 반응하는지 지켜볼 필요가 있었다. 그 과정에서 백성철은 새로운 기준을 정하려 했다.

머리 위로 올라서려면 상식을 뛰어넘는 고통을 즐길 줄 알아야 한다. 백성철은 극한의 고통을 뚫고 이뤄낸 성취의 감각이 뼈에 새겨져 있다. 그 감각이 자신의 최대 자산이라는 걸 백성철은 의심치 않았다.

　백성철과 전금희는 이내 침실로 들어갔다.

　전금희가 침대에 앉아 옆자리를 손바닥으로 톡톡, 두드렸다. 이리로 와 누우라는 신호였다. 두 사람은 아직 한 침대를 쓰고 있었다. 명색이 결혼 삼 년 차 신혼이니까. 내년쯤엔 각각 침대를 구비하기로 의논해둔 상태였다.

　백성철이 약간 머쓱한 포즈로 수면 가운을 벗고 전금희 옆자리에 엎드려 누웠다. 전금희가 다리를 벌리고 백성철의 엉덩이에 자신의 엉덩이를 붙이고 앉았다.

　뭐랄까, 낮 동안의 관계가 뒤집히는 느낌이랄까, 서열이 바뀌는 느낌이랄까. 백성철은 어린아이처럼 혹은 순한 양처럼 혹은 가르침을 바라는 초짜처럼 전금희의 말에 순종했다. 팔을 올리라면 올리고 고개의 방향을 바꾸라면 바꾸고 다리를 들라면 들었다. 한 번도 누군가의 밑에 있어본 적 없는 백성철이 지금만큼은 모든 걸 전금희에게 내맡기고 온몸의 힘을 뺐다. 백성철은 만약 전금희가 자신을 죽이기로 마음먹는다면 그것은 식은 죽 먹기겠구나, 싶어 웃음이 나왔다. 전금희가 마사지하기 시작했다.

　처음 이 포즈로 마사지를 받았을 때 백성철은 전금희의 출신을 슬쩍 의심하기도 했었다. 너무나 천연덕스럽고 거리낌 없는 자세와 행동은 당당했고, 마치 어딘가에서 배워 오기라도 한 듯 손길이 야무졌다. 전금희는 그 자세로 마사지를 하면서 백성철에게 이것저것 말을 걸었다. 편안함 때문인가. 속엣말이 술술 나와 스스로도 놀랐다. 이상하게도 외로움과 힘겨움과 분노와 죄책감 같은 것들까지 털어놓게 되었다.

더욱 놀라운 것은 제 말에 대한 전금희의 '처방'이었다. 전금희는 백성철이 자신의 감정과 기분의 바닥까지, 비밀의 찌꺼기까지 모조리 털어놓았을 때, 그것을 재활용할 것과 영구 폐기물로 구별해서 되돌려주었다. 그러면 백성철은 생에 도움이 되지도 않으면서 끊임없이 스스로를 괴롭히는 감정은 버리고 그렇지 않은 부분에는 면죄부를 얻어 심장에 얹힌 돌덩이를 내려놓을 수 있었다.

전금희가 심리 조절에 탁월하다는 것을 백성철은 직감적으로 알아챘다. 그것이 전금희의 특별한 능력이라고 생각했다. 사업 초기, 어려운 시절에 얻은 병으로 결국 본처가 죽었다는 죄책감도 그녀 덕에 편안하게 내려놓을 수 있었다.

전금희의 마사지는 값비싼 프로 마사지사들의 손길과는 확연히 달랐다.

"고마워."

백성철이 흐릿한 투로 말하고 금세 잠들었다.

전금희는 잠든 백성철, 자신의 남편을 지그시 보았다. 백성철은 극심한 스트레스로 인한 신경적 문제로 왼손을 살짝 떨고, 고혈압이 있다. 거짓말을 진실처럼 꾸며서 말할 줄 안다. 의사의 경고와 전금희의 잔소리에도 불구하고 줄담배를 피운다. 따로 여자를 두진 않았지만 가끔 스트레스 해소용으로 여자를 산다.

백성철은 수많은 직원과 그 가족들의 생계를 책임져야 한다는 것의 무게를 잘 안다. 나쁜 오너가 아니다. 재계 오십 위권의 다른 그룹에 비해서도 백성철의 기업은 직원 복지가 좋았다. 직급이 낮은 직원들에 대한 불공정한 대우는 백성철이 가장 화를 내는 일 중 하나였다.

그러나 위로 올수록 달랐다. 아래에 대한 연민은 거둬지고 제 위치에 합당한 능력치가 없다고 판단되면 지체 없이 칼날을 들이밀어 심장을 찌르는 남자였다. 지금은 몰라도 점점 더 능력을 보여주지 않으면 백성철은 자신을 집안 통수로 가둬둘 것이다. 따뜻하면서 얼음장 같고 부드러우면서 날카로운 창 같은 남자였다. 순한 토끼 같다가도 간교한 뱀의 머리를 굴리는 남자였다.

누구도 믿지 말라. 하인학교에서 귀가 아프도록 들어 마침내 뼈에 새긴 단 하나의 무기였다. 스스로 만든 상황만을 믿어라. 전금희는 상황을 스스로에게 유리하도록 만들어야 했다. 백성철은 아랫사람이 잘하면 칭찬한다. 그러나 너무 잘하면 자르려고 하지. 그러니 아랫사람이 아니라 울타리 안의 가족이란 걸 증명해야 한다.

그것이 백도현에게 재단을 주고, 백도희에게 포시클럽을 주려는 이유였다. 그런 다음, 자신은 백의종군하겠다고 선언한 뒤 백성철을 돕겠다는 명목으로 리조트 사업을 할 것이다. 그리해야 하는 까닭은 간단하다. 그룹 내 입지를 확고히 해야 하니까.

당장 쇼핑몰을 잃더라도 자신의 능력은 인정받는다. 리조트 사업까지 계열사 두 개를 성공시키면 업무 능력으로는 아무도 시비 걸지 못하겠지. 전금희는 동시에 엄마 노릇, 가족 노릇을 해야 한다. 이 가족에 헌신한다는 이미지, 키워서 자식들 주겠다는 의지. 그걸 보여줘야 한다. 다들 전금희가 재산을 탐내는 줄 알지만 돈 따위, 관심 없다. 돈은 알아서 따라올 것이다.

그러므로 진짜 전금희의 목적은 따로 있었다. 백성철의 차기 주자. 바로 그 자리.

'그룹을 맡는다. 힘을 가진다.'

그걸 원하는 이유는 단 하나다. 그걸 가져야 파멸하지 않으니까. 언젠가 가짜라는 게 밝혀져도 타격받지 않고 흔들리지 않도록. 누구도 나를 해하지 못하도록. 그만한 힘을 가지면 하인학교 또한 쳐낼 수 있으니까.

당장 포시클럽의 경영권을 백도희에게 주면서도 주식은 내어 놓지 않는 까닭이 그것이다. 언젠가 그룹의 경영권을 가지려면 지금부터 모든 수단과 방법을 동원해 주식을 모아야 한다.

전금희는 작게 한숨을 내쉬었다. 편안하게 잠든 백성철을 보다 그녀도 수면제를 먹고 수면 안대를 하고 잠을 청했다. 하인학교 시절에 각성제를 하도 먹어서 그런가, 졸업 후에는 약 없이 잠드는 것이 어려웠다.

약 기운이 몸 안의 창자와 혈관을 타고 흘러 뒤통수부터 발뒤꿈치까지 무언가에 결박된 듯 늘어졌다. 잠인 듯, 꿈인 듯, 독한 수면제는 전금희를 수면과 의식의 경계, 그 어딘가를 헤매게 했다.

　욕조에 누워 있었다. 따듯한 물이 가득 담긴 욕조.

　전금희는 양팔을 교차해 매끄럽게 쓰다듬었다. 그러다 뭔가 중요한 일을 잊은 것이 생각났다. 급하게 욕조에서 일어서다 모서리에 정강이를 제대로 찧었다.

　"악!"

　정강이를 양팔로 감싸 안은 채 화장실 바닥에 엉덩방아를 찧듯 주저앉았다. 정강이가 너무 아파서, 울었다.

　"그래, 내가 우는 건 정강이가 너무 아프기 때문이야."

　혼잣말을 중얼거렸다.

　욕조의 물을 빼려고 돌아보니 욕조가 높은 데 있었다. 바닥으로부터 서너 걸음을 올라 욕조 앞에 섰는데 내려다보니 아래가 까마득했다. 서둘러야 한다는 생각에 욕조 안으로 손을 뻗었다. 욕조는 깊었다. 벗은 몸을 잔뜩 구부려 안으로 거꾸로 몸을 밀어 넣고는 마개를 열려고 보니 두 개였다.

　"원래 욕조 물마개가 두 갠가?"

　엎드린 자세로 갸웃하다가 두 개의 마개를 모두 뽑아 열었다. 전금희는 물을 지켜보았다. 물은 급하게 빠져나갔다. 삼 초? 아니면 십 초? 이상했다. 내가 뭔가 시간을 잘못 흘려보내서 십오 분쯤 되는 걸 찰나라고 착각하는 건가.

　"아악!"

비명을 질렀다. 더러운 거품이 욕조 바닥에서부터 끓어올랐다. 그 더러운 거품 사이로 하인학교 동기생 하나의 얼굴이 떠올랐다.

놀란 나머지 그녀는 본능적으로 동기생의 얼굴을 두 손으로 눌렀다. 동기생이 두 팔을 뻗어 전금희의 목을 졸랐다. 누가 빠를 것인가. 아니, 누구의 힘이 더 셀 것인가. 전금희가 누르는 힘일까, 동기생이 조르는 힘일까. 둘 중 하나는 죽어야 한다. 둘 다 그걸 알았다. 숨이 막혔다. 꺽, 꺽, 꺽. 공기를 빨아들이지 못하는 기도에서 쇳소리가 새 나왔다. 전금희의 눈에 터진 실핏줄이 붉게 퍼져나갔다.


"헉!"

깜짝 놀란 채로 전금희가 잠에서 깼다. 끌려 들어가듯, 무의식과 잠의 경계에서 혼란스러워하다가 악몽을 꾸었다.

돌아보니 백성철은 낮게 코를 골고 있었다. 이 남자를 차지하려고 겪었던 모든 일이 이 남자만 차지하고 나면 다 잊힐 줄 알았다. 그러나 그 고통의 질감은 뼈에 새겨져 틈만 나면 전금희를 집어삼켰다. 그럴 때면 날카로운 모양의 불안과 공포가 명치 끝을 짓이겨대서 꿈에서 짓눌리곤 했다. 두려움으로 등이 둥글게 굽는 것만 같았다. 알 수 없는 떨림이 온몸으로 퍼져나갔다.

툭, 툭.

뚝뚝뚝뚝뚝.

바깥에서 비 오는 소리가 요란했다. 핏물이 떨어지는 소리라도 들은 것처럼 온몸에 소름이 돋고 사지가 덜덜 떨렸다.

저녁 무렵부터 시작된 비가 계속이었다. 다시 잠이 들지 않아 뒤척였다. 이 시간에 깨어 있으면 온건한 마음을 유지하기란 어려운 일이라고 전금희는 생각했다.

밤의 시간.

빛을 비정상과 불가해의 영역으로 치부하는 밤의 시간에 깨어 잠과 꿈에 취해 있을 다른 이들을 생각했다. 스스로 무수한 사람 중 하나라는 사실을 믿을 수가 없었다.

그 사실을 복기하기 위해, 잠들지 못하는 누군가가 또 있을 거라는 간절한 바람을 확인하기 위해, 누군가에게 연락을 취하거나 이야기를 좀 나눠달라고 요청할 수가 없었다. 그것은 자신이 불행하며 건전하지 못한 어떤 감정들을 숨기고 있다는 사실을 스스로 증명하는 셈이 되니까. 소리조차 잠들었는지 일부러 만들어낸 소리 말고는 세상이 죽었다고 믿어도 좋을 만큼 조용했다.

그리하여 전금희는 스스로에게 말을 거는 수밖에 없었는데, 돌아온 것은 지독한 외로움과 아물었을 거라 짐작한 상처가 벌어져 거기서 흐르는 고통의 고름뿐이었다. 귓가에 쩽, 하는 소리가 심장을 찔러 그만 소스라치게 놀라서는 입이 없는 비명을 질렀다.

홀로 지새우는 밤, 빗줄기는 지붕을 뚫을 듯 내리꽂혔다.

지붕과 비가 만나 우두둑, 하고 빗줄기가 부서지고 지붕이 파이는 소리.

마치 처음인 양 낯선 그 소리를 듣다 생각해보니 비는 가닿는 모든 것에 아픔을 느끼겠구나, 싶었다. 어디에 닿든지 제 몸이 부서지고 형체가 사라져서 때로 스미고 혹은 흐르고 또는 합쳐져서 소리 없이 증발하거나 졸졸 또는 우르릉. 비의 생이란 그런 것이구나. 기댈 곳 하나 없는, 세상천지 홀로인, 허공에서 중력의 속도로 바닥으로 추락하는 그 눈 깜박하는 순간만 비인 거구나, 하는 쓸데없는 생각에 뒤척였다.

그러다 보니 자연히 이진욱이 떠올랐다.


이진욱은 하인학교 교장 정이화의 심복이었다. 그의 주 업무는 졸업생 관리였다. 쉽게 말해 정이화의 지시 사항을 전달하고 그 결과를 그녀에게 물어다 주는 비둘기. 정이화의 그림자나 다름없었다.

정이화는 전화나 메시지, 메일 같은 걸 사용하지 않았다. 오직 이진욱을 통해 모든 일을 처리했다.

며칠 전 이진욱은 전금희를 찾아와 하인학교의 요구 사항을 전달했다.

오백억.

"너 지금 뭐라고 그랬어?"

전금희가 이진욱을 노려보았다. 본사도, 집도, 포시클럽 사무실도 아니었다. 청계산 자락의 인적 드문 작은 카페였다. 전금희는 직접 운전하고 거기까지 왔다. 자신이 이진욱을 만나는 사실을 누구도 알길 원치 않았다.

이진욱 또한 개의치 않았다. 대부분 졸업생이 그러길 원한다는 걸 익히 알고 있었다.

"좀 놀라셨나 보네요, 전금희 졸업생님."

나이는 어리지만 이진욱은 쉽게 볼 인물이 아니었다. 졸업생 관리라 하면 이 나라의 내로라하는 집안을 상대하는 일이 아닌가. 이진욱이 전금희를 똑바로 보고 웃었다. 웃는 입매가 시원한 청년이었다. 동시에 어딘지 허무한 듯 보이는 눈빛이어서, 똑바로 마주 보고 있어도 어쩐지 눈빛의 삼 할 정도는 허공의 어디쯤에 흩어져 있는 느낌이었다. 이진욱은 어째서 스스로를 지우고 정이화의 입으로 사는 걸까.

"여태 가져간 돈이 얼만 줄 모르고 하는 소리니!"

학교의 운영비를 비롯한 제반 비용을 졸업생들이 충당해야 한다는 조건은 이미 상호 합의한 사항이었다. 그러나 오백억이라니. 아무리 전금희라도 그만한 돈을 백성철 모르게 마련한다는 것은 불가능했다.

"저는 전달만 하면 그뿐."

"아무리 학교 요구라지만 불가능하다는 거 너도 알잖아."

이진욱이 피식 웃었다. 그리 나올 줄 알고 있었다는 듯. 오백억이 뉘 집 애 이름도 아니고 쉽게 말하고 쉽게 만들 수 있는 돈은 아니니까.

이진욱은 자신과 상관없는 일이라고 생각했다. 어쨌거나 정이화의 요구 사항을 전달하는 것이 제 일이었다. 무리한 요구를 받으면 시급 구천 원짜리 알바를 뛰는 사람이건 재벌 집 사모님이건 다 똑같은 반응을 보인다는 것이 흥미로우면서도 시시했다.

그도 그럴 것이 이진욱은 숱하게 하인학교 졸업생들을 봐왔다. 아무리 난다 긴다 하는 집안의 주인이 되었어도 졸업생들은 언제나 그의 앞에서 전전긍긍했다. 까닭은 단 하나. 이진욱이 모든 정보를 갖고 있으니까. 자신의 과거와 하인학교 재학 시절과 그 후의 모든 과정과 증거들을 모조리 손에 쥐고 있으니까. 말하자면 졸업생들에게 이진욱은 학교의 상징 그 자체였으니까. 학교의 지시를 따르지 않으면 언제든 한순간에 나락으로 추락할 수 있다는 공포가 이진욱에게서 고스란히 느껴졌으니까.

뭐랄까…… 좀 허무하달까.

이진욱의 삶의 태도를 한마디로 요약하자면 그랬다.

자신을 지우고 정이화의 그림자로 살면서 감추고 드러내기를 마음대로. 세상의 프레임에 갇히지 않고 세상으로부터 구속받는 것 하나 없이 자유롭게 살지만 자신의 자리는 언제나 베일에 가려져 있고.

그는 모든 졸업생의 정보를 갖고 있었고 그들이 바닥부터 꼭대기까지 어떻게 올라갔는지 다 보았다. 그리고 그들이 항상 불안에 떨고 있다는 사실을 누구보다 잘 알았다. 대체 사람은 왜 그리 아등바등 죽을힘을 다해 살아야 할까. 재벌가를 휘두를 수 있는 힘이 있지만, 그 힘은 하등 쓸데라곤 없는 것 같았다. 왜냐하면 이진욱에게는 꼭 가져야 할 목표 같은 게 없었으니까.

"새의 날개가 완벽해도 공기가 없으면 그 날개는 결코 새를 들어 올릴 수 없다. 이런 말이 있다고 하셨습니다."

정이화의 경고겠지. 이진욱의 목소리는 차분하고, 당당하고, 얼마간 경멸조가 섞여 있었다.

"이사회와 상의도 없이 독단적으로 요구하는 것은 들어주기 어렵지. 그만한 돈을 나한테만 요구하는 것도 아닐 테고."

이진욱이 등받이에 기댔던 등을 떼어 전금희에게 가까이 다가갔다.

"전금희 졸업생님, 후배들 사이에서 귀감이 되는 분이시죠. 멋있고, 무섭고, 위험하고. 왜냐? 가장 세니까. 심지어 학교에 있을 때 경쟁자를 죽이고 올라섰다는 소문이 돌던데. 마지막에 탈락할 것 같으니까."

누가 들을까 무섭다는 듯 이진욱은 과장되게 주위를 둘러보았다. 조롱 투였다.

"그러니까 전금희 졸업생님은 그럴 일이 없겠지만……."

이진욱은 말끝마다 '전금희 졸업생님'이라고 불렀다.

"얼마 전에 졸업생 한 분이 안타깝게도 유명을 달리하신 건 알고 계시죠?"

안다. 알다마다. 재계 십 위권 그룹의 안주인이 제 방에서 목을 매 죽었는데, 이 땅에 사는 사람이라면 누가 모르겠나. 그녀는 시궁창 같은 삶을 살다가 하인학교의 지옥 훈련을 거쳐 비로소 완벽한 생을 쟁취한 다음에 허무하게 목숨을 끊었다.

하인학교 졸업생 이혜신. 전금희보다 다섯 기수 위 선배였다. 이혜신은 그룹 전면에 나서지 않고 조용히 살았다. 장학재단을 운영하며 노블레스 오블리주를 모범적으로 보여주면서.

이혜신이 추락한 날은 따뜻한 봄날, 벚꽃이 만개해 달고 순한 향기가 천지 사방에 퍼지고 온 생명이 새로 태어나 솟아오르고 부풀고 넓어지고 깊어지고 펼쳐지던 날이었다. 그녀가 운영하는 장학재단의 한 학생이 하버드 법대를 졸업하고 미국 정계에 진출, 캘리포니아 주지사에 당선된 걸 축하하는 파티 자리였다.

순서에 따라 행사가 진행되고 멀리 바다 건너 있던 새 주지사가 감사 인사를 전하는 영상을 틀었을 때였다. 돌아가기 시작한 영상에서는 자랑스러운 주지사 대신 이혜신의 집에서 일하는 청소부가 나왔다. 그리고 폭로했다. 재계 십 위 그룹의 안주인이 옥스퍼드대학교 출신이 아니라 자신과 같은 소망보육원 출신임을. 낮에는 피시앤칩스 레스토랑에서 일하고 밤에는 날을 꼬박 새워가며 공부했던 게 아니라 강남의 한 지하 룸살롱에서 접대부로 일했음을.

바로 이어 그때 만났던 남자들이 영상에 나와 이혜신에 대한 증언을 했다. 이혜신이 얼마나 웃음이 헤폤는지, 들러붙는 남자들에게 얼마나 꼬리를 치며 돈을 뜯어냈는지, 가슴이 푹 파인

드레스 위로 남자들이 손을 뻗을라치면 얼마나 간드러지게 요염한 소리를 냈는지, 남자들과 함께 대마초를 피울 때면 얼마나 맛있게 잘 빨았는지…….

하인학교가 꾸민 짓이었다.

그러니까 자살 공작이라는 뜻이었다. 일부러 같은 보육원 출신을 그 집 청소부로 들여보낸 것도, 그 청소부가 이혜신의 과거를 까발리게 한 것도, 남자들의 인터뷰도, 행사장에서 나온 그 영상을 제작하고 편집한 것도, 모두 하인학교가 졸업생을 제거하기 위한 수순이었다.

그건 이혜신이 학교의 요구를 거부했기 때문이었다. 아마 이혜신도 같은 요구를 받았을 것이다. 오백억. 회사에서 주는 돈으로 재단만 운영하던 그녀가 만들 수 있는 금액이 아니었다.

"양지의 일을 조율하는 건 언제나 음지의 힘이죠."

이진욱이 덤덤히 말했다.

"대체 그 돈 다 어디다 쓰려는 건데?"

이전에도 막대한 금액이 하인학교로 들어가고는 했지만 안전을 보장해주는 대가로 삥 뜯긴다 생각하면 수긍할 수 있었다. 하지만 이 정도 규모로 터무니없지는 않았다.

"그건 제 영역이 아니구요."

이진욱이 말할 리가 없다는 걸 알고 있으니 딱히 그에게 화를 낼 일은 아니었다. 조만간 정이화를 만나야겠지. 이번에 무리한 요구를 들어주면 다음엔 더 큰 요구를 해 올 것이다. 아무리 하인학교 교장이라도 허용 범위를 벗어난 요구가 아닌가. 언제까지 그걸 받아줄 수는 없다.

전금희는 하인학교에 휘둘리지 않을 방법을 찾아야겠다고 마음먹었다. 그리고 그 다짐을 수없이 되뇌었다.

나는 다르다. 과거의 나는 가짜지만 지금은 진짜다. 가짜가 진짜를 짓이기고 뭉개버리지 못하게 하는 한 가지 방법은 누구도 건드리지 못할 완벽한 힘을 갖는 것이다…….


그 일을 떠올리니 저도 모르게 깊은 탄식의 숨이 새 나왔다.

곧 새벽이 오려는지 어둠이 가장 깊은 때였다. 백성철은 낮게 코를 골고 있었다. 어느새 비는 그쳤다. 한번 놓쳐버린 잠의 끈은 다시 잡히지 않았다. 밤이라서인가, 꾹꾹 눌러놓았던 감정이 어둠 속에 스며 풀어졌다.

매일 밤 불안이 룸서비스처럼 조심스러운 발소리로 명치 끝, 배 속 깊은 곳으로 배달됐다. 그러면 사방 벽이 천천히 조여 왔다. 이 방에 머물수록 점점 약해지는 게 아닌가, 하는 공포가 훅 끼쳐 왔고, 소스라쳐 놀라 밖으로 나가면 곧 다시 들어오고 싶어졌다. 자신이 있을 곳은 이제 여기뿐이었다. 전금희는 이를 물었다.

나는…… 이혜신처럼 자살하지 않을 것이다.

죽지 않을 것이다. 살아남을 것이다. 나의 모든 욕망과 행동은 오직 단 하나, 살아남기 위한 과정일 뿐이다. 어차피 산다는 것은 끝없이 시련을 감내하는 일이 아닌가. 삶이란 치열한 생존 경쟁의 각축장일 뿐이다. 나는 그 감각을 하인학교 재학 시절 충분히 익혔다.

과거의 나는, 내가 할 수 없는 일이 있다고 생각했다. 행동이나 감정이나 넘어설 수 없는 한계가 분명히 존재한다고 믿었다. 그러나 하인학교에서 그 모든 것 위에 군림하는 것이 있다는 걸 배웠다. 오직 단 하나의 목적. 오직 단 하나의 생의 이유.

생존이다.

생존을 위해서라면 사람이 할 수 없는 일은 없다. 수단과 방법을 가리지 않을 용기가 있는 자만이 생존한다. 그것이 하인학교에서 몸에 새긴 교훈이다.

나는…… 파멸하지 않을 것이다.

모든 인간의 태도는 주어진 상황 속에서 결정된다. 삶에 목적이 있다면 어떤 모욕적인 상황도 견딜 수 있다. 나는 나를 믿는다. 믿음을 상실하면 삶을 향한 의지도 없어지니까. 그 외에는 누구도 믿지 않는다.

과거의 나를 거치고 하인학교를 지나서 지금에 이르러 내가 얻은 건, 매사에 온 생을 걸어야 하는 삶이다. 그리고 나는 기꺼이 다 걸 것이다. 지금껏 그렇게 살아남았고 앞으로도 반드시 살아남을 것이다. 그것이 아니라면 나는 아무것도 아니다.

나의 모든 생이 그로 인해 언젠가 파멸한다 해도 나는 앞으로 나아가는 법밖에 배우지 못했고, 나아가지 못한다면 온 존재가 부정당하고 가짜라고 비난하는 쇠창살의 감옥에 갇힌 채 비참한 최후로 생이 끝장날 것이다. 나는 그 절박함과 무모한 용기를 얻었다.

그렇다면 나는 그동안 무얼 잃어왔을까.

전금희가 작게 한숨을 내쉬었다. 어느새 잠들지 못하는 또 한번의 밤이 천천히 물러가고 먼 데서 새벽의 시린 빛이 번져 오기 시작했다.

회장실은 전체적으로 깔끔했다. 권위적이거나 고압적이거나 화려하지 않았다. 값비싼 디자이너의 가구들이 배치되었지만 대부분 심플한 디자인이었다. 오히려 기능적이고 미니멀했다. 과시하지 않았다. 백성철다웠다. 백성철은 자신의 성공을 과장해 드러내고 아랫사람들 위에 군림하려는 오너를 혐오했다. 전금희는 그런 백성철을 존중했고 애정을 느꼈다.

"어쩐 일이야? 당신이 여기까지 찾아오고."

"당신이랑 점심 같이 하고 싶어 왔죠."

전금희가 초밥이 든 쇼핑백을 들어 보이며 웃었다. 백성철은 자주 회장실 안의 원형 탁자에서 주문한 음식을 먹으며 회의하기를 즐겼다. 전금희가, 다른 게 아니라 그게 바로 꼰대 짓이에요, 하며 농담조로 나무랐지만 백성철은 듣지 않았다. 그 때문에 가끔 전금희가 점심시간에 나타나면 직원들은 반겼다.

"좋지."

비서가 허브티를 내왔다. 깊은 허브 향이 공기에 스며들었다. 사면 통유리창 바깥으로 삼백육십 도 가득 어마어마한 스카이라인이 일렁이고 있었다. 마천루의 꼭대기 층에서 내려다보는 세상은 아름다웠다. 전금희는 새삼스럽게 그 풍경을 보았다.

"당신 그거 알아?"

전금희의 시선을 따라가던 백성철이 물었다.

"뭐요?"

"세계 각지의 마천루들은 대부분 보험회사가 소유하고 있다는 사실. 시카고의 윌리스 타워나 런던 금융가의 로이즈 빌딩 그리고 말레이시아의 페트로나스 쌍둥이 빌딩 등 셀 수 없이 많은 마천루가 보험회사 거야."

"왜죠?"

전금희가 백성철을 보고 물었다.

"마케팅이지. 보험이란 게 적어도 십 년 이상 계속해서 자기 돈을 넣으면서 되돌려 받지도 못하는 거잖아. 그런데 중간에 갑자기 회사가 망하기라도 하면 어쩌나, 하는 의심이 당연히 있지 않겠어?"

전금희가 고개를 끄덕였다.

"우리는 이만큼 크고 높은 빌딩을 가지고 있는 부자다. 경제가 웬만큼 흔들려도 우리는 앞으로 쭉 건재할 거다. 그러니 너희는 믿고 돈을 맡겨도 된다. 그러면 우리가 다 알아서 너희가 겪을 사고와 질병과 불안을 케어해줄 것이다. 그런 거지."

"보험회사나 하나 사볼까요?"

전금희가 농담으로 물었다.

"당신이 한번 해보게?"

"못할 것도 없죠. 왜요? 당신은 싫으세요?"

"나야 든든한 보험이 이미 있는데 뭐 하러?"

"그게 뭔데요? 그리 든든한 거면 저도 좀 알려주시든가."

전금희가 웃었다. 백성철이 따라 웃었다.

"당신."

"네?"

"내 든든한 보험."

갓 만든 초밥은 맛이 좋았고 회장실의 전면 통창으로는 따뜻한 햇살이 마구 쏟아져 들어왔다. 백성철은 사람을 다룰 줄 알았다.

"그나저나 진짜 왜 온 거야?"

백성철이 물었다. 전금희가 마주 보았다.

"두 가지 이유가 있어요."

"뭔데?"

"첫 번째는 이것."

전금희가 백에서 뭔가를 꺼내더니 일어나 책상 앞으로 갔다. 서랍을 열고 깊숙한 곳에 그것을 넣었다.

"또 쓸데없는 짓 한다."

백성철이 핀잔을 주면서도 크게 나무라지는 않았다.

"밑져야 본전이니까요."

부적이었다.

"경면주사(鏡面朱砂)로 쓴 거예요."

"응?"

"예전엔 일부러 바위 위에 볍씨를 뿌려놓았대요. 참새가 쪼아 먹다 부리에서 피를 흘리면 그 피를 긁어 기름을 섞어서 부적을 썼다죠. 음양오행에 따르면 참새는 화(火)를 상징하고, 불은 신을 의미한대요. 그런데 황제들은 경면주사를 썼어요. 천연 광석인데 거울처럼 얼굴이 비친다 해서 붙은 이름이에요. 행운을 부르는 강력한 주술이라네요."

이혜신의 자살 이후 전금희는 할 수 있는 모든 것을 다 하고 있었다.

"또 알아요? 이게 진짜 보험이 되어줄지."

"알았어. 두 번째나 말해봐."

전금희가 도로 백성철의 앞에 와 앉았다.

"양양 말예요."

"양양은 왜?"

백성철의 눈빛이 달라졌다. 전금희가 쓸모없는 말을 꺼내지 않을 거라는 걸 알았다.

"회장님이 맘에 들어 하시는 하조대 옆 부지 있잖아요."

백성철이 등허리를 곧추세우고 전금희 쪽으로 다가앉았다.

"안 그래도 내가 그거 꼭 갖고 싶은데, 리조트 하는 박씨 놈이 그걸 먼저 가지겠다고 설치고 다니니 골치가 아파."

국내 최대 호텔 체인의 회장인 박종식을 말하는 거였다. 그가 찜했다면 다른 어떤 회사도 뺏어 오기 어렵다는 걸 누구나 알았다. 그만큼 좋은 땅이었다. 리조트 부지와 바다 사이에 있는 거라곤 잘게 부서지는 모래사장, 그게 다인 땅이었다. 국내에 몇 남지 않은 최적의 리조트 자리였다. 최근에는 그 근처에 '비치마켓'이라는 플리마켓이 형성되어 청춘들이 개미 떼처럼 꼬이는 곳이었다.

"그 땅, 제가 계약할 수 있을 거 같아요."

"당신이? 어떻게?"

백성철이 금방이라도 튀어 오를 듯 놀랐다.

"제 능력이죠."

전금희가 웃으며 말했다. 절대 그 이상은 말하지 않았다. 말할 수도 없었다. 하인학교에서 준 정보를 무기로 박종식에게서 그 땅을 빼앗을 작정이라는 얘기를 할 수는 없었다.

백성철도 알았다. 무슨 능력인지는 모르지만 도저히 불가능한 일들을 해낸다는 것을. 전금희는 항상 그 결과만 백성철에게 보여주었다. 그것이 그녀를 더욱 곁에 둬야 하는 이유였다. 백성철이 누른다고 눌러질 여자가 아니었다.

"리조트 앞 해변엔 비치클럽을 만들면 어떨까 싶어요. 서핑하기 좋은 곳이고, 어차피 그곳이 전국에서 가장 핫한 곳이 될 거 니까 젊은 애들이 모여 제대로 놀 수 있는 곳을 만들어주는 거 죠. 이것 좀 보세요."

전금희가 영상을 틀어 백성철에게 보여주었다. 너른 바닷가, 감각적이고 퇴폐미를 보여주는 디자인의 바, 시끄럽고 흥분되 는 감각을 자극하는 음악, 흐느적거리는 춤을 추며 술병을 손에 들고 웃어대는 사람들.

"발리의 '포테이토 헤드'예요."

"뭐? 감자 대가리?"

백성철이 웃었다.

"제대로 좀 봐요. 여기는 비치클럽으로 먼저 시작해서 거기서 번 돈으로 오성급 리조트를 지었어요. 미국의 가장 유명한 건축 회사 OMA가 디자인했고요."

"그런데 원래 저렇게 다 발가벗고 다니나?"

영상을 보던 백성철의 말은 농담조였다.

"젊은 애들이 바닷가에서 당연히 허술하게 입어야죠. 리조트 디자인은 빌 벤슬리에게 맡기면 좋을 거 같아요. 아시죠? 로컬 컬처 리조트 디자인의 탑. 포시즌이나 불가리 리조트도 그 사람 이 디자인했어요. 이제 우리나라도 그 정도 리조트는 있어줘야 할 만큼 시장이 커졌으니까."

"그 귀신 나올 거 같은 리조트 만드는 놈 말이지?"

"당신도, 참. 몽환이라고 하는 거예요. 그래도 호불호가 갈릴 수 있으니까 수위는 좀 낮춰 디자인해야죠. 그 사람이 블랙과 화이트 타일을 예술로 쓰잖아요. 정말 예술적이고 고급스러운 리조트가 될 거예요."

전금희의 표정은 꿈을 꾸는 듯했다.

"그 사람 방콕에 살아요. 제가 이미 연락해뒀어요. 언제든 회장님 편하실 때 미팅 약속 잡을게요."

"뭐라고? 언제 거기까지 준비한 거야?"

백성철이 놀란 눈으로 전금희를 보았다. 아직 부지 선정 작업 중인데 이 여자는 벌써 리조트 디자인까지 진행하고 있지 않은가. 이 엄청난 에너지와 추진력은 대체 어디서 나오는 것인가. 그는 자신이 한참 미쳐서 일할 때를 떠올렸다. 그렇게 일해야 성공할 수 있다는 걸 경험으로 알고 있었다.

백성철이 읽은 건 전금희의 끝없는 야망이었다. 거기다 치밀한 능력까지 함께 갖추고 있는 여자다. 그룹을 최대치로 키우는 데는 전금희가 반드시 필요하다. 지금은 그게 중요하다. 백성철은 그렇게 생각했다. 그러나 전금희가 도를 넘을 경우 또한 대비해둬야 한다고 마음먹었다. 아랫사람이 잘하면 칭찬해주지만 지나치게 잘해서 머리를 위협하면 잘라버려야 하는 것이 오너의 임무였다.

"이제 두 가지 다 끝났어요."

"응?"

"점심시간에 초밥 싸 들고 여기 온 목적이요."

"난 또, 나 보고 싶어 온 줄 알았잖아."

백성철이 속내를 감추고 능쳤다.

"가끔 보면 당신은 회장님답지 않게 능글거려요."

전금희가 농을 농으로 받으며 웃었다.

"그럼 이따 밤에 또 마사지해줄 거지?"

"당신 하는 거 봐서요."

바싹 다가와 귓속말하듯 묻는 백성철에게 전금희가 살짝 눈을 흘기며 대답했다. 그리고 곧 자리에서 일어났다.

"얼른 포시클럽 가서 도희 좀 봐줘야 해요. 잘 가르쳐서 넘겨줘야죠."

백성철이 고개를 끄덕였다. 지금은 백씨 남매에게도 전금희가 꼭 필요했다.


복도에 깔린 카펫은 발소리를 가만히 죽였다. 오로지 회장실만 있는 층이라 인기척도 없었다. 전금희는 빠르게 치솟는 엘리베이터 앞에 섰다. 엘리베이터는 버튼을 누르기도 전에 열렸다.

"또 뵙네요, 전무님."

엘리베이터 안에 선 이는 오 전무였다.

"네, 사모님."

"회장님 뵈러 가시는가 보네요. 전 그럼 이만."

전금희는 껄끄러운 오 전무를 상대하고 싶지 않았다.

"사모님, 혹시……."

기어이 오 전무가 엘리베이터에서 나와 전금희를 잡아끌었다. 그러지 않기를 바랐는데. 전금희는 말없이 오 전무를 쳐다보았다. 그 말이 무엇이든 하지 마라. 그게 당신 신상에 이로울 거다. 그렇게 생각했고, 입 밖으로는 내지 않았다.

"예전, 아주 오래전에 말입니다……."

오 전무의 표정은 당당했다. 딱 상대방의 약점을 손에 쥔 포식자의 눈빛이었다.

"제가 강원도 깡촌에서, 그러니까 탄광촌에서 태어났거든요."

기어이 이자가…….

오 전무는 지금 금기의 영역에 발을 들이려 하고 있었다. 깊고 짙은 어둠과 절대 끊기지 않을 쇠사슬로 봉인된 단 하나의 낭떠러지. 건드리면 태산이 쪼개지는 소리와 함께 전금희의 과거와 현재, 미래까지 모든 것이 한순간에 박살 날 수 있는 공포의 지옥이었다. 더러운 욕망으로 훔친 삶을 가면처럼 쓰고 있으니 그 추악한 실체를 벗기리라는 야차의 심판이었다.

당장이라도 인생이 깨지는 소리가 귓가에 들리는 것만 같은 두려움으로 전금희는 부르르 떨었다. 인간이 만드는 소리는 인간의 처지를 닮았는가. 외마디로 짖어대는 짐승 소리 같은 비명이 환청으로 들렸다. 전금희의 머릿속에서 울리는 그 소리는 짖는 듯 우는 듯 다급하고, 억눌려 있었다.

하, 소리라……. 소리는 한번 생겨나자 자생력이 있는 것처럼 스스로 커져서 헐거운 오장육부를 한꺼번에 움켜쥐고 흔들어댔다. 전금희는 치밀어 오르는 화를 간신히 눌러 참았다.

"그때 같은 마을에 살던 여자애가 있었어요."

전금희가 표정을 굳히고 오 전무를 보았다.

"깡촌에서도 유명했죠. 매일 술 처먹고 들어오는 아비에, 아비에게 매를 매일 얻어맞고 사는 어미에, 그 아비, 어미와 단칸방에서 뒹굴어야 했는데도 전국 경시대회 삼 등을 하던 여자애였으니까요."

오 전무가 원하는 게 뭘까. 그걸 줄까? 회유책을 생각해보았다. 아니다. 속으로 고개를 저었다. 그렇다고 다물 입이 아니다. 오 전무는 계속해서 전금희의 약점을 손에 쥐고 마리오네트처럼 조종하려고 들 것이다. 그럴 만한 능력도 안 되는 주제에 말이다.

"그런데 어느 날, 그 어미가 열차에 뛰어들어 죽었어요. 그리고 얼마 안 있다 감쪽같이 사라졌지 뭐예요, 그 여자애가."

"쉽지 않은 환경에서 나고 자라셨구나, 우리 오 전무님이."

전금희가 딱하다는 표정을 지었다.

"저는 왜 자꾸 사모님이 사라진 그 여자애 같을까요? 분명 사모님은 내과 의사셨던 부모님이 교통사고로 일찍 돌아가시고도 혼자 역경을 이겨내고 예일대까지 졸업한 분이신데."

오 전무의 표정은 뱀 같았다. 더러운 땅바닥을 배로 기는 뱀. 머리부터 꼬리까지 일자라서 한 가지 생각밖에 못 하는 뱀. 제가 덤벼도 되는 상대인지 아닌지조차 구분하지 못하는 어리석은 뱀.

"제가 워낙 평범하게 생긴 얼굴이라서 그런가 봐요. 혹시 그 여자아이가 오 전무님 첫사랑? 남자들은 원래 첫사랑을 못 잊는다잖아요. 그래서 자꾸 여러 사람에게 그 추억이 겹치시나 보다. 우리 오 전무님, 요즘 좀 외로우신가? 왜요, 사모님하고 권태기예요? 부부 권태기 극복에 좋은 프로그램을 제가 아는데, 소개해드릴까요?"

뱀이 웃었다. 그래, 웃어라. 웃을 수 있을 때 마음껏, 실컷, 웃어둬라.

"저는 이 회사가 첫 회사이자 마지막 회사입니다. 도희, 도현 남매가 어릴 때부터 봐왔고요. 회장님과 함께 이만큼 회사를 일구느라 제 청춘 다 바쳤습니다. 저야 뭐, 그저 이 회사를 튼튼하게 오랫동안 이 나라를 대표하는 기업으로 남기는 것이 목표죠. 다른 게 뭐가 있겠습니까? 어디서 굴러온 돌 하나가 회사를 제 손에 넣으려고 하면 가만두지 않으려는 것뿐입니다."

오 전무가 전금희를 똑바로 노려보았다.

"회사 걱정하는 마음이 참 지극하시네요. 회장님께 꼭 말씀드릴게요."

전금희는 오 전무를 지나쳐 엘리베이터에 올랐다. 그러다 무언가 떠오른 듯 뒤돌아 말했다.

"아참, 오 전무님. 언제 저랑 양양 한번 가시겠어요? 회장님께 비치클럽에 대해 말씀드렸는데 글쎄 감자 대가리를 하자는 말이냐고 저를 놀리시잖아요. 오 전무님께서 함께 보시고 저랑 합

심해서 회장님을 설득해봐요."

"감자 대가리요?"

오 전무가 고개를 갸웃거렸다. 그 모양이 우스워 전금희가 웃었다.

서울 복판에서 올림픽대로를 타고 달리다 서울을 빠져나오는 경계에서 좀 달리다 보면 과연 여기가 서울시 경계에 걸친 곳이 맞나, 싶을 만큼 낙후되고 넓고 잊힌 곳 같은 땅이 나왔다.

정이화와 전금희가 나란히 불모의 땅과도 같은 언덕에 서 있었다.

"여기 정말 좋지 않니?"

정이화가 팔을 쭉 뻗어 손바닥까지 펼치며 말했지만 전금희는 무엇이 좋다는 건지 도통 알 수가 없었다. 오래되고 낡아 점점 납작해지는 것 같은 집들과 그 너머의 비닐하우스들 그리고 또 그 너머의 무엇을 만드는지 알 수 없는 공장들. 그 너머의 너머로 끝을 알 수 없게 펼쳐진 쓸모없는 땅. 아직도 서울 외곽에 이런 곳이 남아 있다는 게 신기할 뿐이었다. 게다 정이화가 선글라스를 쓰고 있는 탓에 어디에 시선을 두고 있는지조차 알지 못했다.

"고작 이런 거 보여주려고 바쁜 사람 불러낸 거예요?"

218

전금희의 어투는 곱지 않았다. 조만간 정이화와 대면해야 한다고 생각하고 있었는데 먼저 연락해 올 줄은 몰랐다.

"별로니? 낡고 허름하고 지저분해?"

전금희는 대꾸하지 않았다.

"넌 아직도 가르쳐야 할 게 남은 것 같구나."

정이화는 여전히 하인학교 학생을 대하듯 전금희를 대했다.

"미래를 볼 줄 모르기 때문에 여기가 안 좋아 보이는 거야. 넌 지금 바로 눈앞에 보이는 현재만 판단하고 있잖니."

미래라니, 뭘까. 정이화의 꿍꿍이가.

"재벌 집 사모님이 되시더니 아예 이런 건 눈으로 보기도 싫은 모양이구나."

"선생님은 아무도 모르는 학교에 앉아 있으려니 한가하신가 본데 전 아니에요. 늘 네 시간밖에 못 자는데 그래도 늘 시간이 없다고요."

"엄마라고 부르라니까."

정이화는 모든 졸업생에게 엄마라고 부르라고 시켰다.

"엄마는 무슨."

"널 이만큼 키우고 가르친 건 나야. 세상에 어떤 부모가 너처럼 거지 같은 출신인 애를 이렇게 만들어줄 수 있겠니? 누가 뭐래도 넌 내 손으로 키운 내 자식이야."

"그래서, 자식한테 손 벌려 삥 뜯으시겠다? 오백억이 무슨 애 이름도 아니고, 이사회 이사들한테 다 요구하셨다면서요? 그렇게 뜯어내면, 삼천억에 달하는 돈으로 뭘 하시려고?"

"너, 엄마한테 말투가 그게 뭐니? 무슨 말버릇이야? 내가 널 그렇게 가르쳤니? 근본 없다는 말 듣지 않으려면 그러지 마라. 널 가르쳐 졸업시키고 지금 이 자리까지 올려주느라 내가 얼마나 고생했는지 몰라? 네가 그 자리에 있으니까 뭐 대단한 사람이라도 된 줄 아는구나. 그래봐야 고작 내 손바닥 안이라는 거 모르지도 않으면서. 왜? 지금이라도 그 말이 정말인지 아닌지 알게 해주련? 혜신이가 엄마 말 안 듣다가 어떻게 됐는지 봤잖니."

정이화가 전금희 쪽으로 돌아보며 쏘아붙였다. 얼굴의 반을 차지한 검정 선글라스가 차갑게 다가왔다. 그 말은 사실이었다. 마음만 먹으면 언제라도 이혜신 꼴을 만들어줄 수 있는 게 정이화다. 그것이 하인학교의 방식이고, 세상에 공짜는 없다는 정이화의 가치관이었다.

"너의 성공이 너 혼자만의 것인 줄 착각하지 마라. 그건 학교의 성공이고 나의 성공이야. 사람들은 성공한 사람이 가진 달콤한 열매만 보지. 하지만 너에게 빛을 준 태양, 뿌리를 내리게 해준 토양, 적당히 비를 내려준 하늘, 그게 바로 나다. 너라는 나무를 베어내려는 벌목꾼들을 모조리 내가 제거했다는 사실을 잊지 말아야지."

안다. 지금 정이화에게 맞서는 건 불가능하다는 걸.

"엄마는 네가 얼마나 자랑스러운지 몰라. 알잖니? 너는 나의 자부심이라는 걸."

모를 리가. 그게 아니라면 정이화는 세상에 존재하지도 않는 인물 아니던가. 지하에 숨어 존재를 감추고 사는 생이 아니던가. 정이화는 학교와 학생들을 빼면 빈 껍질뿐이었다. 언젠가는 벗어날 수 없는 지하 골방에서 창백한 얼굴로 부대끼는 정이화의 삶을 가여워하기도 했다.

아무리 가여워도 그녀는 학생들에게 오로지 경쟁과 탈락, 밟고 올라서는 이기심과 일말의 죄책감도 느끼지 않는 무자비함을 가르쳐온 괴물이다. 그렇게 졸업생들에게 번듯한 삶을 쥐어주고는 그 삶을 통째로 쥐고 흔든다. 졸업생들은 하나같이 자신의 생을 정이화에게 저당 잡히고 간교한 채권자의 얼굴로 요구하는 모든 것을 내어줄 수밖에 없다. 그것이 돈이든, 정보든, 심지어 자신의 목숨이든 말이다. 그렇게 얻어낸 것들로 정이화는 더욱 무너트릴 수 없는 성을 쌓아왔다.

모래바람이 일었다. 곧 비라도 떨어지려는지 먼 데서부터 하늘이 검어졌다. 바람에서 광물의 비린내가 났다.

"그동안 제가 해드린 건 다 어쩌시구요? 졸업생들이 갖다 바친 그 많은 돈을 대체 다 어디다 쓴 건데요?"

"여기."

"뭐라고요?"

"너는 참, 아직도 어린애처럼 일일이 다 말을 해줘야 아는구나. 여기 이 땅들을 샀다. 모조리 말이다."

기가 막혔다. 이 여자가 지금 뭐라 하는 것인가. 목숨을 걸고,

다른 목숨들을 짓밟아가며, 피도 눈물도 없는 냉혈한이 되어 간신히 살아남아, 각자의 자리에 불안하게 엉덩이를 걸치고 사는 졸업생들에게 돈을 뜯어내 한 짓이 고작, 이런 쓸모없는 땅을 사들인 거라고? 폐허와도 같은 땅에 전부 탕진했다는 말이지 않은가.

"그렇게 볼 거 없다. 다 네 후배들을 위한 일이니까."

"그건 또 무슨 말이에요? 하인학교를 여기로 옮기기라도 하겠다는 거예요? 세상에 대고 이런 별 괴상하고 무서운 학교가 있다, 하고 광고라도 하시게요?"

"너는 무슨 말을 그렇게 하니. 괴상하고 무서운 학교라니. 나는 너희들에게 살아남는 법을 가르쳤다. 가진 것 없이 시궁창에 처박힌 너희를 일으키고 길러준 게 바로 나야."

일장 연설은 그만하면 됐다. 전금희는 미간을 찌푸렸다.

"그래서 여기다 뭐 하시려구요?"

"학교."

전금희가 정이화를 노려보았다.

"하인학교를 또 만든다고요?"

"하인학교는 세상에 나오면 안 되지. 거기는 영원히 세상 밖에 있을 거다. 여기는 달라."

다르다니.

"여기다 대학을 설립할 거다. 진짜 학교. 나라의 허가를 받고 전국의 인재들을 뽑아 교육시켜서 세상 각지에 내보낼 거다. 세

계 수준의 교육을 할 거다. 물론 학비는 전액 무료. 너처럼 똑똑
하지만 출신이 천하고 가난해서 기회조차 얻기 어려운 애들 데
려다 최고로 만들 거다."

정이화가 다시 먼 곳에 시선을 주었다.

"상상해봐. 저기에 멋진 건물을 올리고 이쪽에는 최신식 기숙
사를 짓고, 산책하고 토론할 수 있는 공원도 조성하고. 해가 질
때면 노을이 학교 건물을 부드럽게 감싸고 해가 뜰 때면 낮은
세상을 비추듯 학교가 환해질 거다."

"그런 거면 먼저 이사회를 거쳐 승인을 받고 추진해야 할 일
이잖아요."

"그럴 시간이 없어. 서둘러야 해. 나는 이제 늙었다. 이대로면
아무것도 아닌 채 죽겠지. 먼지 한 톨로 죽게 될 거야. 묘비명을
만들고 싶어. 난 교육자다. 평생을 학교에서 너희를 가르치고 살
았어. 이대로 하인학교 교장으로 세상에 존재하지도 않은 채 죽
을 수는 없다. 나는 당당하고 존경받는 교육자로 죽을 거야."

그것이 정이화의 목표구나. 전금희는 정이화를 안다. 자신의
목적을 위해서라면 수단, 방법 따위 가리지 않는다. 그리고 한
번 마음먹은 건 어떤 누군가의 설득에도 포기하지 않는다.

"이 땅은 신성한 땅이야. 이 나라를 지탱하고 가꿔나갈 수많
은 인재가 탄생할 곳이야. 어미의 자궁 같은 곳이지. 따뜻하고
안전하고 마음껏 먹으며 힘차게 자랄 수 있는 곳. 매일을 열심
히 자라서 세상에 나갈 준비를 하는 곳. 가끔 학생들이 그 자궁

에 발길질하겠지만 그런 태동쯤이야 어미라면 기꺼이 감당해야 겠지. 나는 수많은 아이들의 자궁이 될 거다. 여기서 내가 엄마의 마음으로 학생들을 품어 정성으로 가르치고 길러낼 거다."

전금희는 빠르고 정확하게 판단했다. 여기에 학교를 짓는다 한들 정이화가 전면에 나서는 것은 불가하다. 모든 졸업생이 반대할 것은 불 보듯 환하다. 자신들의 치부를 손에 쥐고 있는 정이화가 세상에 나왔다가 무슨 일이라도 생겨 정체가 밝혀진다면? 그러면 정이화를 거친 모든 졸업생과 하인학교까지 위험하다. 막아야 한다.

정이화를 막는 길은 한 가지밖에 없겠지. 이 괴물을 무너트리는 것.

전금희가 정이화를 물끄러미 바라보았다. 정이화는 상상 속에서 새 대학을 보고 있는 듯, 꿈을 꾸고 있는 표정이었다.

"어서 오세요."

전금희가 운전석에 앉아서 조수석에 오르는 오 전무를 맞았다.

오 전무는 초조한지 창밖을 살피고 두리번거렸다.

"여긴 괜찮아요. 안심하세요."

전금희가 카모마일차가 든 컵을 건넸다.

"드세요. 마음이 좀 진정될 거예요."

오 전무는 인사도 없이 차를 건네받아 입에 댔다. 그리곤 뜨거웠는지 호들갑스럽게 놀라며 곧바로 입을 뗐다.

"조심하시지 않고. 좀 전에 막 사 온 거라 뜨거워요."

오 전무가 컵 홀더에 컵을 내려놓았다.

"어떤 방법이 있다는 겁니까?"

"우리 오 전무님, 정말 급하셨구나. 일단 한숨 돌리고 천천히 얘기해요."

그렇지. 급하지. 평생 일군 것들을 한순간에 날리게 생겼는데. 전금희가 속으로 혀를 찼다.

"사모님이 방법이 있다고 하셔서 여기까지 왔습니다."

그곳은 바로 정이화와 함께 갔던 곳이었다. 경계의 바깥. 외곽의 불모지와도 같은 땅. 신성한 땅. 자궁 같은 곳이라고 했지, 정이화는. 가련한 생들을 품어줄 수 있는 곳이라고. 인적이 드문 곳. CCTV도 거의 없는 곳. 세상의 외곽.

"오느라 수고하셨어요. 아무래도 우리 오 전무님, 지금은 남들 시선이 불편하실 것 같아서 이곳까지 오시라고 했어요."

"이제 말씀해주세요. 좋은 방법이라는 게 뭡니까?"

오 전무가 몸이 단 까닭은 '미투' 때문이었다. '나도 그렇다'라는 뜻으로, 지위를 이용한 성범죄에 노출된 피해자들이 자신의 피해 사실을 적극적으로 알리기 시작하면서 불이 붙은 그 '미투'였다. 오 전무의 비서가 성희롱으로 오 전무를 고발한 것이다.

오 전무는 어린 비서를 성희롱했다. 그것도 한 번이 아니라 반년 넘게. 영리한 비서가 녹취록이며 사진이며 동영상 등 증거를 차고도 넘치게 쌓아놓았고, 그걸 방송국에 제보했고, 모자이크된 얼굴에 변조된 음성으로 인터뷰하면서 세상 서럽게 펑펑 울었다. 그리고 오 전무 때문에 우울증과 불안장애를 얻었다며 정신과 치료를 받은 기록까지 공개했다.

이후 상황은 눈 깜짝할 새에 빠르게 진행되었다. 만 하루도 지나지 않아 '모 대기업 간부'였던 그의 신상이 퍼졌다. 실명은 물론 가족관계, 인간관계, 재산 내역과 채무 관계까지 까발려졌고 고 삼인 딸의 학교 앞에 기자들과 네티즌 수사대들이 진을 쳤다. 집 앞길에서는 사회 고발을 주로 하는 유튜버들과 기자들과 화가 난 동네 주민들이 오 전무를 기다렸다.

"그러게, 조심 좀 하지 그러셨어요?"

전금희는 급할 게 없었다.

"지금 저 나무라시려고 부른 겁니까?"

오 전무가 발끈했다.

전금희가 차분한 시선으로 오 전무를 보았다. 침묵으로 그의 흥분을 제어하려고 했다. 그러나 얼굴이 벌게지더니 갑자기 기침을 시작했다. 가만히 보니까 흥분으로 벌게진 것만이 아닌 듯했다. 여기저기 붉은 반점이 올라오고 있었다. 그가 불안하게 차 안을 획획 둘러보았다.

"저게 뭡니까?"

오 전무가 뒷자리를 손가락질했다.

"꽃이잖아요. 꽃 처음 보세요?"

"왜, 왜 여기 꽃이 있는 겁니까?"

"새벽 꽃 시장에 가서 일부러 사 왔죠. 집에 꽂아두려고요. 왜요?"

그는 기침을 하느라 대답을 제대로 하지 못했다.

"혹시, 꽃 알레르기 있으세요?"

여전히 대답하지 못했다. 그는 손사래를 치면서 겉옷 안주머니를 뒤져 약병을 꺼내 알약을 여러 알 먹었다. 그새 카모마일 차가 적당히 식어서 약 먹기에는 불편하지 않았다.

"죄송해요. 어쩌죠? 전 그냥 꽃말이 너무 예뻐서 산 건데."

전금희는 두 가지 종류의 꽃을 샀다. 첫 번째, 꽃향유. 꽃말은 과거를 묻지 마세요. 두 번째, 옐로 설탄. 꽃말은 결단. 바이올렛 색깔과 노란색의 꽃은 매혹스러웠다.

"그러게 평소에 입조심 좀 하지 그러셨어요. 하는 수 없이 입을 닫아드려야 하잖아요."

오 전무가 무슨 말이냐는 뜻으로 눈을 크게 뜨고 전금희를 보았다. 그러나 그의 눈동자는 흔들렸다. 눈꺼풀이 서서히 감기고 있었다.

"아주 오랜만에 옛날이야기를 하고 싶어서 오 전무님 오시라고 했어요. 저하고 꼭 그 이야기를 하고 싶어 하셨잖아요."

전금희가 오 전무를 마주 보았다.

"많이 졸리신가 보네. 원래 알레르기가 심해서 항상 알레르기

약을 갖고 다니시잖아요. 그런데 항히스타민제는 부작용으로 졸음이 너무 심하게 와서 요즘 들어서는 다른 종류 약을 드시고요. 제가 그걸 다시 항히스타민제로 살짝 바꿔놓았어요."

꾸벅꾸벅 졸면서 간신히 눈을 뜨려고 애쓰느라 오 전무는 대답조차 하지 못했다.

"굳이 만날 필요는 없었는데 옛날얘기 하고 싶다는 건 진심이거든요. 앞으로 다신 그 얘기 할 기회가 없을 테니까요."

"그걸, 왜, 하필, 지금……."

오 전무의 말은 뚝뚝 끊겼다. 전금희는 개의치 않았다.

"우리 어릴 때 고향을 참 싫어했어요. 그죠?"

오 전무가 전금희를 힘겹게 보았다.

"하긴, 그 오진 깡촌을 누가 좋아하겠어요?"

거기다 하늘도 바닥도 흐르는 물도 모두 까만 탄광촌이었으니 말이다.


강원도 골짜기의 탄광촌, 전금희가 태어난 곳은 검정과 우울과 절망과 폭력이 가득한 곳이었다. 세상이 버리고 스스로를 저버리고 다시 돌아갈 희망조차 시궁창에 처박은 생들이 기어드는 곳이었다. 지긋지긋한 하루를 끝내고 잠자리에 들기 전에 세수를 하면 콧구멍에서 시커먼 검댕이 딸려 나오는 곳이었다.

당연히 아비는 광부였다. 그리고 당연한 것처럼 아비는 술을 마셨다. 술을 마시고 들어온 날이면 아비는 어미와 전금희를 팼다. 멀쩡한 날은 패지 않았는데, 거의 매일 술을 마셔서 멀쩡한 날이 없었다. 전금희는 공부를 잘했다. 입이 돌아갈 만큼 취한 날엔 딸년이 이따위 탄광촌에서 공부를 해대니 그 꼴을 어떡하겠냐며, 아비가 팼다.

오진성. 그 또한 광부의 아들이었다. 어릴 때부터 맞고 자라 맞는 것 따위는 아무렇지 않았다. 오직 한 가지 목표, 그곳을 벗어나기 위해서 공부했다. 그러지 않으면 탄가루가 잔뜩 묻은 작업복을 입고 숨도 제대로 쉬지 못하는 갱도를 타고 내려가 종일 석탄을 캐야 한다는 걸 잘 알았다. 그렇게 사느니 죽는 게 나았다.

오진성은 전금희를 보며 공부했다. 그 빌어먹을 탄광촌에서 유일하게 공부를 잘하는 애였으니까. 전국 경시대회에서 삼 등도 한 계집애였으니까. 말 한 번 섞어본 적도 없는 계집애. 오진성에게 눈길 한 번 준 적도 없는 차가운 계집애. 전금희만 이길 수 있다면 어딜 가도 누구든 다 이겨낼 수 있을 것 같았다. 오진성에게 전금희는 뛰어넘어야 할 허들 같은 거였다.

전금희에게 오진성은 아무것도 아니었다. 그런 애가 있다는 사실조차 신경 쓴 적이 없었다. 그게 누구든 다른 이에게 관심을 둘 만큼 여유 있는 삶이 아니었다. 매일 아비가 제발 늦게 들어오게 해달라고, 그래서 오자마자 곯아떨어지게 해달라고 빌었다. 아비가 들어오면 공부를 할 수 없었다.

발로 문을 차고 들어오는 시끄러운 소리가 들리면 전금희와 어미는 불을 끄고 이불 속에 들어가 웅크렸다. 어둠 속에서 새우처럼 등을 구부려 잔뜩 몸의 부피를 줄였다. 아비의 발에 차이지 않도록, 그래서 오늘은 제발 아비가 때리지 않고 잠들기를 바랐다.

아비의 매는 딸년보다 마누라에게 집중됐다. 아비에게 어미는 인생 발목 잡은 년, 이따위 더럽고 시궁창 냄새나는 탄광촌에 묶이게 만든 년, 그래놓고 잘났다고 얼굴 쳐들고 다니는 년이었다. 어미는 늘 몸에 피멍이 있었다.

중학교 삼 학년 때던가. 어둔 새벽에 부스럭거리는 소리를 듣고 깼다. 어미가 내는 소리였다. 아비는 한바탕 모녀를 때리고 푸닥거리를 한 뒤 코를 골고 자고 있었다. 어미가 챙겨 든 건 몇 푼 들어 있는 통장과 도장이었다. 인기척에 어미가 전금희를 돌아보았다.

"가."

창백한 달빛에 기대 입 모양으로 말했다. 어미는 울먹였다. 소리를 내지 않으려고 손으로 입을 막았다.

"가라고."

전금희가 손짓까지 보태서 어미를 재촉했다. 어미가 도망가면 하나 남은 딸년을 패 죽이지는 않겠지.

"어서 가."

지금 가야 한다고 두 손으로 어미를 떠밀었다. 어미가 꺼억꺼억, 울었다. 전금희가 소리 나지 않게 문을 열어주었다. 어미가 낡은 신발을 발에 꿰어 신고 걸음을 떼었다.

전금희가 울었다. 소리 없이 울었다. 어딜 가서든 어미가 잘 살아주길 바랐다. 착한 남자를 만나 평범한 행복이란 걸 한번 느껴보기를 바랐다. 진심이었다. 그리고 곧 자기도 도망가면 된다고 생각했다. 그렇게 마음먹었다.

어미가 되돌아왔다. 마을을 채 벗어나지도 못하고 다시 돌아왔다. 돌아와 딸을 붙들고 울었다. 전금희도 어미를 붙잡고 울었다. 두 사람은 서로에게 벗어날 수 없는 사슬이었다. 사슬이 사슬을 안고 울었다.

물러날 곳이 없었다. 하루가 몸 안에서 바스러지고 나면 또 하루가 몸 밖에서 바스러졌다. 견딜 수 없는 것을 견딜 방도는 어디에도 없었다. 날들이 헤아려지지 않았다. 전금희와 어미는 매일의 날들에 묶여 끌려갔다. 벌어지지 않은 어떤 일을 기다리듯, 가만히 있지도 움직이지도 못했다.

어느 날, 얼굴에 검댕 잔뜩 묻히고 아비가 코가 삐뚤어져 들어왔다. 좁고 어두운 흙바닥 부엌에서, 어미가 석유 곤로에 된장 찌개를 끓였다. 아비가 돌아왔을 때 득달같이 밥상을 내놓지 않으면 또 맞을 걸 알기 때문에 어미는 된장찌개를 끓이고 또 끓였다. 졸아붙으면 물을 더 넣고 다시 끓였다.

밥상을 받은 아비가 입가에 흐른 침을 더러운 소매로 쓱 닦고 찌개를 한술 입 안으로 떠 넣었다. 곧이어 밥숟가락을 던졌다.

"여편네가 하루 종일 집에서 빈둥거리면서, 오늘 죽을지 살지 모르는 갱도에서 종일 일하다 들어온 남편한테 이따위 찌개를 내놔? 눈깔이 있으면 네년이 봐라. 다 타서 바닥이 새까맣잖아. 남편이 석탄 캔다고 마누라라는 년까지 나를 무시해? 까만 거 캐고 사니까 까만 거나 먹으라는 거야?"

말을 하다 보니 스스로 화가 났는지 아비가 밥상을 엎었다. 발로 어미의 옆구리를 질렀다. 그리고 마구 패기 시작했다.

전금희는 골방에 틀어박혔다. 으스러지도록 주먹에 힘을 줘 쥐고 있는 연필이 부러질 기세였다. 오늘도 공부는 틀렸구나. 전금 희는 눈을 감고 귀를 막았다. 지금 나서봐야 아무 소용 없다는 걸 알았다. 딸년이라고 아비를 무시하고 제 어미만 싸고돈다며 두 모녀를 함께 팰 거였다. 전금희도, 어미도 그걸 알았다.

어미는 비명도 없이 맞았다. 좁은 집 안에 아비가 휘두르는 폭력의 소리만 가득했다. 퍽. 퍽. 아비는 어미가 비명도 지르지 않는 독한 년이라고 더 팼다.

이윽고 아비가 소리를 질렀다. 아비의 술 취한 몸뚱이가 벌렁 뒤로 나자빠졌다. 맞다 지친 어미가 남은 힘을 쥐어짜 아비를 밀친 것이었다.

전금희가 일어나 방 밖으로 나갔다. 어미가 줄줄 눈물이 흐르는 눈으로 전금희를 한 번 본 뒤 집을 뛰쳐나갔다. 맨발이었다.

겨울이었다. 그리고 밤이었다. 강원도 골짜기 탄광촌의 겨울 밤은 상상 이상으로 추웠다. 칼처럼 뼛속으로 육박하는 시린 바람이 세상을 쥐고 흔들어댔다.

어미는 맨발 위에 자신의 고통을 올려놓고 새까만 밤길을 뛰었다. 추워서, 더 뛰었다. 발을 떼놓을 때마다 칼날 같고 얼음장 같은 바닥의 한기가 뼛속을 찔렀다. 걸음걸음마다 차갑고 어둡고 아픈 벽에 몸이 부딪쳤다. 이것이 유일한 현실이란 사실이 독처럼 검게 가슴을 찔렀다.

어미는 탄광촌의 유일한 탈출로, 열차가 다니는 철로를 향해 뛰는 방향을 틀었다. 더 이상 아무 생각도 나지 않았다. 열차의 기적 소리가 귀를 부술 듯 다가들었다. 어미는 그 소리를 향해 몸을 던졌다.

전금희는 동네를 헤매다 아비가 잠들 무렵이면 어미가 돌아올 것이라 생각했다. 전금희는 뒤집어진 밥상과 흩어진 호박과 감자 쪼가리를 치우고 바닥을 닦다가 제 눈물도 닦았다. 그러다 어미의 마지막 눈빛이 탁, 하고 명치를 찔렀다.

뭐랄까, 모든 고통의 원인이 산목숨 때문이라고 말하는 눈빛이었달까. 살아있기 때문에 수백 번, 수천 번 맞을 것이고, 절망의 울음을 울 것이고, 가슴에 눌러 맺힌 돌덩이는 날마다 커지고 단단해져 울음이 매일 돌이 되는 세월을 견뎌야 할 것이다…… 생각하는 눈빛. 그러므로 산목숨이야말로 감옥이라고 비명을 지르는 눈빛.

전금희가 튕기듯 일어나 뛰쳐나갔다.

함박눈이 쏟아지고 있었다. 까만 어둠 속에 눈이 휘날려 더욱 시야를 가렸다.

전금희는 어미를 불렀다. 할 수 있는 한 크게 어미를 불러 찾았다. 개가 짖었다. 한 마리가 짖자 동네 개들이 한꺼번에 따라 짖기 시작했다. 컹컹, 소리가 밤의 어둠을 찢고 고된 하루의 노동으로 지쳐 잠든 이들의 잠을 깨웠다. 잠을 깨운 누군가를 욕하며 사람들은 다시 끌려들어가듯, 잠으로 빠져들었다. 오직 전금희만 홀로 깨어 어미를 찾으며 울부짖었다.

그러다 결론에 이르렀다는 걸 안 것처럼 철로로 향했다. 제발, 제발이요, 하고 하늘과 땅과 어딘지 모를 어느 곳을 향해 빌었다. 누가 듣는지 몰랐지만 누구라도 들어주길 바라면서 빌었다. 울면서 빌었다.

눈물이 흘러 파르르, 떨리는 속눈썹 위로 차가운 눈송이가 고였다가 곧 녹아 눈물과 함께 흘렀다. 그리고 보았다. 열차가 밟고 지나간 어미의 몸뚱이를.

만약 그때 누군가 전금희의 기도에 응답을 했다면 대충 이런 내용이 아니었을까.

'홀연히 재앙이 내려 도륙될 때에 무죄한 자의 고난을 그가 비웃으시리라. 그는 나를 꺾어 내 목을 잡아 던져 나를 부수며 나를 과녁으로 삼으시고 그 살로 나를 사방으로 쏘아 인정 없이 내 허리를 뚫고 내 쓸개를 땅에 흘러나오게 하시는구나. 내 얼굴은 울음으로 붉었고 내 눈꺼풀에는 죽음의 그늘이 드리워졌도다. 나는 깨끗하여 죄가 없고 허물이 없으며 불의도 없거늘 신이 나를 칠 틈을 찾으시며 나를 적으로 여기사 내 발에 차꼬를 채우고…….'

신이 언제고 만인의 신이었던 적이 있었던가. 신은 본래 잔인하다. 선택받은 자들 안에서만 자비롭다. 갈가리 찢겨 흩어진 어미의 몸뚱이 앞에 주저앉아 전금희는 피울음을 울며 이를 물었다.

내게 신 따위는 없다. 내게는 아무도 없다. 나는 오직 나일 뿐이며 세상에 믿을 수 있는 건 나 자신뿐이다.

전금희는 두려움에 숨죽였다. 스스로를 지키기 위해서라면, 살아남으려면, 뭐라도 해야만 한다는 사실을 뼈저리게 알아차렸다. 항상 커다랗게 뜬 눈으로 매 순간을 지켜보아야 한다는 것을 어미의 죽음으로 뼈에 새겼다.

어미가 죽고 얼마 지나지 않아 전금희는 도망쳤다. 몇 푼 들어 있던, 어미가 살려는 본능으로 챙겨 달아나려고 했던 바로 그 통장을, 이제 전금희가 살려고 몰래 훔쳐 달아났다.

칼날 같은 겨울에 베여 탄광촌은 앓고 난 것처럼 수척했다. 내려 쌓인 눈으로 아름드리나무에서 잎 떨군 가지가 겨울의 무게를 이기지 못해 뚝뚝 꺾였다. 하늘에서 내릴 때 사뿐하던 눈송이는 땅에 떨어져 바위의 무게로 굳었다. 전금희는 안개가 무겁게 가라앉은 어둠 속을 걸었다. 먼 데서 달무리가 뜬 걸 보니 내일은 눈이 아니라 비가 올 모양인가, 싶었다.

탄광촌에서 공부 잘하는 계집애가 사라져 한동안 시끌시끌했다. 그러나 목구멍이 포도청이요, 하루 벌어 하루 먹고사는 사람들이라 전금희의 실종 따위는 곧 잊혔다. 오진성은 눈앞의 목표가 사라져 잠깐 아쉬워했으나 결국 무난하게 서울 일류 대학에 합격해 탄광촌을 벗어날 수 있었다.

전금희는 서울로 와 야간 상고에 다니며 낮에 일해 먹고살았다. 이후 전금희의 삶은 딱 그 위치에서 불행할 수 있는 정도였다. 입이 부르트고 코피를 쏟아가며 공부해 은행에 취직했다. 머리가 좋은 전금희는 거기서 멈추지 않았다. 다시 야간대학에 다녔다. 하루 세 시간 이상 자본 적 없었다. 나중에 생각한 거지만, 하인학교에서 밤을 새워 공부하고 훈련할 때 이 시절의 경험이 몸에 쌓여 견딜 수 있었구나, 깨닫기도 했다.

아무튼 불행은 불행한 사람에게 더 쉽게, 더 자주, 더 겹쳐서 찾아온다. 그것이 불행의 속성이다. 더 이상 무슨 불행이 또 닥치겠는가, 싶어도 불행이란 언제나 바닥없는 허방처럼 걸음을 뗄 때마다 깊은 나락으로 사람을 끌어당겼다.

고졸 은행 사원인 전금희가 홀로 남아 잔업을 처리하고 있을 때 퇴근했던 직장 상사가 되돌아왔다. 다른 은행에 고위직으로 스카우트되어 퇴사를 앞둔 자였다. 은행 문을 안으로 잠그고 전금희를 향해 곧장 다가왔다. 그리고 상상하는 바로 그 일이 일어났다. 성폭행. 차마 입 열어 자세히 말하기도 눈물겨운 전금희의 불행의 집약. 힘 있고 돈 있는 집 딸이 그런 일을 당했다는 말을 들어본 적 있는가.

전금희는 탄광촌에서 아비에게 맞던 날을 떠올렸다. 저항하는 전금희에게 상사가 주먹질을 했을 때 말이다. 상사는 입을 열면 너만 손해라며, 나는 이제 이곳 사람이 아니며 네가 발설하면 은행이 어찌 나올지 생각해보라며, 너의 손을 들어주고 퇴사한 나를 찾아 벌을 주겠냐며, 너만 은행에서 잘릴 뿐이라며, 먹고살려면 어찌해야 현명한 것일지 잘 판단하라며, 마치 충고하듯 말했다.

탄광촌에서 벗어나려고 죽을힘을 다했는데, 아무리 이를 물고 애써도 그 울타리를 벗어나지 못했다는 걸 깨달았다. 어미의 마지막 눈빛이 떠올랐다. 그제야 그 눈빛이 불가항력임을, 어찌해볼 도리 없는 자들의 마지막 결론임을 알았다.

전금희는 발악에 가까운 자신의 모든 노력이 불가능에 대한 도전에 불과했음을 시인했다. 시궁창에 뒹굴다가 벗어나려고 몸부림쳐봐야 머리 위에 쇠창살이 가로막혀 있음을 뼈저리게 실감했다.

그래, 죽자. 산목숨이 감옥이니 쇠창살이 더 몸속으로 파고들기 전에, 뼈가 부서지고 살이 찢겨 몸뚱이가 너덜거리기 전에 나 스스로 선택하자. 전금희는 어미가 보고 싶었다. 아무도 없는 밤에 죽는다면 꼭 거기로 가고 싶었다.

전금희는 열차를 타고 바다로 갔다. 나고 자란 탄광촌에서 멀지 않은 곳이었다. 어릴 적에 꼭 가보고 싶던 바다였다. 물머리로 나갔다. 안개 낀 새벽이었다. 어둠이 달아나는 빈 공간에 파도가 밀물로 달려들었다. 밤낮도 없고 쉼도 없이 덮쳐 오는 파도 같던 날들이 한스러웠다. 사는 것과 죽는 것 중 어느 쪽이 더 나쁜지 알 수 없던 시간들이 앙가슴에서 부스러졌다. 수면 위에 흔들리는 새벽달이 희미했다.

꼭 보고 싶던 바다를 마지막으로 보았으니 되었다. 그렇게 생각했다. 전금희는 탄광촌으로 갔다. 그리고 어미가 생의 마지막을 갈기갈기 찢었던 바로 그곳, 철길로 향했다.

그럴 줄 몰랐는데 눈물이 흘렀다. 저도 모르게 '엄마'라는 말이 입에서 나왔다. 이제 외롭고 지친 엄마의 영혼은 더 이상 혼자가 아니겠지, 하고 생각했다.

"곧 갈게."

차디찬 숨을 머금고 혼잣말을 했다. 이제 감옥 같던 생에서 풀려날 것이다. 춥고 시려, 겨울 같던 생이었다. 멀리서 기차가 달려왔다. 그 규칙적인 기계음에 어쩐 일인지 마음이 평온해졌다. 검고 단단하고 끝없이 긴 철로가 마치 날개를 펴듯 자신에게로 몰려오는 것 같았다. 철로는 겨드랑이를 부풀려 전금희를 받아 안을 것이다.

마침내 철로 위로 올라섰다. 기차가 다가왔다. 눈을 감았다. 기차가 지나갔다.

그리고 기차가 지나가기 직전에 누군가 전금희를 잡아채어 철로 밖으로 끌어냈다. 여자였다. 잘 차려입고 선글라스를 쓰고 있었다. 전금희보다는 훨씬 나이가 많고, 어미보다는 조금 어린 정도였다.

"누구세요?"

차디찬 숨을 뱉으며 전금희가 물었다. 안도와 실망, 고마움과 원망이 뒤섞인 말투였다.

"쓸데없는 짓 말고 가자."

여자는 전금희를 아는 듯, 사정을 다 아는 듯 말했다.

"어딜요?"

"어디긴, 학교지. 네가 유일하게 갈 수 있는 곳."

여자가 귀엽다는 듯 전금희의 머리를 쓰다듬었다.

나중에 알았는데, 신입생을 받기 위해 정이화가 직접 나선 것은 매우 이례적인 일이었다고 했다.


"오랜만에 옛날얘기 하니까 좋네요."

전금희가 살짝 눈가에 맺힌 눈물을 닦으며 말했다. 오 전무는 꾸벅꾸벅 졸고 있었다.

"사람들이 나이 들어서 고향 사람 찾는 데는 다 이유가 있나 봐요."

전금희가 뭔가 더 말을 하려다 말았다. 이제 와서 그때 이야기를 더 해봐야 무슨 소용 있겠나, 싶어서였다. 전금희가 백에서 선글라스를 꺼내 썼다.

"그래요, 한쪽 발을 벼랑 위에 걸친 가짜, 그게 나예요. 한 걸음만 삐끗하면 나락으로 떨어질지 모르는 끝에 몸뚱이를 내밀고 사는 삶이죠. 그러게, 조용하게 사셨으면 서로 좋잖아요. 오 전무님 입을 닫아드려야 하는 저도 마음이 아파요. 나를 아는 유일한 고향 사람인데."

오 전무는 거의 의식을 잃은 상태였다. 전금희의 말을 제대로 듣고 있는지 알 수 없었다.

"스캔들을 해결할 방법이 뭐냐고요? 가장 확실하고 가장 좋은 방법을 알려드릴게요."

어느새 오 전무는 헤드레스트에 머리를 대고 잠들었다.

전금희는 쯧쯧, 하며 혀를 차고는 이진욱에게 전화를 걸었다.

"처리해줘야 할 일이 있어."

— 네, 처리팀 보내드리죠.

이진욱은 간결하게 대답했다.

전금희는 잠든 오 전무를 두고 차에서 내렸다. 낡고 허름한 동네를 빠져나와 택시를 타고 집으로 돌아갔다.

정확히 두 시간 뒤, 전금희의 차는 집 앞에 와 있었다. 전금희는 뒷자리에 있던 커다란 꽃다발을 가져다 집 안 곳곳에 꽂아두었다.


얼마 지나지 않아 뉴스 속보가 떴다. 미투 스캔들에 사면초가로 궁지에 몰린 대기업 임원이 극단적 선택을 했다는 내용이었다. 겉옷 주머니에서 유서가 나왔고 차 안에서 번개탄을 피웠다고 뉴스는 전했다.

백성철은 최대한 조용하게 뒤처리를 하라고 지시했다. 거기에 덧붙여 최대의 예우를 갖추라고 했다. 그건 전금희의 의견이었다. 그룹 차원에서 그간의 공로를 치하하는 뜻을 남은 가족들에게 보여주어야 했다. 남은 가족 모두 평생 일을 안 해도 잘 살 수 있을 정도로 챙겨주었고, 누구도 오 전무를 비난하는 일이 없도록 조치했다. 그렇게 오 전무는 평생 그룹을 위해 몸 바쳐 일하다 비명에 횡사한 일등 공신이 되었다. 유족의 뜻으로 부검은 하지 않았다.

전금희는 오 전무의 무덤가에 서서 마지막으로 고개 숙여 인사했다. 저세상에서는 내내 평안하게 쉴 수 있기를 바랐다. 그리고 돌아 나서는 길에 누군가에게 전화를 걸었다.

"그동안 수고했어요. 통장 확인해봐요. 내일 출국할 수 있도록 모든 조치는 취해놓았어요. 부디, 가는 곳에서도 건강하게 지내길 바랄게요."

전화를 받은 사람은 바로 오 전무의 비서였다. 오 전무에게 지속적으로 성희롱당하고 그 고통과 힘겨움을 만천하에 드러내 사면초가에 이르게 만들었던 바로 그 비서.

처음부터 끝까지 전금희의 노력이었다. 이미 반년 전부터 시작된 계획이었다. 그러니까 오 전무의 비서는 전금희가 고용한 고액 알바였다. 젊고 매력적인 여자에게 중년 남자가 눈을 돌리게 하는 것쯤 어려운 일은 아니었다. 그렇게까지 한 이유는 오 전무에게 필연적인 동기를 만들어줘야 했기 때문이었다. 자신의 명예와 남은 가족을 지키기 위해 자신을 기꺼이 희생할 수 있는 용기가 필요했다.

전금희는 세상이 오 전무를 그렇게 기억하도록 만들었다. 잠깐의 실수 때문에 모든 것을 잃은 자가 자신과 가족들의 명예를 지키기 위해 순간의 실수를 인정하고 선처를 구했다는 사실을 연민의 마음으로 바라볼 수 있도록 말이다.

모든 일이 정리된 후에 전금희는 이진욱에게 전화했다.

"수고 많았어. 교장 선생님에게 전해. 내가 조만간 학교로 가겠다고."

3장

# 수업

"오늘은 전공 요리 수업이다."

요리 실습실은 교사 김지연의 말소리를 빼고 나면 고요하기 그지없었다. 래시반 학생 아홉 명 모두 긴장한 채 교사에게 집중했다. 조금 과장되게 표현하면 귀 밝은 자라면 벽을 타고 오르는 거미의 움직임도 들을 수 있을 정도였다. 누구도 딴생각을 하지 않았고 그야말로 눈에 불을 켠 채 김지연의 일거수일투족을 뚫어져라 보고 있었다.

래시반 학생은 한 명이 줄어 현재 아홉 명이었다. 학교가 마련해둔 첫 번째 미션, 그러니까 굶어 탈진한 채 쓰러지기 전에 시험 통과하기, 바로 거기서 한 학생이 실패했다.

이름은 박연서. 나이 스물여섯. 까맣고 긴 생머리에서 눈에 띌 만큼 윤기가 흘렀고, 살면서 거짓말을 한 횟수가 열 손가락 안에 꼽혔으며, 소리를 지르거나 화를 내본 적 없는 여자였다.

학교에 들어오기 전에 박연서는 신혼이었다고 했다. 유도선수 출신인 시동생에게 성폭행을 당했다던가. 그래서 지독한 우울증을 앓았다던가. 방 번호는 4호실. 한서정 옆방이었다.

굶주림이 시작된 지 엿새째 되던 밤부터 한서정은 얇은 벽 너머에서 박연서가 우는 소리를 들었다. 박연서의 울음소리에선 죽음의 공포가 묻어났다.

배고픔은 모를 때는 존재조차 알 수 없다가 일단 나타나면 본때를 보인다. 굶어 허술한 몸뚱이는 수시로 떨렸다. 배가 고프니까 이상하게 숨이 찼다. 푹 꺼진 뱃가죽이 힘겹게 헐떡거렸다. 배고픔은 발작을 일으키듯 빨리 자라나 사람의 이성과 감정을 집어삼켰다. 오직 살고 죽는 문제, 그 하나만 남게 만들었다.

돌아갈 수 없는 과거, 온통 두려움과 혼란에 휩싸인 현재, 한 치 앞도 보이지 않고 도무지 희망이라곤 상상조차 할 수 없는 검고 우울한 미래. 차라리 죽으면 편할 텐데. 한서정도 그런 생각이 들었다.

삶에 치명적인 결함이 있고, 심한 상처를 가진 채 이곳에 온 모든 학생들은 이전과는 전혀 다른, 로또 같은 삶의 반전을 기대한다. 쉬운 마음으로 주인이 될 수 있으리란 기대에 부푼다. 욕망이 너무 환상적이어서 나는 꼭 될 거라고 다들 믿어 의심치 않는다. 탈락에 대한 가능성은 생각도 못 하지. 그러니 마주한 현실에 금세 좌절하고 만다. 주위를 둘러보면 모두 나보다 잘난 학생들뿐이니까. 그중에서 내가 살아남을 가능성은 극히 낮다는 걸 느끼니까. 삶의 희망이 없기는 과거나 지금이나 다를 게 없다는 것을 금방 깨닫고 마니까.

소리……. 밤마다 벽을 타 넘어 소리가 들려왔다.

박연서가 고개를 숙이고 뼈가 납처럼 무거워진 듯, 들숨과 날숨을 하나로 포개려는 듯, 등을 둥글게 말고 목을 움츠리는 소리. 깊숙한 곳에 가라앉아 있던 응어리가 치고 올라와 명치에서, 목구멍에서, 차츰 비명 같은 울음이 고이는 소리.

응어리라는 것들이 원래 그런 거였다. 사람의 얼굴에 눈코입이 달려 있고 몸통에 사지가 붙어 있듯 항상 갈비뼈 안쪽 어딘가에 박혀 있다가 불시에 고개를 쳐들어 온 존재를 순식간에 삼키는 게 바로 그것이다. 불쏘시개처럼 스스로에게서 뽑아낸 응어리는, 발바닥 밑창에 붙어 있던 것까지 끌어당겨 하나로 불쑥 솟아 창처럼, 칼처럼, 가슴을 쑤신다.

한서정은 울기가 뻗어 올라 붉은 비단실처럼 도드라진 혈관이 박연서의 목덜미에서 툭툭 솟는 소리를 들은 것만 같았다.

박연서의 첫 울음은 울음이라기보다 웅얼거림이나 신음에 더 가까웠다. 응어리진 덩어리가 목울대에서 그르렁거리는 소리 같았다. 그러다 차츰 앓는 듯 울었고, 자지러지는 비명을 안으로 삭여 삼키는 듯 울었으며, 작은 몸뚱어리를 둥글게 응축해 짜내듯 울었다.

울음은 날마다, 밤마다 그치지 않았다. 물기 빠진 박연서의 빈 몸은 얇아지고 위태로워져 종잇장처럼 출렁였다.

그리고 또 다른 소리를 들었다.

잠결에 들려온 것만 같은 버둥거리는 소리. 지치고 허기져 기력 없는 몸뚱이가 까부라지듯 잠이 들 즈음 들은 것만 같은 그 소리.

박연서가 방의 문고리에 목을 매는 소리. 꿈속에서 들었다고 착각했던 그 소리.

만약 자신이 깨어 그 소리를 들었다면 박연서는 죽지 않았을까. 죽지 않았다면 무엇이 달라졌을까. 무사히 교과과정을 마치고 졸업해 어딘가의 주인이 되었을까. 그러다 문득 이런 생각이 들었다.

만약, 만약에 말이다, 박연서든 누구든 하인학교를 졸업한다면, 그렇다면 나는 어떻게 되는 것인가.

그 질문에서 시작된 질문들이 꼬리를 물었다. 한서정은 그 꼬리를 따라가보았다. 밤새도록 그래보았다. 그리고 결론은…… 죄책감, 자기 위안, 안도감이었다. 박연서의 마지막 소리를 듣지 못해 그녀를 살리지 못했다는 죄책감, 지금 구했다 하더라도 어차피 어떻게든 죽었을 거라는 자기 위안, 그리고 어쩌면 그녀의 죽음이 나에게 불리한 것이 아닐지 모른다는 뱀 같은 안도감이 뒤섞였다.

"재수 없어."

한서정은 스스로를 향해 그렇게 뱉듯이 말했다.

나는 서서히, 나락으로 떨어지고 있구나. 앞으로 한 발 한 발 나아갈수록 점점 더 재수 없는 인간이 되겠구나. 여기서 혼자 살아남아 무사히 졸업하려면 어디까지 경멸스러운 인간이 되어야 할까. 그런 자각에 이르렀다.

한서정은 그런 스스로가 부끄러웠다. 동시에 박연서를 마음속으로 추모했다. 삶의 틈새마다 기댈 곳 없는 한숨과 슬픔으로 울음 울던 한 생명이 죽었으니 이제는 더 이상 슬프지 않기를.

죽은 목숨은 죽어서, 삶을 감당할 일 없으니 이제 따뜻하고 높고 파랗고 보송보송한 구름 따라 저 멀리 흘러가 행복하기를……

"래시반 전공 요리 중 하나인 럼버잭 메뉴를 훈련한다."

김지연의 목소리에 한서정은 작게 한숨을 뱉었다. 이 실습실 밖에서의 일은 모두 거기에 두어야 한다. 훈련할 땐 오로지 훈련에만 집중해야 한다. 한서정뿐 아니라 이제 학생들 모두 그걸 안다.

"너희도 알겠지만 래시반 타깃은 컬럼비아대학 출신이다. 그 학교 근처에 탐스 레스토랑이라는 곳이 있는데 112번가에 위치한 가장 미국적인 식당으로 유명하다. 럼버잭은 탐스 레스토랑의 조식 세트 메뉴. 팬케이크, 계란, 소시지, 베이컨만으로 구성된 아주 간단한 요리지."

한서정은 조리대 앞에 준비된 재료들을 훑어보았다. 밀가루, 버터, 계란, 베이컨, 소금……

짧았거나 혹은 아주 길었던 각자의 밤이 지나고 아침노을이 붉게 세상을 적셨다가 마침내 태양이 동그랗고 노랗게 떠오를 때, 태양을 닮은 싱싱한 노른자를 터트리지 않고 탱글탱글하게 살려 만드는 메뉴. 새로운 하루를 시작하는 데 응원을 받는 것처럼 힘이 나게 해줄 아침 식사.

사람들은 각자의 일터로 가기 위해 양말을 신기 전에 아침을 먹으며 스스로에게 하루에 대한 다짐을 하겠지. 그것이 아침 식사이지 않은가. 그것을 요리하는 법을 오직 타깃을 공략하는 수단으로 훈련하는 것이다.

"그러나 너희들은 탐스 레스토랑의 럼버잭 요리법을 배우지 않을 것이다."

학생들이 의아한 표정에 커다랗게 뜬 눈으로 교사를 보았다. 김지연이 학생들과 눈을 마주치며 훑어보았다.

"타깃은 미국에서 가난했다. 탐스 레스토랑은 서민 식당이었지만 타깃에게는 비쌌지. 그래서 탐스를 대신할 만한 식당을 찾아 헤맸다. 맛없더라도 값싼 음식을 파는 식당을."

그랬는가. 얼굴 한 번 본 적 없는 나의 타깃도 한때는 가난하고 불행했는가.

"그리고 찾았다. 조지 레스토랑. 조지라는 아들을 둔 뚱뚱한 흑인 여자가 운영하는 식당이었다. 탐스 레스토랑의 럼버잭을 그대로 베껴 만들어 팔았지만 물론 가격과 맛은 상당히 떨어졌지."

한서정은 조지 레스토랑을 상상해보았다.

좁은 실내에 오래된 가구들은 군데군데 떨어져나가거나 칠이 벗겨졌겠지. 기름때 쩔고 메이플시럽으로 끈적거리는 싸구려 나무 테이블 대여섯 개가 다닥다닥 붙어 있을 것이다. 디스플레이는 아무 계통 없이 무심하고, 심드렁한 직원과 가게 분위기는 아침부터 기운이 축 처지게 만들겠지. 빵은 언제 만든 건지 모르게 물기 없이 바싹 말라 푸석거리고, 소시지는 이상한 고기 누린내를 풍기고, 커피는 구정물과 걸레 빤 물 중간 어디쯤 같은 맛이 나지 않을까. 타깃은 아마 조지 레스토랑에서 자신의 현재를 자각하고 반드시 살아남아 번듯해지겠다는 각오를 다졌을 것이다.

김지연의 말이 이어졌다.

"조지 레스토랑의 럼버잭은 타깃의 소울 푸드다. 미국에서 혼자 외롭게 유학하던 시기에 지친 몸과 마음을 위로해주던 음식이지."

소울 푸드라니, 타깃은 주인아줌마에게서 엄마의 정을 느꼈을까. 그 정도는 되어야 소울 푸드라고 할 수 있지 않을까.

세상천지 혼자인 것만 같은 두려움과 막막함에 밤마다 혼자 소리 죽여 울다 마침내 아침이 오면 조지 레스토랑으로 달려가는 타깃을 상상했다.

값싸고 맛없고 사람들이 찾지 않는 곳이지만 매일 오는 타깃에게 주인아줌마는 재료들을 아낌없이 넣어 요리해주었겠지. 어딘지도 모를 먼 곳에서 와 혼자 미국 생활을 견디고 있는 젊은이가 안쓰러워 가끔은 식당 메뉴에도 없는 음식들을 만들어주곤 했을까. 주인아줌마가 남은 음식들을 싸주면 그는 좁고 더러운 다락방 같은 곳에서 혼자 울면서 먹었을까. 흘린 눈물이 적어도 한 대야쯤은 돼야 소울 푸드가 되는 게 아닐까.

"간단한 메뉴니까 쉽게들 할 수 있겠지?"

김지연이 먼저 재료의 종류와 사용할 양에 대해 설명했다. 밀가루는 미국산으로 유전자를 조작해 만든 싸구려였다. 김지연은 고급스러운 유기농 밀가루를 사용하면 그 맛이 나지 않는다고 강조했다. 거칠고 어쩐지 안 좋은 냄새가 나는 것만 같은 기분이 드는 건 어쩔 수 없었다. 소시지와 베이컨도 싸구려 재료이기는 마찬가지였다. 한서정은 노트에 꼼꼼하게 필기했다.

"다만 계란은 다르다. 조지 엄마도 계란만큼은 신선한 것으로 사용했다. 가게에 물건을 대는 사람에게도 늘 계란만은 그날 새벽에 갓 낳은 것들로 가져다 달라고 강조하곤 했지. 그 까닭을 아는 사람 있나?"

그걸 어찌 알겠나. 한서정은 낮게 한숨 쉬며 고개를 저었다.

"야, 그걸 누가 알겠냐?"

옆에서 강유진이 낮은 소리로 소근거렸다. 강유진은 건성으로 앞에 놓인 재료들을 들었다 놓았다 했다. 수업에 전혀 집중하지 않고 있었다.

"응, 그래. 말해봐."

돌아보니 오윤주가 손을 들고 있었다.

"서니사이드업 때문입니다."

"무슨 말인지 좀 더 자세히 설명해볼까?"

김지연이 미소 지었다.

"럼버잭은 미국의 국민 아침 메뉴입니다. 이때 중요한 것이 반숙된 계란인데요, 적당히 익은 흰자위에서 탱글탱글하게 흔들리고 있는 노른자를 나이프로 한번 그으면 내용물이 주르르 쏟아져 내리는 것을 미국인들이 좋아합니다. 그런데 계란이 싱싱하지 않다면 깼을 때 노른자가 힘없이 풀어져버리기 때문에 계란은 싱싱해야 합니다."

오호, 학생들 사이에서 탄성이 터져 나왔다. 한서정도 오윤주를 보았다. 오윤주는 어떻게 저런 걸 알고 있을까.

"승무원 출신이라 그런 것도 다 배웠나 보네."

미간을 찡그려 코웃음 치면서 강유진이 씹어뱉듯 말했다.

"맞다. 계란 노른자가 봉긋하게 솟은 모양이 꼭 태양이 떠오르는 모습 같아서 미국인들이 아침 식사로 즐기는 메뉴지."

오윤주는 타깃이 조지 레스토랑에 앉아 서니사이드업을 터트려 먹을 때 어떤 심정이었는지도 짐작하는 걸까. 그렇게 생각하니까 왠지 뒤처지는 기분이 들었다. 한서정은 조바심이 커져가는 걸 느꼈다.

"그럼 시작해볼까?"

김지연은 레시피를 자세하게 설명했다. 미국뿐 아니라 전 세계 사람들에게 뉴욕을 대표하는 미국적인 음식으로 소문난 탐스 레스토랑의 레시피가 아니라, 냄새 나는 싸구려 식당 조지 레스토랑의 럼버잭 메뉴 레시피였다.

재료의 그램 수까지 정확하게 암기할 것을 요구했고, 각각의 재료마다 어떤 그릇을 사용해야 적당한지, 조리 과정마다 불 조절은 어떻게 해야 하는지 설명했다. 누구 하나 듣지 못하는 학생이 없도록, 공평하게 모두에게 똑같은 재료와 도구와 시간을 주었다.

당연히 그런 줄 알았다.

한서정은 아닐지도 모른다고 생각하다, 소시지 냄새를 맡아보고 확신했다. 처음엔 한국 소시지와 달리 특이한 향이 나는 것이라 여겼다. 그러나 육류의 상한 냄새는 부정할 수 없을 만큼 강렬하게 코를 찔렀다. 한서정의 소시지는 분명 상한 것이었다.

다른 학생들이 밀가루를 풀어 팬케이크 반죽을 만들고 베이컨을 굽고 계란을 멋지게 서니사이드업으로 만들기 위해 바쁘게 움직이고 있을 때 한서정은 상한 소시지 때문에 아무것도 하지 못하고 있었다.

"넌 뭐야? 여기 놀러 왔니?"

교사의 음성이 높아졌다. 저마다 요리하느라 분주하던 학생들이 일제히 한서정을 돌아보았다. 그리고 대놓고 비웃었다.

"그게 아니라, 소시지가 상해서……."

한서정은 말끝을 흐렸다.

'무엇이 됐든, 어떤 상황이든 한번 주어진 조건은 변경하지 못한다.'

이것이 하인학교의 방침이었다. 덧붙이자면 이런 의미였다. 어떤 상황에서도 그것을 뚫고 나가야 한다. 나중에 타깃에게도 내가 무엇이 마음에 들지 않으니 당신이 그것을 바꾸라고 말하겠는가. 모두에게 공평하게 기회를 주고 있으므로 누군가를 더 배려하는 것은 불가능하다. 만약 그로 인해 어떤 문제가 발생한다면 그것은 모두 학생 개개인이 책임져야 한다.

그러므로 방침대로라면 소시지가 상한 것은 어디까지나 한서정 개인의 상황일 뿐이었고, 한서정이 책임져야 할 일이었다.

어쩐지 이상했다. 누군가 계속해서 방해하고 있다는 의심을 지울 수 없었다. 수업 시간에 임박해 신고 나가야 할 신발이 없어진다든지, 분명 새로 빨아 널어놓았는데 교복에 시꺼먼 물감이 쏟아져 있다든지, 꼭 필요한 수업 교재가 사라진다든지…….

누군가, 목적을 가지고 방해하는 것 같았다. 매우 주의 깊게, 제대로 훈련받지 못하도록.

처음엔 다들 자신에게만 그런 일이 일어나고 있는 줄 알았다. 학생들은 서로 얘기를 주고받다가 다들 몇 번씩 겪은 일이란 걸 알았다. 누군가 한 사람이 작정을 하고 모두를 방해하고 있는 걸까. 아니면 몇몇 학생들이 서로서로 모르게 다른 학생들을 방해하고 나선 것인가.

분명한 건, 이제 하인학교의 모든 학생들이 자각했다는 것이다. 본인이 학교를 무사히 졸업하려면 다른 학생들이 탈락해야 한다는 엄연한 사실을 말이다. 함께 수업받고 함께 식사하고 같은 일정으로 살아가는 학생들이 서로의 처지를 이해하고 위로와 공감을 나눠서 학교생활의 어려움을 반감시켜주는 그런 존재들이 아니라, 살아남기 위해 무표정한 얼굴로 밟고 올라서야 하는 존재들이라는 것을 말이다.

한서정은 자신을 비웃는 학생들을 둘러보았다. 이곳엔 칼과 불이 있다. 의지를 갖고 시도만 하면 여기는 사람을 해칠 수 있는 무서운 곳이 된다. 살면서 요리하는 곳이 위험한 곳이라는 생각은 한 번도 해본 적 없었다. 그러나 지금, 모두 각자의 생존을 걸고 여기에 있는 거라면 얘기는 다르다. 한서정은 생각만으로 소름이 돋아 몸을 떨었다.

역시나 김지연은 별다른 조치를 취해주지 않았다. 별수 없었다. 한서정은 제대로 된 맛을 재현해내는 것은 포기했다. 이번 실습의 목적은 레시피를 익히고 조리 과정을 외워두는 것으로 만족할 수밖에.

다행히 달걀은 신선한 것이어서 약불로 조절해 익힌 달걀은 완벽한 서니사이드업이 됐다. 베이컨은 기름이 완전히 빠지도록 바짝 구웠고 다 익혀낸 팬케이크에는 시럽을 넘치도록 듬뿍 부었다.

"조지 레스토랑식 럼버잭의 특징은 간단하다."

김지연이 분주하게 요리하고 있는 학생들에게 말했다.

"달고 짜다. 탐스 레스토랑의 좋은 재료가 주는 맛을 낼 수 없으니까 자극적이게 만드는 거지. 그 달고 짠 맛을 잘 구현해내는 것이 이 요리의 성패를 좌우한다."

학생들이 시럽을 더 끼얹고 소금을 더 뿌렸다.

"소시지가 잘 구워졌는지는 어떻게 알 수 있을까? 나이프로 썰면 느낌이 온다. 맛있게 구워졌는지 그렇지 않은지."

김지연은 돌아다니며 그 느낌을 자세히 설명했다. 그러면서 학생들 개개인의 요리를 점검했다.

점검을 마친 학생들은 조리대를 정리하기 시작했다. 사용한 기구들을 씻고 남은 재료들을 정리했다. 조리하고 남은 기름은 아직도 끓는 듯이 뜨거웠다. 한서정은 조심스러운 동작으로 뜨거운 기름을 닦아내고 식기들을 하나하나 씻었다.

"아악!"

누군가 비명을 지르며 주저앉았다.

"무슨 일이야?"

김지연의 목소리가 날카롭고 높았다. 소리 나는 쪽으로 튕기듯 몸을 움직였다. 마치 무슨 일이 벌어질 것을 예상하기라도 했듯 몸동작이 민첩하고 주저 없었다.

주저앉은 학생 옆에서 엘리사가 아득한 표정으로 서 있었다. 김지연이 물어도 답이 없었다. 옆에서 목격한 학생이 주저앉은 학생을 가리키며 대신 대답했다.

"제가 봤어요. 얘가 뭘 떨어트려서 주우려고 몸을 굽혔는데요, 팬을 들어서 개수대로 가져가고 있던 엘리사가 갑자기 팬을 미끄러트렸어요. 그래서 뜨거운 기름이 얘한테 쏟아졌어요."

김지연이 쪼그려 앉아 학생의 얼굴을 들어 올렸다. 이미 뺨한쪽이 기름에 익어 있었다.

"빨리 양호실로 데리고 가."

학생 두엇이 데리고 나갔다.

"너, 일부러 그런 거야?"

엘리사는 고개를 숙인 채 말이 없었다. 김지연이 재차 다그쳤지만 엘리사는 어떤 말도 하지 않았다.

한서정은 엘리사를 보았다. 손이 미끄러져 실수한 걸까? 아니면, 정말 일부러……? 학기 초부터 늘상 말이 없던 그녀였다. 다른 학생들이 어울리면서 각자의 상처에 공감하고 서로를 위로할 때도 엘리사는 언제나 혼자, 말없이 있었다. 제 손으로 친부를 죽였다는 사실이 뿌리가 깊은 트라우마가 되어 세상으로 통하는 모든 소통의 문을 닫아버린 것인가. 그렇게만 생각했다.

학생들도 굳이 엘리사를 그 고독한 혼자만의 감옥에서 꺼내줄 노력은 하지 않았다. 어쩌면 서로 나눈 공감과 위로 또한 허울뿐인지도 몰랐다. 각자도생! 자신을 구할 사람은 스스로밖에 없는 곳이었으니까.

엘리사는 어떤 방향성이나 목적도 없어 보였다. 그저 하루를 견디면 그뿐이라는 태도로 무표정하게 지냈다. 그런데 갑자기

다른 학생을 해코지하다니. 왜일까…….

엘리사에게도 어느새 학교를 졸업하고 일 등이 되어 남들이 우러러보는 삶을 살고 싶다는 욕망이 생긴 걸까. 그게 아니라면 당장 내가 살려면 다른 이를 끌어내려야 한다는 생존에 대한 결기인 걸까. 그것도 아니라면, 스스로를 망가트리고 싶어서, 모든 것을 다 끝장내고 싶어서였을까.

한서정은 자연스럽게 엘리사의 행동이 실수가 아니라 의도였다는 쪽에 무게를 두었다. 만약 실수라면, 남의 인생을 끝장내놓고 누구도 저렇게 말없이 서 있지 못한다. 누구나 이곳 같은 생존 경쟁의 각축장에서 견디다 보면 지금껏 지켜온 삶의 방식과 가치관마저 바뀌는 것인가.

문득 며칠 전 수업이 생각났다. 교양 문학 수업에서 교사가 인간을 '어떤 상황에서도 적응할 수 있는 존재'로 묘사한 도스토옙스키를 설명하면서 학생들에게 물음을 던졌다.


"그 말이 사실이라고 생각해?"

"물론입니다. 인간은 어떤 더럽고 추악하고 돌아버리는 환경에 떨어져도 결국 적응하는 거죠."

대답한 학생은 손보미였다.

"어떻게?"

"설명이 꼭 필요한가요? 너흰 안 그래? 다들 탈락할까 봐 두려워하잖아."

손보미가 모두를 돌아보면서 물었다. 아무도 말이 없었다.

"저기…… 그런데 여기서 탈락하면 어떻게 되는 건가요?"

한 학생이 주저하다가 교사에게 물었다.

"궁금해? 궁금하면 한번 탈락해보든가. 그런데 막 추천하고 싶지는 않네. 나라면 죽기 살기로 일 등이 되겠어."

교사는 섬뜩한 대답만 남기고 수업을 마쳤다.

수업이 끝나고 학생들끼리 말들이 오고 갔다.

"설마 죽이기야 하겠어?"

이러쿵저러쿵 불안한 말들이 오가다가 결국 학생들은 원하는 대로 대화의 방향을 몰고 갔다. 적어도 학교가 우리를 죽이지는 않을 거라는 기대에 찬 말들을 나눴다. 근거도 없고 확증도 없고 예상 경로도 없는, 그저 바람에 지나지 않은 말들을.

그러던 사이 손보미가 대화의 흐름을 바꾸었다.

"최소한, 이건 확실하지. 만약 탈락해서 다시 과거로 돌아간다면 넌 횡령죄에 살인죄를 뒤집어쓴다는 것."

손보미가 겨냥한 대상은 한서정이었다. 오윤주가 아이고, 우리 스텝 불쌍해서 어쩌나, 하고 너스레를 떨면서 한서정을 보았다.

"넌 팔려 가 오장육부를 털릴 테고 넌 감옥 가겠지."

하나하나 짚어가며 손보미가 학생들을 자극했다.

"어쨌든 우린 모두 다시 돌아갈 수 없어. 여기서 일 등이 못 되면 인생 끝나는 거지. 다시 돌아가봐야 끝장인 건 똑같잖아? 그러니 난 꼭 졸업할 거야."

"야!"

강유진이 손보미를 노려보며 소리쳤다. 주먹질이라도 할 기세로 멱살을 잡았다.

"왜? 내 말이 틀려? 넌 뭐, 나가면 갈 데 있나 보지? 정작 앞에서는 찍소리도 못하면서 뒤에서만 구시렁거리는 주제에."

손보미가 잡힌 멱살을 뜯어내고 되받아쳤다. 자리에서 벌떡 일어난 한서정이 손보미에게 달려들려는 강유진을 막았다. 어떻게든 말려야 했기에 온 힘을 다해 끌어 앉혔다.

"싸우다 걸리면 어떻게 되는지 봤잖아."

강유진에게 귓속말했다.

"너, 그 등 뒤에 사무라이 칼집인지 뭔지 간수 잘해라. 잘 때도 꼭 끌어안고 자든지. 누가 니 이불을 들치고 작살낼지 모르는 일이다."

강유진이 악담을 퍼부었다. 방에 잠금장치가 없으니 사실 마음만 먹으면 충분히 가능한 일이었다. 밤에 자고 있을 때 누가 들어와 두들겨 패서 끌고 간다면 어떻게 방어하겠는가.

"그래? 한번 들어와봐. 누가 먼저 끝장나는지 보자고."

손보미가 한 치도 물러서지 않고 으르렁댔다.


이제 모두가 다른 사람을 어떡하면 끌어내릴 수 있는지 고민하게 되는 걸까. 그렇게 남들을 밟고 올라서는 방법들을 체득하게 되는 걸까. 심지어 김지연은 음식 실습 때 들키지 않고 목적에 맞도록 수면제를 타는 방법에 대해 가르치지 않았던가. 대체 음식에 수면제를 타서 상대방을 의식이 없는 상태로 만들어야 하는 상황이란 건 뭘까.

한서정은 소름 돋은 팔을 문지르면서 표정 없이 눈을 내리깔고 있는 엘리사를 보았다.

"'어떤 경우에도 얼굴에 흔적을 남겨서는 안 된다.' 내규에 서명 안 했니?"

김지연이 화난 목소리로 엘리사를 다그쳤다.

얼굴에 화상 자국이라니. 이제 그 학생은 끝난 것이다. 어느 타깃이 얼굴에 화상 자국이 선명하게 낙인처럼 찍힌 사람을 받아주겠는가. 앞으로도 이보다 더한 일들이, 살아남기 위해서 서로를 해하는 일들이 벌어질 것인가.

김지연은 말 없는 엘리사에게 손사래를 치고 전화로 사감을 불렀다.

'수치심의 기둥.'

모두들 그렇게 부르는 그 기둥에 엘리사가 묶였다.

수업이 끝나거나 수업이 없는 주말에 학생들이 모여 떠들고 놀고 책을 읽고 술을 마시던 곳이었다. 바깥으로 통하는 문 앞, 바로 정면으로 보이는 그곳에 적당히 바랜 궁서체로 적힌 교훈이 걸려 있는 곳.

## 하인으로 들어가 주인이 된다.
## 오직 일 등만 살아남는다.

펜트하우스의 뻥 뚫린 거실처럼 넓은 공간이었다. 으리으리
한 샹들리에가 걸려 있고 조각상 분수가 있었다. 손목 부분을
맞대고 양손을 오목하게 펼쳐 무언가를 받치고 있는 모양 위에
활짝 핀 꽃잎. 꽃잎의 수술 부분에서 거대하고 힘찬 물줄기가
뿜어져 나오는 곳. 그 옆에 서 있는 거대하고 둥근 기둥.

아름답고 차갑고 모서리 없이 둥근 그 기둥에 묶일 때도 엘리
사는 저항하지 않았다.

"시작해."

사감이 학생들을 둘러보며 말했다. 마치 가죽 회초리를 휘두
르는 듯한 눈빛이었다. 누구 하나 먼저 나서지 못했다.

"학교 내에서의 분란 금지. 얼굴에 흔적 남기는 행위 금지. 모
르나?"

안다. 그렇지만 그 처벌을 학생들이 하는 것인 줄은 몰랐다.

수치심의 기둥에 묶이는 것이 다른 학생에게 해를 입힌 자를
처벌하는 방법이었다. 묶인 자는 만 하루 동안 물도 음식도 먹
지 못하고 내내 교훈을 바라보며 반성해야 했다. 처벌은 그게
다인 줄 알았다. 그러나 아니었다. 묶이지 않은 나머지 학생들

모두가 묶인 자에게 돌아가며 침 뱉기. 그것이 사감이 내린 판결이었다.

경쟁자이며 동시에 동료인 다른 학생을 다치게 한 것은 분명 부끄럽고 수치스러운 짓이 맞다. 그러나 이런 처벌 방식은 이해하기 어려웠다. 벌점을 받거나 혹은 체벌을 당하거나 아니라면 어딘가에 가두고 굶기거나. 그것이 학생들이 생각한 처벌의 수위였다.

사감이 들고 있는 막대를 내리쳤다. 쥐 죽은 듯 침묵하고 있던 학생들, 그 가운데서 유일하게 솟아나고 있는 분수의 물줄기 소리. 그 아슬아슬한 균형을 사감이 깼다.

엘리사는 고개를 떨구고 묶인 가죽 벨트에 의지해 간신히 눈만 꿈뻑거렸다. 목이 마른지 입술을 계속 달싹였다.

학생들은 주저했다. 엘리사가 내게 해코지를 한 것도 아니지 않은가. 엘리사에게 직접 침을 뱉을 이유가 뭐가 있는가. 솔직히 엘리사 덕에 경쟁자가 한 명 줄어들지 않았나. 그렇게 생각하고 있었다.

"싫어? 그렇다면 방법이 있지."

어제까지 한솥밥 먹으며 함께 생활했던 동료에게 침 뱉지 않을 방법이 있다고? 뭐냐, 그게! 빨리 말해라. 학생들이 눈빛으로 사감을 재촉했다.

"대신 기둥에 묶여 학생들이 뱉을 침을 대신 맞는 것이다."

제기랄. 학생들 사이에서 작은 소요가 일었다. 그러나 사감이 휘둘러보자 모두 입을 닫았다. 혹시나 자기가 지목될까, 마흔두 명의 학생들이 눈길을 피했다. 다른 반에서도 탈락자가 나와서 현재 총인원은 마흔두 명이었다.

티모시반의 남학생 하나가 앞으로 나왔다. 머뭇거리는 걸음으로 엘리사 앞으로 다가갔다.

"에이 씨, 매도 빨리 맞는 게 낫다잖아."

그렇게 말하고는 엘리사의 얼굴에 침 뱉었다. '됐죠?'라고 사감에게 말한 뒤 서둘러 자리를 떴다. 나머지 학생들이 탄식의 신음을 뱉었다.

또 한 학생이 앞으로 나왔다. 엘리사에게 침 뱉었다. 그리고 돌아섰다. 또 한 명. 그리고 또 한 명. 줄줄이 앞으로 나와서 엘리사의 얼굴을 향해 침을 퉤, 뱉은 뒤 곧바로 돌아섰다.

열다섯 명쯤 지나자 나머지 학생들이 우르르 몰려나왔다. 내뱉는 침의 양이 점점 더 많아졌다. 이상한 일이었다. 누군가는 침을 뱉으며 욕을 하기도 했다.

"더러운 년!"

그러고는 가래침을 끌어올려 뱉었다.

공기 중에 이상한 열기가 감지되었다. 폭력을 행사하는 자들의 집단적 흥분이랄까. 정상적인 상황에서는 결코 일어날 수 없는 비정상적인 일에 가담한 자의 흥분이랄까. 일탈에 대한, 말하자면 금기의 영역에 발을 디딘 자의 흥분이랄까.

인간이란 존재는 사실 타인을 모욕하고 깔아뭉개고 짓밟아보고 싶은 욕망을 숨기고 있는 게 아닐까. 프로이트도 그랬다. 인간은 공격하려는 성향을 타고났다고, 인간에게 공격성은 독립적이고 본능적인 기질이라고, 다만 사회적인 약속이 있고 체면이 있어 쉽게 해볼 수 없을 뿐이라고. 그러니 이렇게 판이 깔렸을 때 한번 해보자, 싶은 본능일지도 몰랐다.

비정상적인 상황일지라도 비정상이 정상이 되는 것은 아닐 텐데. 어떤 일에 대해 정상적이지 않은 반응을 보이는 게 정상으로 느껴지는 상황에 이른 걸까. 온 집단이 그렇다고 믿으면 그게 정상인 걸까.

한서정은 이 모든 상황이 그저 놀랍기만 했다. 방금까지 주저했으면서도 누구도 침을 뱉으며 엘리사에게 미안해하지 않았다. 모두가 엘리사를 외면했다. 모두가 한 덩어리가 되어, 말하자면 공범이 되어가는 것 같았다. 엘리사를 모욕했다는, 나에게 직접적으로 해를 입히지 않은 엘리사에게 침을 뱉고 욕을 했다는 죄책감과 마음의 짐을 그렇게 덜어내는 것 같았다.

나만 그런 게 아니지 않은가. 다들 그러지 않았나. 어쩔 수 없는 일 아닌가. 그렇게 스스로 정당화하면서. 공범 의식으로 죄책감을 나눠 가져 면피하려는 속셈으로.

엘리사는 처벌에 벌점까지 받았으니 졸업을 하긴 어렵겠지. 한 번에 경쟁자가 두 명 사라진 셈이네. 그러니까 이제 래시반 경쟁자는 총 일곱 명.

박연서는 죽었고, 화상 입은 애는 어차피 탈락이고, 엘리사는 끝까지 버텨봐야 이미 볼장 다 본 셈이고. 매번 요리 수업 때마다 한 명씩 얼굴에 화상 입으면, 그래서 결국 나만 남게 되면 나는 자동 일 등으로 졸업이잖아. 그렇게 손 안 대고 코 풀 수 있으면 좋은 일이잖아. 래시반 학생들은 속으로 그렇게 생각했다.

"너희들은 뭐야?"

총 다섯 명이 남았다. 래시반의 강유진과 한서정 그리고 양키스반 한 명, 노번아웃반 한 명, 티모시반 한 명.

사감이 부릅뜬 눈으로 다그치자 양키스반과 티모시반 학생이 마지못해 나와 엘리사의 얼굴에 침을 뱉었다. 그러고는 뒤돌아 뛰어 사라졌다. 자신의 치부를 외면하듯 말이다.

이제 세 명 남았다. 그래도 끝까지 제정신인 애들이 있네. 한서정은 그렇게 생각했다.

"너, 엘리사 대신 기둥에 묶어줄까?"

사감이 한 사람씩 지목했다. 지목당한 노번아웃반 학생이 떨면서 사감에게 빌었다.

"돌아가신 부모님의 유언이었어요. 타인을 존중할 줄 알아야 내가 존중받는 법이라고요."

떨리는 목소리는 뚝뚝 끊겼다.

"부모님이, 착하게, 살라고……."

급기야 울음이 터졌다. 강유진이 큭, 코웃음을 참았다. 사감의 무표정이 그 떨리는 목소리를 때리듯 바싹 다가들었다.

"그러니까, 대신 묶이겠냐고 물었다."

"아니요, 그게 아니라……."

사감이 표정이 없는 표정만으로 그 학생을 옴짝달싹 못 하도록 묶었다. 그 학생은 사감이 내어 보여준 공포를 뚫고 나가지 못했다. 스스로 기둥에 묶여 수십 명이 내뱉는 침을 맞아가며 두려움과 수치심에 떨게 될 것이라는 공포. 십 초? 삼십 초? 아니면 일 분? 사감의 시선의 겁박을 고스란히 받아내던 그 학생은 천천히, 영영 되돌아오지 못할 길을 가는 표정으로 엘리사에게 다가갔다.

마침내, 침을 뱉었다. 그리고 울면서 돌아갔다. 그렇게 그 학생의 세계는 처참하게 깨졌다. 한 생의 가치관과 믿음이 영원히 오염되었다. 지금은 아무도 그렇게 될 줄 몰랐다. 이후로 그 학생이 누구보다 먼저 그런 종류의 일에 나서게 된다는 것을. 다른 이를 뭉개는 일, 타인을 짓밟고 욕하고 때리는 일, 스스로의 생존을 위해서라면 못 할 일이 없다는 표정으로 해야 하는 모든 일에 앞장서서.

"네 차례다."

사감이 강유진을 무감하게 쳐다보았다. 강유진은 사감을 노려보았다. 둘의 시선이 공중에서 혈투를 벌였다. 맞부딪치고, 엉키고, 찌르고, 겁박하고, 붉어지고. 서로 주먹을 치켜들 듯, 부글부글 끓다가 폭발하듯, 부나비들처럼 타죽을 줄 알면서도 불 속으로 날아들 듯, 그러다 그 뜨거움에 목숨을 걸고 솟구치듯.

그 결과는 추측하는 것조차 의미 없다. 강유진이 이겼을 리는 만무하니까.

"에이, 씨발."

강유진은 정확히 사감의 얼굴에 대고 그렇게 내뱉은 뒤, 엘리사에게 침을 뱉었다.

저게 저렇게 입을 꾹 다물고 있어도 그 심정이 오죽하겠냐, 오죽하면 친아빠를 죽였겠냐, 하면서 엘리사를 측은해하던 강유진이었다.

이제 남은 사람은 단 하나였다. 한서정.

사감이 그녀의 코앞으로 다가섰다. 한서정은 물러서지 않았다. 있는 힘을 다해 후들거리는 다리를 멈춰 세웠다. 시선과 시선이 직선으로 일렬이 되는 순간이 왔다. 저절로 기도하는 마음이 되었다. 초조와 불안, 두려움과 공포를 들킬까 봐 한서정은 눈을 내리깔았다. 사감은 말없이 버티고 서 있었다.

이윽고 한서정이 말했다. 눈 속에 들어 있는 감정들을 스스로 물리치려는 듯, 목소리는 담담하고 톤이 낮았다.

"묶으세요."

하아……. 드디어 말했다. 한서정은 눈을 감았다. 침을 뱉는 것보다 차라리 뱉는 침을 맞는 쪽을 택했다. 엘리사를 위해서냐고? 천만에! 스스로를 위해서였다. 어떤 심리학자가 그랬더라. 가장 위험한 실수는 자기 안의 그림자를 남에게 덧씌우는 것이라고.

그림자로 가려져 있던 폭력에 대한 본능, 생존에 대한 무한한 집착. 이따위 것들에 잠식되어 엘리사가 잘못한 거라고, 그 때문에 학교가 정한 처벌을 행하는 것뿐이지 나에게는 어떤 잘못도 없다고, 스스로에게 항변하고 싶지 않았다. 명백히 이건 잘못된 일이다.

사감은 말이 없었다. 어쩔 수 없다는 듯 한서정이 간신히 눈을 떴다. 사감은 계속, 말이 없었다. 그러다 이윽고 한서정을 노려보았다.

"묶으라고?"

사감의 말투는 사무적으로 들렸다. 마치 어떤 절차를 확인하듯 말이다.

"네."

한서정은 다시 눈을 감았다.

엘리사에 대한 처벌은 끝났다. 묶였던 가죽 벨트를 풀고 기둥 앞에 쓰러진 엘리사를 보안요원 둘이 부축해 방으로 데려갔다.


엘리사는 물을 마시고 그 물을 다시 토했다. 며칠 밤을 잠들지 못했다. 멍한 표정으로 벽을 바라보다가 그 벽에 머리를 박았다. 옆방에서 뭐 하는 짓이냐고 욕하는 소리가 들리면 벽에다 머리 박기를 멈추고 대신 손톱을 물어뜯었다.

한서정은 수치심의 기둥에 묶이지 않았다. 대신 학교의 조치에 반기를 든 벌로 '감옥'이라고 부르는 독방에 갇혔다. 그 방은 창도 없고 불빛도 없었다. 학교의 방침을 거부한다는 것은 매우 중차대한 처벌 사유였으므로 독방의 감금 기간은 오 일로 정해졌다. 사감의 개인적인 화풀이가 아니라 정해져 있던 하인학교의 규칙이었다. 사감은 어떤 학생도 개인적인 감정으로 대하지 않았다. 사감은 공평했다.

독방, 아니 감옥은 어디도 물러설 자리 없는, 달빛도 스미지 않는 곳이었다. 세상이 환한지 캄캄한지 알 수 없었으나 감옥 안은 온통 어둠의 절벽뿐. 아무 소리도 들리지 않았다. 외부와 완벽하게 차단되어 있었다. 들리는 소리는 오직 침묵의 소리. 소리가 없는 소리. 하, 소리 없는 소리라.

무너지듯 한서정은 몸을 아무렇게나 바닥에 뉘었다. 몸뚱이는 불량품처럼 딱딱하게 구부러졌다. 어둠이 사방에서 죄어 와 몸을 묶었다. 무릎을 안고 몸의 체적을 최소화했다. 어두웠다. 이것이 유일한 현실이란 사실이 검게 가슴을 찔렀다. 배가 고팠다. 이렇게 외로워본 적이 없었다.

하루하루 몸뚱이에서 살갗이 뜯겨나가는 느낌. 불안이 칼날처럼 서슬이 솟아 육박했다. 종류가 다른 불안이었다. 경쟁에서 뒤처지고 있다는 불안. 다른 애들은 지금 이 시간에도 수업하고 공부하고 앞으로 나아가겠지. 나는 그들이 나아가는 만큼, 아니 몇 배는 뒤처지는 거지. 벌점도 받았으니 결국 탈락하게 될지도. 그러면 과거로 돌아가야 하나?

다시 나가면 어찌해야 하나. 그러면 어찌 되지? 과거의 삶에서 버려진 나는 다시 돌아갈 자리가 없지 않나. 삶이 나락으로 떨어지는 수순이 고스란히 머릿속에 그려졌다.

한서정은 낮게 탄식했다. 결국 그것밖에 방법이 없으니 악착같이 매달려야 한다. 유일한 끈을 붙잡고 죽기 살기로 열심히 할 수밖에 없을 것이다. 뒤처진 만큼 따라가려면 절망이나 눈물 또한 사치일 것이다. 살 수 있는 오직 한 가지 길이지 않나. 죽을 만큼 공부하고 훈련해서 정정당당하게 졸업하는 것. 그것만이 유일한 위로일 거다.

"괜찮아?"

문밖에서 숨죽인 목소리가 들렸다.

"아줌마?"

미화원 김복희였다.

"자, 이거."

김복희가 배식구로 우유 한 팩, 잼 바른 식빵 한 조각, 딸기 몇 알을 집어넣었다. 어두웠으나 냄새로 알 수 있었다. 묵호에 머물 때 여인숙 주인아줌마에게서 느꼈던 엄마의 정을 하인학교에서는 김복희에게 느꼈다. 한서정은 김복희와 처음 만난 후 몰래 가끔씩 미화원 휴게실로 찾아갔다. 지칠 때, 외로울 때, 말이 하고 싶을 때, 울고 싶을 때.

김복희는 눈치껏 청소를 돕고 걸레질을 찾아서 하며 따라다니는 한서정이 귀엽기도 하고 안쓰럽기도 했다. 수위나 급식 담당자나 미화원과 대화할 때, 학생들과 교사들 모두 은근히 주인 행세를 하고 싶어 했다. 그들이 김복희 같은 미화원에게 말을 걸 때는 대개 잘못을 지적하기 위해서였다. 그리고 미화원은 암묵적으로 그들에게 먼저 말을 건넬 수 없었다. 세상과 타인과 학교에 관심 없고 오직 할 일만 할 뿐이라는 인상을 주어야 했다. 사람들의 눈에 김복희는 다만 기능적인 인간일 뿐이었다. 필요한 일을 해주는 기계와 다를 게 없었다.

한서정은 달랐다. 김복희를 엄마처럼 따랐다. 말하지 않아도 알 수 있었다. 가끔 학생 식단에 귀하고 화려한 음식이 나오면 한서정은 따로 챙겨 김복희에게 가져왔다. 그러면 안에서 문을 잠그고서 미화원 휴게실에서 함께 나눠 먹고 이야기하고 웃었다.

김복희도 그게 좋았다. 하인학교에서 일할 수 있는 조건은 가족 없이 혈혈단신이어야 한다는 것이었다. 김복희는 교통사고로 남편과 딸을 잃고 혼자 살아남은 목숨이었다. 딸에게 다 주지 못했던 정을 한서정에게 나눠주었다.

"아줌마……."

한서정이 그저, 김복희를 불렀다. 그녀의 방문과 그녀가 건넨 음식은 쓰다듬어주는 손길이었고 조건 없이 건네는 위로였다. 왈칵, 눈물이 쏟아졌다. 암울한 감옥 안에서 한서정은 혼자 울었다.

"울지 마. 버텨야 해. 너도 알지?"

굳게 닫힌 문을 사이에 두고, 보이지 않는 어둠 속에서 한서정은 고개를 끄덕였다. 더욱 눈물이 흘렀다. 김복희가 에고 쯧쯧, 하면서 안타까운 탄성을 뱉었다.

"난 이제 가야 해. 들키면 너나 나나 재미없어."

김복희가 일어서서 돌아가려다 말고 다시 감옥의 굳게 닫힌 문을 향해 돌아섰다.

"체육 수업 하지? 그때 무술 잘 익혀둬. 그래야 살아."

한서정은 엄마에게 매달리는 아이처럼 연신 고개를 끄덕였다.

어둠 속에서 오 일이 흘렀다.

감옥 문이 육중한 무게감을 과시하며 열렸다. 빛이 한꺼번에 쏟아져 들어왔다. 한서정은 눈을 질끈 감았다 떴다.

사감이 빈 표정으로 한서정을 보았다. 아무 말이 없어서 이제 처벌이 끝났으며, 방으로 돌려보내려는 것이리라 이해했다.

수척해진 몸뚱이를 끌고 복도를 걸었다. 끝도 없을 것처럼 길어 보였다.

방으로 돌아가면 당장 무엇부터 해야 할까. 뒤처진 진도를 따라가려면 놓친 수업 내용을 알아야겠지. 한서정은 강유진에게 먼저 찾아가야겠다고 생각했다.

하인학교에 들어와 얼마 지나지 않아 한서정은 누군가와 친해지기로 마음먹었다. 무엇보다 정보를 얻어야 했고 어떤 상황에 처하든 함께 대응할 사람이 필요하다는 판단에서였다. 그렇

게 처음엔 필요해서 강유진과 가까이 지냈다. 그리고 점차 마음
이 맞아서 둘은 정말로 친해졌다. 강유진은 학교에 잘 적응했고
대체로 명랑하며 남의 일에 참견하는 걸 좋아했다. 그런데 무슨
까닭에서인지 유독 자신의 과거에 대해서는 입을 열지 않았다.

누군가가 내 앞에 무릎 꿇게 하는 가장 빠른 방법이 뭘까. 상
대방의 무릎 뒤쪽을 막대기 같은 걸로 후려치는 것? 아니. 경우
에 따라 변수가 있겠으나 일반적인 상황에서라면 이거다. 먼저
무릎을 꿇는 것.

한서정은 먼저 강유진에게 자신의 과거를 남김없이 털어놓았
다. 그러느라 둘은 한 침대에 나란히 앉아 밤을 꼬박 새웠다.

"너도 참, 사연이……."

한서정의 이야기를 듣고 나서 강유진은 눈물을 찍어내며 안
쓰러워했다. 다 들었으니, 이제 네 차례야. 한서정이 강유진을
물끄러미 보았다.

강유진은 눈물을 닦으며 침묵으로 기다리는 한서정을 보았
다. 이윽고 비밀을 털어놓았다.

"너만 알고 있어야 해."

"응."

한서정이 고개를 끄덕였다.

"맹세해."

"할게."

강유진이 숨기던 비밀을 들려주었다. 바로 딸이 있다는 것. 바

끝세상의 보육원에 어린 딸을 맡겨놓았다는 것. 강유진은 그 딸을 위해 주인이 되려고 들어왔다고 했다.

딸이라니……. 여기 들어온 학생들 모두 가족이 없거나 엘리사처럼 스스로 처리하고 들어온 애들 아닌가. 까닭이 무엇이겠는가. 뒤탈이 없어야 하니까. 재학 도중 누군가 실종 신고를 한다거나, 죽을 지경으로 훈련해서 재벌 집에 들어가 마침내 주인이 되었는데 떡하니 가족이랍시고 등장해 판을 뒤집어버린다든가, 그런 일이 생기면 안 되니까.

"만약 내게 무슨 일이 생기면 내 딸을 지켜줘."

강유진이 한서정의 손을 잡았다.

"그게 무슨 말이야? 무슨 일이 생긴다니……."

한서정이 말하다 말고 멈췄다. 사라진 학생들이 떠올라 차마 말끝을 맺지 못했다.

"나는 내 딸 때문에 여기 들어왔어. 내 팔자가 바뀌면 내 딸 팔자도 바뀌는 거잖아."

들어올 때는 강유진 또한 자신이 무사히 졸업해서 재벌 집에 들어가 결국 주인이 될 거라는 상상을 했겠지. 딸은 몰래 숨겨두고 뒷바라지를 잘해주면 될 일이라고 말이다.

"그런데 뭐, 세상일이 내 맘대로 되냐? 여기 더 있다가는 언제 어떻게 쥐도 새도 모르게 죽을지도 모르잖아."

강유진이 한숨 쉬었다.

"나는 그 전에 도망갈 거야. 그러니까 만약 내게 무슨 일이 생기면……."

말하다 말고 강유진이 울었다. 딸 생각이 난 탓이겠지. 딸이라
니……. 강유진에게는 가장 소중한 존재지만 동시에 결정적인
약점이 될 것이다. 여기는 그런 곳이니까. 가족마저 인생을 발목
잡는 장애물로 여겨야 하는 그런 곳이니까. 언제, 어떻게, 무슨
일로, 그 딸이 하인학교에 위협이 될지 누가 알겠는가. 아니까
강유진도 지금껏 딸의 존재를 입 밖에 내지 않았을 테지.

실제로 얼마 전에 가족이 실종되었다는 신고를 받은 형사가
하인학교의 문턱까지 찾아온 일이 있었다. 실종자는 이십사 세
김희연. 그녀는 하인학교에 있었다.


가난한 화가였던 김희연의 아버지는 어릴 때 알코올중독으로
죽었고, 홀어머니는 식당 주방에서 일을 끝내고 밤중에 귀가하
다 뺑소니에 치여 죽었다. 어머니가 죽고 얼마 지나지 않아 김
희연은 연락이 끊겼다. 친구들과 친척들, 아는 지인들 모두에게
외국으로 나가 살겠다는 문자메시지만 남긴 채였다.

다들 그런 줄 알았다. 그렇게 부모를 잃었으니 한국 땅에서
더 살기는 어렵지 않겠냐며, 혀를 찼다.

그런데 엄마 죽기 전엔 일 년에 한 번도 찾아오지 않던 김희
연의 이모는 달랐다. 돈도 없고 숫기는 더욱 없고 주변머리라고
는 더더욱 없어, 그런 생각을 할 수 있는 애가 아니라고 판단했
다. 어딘가, 이 땅에 숨어 있을 거야. 그러니 찾아야지.

목적은 다른 데 있었다. 김희연이 사라지고 난 뒤 죽은 엄마가 거액의 보험을 들어두었다는 걸 알게 되었다. 어리바리한 조카니까 내가 데리고 살면서 엄마처럼 돈 관리도 다 해줘야지. 그런데 대체 애는 어디 짱박혀 있느라 코빼기도 안 비치는 거야. 이모는 애가 탔다. 아무래도 납치되어 감금이라도 된 게 아닌가 싶다며 경찰서에 가서 넋 놓고 울었다.

"납치라뇨? 애도 아니고 무슨 재벌 집 딸도 아니고. 성인인데요. 어디 먼 이국땅에 숨어 살면서 새 출발 하고 싶었겠죠."

실종 전담 형사 마종식은 눈살을 찌푸리며 대강 넘기려 했다. 그러나 그쯤에서 물러설 이모가 아니었다. 이모는 마종식의 멱살을 쥐고 흔들며 소리 질렀다.

"양쪽 부모 다 잃고 세상천지 혼자된 내 조카, 불쌍해서 어쩌나. 어디 가서 죽었는지 살았는지, 밥이나 먹고 있는 건지, 캄캄하고 발밑에 벌레가 우글대는 창고 같은 데 갇혀서 묶인 팔다리 벌벌 떨면서 울고 있지나 않은지. 형사님은 사람이 아녜요? 내 조카 이리 내버려두면 어찌 될지 아무도 모르는데 불쌍하지도 않아요? 아이고, 천지신명이 무심키도 하지. 오뉴월 땅바닥에 늘어진 벌레 보듯 하는구나."

경찰서가 떠나가라 울어제꼈다. 난처해진 마종식은 하는 수 없이 여기저기 찾아보는 시늉을 했다. 출입국 관리 기록만 찾아 보여주면 자신의 소관이 아니라는 사실을 증명하는 것이었으니까. 그런데 김희연의 출국 기록이 어디에도 없었다. 그렇다면 아직 한국 땅에 있는 걸 텐데.

휴대폰은 꺼져 있고, 다른 번호로 개통한 흔적도 없고, 신용카드 사용 흔적도 없고……. 김희연이 멀쩡하게 살아서 먹고 자고 싸고 무언가를 입고 무언가를 사고, 그러면서 살아간다는 흔적이 어디에도 없었다. 마지막으로 핸드폰 신호가 잡힌 곳은 경기도 양평의 고급 리조트 솔라즈 근처였다.

대번에 감이 왔다. 뭔가 있다. 마종식은 옷매무새를 고치고 등허리를 곧추세웠다. 분명 냄새가 났다. 수사해야 할 사건인지 아니면 스스로 탄 잠수인지 한번 알아봐야 할 일이라고 판단했다. 마종식은 우선 마지막으로 흔적이 남은 솔라즈로 가보기로 했다.

그렇지만 당장은 증거라고 부를 만한 것도 하나 없는 마당이니 수색영장을 받아서 갈 수는 없었다. 개인적으로 시간을 내야 했으나 눈앞에 닥친 사건이 산더미였다.

그럼에도 마종식은 잊지 않고 솔라즈를 찾았다. 한참 시간이 흐른 뒤였지만.

'Solaz Resort & Golf.'

커다랗고 하얗고 네모진 사인보드에 금박으로 리조트 이름이 도드라져 있었다. 그 옆엔 아름드리 산사나무가 무성했다. 봄철에는 하얀 꽃이 구름처럼 만발했겠지.

정복 입은 직원이 육중한 유리문을 열어주었다. 마종식은 문을 넘어 로비에 들어섰다. 곧바로 리셉션으로 향했다. '김기홍'

이라 적힌 명찰을 단 직원이 그를 보고 빠르게 다가왔다.

"뭘 도와드릴까요?"

김기홍은 잘 교육받은 미소로 마종식을 응대했다. 이런 고급 리조트의 호텔리어니 오죽 친절하겠나, 속으로 중얼거리며 마종식은 신분증을 보여주었다.

"형사분께서 여긴 무슨 일이시죠?"

"이 근처에서 실종된 사람이 있어서요."

김기홍이 마종식을 리셉션에서 좀 떨어진 라운지로 안내했다.

"고객분들께서 불편해하실 수도 있어서요. 이해해주십시오."

아무렴요, 하면서 마종식이 과장된 몸짓으로 고개를 끄덕였다. 그리고 김희연의 사진을 보여주었다.

"이 여자입니다. 혹시 이 여자를 본 적이 있거나 이 리조트에 숙박한 기록이 있는지 알고 싶습니다."

김기홍이 주의 깊게 사진을 들여다보았다.

"리조트에서 일하려면 고객님들 얼굴을 잘 기억해야 하죠. 두 번 이상 오신 손님들은 얼굴을 못 알아보면 서운해하시거든요. 만약 제가 한 번이라도 본 분이라면 기억 못 할 리가 없어요. 그런데 모르는 얼굴이에요. 이곳에서 본 적이 없습니다."

그럼 어떻게 다른 직원분들에게도 좀……. 이렇게 마종식이 입을 떼려는데 김기홍이 먼저 자리에서 일어났다.

"제가 다른 직원들에게 사진을 보여드려도 될까요? 그리고 숙박 기록도 찾아봐드리죠."

이렇게 친절할 데가. 비싼 데는 괜히 비싼 게 아니라니까. 마종식은 만족스러운 미소를 지었다. 김기홍은 김희연의 사진과 인적 사항을 들고 리셉션으로 갔다.

그동안 마종식은 천천히 리조트를 둘러보았다.

시원하고 쾌적한 공기를 마시며 말로만 듣던 육성급 리조트의 화려하고 넓은 로비를 걸었다. 대리석으로 마감한 바닥을 딛고 신전인 듯 거대하게 솟은 기둥을 따라가니 라운지가 나왔다. 이 층까지 이어진 나선형 계단에 빛줄기처럼 쏟아지는 밝은 조명과 전면 통창 너머로 반짝이는 호수의 금빛 물결. 처음이었다. 일이 아니라면 이런 고급 리조트에 올 일이 내 평생 있겠나, 싶었다. 많은 사람이 삶의 축제를 누리듯 웃고 떠들며 리조트 안을 흘러 다녔다.

쩝, 마종식은 입맛을 다셨다. 아름답고 고급스럽고 행복만 가득할 것 같은 이곳은 분명 누군가에게는 들어갈 수 없는 낙원일 뿐이었다. 김희연은 어릴 때 부친을 잃었다. 식당 일 하던 모친 또한 뺑소니로 죽었다. 그런 김희연이 무슨 까닭으로, 어떻게 이런 고급 리조트에 왔을까. 그리고 이곳에서 흔적이 끊겼다니. 남자일까? 돈? 아니면 둘 다?

"김희연이라는 분이 숙박한 기록은 없더군요. 그리고 다른 직원분들도 모른다고 하시네요. 도움 드리지 못해 죄송합니다."

김기홍이 깍듯이 고개 숙여 마종식에게 인사했다.

"그렇다면 호텔 CCTV를 확인해볼 수 있을까요?"

"그건 곤란합니다. 아시겠지만 고객님들 프라이버시가 중요
해서요."

그럴 줄 알았다는 듯 마종식이 고개를 주억거렸다. 정 원하시
면 영장을 가져오시라고 김기홍이 말하려는데 마종식이 선수를
쳤다.

"그렇다면 여기를 좀 둘러보는 건 괜찮겠죠? 여기 손님인 것
처럼요."

"아, 네. 뭐, 고객분들께 방해되지 않도록 주의만 해주시면 됩
니다."

김기홍이 먼저 돌아섰다. 그 뒷모습을 보다 마종식도 뒤를 돌
았다. 리조트를 둘러보았다. 별다른 특이점은 없었다. 길고 화려
한 복도를 지나 외부 정원으로 나왔다. 천천히 걷다 보니 넓게
펼쳐진 골프장이 보였다.

마종식은 내친김에 그쪽으로 가보았다. 클럽하우스로 가서
협조 요청을 할까, 하다가 그냥 둘러보기로 했다. 어차피 알아도
모른다고 할 게 뻔한 일이었다.

몇 홀이나 되는 걸까. 골프를 칠 줄 모르는 마종식은 넓디넓
은 골프장 한가운데 서서 망연자실한 표정으로 둘러보았다. 이
곳에 바늘을 떨어트린다면 누가 찾을 수 있겠나. 딱 그런 막막
한 심정이었다.

감은 오는데……. 감만 있으니…….

마종식은 미간을 찌푸리면서 골프장을 휘휘 걸어 다녔다.

끝까지 걸어가니 측백나무 숲이 높은 벽을 빽빽하게 둘러싸고 있었다.

"여기는 벽도 참 고급스럽군."

마종식은 꿈에도 몰랐다. 자신이 밟고 선 땅 바로 밑에 어마어마한 규모의 공간이 존재한다는 것을. 골프장 벽을 둘러싼 그 아름답고 고급스러운 측백나무 숲 안에 바로 그 은밀한 세계로 통하는 출입문이 숨겨져 있다는 것을. 마종식은 그저 하인학교의 천장을 밟고 서서 멍하니 하늘만 올려다볼 뿐이었다.

감옥에 갇혀 굳어버린 것만 같은 몸뚱이는 안 쑤시는 데가 없었다. 한서정은 수척해지고 헐거워진 몸뚱이를 끌고 방으로 돌아왔다. 그리고 곧장 강유진을 찾기 위해 다시 방을 나섰다. 그 와중에도 강유진의 딸이 떠올라 새삼스럽게 한숨이 나왔다.

"반성은 좀 했나?"

생각에 빠져 있던 한서정이 고개를 들었다. 기숙사 복도 중간쯤이었다. 학생들이 우르르 몰려와 앞을 가로막았다.

"무슨 일?"

한서정이 건조하게 물었다. 왜들 몰려왔는지 대충 감이 왔다.

"애 좀 봐라. 무슨 일이냐고 묻는다? 청순하게?"

학생들이 큭큭거렸다. 주동자로 보이는 학생은 손보미였다.

손보미가 턱짓을 하자 두 학생이 나서서 한서정의 입을 막고 팔을 뒤로 비틀어 끌고 갔다. 교사동과 거리가 먼 데다 안쪽으로 쑥 들어가 있어 일부러 찾아오지 않는 이상 학생들 외엔 출입하지 않는 곳이었다. 거기에 한서정을 털썩, 주저앉혔다.

래시반뿐 아니라 다른 반 학생들까지 모여 있었다. 엘리사와 오윤주는 보이지 않았다.

"두 년이 죽이 맞아 붙어 다니더니, 한 년은 중뿔났다고 나서서 지 혼자 깨끗하고 잘났다고 감옥에 걸어 들어가고, 또 한 년은 진짜 튀었네? 사무라이 칼 맛 좀 보게 해줄랬는데?"

손보미가 이죽거렸다.

"너 혼자 잘난 척하니까 좋냐? 우린 뭐, 인격이 더러워서 신이 나 침 뱉은 줄 아나! 건방진 년. 너 같은 년은 좀 맞아야 해. 그래야 정신을 차리지."

이윽고 시작됐다.

퍽, 퍽, 주먹질하는 소리가 머리를 울렸다.

"윽."

한서정이 외마디로 고통을 뱉어냈다.

학생들이 차례로 앞으로 나와 한서정을 때렸다. 한 대를 때리고 돌아서는 학생이 있는가 하면 제 분이 풀릴 때까지 실컷 두들겨 패는 학생도 있었다. 마치 일종의 의식 같은 걸로 보였다. 화풀이에서 끝나는 수준이 아니라 조직적으로 계획한 처벌이었다.

암흑 속에 갇혀 있는 동안 학생들 사이에 이합집산이 있었던 모양이었다. 서열이 생기고 알력 관계가 생기고 집단적으로 누군가를 따돌리고 사감이나 교사들 선까지 갈 것도 없이 학생들이 자체적으로 서로를 찍어 누르는 일도 벌어질 거란 뜻이겠지. 폐쇄된 환경에서 함께 오래 지낸 집단에서는 어쩌면 당연한 수순일 것이다.

무릇 매질이란 집단의 흩어진 질서를 바로잡기에 마땅한 수단이 아닌가. 그것은 윤리에 대한 가르침이었다. 싹을 밀고 올라오는 잡초 한 뿌리를 뽑아내지 않아 돋은 가시덩굴은 금세 불처럼 번져 온 들판을 망가트린다. 그런 들은 곧 쓸모없는 땅으로 추락하는 법이다. 그러니 잡초 한 뿌리는 그냥 한 뿌리가 아니다. 번지지 못하도록 생겨나자마자 뽑고 제거하고 잘라야 한다. 그리해야 집단의 질서가 바로 선다고 이들은 믿고 있다.

학생들은 공개 재판장에서 돌로 죄인을 내려치듯 한서정에게 폭력을 행사했다. 수십 대 일이었다. 무얼 어찌할 수 있을까. 때리면 맞을 수밖에. 방법은 없었다.

"거지 같은 년. 지 혼자 깨끗한 척하는 년."

"맞아야 정신을 차리지."

주먹질과 발길질은 멈추지 않았다. 퍽, 퍽, 하인학교 복도에 폭력의 소리가 울려 퍼졌다. 한서정은 이를 물었다. 발길질과 주먹질과 욕설을 고스란히 받았다.

퍽, 퍽.

맞을 때마다 고통의 신음이 저절로 나왔다. 한서정은 바닥에 고꾸라졌다. 차라리, 눈을 감자. 그래, 다른 생각을 하는 거야. 지금 바깥세상은 어떻게 돌아가고 있을까.

문득 그런 생각이 들었다. 여기 아닌 바깥의 사람들은 평범하게 하루하루 살아가겠지. 아침에 일어나 쫓기듯 출근하고, 만원 지하철에 시달리고, 긴 줄을 기다려 서둘러 점심을 먹고, 점심시간이 지나면 어제와 같은 지겨운 일을 하고, 퇴근길에 물먹은 솜 같은 지친 몸을 끌고 집에 돌아와 겨우 한술 저녁을 먹고 나면 꾸벅꾸벅 졸다 티브이를 켜놓고 잠들겠지. 다시 눈뜨면 또똑같은 하루를 살아가겠지.

이게 별거 아니라고? 그렇게 사느니 안 사는 게 낫다고? 살아보면 안다. 평범하게 사는 게 얼마나 어려운지. 얼마나 큰 축복인지. 내내 자신의 삶이 아무것도 아니라고 부정하겠지. 그렇게 살다가 어느 날인가, 길을 걷다 깨닫겠지. 자신의 생이 행복한 것임을.

한서정은 자신은 그렇게 살 수 없다는 걸 실감했다. 삶이 지친다고 생각했다.

"아, 신발을 벗고 쉬고 싶다."

맞으면서 혼잣말을 내뱉었다. 맞아서 푸르고 검은 멍이 광대뼈와 관자놀이와 눈두덩에 넓고 깊게 새겨졌다. 붓기가 얼굴 전체에 퍼졌고 터진 핏줄이 붉은 가시나무처럼 사방으로 뻗었다. 망치로 맞은 것처럼 갈비뼈가 아팠다.

폭력이라는 것이 원래 그렇다. 처음엔 사람들이 맞는 걸 보면 외면한다. 가혹한 짓을 당하는 걸 차마 볼 수 없으니까. 시간이 지나면 달라진다. 무뎌지는 것이다. 그러면 타인이 폭력을 당할 때도 눈 하나 깜박하지 않고 담담하게 볼 수 있게 된다. 그러다 자신이 폭력을 행사하게 되면 폭력을 행사한다는 행위에 쾌감을 느끼게 된다. 그런 것들을 계속 겪으면 당연하게 받아들여진다. 설령 자신이 폭력을 당하더라도 말이다.

한서정은 맞는 것은 그저 맞는 것일 뿐이라고 여겼다. 자신이 이제 무리에서 따돌림을 받을 것이며 누구의 도움도 받지 못할 것이며 시시때때로 방해하고 막아서고 밟아 누르려는 짓들을 당할 것이라는 예상도 잠시 미뤘다.

누군가에게 쫓길 때나 혹은 두들겨 맞을 때 사람은 어딘가의 스위치가 꺼진다. 폭력을 당할 때 오히려 몸뚱이는 무감각해진다. 어떤 분리가 일어난다. 폭력 행위가 자행될 때 감정적으로 무감각해질 수 있는 까닭이 바로 그것이다. 그렇게 모욕감과 수치심과 자기비하와 절망감으로부터 스스로를 보호하는 것이다.

그런데 잠깐! 또 한 년은 진짜 튀었다고 했는데, 그게 무슨 말이지?

맞다 말고 학생들을 올려다봤다. 어디에도 강유진이 보이지 않았다.

"강유진, 강유진은?"

"뭐? 눈탱이가 터져서야 한 년이 없다는 걸 알았어?"

학생들이 비웃었다.

"그년, 튀었어."

"그게 무슨 말……."

얼굴 근육이 부어 말이 제대로 나오지 못했다.

"강유진, 그년 도망갔다고. 그것도 온몸에다 제대로 휘감고 튀셨어. 아주 제대로 한탕 한 거지."

사라질 때의 차림을 말하는 것이었다. 샤넬 원피스, 불가리 다이아 목걸이, 구찌 구두에 결정적으로 에르메스 백까지.

하인학교 안에는 끝내주는 명품들이 즐비하다. 수업에 쓰이는 것들이었다. 뷰티 패션 수업. 그것이 반드시 필요한 훈련이란 건 수업이 시작되자마자 이해되었다.

옛날에야 미모가 출중하면 실력은 좀 달려도 재벌가 안주인이 되는 게 가능했다. 지금은 다르다. 중요한 건 실력이다. 그룹 내에서 제대로 역할을 할 수 있을 정도의 실력을 갖춰야 한다. 뷰티 패션 수업은 단순히 미모를 가꾸는 방법을 배우는 수업이 아니었다. 타깃에게 강렬하고 완벽한 인상을 남길 수 있도록, 타깃이 매력을 느낄 수밖에 없도록, 외적인 실력을 키우는 훈련이었다.

하인학교 출신 학생이 재벌가에 들어가 결국 주인이 된다는 시나리오는 말하자면 신분 상승 프로젝트다. 범법자에 살인자에 고아에 가난뱅이 출신인 졸업생이 인생 역전을 한다는 것이니까. 이 정도면 체제 전복이다. 계급의 교란을 획책하는 것이다. 그러므로 하인학교 졸업생은 모든 면에서 완벽해야 한다. 의심할 틈이 없게 완벽해야 한다. 완벽한 실력을 갖춘 데다 완벽한 매력까지 겸비한다면 어느 누가 끌리지 않겠는가.

뷰티 패션 수업의 목적은 두 가지다. 첫 번째, 자신의 매력을 알고 극대화하기. 두 번째, 타깃의 취향 저격하기. 고급 스타일과 클럽 스타일 등등 교육은 다양하게 실시된다. 화려함이 필요할 땐 베르사체나 돌체앤가바나 스타일로, 정갈함이 요구되는 상황에는 페라가모 스타일로. 상류층의 애티튜드가 자연스럽게 몸에 배도록 반복해서 훈련한다.

파티룩에 관한 교육은 무용 수업과도 연계된다. 각자의 스타일에 맞게 파티룩으로 세팅하고 교문 바로 앞 광장, 분수가 쏟아지고 수치심의 기둥이 있고 그랜드 피아노와 고급스러운 바가 있는 바로 그곳에서 파티 훈련을 하고 왈츠와 블루스와 클럽댄스를 배운다.

학생들에겐 흥분이 치솟는 수업이다. 태어나 처음으로 온몸에 수천만 원에서 수억 원까지 두르고 고급지고 화려한 파티장에서 파티를 즐기며 춤을 추는 것이니까. 거의 유일하게 수업 중에 웃음이 만발하는 시간이다.

"야, 이거 완전 죽이지 않냐?"

흥분한 강유진이 들고 있던 샤넬의 코코핸들 미듐을 품에 꼭 끌어안으며 말했었다.

"아름다워도 너무 아름다운 거지."

그러더니 강유진이 한서정을 끌어당겨 귓속말했다.

"나, 이거 다 챙겨서 튈 거야. 에르메스 백 하나만 해도 억 소리 나잖냐. 여기 있는 가방만 서너 개 가져가면 딸 데려와 같이 살 전세방은 구할 수 있을걸."

그때 강유진이 했던 그 말이 문득 떠올랐다.

그랬구나. 그러겠다고 하더니 기어이 그렇게 했구나. 대체 어떻게 여기서 나간 걸까. 명품들 즐비한 패션실 보안은 어찌어찌 풀었다고 치자. 예를 들면 교사의 출입증을 슬쩍했다든가. 그런데 교문은 어떻게 빠져나간 거지? 수위실에 들키지 않고 교문을 빠져나갈 방법이 있다는 말인가? 건장한 남자 둘이서 이십사 시간 감시하고 있는데?

"어떻게 됐어? 무사히 나갔어?"

다급해진 한서정이 손보미의 바짓가랑이를 붙잡고 물었다.

"나야 모르지. 죽었는지 살았는지 알 게 뭐야."

그래, 아무도 강유진이 죽었는지 살았는지 알 수 없을 것이다.

"그년 때문에 애먼 우리만 고생했잖아. 모든 수업 작파하고 하루 종일 보안 교육만 받았다. 어찌나 지겹던지."

그래도 경쟁자 하나 없어졌으니 그건 땡큐, 하면서 손보미가 비웃음을 날렸다.

"누가 좀 말해줘. 무사히 살아있다는 말만 좀 해줘."

한서정은 울었다. 밖에 딸이 있는데…… 어린 딸이 엄마를 애타게 기다릴 텐데…… 밤마다 혼자 울면서 오지 않는 엄마를 원망할 텐데…… 울다가 혹시 엄마가 오지 않을까 싶어 보육원 좀

은 창으로 밖을 내다보면, 달빛에 빈 뜰이 부풀어 칼처럼 뾰족해진 나뭇가지의 그림자가 찌를 듯 어린 딸의 심장을 후벼 팔 텐데…… 엄마는 서둘러 딸에게 가야 하는 건데…… 딸에겐 엄마가 꼭 필요한데……. 태어나 한 번도 엄마를 가져본 적 없는 한서정은 알지도 못하는 엄마가 그리워 한없이 눈물 흘렸다.

"니가 왜 우냐? 뭐, 우정 그런 거냐? 재수 없게."

여기서, 서로 눈치 보고 경쟁하고 짓밟고 올라서야 하는 하인 학교 안에서 우정이라니. 가당치도 않은 소리였기에 한서정을 때리던 학생들은 더 화가 났다. 이유 모르게 한서정에게 진 기분이 들었을까. 잦아들던 학생들의 처벌은 한서정의 눈물로 인해 그 수위가 다시 높아졌다.

"넌 좀 여러 가지로 재수 없는 년이라 더 맞아야겠다."

주먹질, 발길질, 욕설, 침 뱉기. 폭력의 종합 세트나 다름없었다. 자괴감과 수치심과 스스로에 대한 절망감의 배설. 일그러진 스스로의 모습을 반추하게 되는 순간 느끼는 자기혐오의 분출. 그것이 이 폭력의 정의였다.

한서정은 빈 등을 구부려 때리는 대로 맞았다. 불거진 등뼈 위로 발길질이 쏟아졌고 양팔로 감싼 얼굴 위로 주먹이 파고들었다. 핏방울이 튀고, 분노와 욕지기가 치밀었다.

"아악! 뭐야?"

한편에 있던 학생들이 갑자기 날카롭게 소리쳤다. 누군가가 학생들을 거세게 밀어내며 무리 안으로 들어섰다.

낯선 남자였다. 남자는 여학생들을 가뿐히 들어 집어 던졌다. 그렇게 길을 열어 한서정에게로 향했다. 너무도 과감한 기세에 당황한 학생들은 남자를 제지하지 못했다. 남자는 한서정에게 들러붙어 있던 학생들까지 전부 떼어냈다.

대체 어디서 온 걸까. 하인학교 내부 사람이 아니었다. 그런데도 학교를 잘 알고 있는 것처럼 남자의 몸짓은 거침없었다. 남자는 말이 없었고 얼굴엔 어떤 표정도 드러나 있지 않았다. 기묘한 느낌을 주는 남자였다. 이 남자의 정체는 뭐지. 그런 표정으로 학생들이 남자를 보았다.

동물로 치자면 늑대의 왕 같은 느낌이랄까. 늑대의 왕은, 호랑이는 아니지만 호랑이와도 싸운다. 다 도망가도 홀로 남아 싸운다. 그런 이상한 기백과 무모함과 유불리를 재고 따지지 않을 것 같은 담담한 결기가 남자에게서 스며 나왔다.

수십 명이 한꺼번에 남자를 노려보았으나 그는 아랑곳하지 않았다. 마치 그 자리에 그와 한서정 둘만 있는 듯 그녀에게 시선이 고정되어 있었다. 그저 물끄러미 내려다봤다. 여기저기 터지고 부어 눈도 제대로 뜨지 못한 한서정은 고개를 숙인 채 가쁜 숨을 몰아쉴 뿐이었다.

황당한 광경에 학생들이 남자와 한서정을 번갈아 보았다. 이윽고 남자가 한서정을 안아 올리자 오, 와, 어라, 각종 감탄사가 터져 나왔다.

공고해 보이던 집단을 단번에 흩어놓은 남자는 한서정을 안고 복도를 걸었다. 그리고 정확히 한서정의 방, 기숙사 3호실의 문을 열고 들어갔다. 등 뒤에서 온갖 탄성과 야유가 한꺼번에 날아와 꽂혔다.

방에 들어와 남자가 마치 짐을 부려놓듯, 한서정을 침대 위에 털썩 던져놓았다.

한서정은 침대에 옆으로 쓰러져 누웠다. 그리고 간신히 몸을 일으켜 앉았다. 부어오른 눈꺼풀을 힘주어 올려 자신을 구해 안전한 데까지 데려온 남자를 올려다보았다.

하 참, 세상에.

기가 막혔다. 어이가 없었다. 하마터면 욕이 나올 뻔했다. 한서정은 본능적으로 앞뒤 가릴 새도 없이 손에다 있는 힘껏 힘을 실어 남자의 뺨을 때렸다.

남자는 바로, 이진욱이었다.

하인학교에 들어와 내내 떠오르는 단 한 사람이었다. 배신감 때문이었다. 원망과 외로움 때문이었다. 삶이 고통스럽고 학교 생활이 몸에 부쳐 잠들지 못하고 신음할 때마다 이진욱이 원망 스러웠다. 이곳에 갇혀 세상은 더욱 캄캄해졌다. 절벽 끝에 서서 어둠이 자욱한 아래로 한 발 내딛는 기분이 들 때마다 쑤시는 삭신으로 그에 대한 미움이 병처럼 파고들었다.

이진욱은 뺨을 맞고도 반응이 없었다. 한서정이 이번엔 주먹 질을 했다. 그의 몸을 여기저기 가리지 않고 때렸다.

맞으면서도 그는 말이 없었다. 때리면서 한서정도 말이 없었다. 말이 나오지 않았다. 하고 싶은 말이 너무 많아서, 그 순서를 가릴 수가 없어서 쉽게 하지 못했다. 그 대신 왈칵 눈물이 고였다. 대체 이건 무슨 감정일까. 한서정은 스스로 알지 못했다. 미움과 배신감과 실망과 그리고 거기에 그리움과 반가움과 서러움이 마구잡이로 섞였달까.

때로 인간의 감정은 차곡차곡 쌓이지 않는다. 그것은 순서 없이 덩어리째 뒤엉켜서 선명하고 또렷하지 않은 상태로 튀어나오기도 한다. 물론 이별과 같은 감정은 다를 것이다. 그것은 번쩍, 하고 마른하늘을 찢어발기는 번개처럼 오지 않는다. 마치 책을 읽는 것처럼 한 장 한 장 쌓여 마지막 장을 덮어 드디어 한 권이 완성되었을 때 비로소 실행된다. 이별을 경험해보았다면 누구나 이별의 때가 다가오는 감각을 알 것이다. 그러나 갑작스러운 만남, 특히나 불시에 전혀 예상치 못한 누군가를 맞닥트릴 때 느끼는 감정은 본능의 영역이라고 봐도 무방하다.

한서정은 본능적으로 그동안 쌓였던 모든 것들을 다 쏟아내는 중이었다. 스스로도 그토록 많이 쏟아내야 하는 줄 몰랐다. 앙가슴 깊숙한 곳에 켜켜이 쌓여 생긴 응어리가 숨이 막히도록 명치를 조이고 있는 줄 몰랐다.

가난에 찌들어 살다가 아빠 한동식이 죽고 살던 곳에서 도망치고 가짜 서류로 회사에 들어가고 거기서 김현수를 만나 횡령죄에 살인죄를 뒤집어쓰고 도망치듯 이곳에 들어와 갖은 난관을 겪고…… 한서정은 이진욱을 때리다가, 울다가, 다시 이진욱을 보고, 다시 울면서 때렸다. 이진욱은 그걸 다 받아주었다.

"너, 어떻게 나한테 이럴 수 있어?"

더 이상 때릴 힘이 남지 않게 되고서야 드디어 한서정이 입을 열었다. 온몸의 힘을 쥐어짜 다 쓴 것 같았다. 목소리는 거친 바람에 부대껴 조각조각 부서지는 듯, 몸속 깊은 어둠에 숨겨져 있던 소리가 끌려 나와 흩어지는 듯, 눌리고 조이고 숨이 모자라 헐떡거렸다. 이진욱은 답이 없었다. 다만 물끄러미 한서정을 보았다.

"어떻게……. 금방 오겠다더니……."

한서정은 맥 빠진 팔을 늘어트렸다. 힘이 빠지면서 동시에 화도 사그라드는 것 같았다. 울분이 차츰 잦아들었다. 다 쏟아내고 나니 응어리도 풀리는 것 같았다.

"말해봐. 대체 어디서 뭐 하다 이제 온 거야? 여기가 이런 곳인 줄 알고 있었지? 알면서 왜 말을 안 했어? 나한테 왜 그러는데?"

한서정이 질문들을 쏟아부었다. 이진욱이 그제야 옅은 미소를 지었다. 한서정이 조금 진정된 것을 알았다.

"너, 잊었나 본데……."

이진욱이 말끝을 흐렸다.

"뭘."

한서정이 다그치듯 물었다.

"내가 오빠야. 자꾸 반말할래?"

그렇게 말해놓고 이진욱이 소리 없이 웃었다. 이게 무슨 말이냐, 막걸리냐, 지금 그게 할 소리냐, 너 진짜 얼마나 더 맞아야 정신 차릴래, 한서정이 볼멘소리를 쏟아냈다. 그러자 이진욱이 소리 내어 웃었다.

어젯밤, 어둡고 외로운 감옥에서 한서정은 꿈을 꾸었다. 꿈에서 한서정은 한쪽 눈썹이 없었다. 나머지 한쪽은 짙고 선명했는데 무슨 까닭인지 한쪽 눈썹이 없어져버렸다.

한서정은 당황했다. 거울에 비춰본 모습은 비정상이었다. 어디에도 나갈 수 없었고 누구도 만날 수 없었다. 한마디로 정상적으로 평범하게 살 수 없었다. 영영 평범한 삶을 살지 못할 거란 생각이 들었다. 그렇게 생각하니 슬펐다. 잠든 한서정의 뺨을 타고 눈물이 흘렀다. 혼자라는 게 사무쳤다. 지독하게 외로웠다.

이진욱을 보고 있는데 어째서 문득 그 꿈이 생각났을까. 아니, 꿈이라기보다 꿈 때문에 느꼈던 감정들이 다시 온몸에 새겨졌다. 아, 내가 슬펐구나. 아, 내가 혼자였구나. 아, 내가 많이 외로웠구나. 아, 내가……

이진욱이 컵에 물을 따라 와 건넸다. 물을 한 번에 다 마신 한서정은 깊은숨을 천천히 내쉬었다. 이진욱이 어떻게 여기 있는 거지? 그제야 그 물음이 떠올랐다.

한서정은 이진욱을 다시 보았다. 이진욱이 맞았다. 맨 처음 만났을 때처럼 그는 한서정에게 농담부터 건넸다. 그 또한 다를 바 없었다. 그러나 느낌이 달랐다. 분명 이진욱이 맞는데 이진욱이 아닌 것 같은 느낌이 들었다.

행운복권방 집 아들이었을 때 이진욱은 좀 재수 없는 범생이 같았다. 지금은 달랐다. 안주 없이 깡소주를 나발 불면서 무표정으로 어딘지 모를 곳을 멍하게 보고 있는 느낌이랄까. 예전 같으면 말을 백 마디도 더 할 시간에 간신히 한두 마디 할 것 같은 느낌이랄까.

　이진욱이 나타나 한서정을 방으로 데려오고 그녀가 울고불고 소리 지르며 때리는 동안, 생각해보니 그는 단 두 마디를 했을 뿐이었다. 그렇게 생각하자 한서정은 정신이 번쩍 들었다.

　거제도 바닷가에서 이진욱을 보았을 때 실은 몇 년 만에 보는 거였다. 그때 이진욱은 어땠었지? 기억나지 않았다. 당연한 일이었다. 눈앞에서 김현수가 죽어가는 마당에 무슨 정신이 있었다고. 이진욱이 어떻게 살아왔는지 묻고 들을 상황이 아니었다. 그렇게 잠깐 만나고 또 헤어져 이제야 다시 보는 것이다. 한서정은 이진욱이 어떻게 살았으며 하인학교와 무슨 관계가 있으며 왜 지금 여기에 갑자기 나타난 건지 무엇도 알지 못했다.

　"어떻게 된 거야?"

　한서정은 싸늘해졌다. 차분하게 가라앉은 냉정한 목소리였다. 예전에 알고 지낼 때와는 모든 것이 달라졌다는 사실이 선명해진 듯했다.

　"뭘 또 그리 정색하기는."

　이진욱은 한서정에게 대답하지 않았다. 한서정은 침묵으로 기다렸다. 본능적으로 재촉해서 될 일이 아니란 걸 알았다. 그리고 다시, 알 수 있었다. 기다려도 이진욱은 끝내 대답하지 않을 거란 사실을.

이진욱이지만 이진욱이 맞는지 알 수 없는 이진욱. 왜 그에게서 느껴지는 불안하고 위태로운 감정이 내게 엄습하는 걸까. 한서정은 이진욱을 노려보았다. 긴장감이 흘렀다. 흡사 적인지 아군인지 판별해야 하는 중차대한 순간 같았다. 내가 알던 그 이진욱이 아닌 걸까.

한서정의 시선에 담긴 뜻을 이진욱도 알았다. 그가 조심스럽게 한 발짝 떨어졌다.

"맘대로 해. 대답 안 하겠다면 이제 너한테 아무 기대도 하지 않을게."

이내 한서정이 말했다. 따지고 보면 하인학교에 들어온 것을 그의 책임으로만 돌릴 수는 없었다. 어찌 됐든 그로 인해 다급한 위험에서 벗어난 건 사실이니까.

"사실 우리가 뭐 그리 대단한 사이도 아니고. 앞으로 더 볼 일도 없겠지."

이진욱의 얼굴에서 미소가 사라졌다. 표정이 사라지자, 확실해졌다. 한서정이 알던 이진욱이 아니었다.

"그만 돌아가. 난 뭐 좀 알아봐야 해. 친구가 사라졌거든."

한서정이 끙, 소리와 함께 몸을 일으켰다. 그녀의 목소리에서 온기가 사라졌다. 두들겨 맞은 몸뚱이는 삭신이 다 쑤셨다.

"가지 마."

이진욱이 한서정의 팔을 붙잡았다. 떨쳐내려 하자 더욱 세게 움켜잡았다.

"가봐야 소용없어."

"그게 무슨……."

한서정이 다급하게 말하다 말고 입을 다물었다. 이진욱이 강유진을 알고 있다. 강유진이 사라졌다는 걸 안다. 그걸 알 수 있었다. 그런데 소용없다는 건?

"내가 해결할 수 없다는 뜻이야? 아니면…… 그게 아니면 죽기라도 했다는 거야?"

한서정이 이진욱을 노려보았다. 그의 표정엔 반응이 없었다.

"나서면 네가 다쳐. 조용히 있어. 오늘 소란은 내가 처리할 거야."

처리라니? 대체 뭘 어떻게 처리하겠다는 말인지 이해할 수 없었다.

혹시, 어쩌면…….

"네가, 죽였니?"

이진욱은 답하지 않았다. 가타부타 말이 없었다.

"놔."

한서정이 낮게 으르렁거렸다.

"놓으라고. 내가 다치든 말든 너랑 상관없어."

이진욱이 한숨 쉬었다. 침대에서 벌떡 일어나는 한서정을 다시 끌어다 앉혔다. 그리고 눈을 맞췄다.

"정 궁금하면 방법이 있어."

"뭔데? 빨리 말해."

이진욱이 누가 들을 듯 조심스럽게 말했다. 그 말을 듣고 한서정은 골똘하게 생각에 잠겼다.

"야, 마이 스텝. 그 남자 누구야?"

오윤주가 귓속말로 물었다.

다음 날 역사 수업 시간이었다. 교실은 어두웠고 교사 조인석이 빔프로젝터를 작동하며 수업을 준비하고 있었다. 한서정은 대답하지 않았다.

"전 남친? 너 남친 빽으로 여기 들어온 거야?"

오윤주가 오호, 탄성을 뱉으며 웃었다. 한서정은 대꾸하지 않았다. 뭐라든 무슨 상관인가.

"아니면, 현 남친? 남친이 알아서 졸업시켜준대?"

주위 학생들이 들었다. 웃는 애, 째려보는 애, 욕하는 애, 이진욱이 집어 던졌을 때 결린 허리가 아파 있는 대로 인상 찡그리는 애.

"애들을 그냥 막 한 손으로 들어서 내동댕이치는데 좀 멋지더라. 너 맞는 거 보기 싫었지만 네 남친 보고 싶어서 나와봤지. 뭔가 있어. 딱 봐도 얼굴에 쓰여 있잖아. 하인학교 같은 데 불쑥 나타날 수 있는 남자라니. 뭐랄까, 한마디로 딱 정의하자면, 음…… 비밀?"

오윤주가 신이 나서 지껄였다.

"그 남자는 어쩐지 인생 모든 게 비밀일 것 같아. 보통은 싸울 때도 계산 때려가면서 적당히 싸우는데 왠지 그냥 계산 없이 들이받을 거 같은 느낌. 내가 다치든 상대가 죽든 아니면 둘 다 죽든 앞도 보지 않고 달려들 거 같은 느낌. 위험한 남자. 불안해. 근데 멋있어."

한서정은 내내 입을 다물고 있었다. 오윤주가 뭐라 떠들든 상관없었다. 어떻게 하면 교장실에 몰래 들어갈 수 있을까. 그 생각만 했다.

강유진이 어떻게 됐는지 이진욱은 끝내 함구했다. 왔을 때처럼 알 수 없는 곳으로 가버렸다. 대신 한 가지 방법을 일러주었다. 강유진의 딸에 대해 알고 싶다면 교장실로 가라고. 교장실에 정보가 있다고 말이다. 교장실에 숨겨진 은밀한 공간. 소수만 그 존재를 알고 있는 비밀의 방이라니.

오윤주는 아직 이진욱의 환상에서 빠져나오지 못했다.

"아, 그래. 양조위. 양조위 닮았더라. 겉으로는 밝지만 속은 다 타버린. 나쁜 놈인데 멋있는. 세상을 등지고 돌아선 느낌? 불안정하고 위태로운 느낌? 음, 그러니까…… 의지가 없는 사람. 차라리 망가져버려라…… 하면서 목적이나 목표 따위 없는 사람. 일부러 감추는 것도 아닌데 있어도 안 보일 것 같은 사람. 여긴 모든 게 다 선명한데 그 남자는 흐릿해. 이질적이야. 대체 그런 남자가 여기서 뭐 하는 거야? 넌 알지? 당연히 알겠지, 남친인데. 말해봐. 너, 남친 찬스 쓰는 거 완전 반칙이잖아. 공평해야지, 안 그래?"

오윤주가 혼자 중얼거리며 한서정을 몰아붙였다.

"조용!"

조인석이 빔프로젝터의 전원 버튼을 누르며 한마디 했다.

"수업 시작했는데 누가 그렇게 떠드나? 수업 듣기 싫으면 나가라."

오윤주가 입을 삐죽, 하고는 다물었다.

정면 화면에 수업 내용이 떠올랐다. 커다란 인물 사진이었다. 래시반 타깃이었다.

역사 수업 시간에 모두가 타깃의 사진을 바라보고 있는 여기는 하인학교다. 역사라고 하는 건, 당연히 타깃의 역사다. 범죄자 브리핑하듯 이름, 나이부터 시작해 타깃의 히스토리를 배운다.

사진 자료나 공적인 인터뷰, 소셜미디어나 사적인 영역, 숨겨진 버릇이나 치부까지. 주력 사업은 무엇인지, 최근 어려움을 겪고 있는 문제는 무엇인지. 타깃을 공략하려면 먼저 타깃을 파악하는 건 당연지사였다. 지피지기면 백전불패가 명백한 진리라고 말하는 수업이었다.

"이미 알겠지만 래시반 타깃이다. 누가 타깃에 대해 브리핑해 보겠나?"

공식적으로 타깃에 대한 수업은 처음이었으나 학생들은 이미 타깃에 대해 대부분 알고 있었다. 래시라는 이름의 보더콜리를 키우는 재벌을 찾는 건 쉬운 일이었다. 손보미가 나섰다.

"이름 강준석. 나이 사십 대 후반. 업계 십 위권의 건설회사 오너. 한국의 신도시 건설 붐을 이용해서 신도시에 공격적으로 투자하고 영업해 이십 년 만에 굴지의 건설회사로 키운 입지전적 인물. 식당 주방에서 일하던 가난한 홀어머니 밑에서 자랐습니다. 사춘기쯤에 어머니마저 여의었고요. 중학교에 다니던 시절 외교부에서 영재교육 특별 프로그램을 시행했는데 고등학교, 대학교 학비와 생활비 전액을 지원하는 조건으로 단 두 명 선발했습니다. 타깃은 그 프로그램의 장학생으로 뽑혀 미국으로 갔고, 컬럼비아대학교 건축학과를 졸업하고 한국에서 건설회사를 창업, 크게 성공했습니다."

조인석이 웃었다.

"잘 파악했다. 수박 겉핥기식으로 말이다."

칭찬이냐, 조롱이냐. 손보미가 헷갈려 고개를 갸우뚱했다.

한서정은 딴생각에 빠져 있었다. 교장실에 몰래 들어가려면 언제가 좋을까. 온통 그 생각이었다. 조인석의 말이 들리지 않았다. 우선 학생들 눈에 띄지 않아야 한다. 그러므로 수업 시간 중이어야 한다. 동시에 교장실이 비어 있어야 한다.

그렇다면 최적의 조건은 교장과 학생들이 모두 모여 있는 때다. 교장이 참석하는 학교 전체 행사 시간이라면 교사들 또한 모두 한곳에 모여 있겠지. 그래, 그런 날로는 개교기념일이 가장 가깝다. 얼마 뒤면 하인학교의 127번째 개교기념일이다. 하인학교의 모든 구성원이 모여 기념식을 하고 파티를 연다고 했다. 그때를 노려야 한다.

"그 정도는 공개된 정보니까."

조인석이 그래도 열심히 했다면서 손보미를 추켜세웠다.

"진짜 중요한 건 따로 있다. 우리 교육의 최종 목적은 타깃 파악에서 그치지 않는다. 타깃을 공략하고 넘어서야 한다. 그러려면 어찌해야 할까?"

누구도 입을 열지 않았다. 조인석이 말을 이었다.

"아무도 알지 못하는 비밀까지 알아야지. 그래야 타깃의 취약점을 파고들어 공략할 수 있는 법이다."

조인석이 말을 멈추고 학생들을 훑어보았다. 좀 더 집중시키려는 의도였다.

"모두 아는 사실 안에 숨겨진 비밀이 있다. 영재교육 특별 프로그램의 자격 조건은 고아였다. 강준석의 홀어머니는 그즈음 사망했고."

화면에 오래된 사진이 떴다. 중학생으로 보이는 강준석과 모친이 함께 찍은 사진. 강준석이 울었는지 눈두덩이가 부어 있었고, 모친은 아들의 팔짱을 끼고 처연하게 웃고 있었다.

"두 사람이 함께 찍은 사진은 이게 마지막이다."

조인석이 말하자 학생들 사이에서 작은 동요가 일어났다. 설마……. 설마, 아니겠지? 서로를 돌아보았다. 그리고 고개를 저었다.

"뭐, 강준석이 어머니를 죽이기라도 했다고 짐작하는 거야?"

아주 막 나가는 것들이네, 하며 조인석이 혀를 찼다.

"어머니다. 바로 그 어머니가 하나밖에 없는 아들, 자신의 인생을 전부 걸어도 좋을 그 아들을 위해 희생했다. 어떻게? 스스로 사망 처리를 하고 아들을 고아원으로 보냈지. 강준석은 바로 이때부터 혼자 살아오면서 집이라는 것이 가지는 상징성을 뼈에 새기게 된다."

어머니라……. 모성이라니까 다들 입을 열지 못했다. 엄마들이란 제 새끼를 위해서라면 못 할 것이 없는 존재란 말인가.

한서정은 강유진을 생각했다. 강유진이 사라진 것도 그 딸을 위해서일 테지. 미혼모인 강유진의 딸 서현은 지금 나이가 다섯 살이라고 했다. 강유진은 한서정에게 서현이를 낳았을 때 이야기를 들려주었었다.


몸을 풀고 닷새째. 훗배앓이로 아랫배가 조이고 피 섞인 덩어리가 쏟아졌다. 그래도 자꾸만 고꾸라지는 몸을 일으켜 우는 아기에게 겨우 젖을 물렸다. 아기가 젖을 빠는 동안에도 아래에서 다시 덩어리가 울컥 쏟아졌다.

어느 날은 빨갛고 쭈글쭈글한 서현이가 물똥을 쌌다. 병원 치료를 받는데도 젖 내음 비릿한 물똥은 며칠이 가도 멎지 않았다. 몸엔 붉은 반점이 커다랗고 넓게 돋았다. 핏덩이의 아래를 열면 누런 물똥이 뭉개져 있었다.

신생아들은 별것 아닌 것에도 종종 돌연사한다고 들었는데. 덜컥 겁이 난 강유진은 갓난것을 안고 울었다. 울면서 작은 창으로 하늘을 보았다. 희고 창백한 달이 점점 높아지면서 노랗게 커져갈 때, 물러나는 해를 더욱 밀어낸 잿빛 어둠이 숨 막히게 사방을 조여들었다.

여기저기 정보들을 다 뒤진 끝에 강유진은 차를 사 왔다. 갓난애 설사병에 좋다고 해서 그랬다. 강유진은 물똥 기저귀를 갈고 짓무른 엉덩이를 닦고 찻잎을 끓였다. 물이 끓는 사이 한 번 더 기저귀를 갈았는데, 기저귀를 가는 사이에도 물똥이 흘렀다. 묽게 우러난 찻물을 식혀 떠먹였다. 젖과 찻물을 번갈아 먹이기를 밤새 반복했다.

깜박 잠이 들었다 깨어 눈 뜨자마자 품 안의 핏덩이부터 살폈다. 아기는 어느새 잠이 들어 새근거렸다. 뒤를 열어보았다. 찻물 섞인 누런 소변이 가득 젖었고 물똥은 멎었다. 붉은 반점은 아직 남아 있었다.

"그렇게 고비를 넘기고도 나아지지 않았어. 애 이마가 조금이라도 뜨뜻하면 잠을 못 자. 밤새 애 들여다보다가 더 열이 오르면 안고 병원으로 뛰어가야 하니까. 새벽에 응급실에 간 것만 몇 번인지 몰라. 애 아빠도 없이 내가 잘 키울 수 있을까, 너무 무서워서 울었어……."

강유진은 서현이 얘기를 하면서 눈물 흘렸다. 엄마 품에 안긴 어린 딸은 달빛 아래서 제 그림자를 향해 매일 조금씩 자랐다. 강유진이 보여준 사진 속 서현이는 금방이라도 눈물을 떨굴 듯이 눈이 촉촉하고 입술이 붉고 가늘어 어쩐지 기쁨보다 슬픔에 예민하게 반응하고 끊임없이 닥쳐올 삶의 어려움에 잘 적응하지 못할 것 같아 보였다.

지금 강유진은 어디 있을까. 서현이는 무사할까. 한서정은 강유진이 자신에게 딸 서현이를 부탁했음을 무겁게 상기했다.

"강준석은 미국 유학을 마치고 한국에 돌아와서도 어머니를 찾지 않았다. 단 한 번도. 왜 그랬을까?"

조인석이 물었다. 사망신고를 하고 스스로 죽은 사람으로 살면서까지 아들 뒷바라지를 했던 어머니를 성공하고 나서도 외면했다? 그런 후레자식이 또 있을까? 학생들이 야유하듯 웅얼거렸다.

"그것이 어머니의 뜻이었기 때문이다. 어머니는 아들이 자신 때문에 약해지는 것을 원치 않았다. 또한 아들을 만나다 보면 어디서든지 비밀이 새 나갈 위험이 있다고 판단했다. 죽었다던 모친이 사실은 살아있다는 게 밝혀지면 강준석의 인생은 끝장나는 거니까. 강준석의 기업 모토가 바로 신뢰와 믿음이니까."

모성이란 게 이 정도라니. 스스로를 죽인 강준석의 어머니나 딸 서현을 위해 목숨 걸고 훔칠 수 있는 만큼 잔뜩 훔쳐 사라진 강유진이나 다를 게 없어 보였다. 한서정은 어떻게든 서현이를 찾아야 한다고 마음먹었다. 그렇게 생각하면서 스스로 강유진을 포기하고 있음을 알았다.

강유진이 아직 살아있을 거란 쪽에 무게를 둘 수가 없었다. 그렇다면 내가 서현이를 맡아야 한다. 당장 서현이를 찾는 것뿐 아니라 어쩌면 평생 아이를 돌봐야 할지도 모를 일이다. 어찌 되었건 강유진과 한 약속이었다.

금방이라도 울 것 같은 서현이 얼굴이 떠올랐다. 내가, 엄마가 되어줄 수 있을까. 단 한 번도 엄마를 가져본 적 없는 한서정은 엄마가 없다는 것이 어떤 것인 줄 알아서, 서현이에게는 엄마가 있으면 좋겠다고 생각했다. 어차피 나도 혼자니까. 세상천지 천애고아, 사고무탁, 혈혈단신. 여기서 나가도 영원히 혼자일 테지. 서현이와 서로 기대고 살아갈 수 있을까. 그렇게 생각하다 문득, 웃음이 났다. 바깥 상황이 어떻게 돌아가는지도 모르는 주제에. 당장 나가면 감옥으로 가야 할 상황인 것도 잊어버리고.

바꿔야 한다. 모든 상황을 뒤집어야 한다. 한서정은 그러기 위해 필요한 단 한 가지가 힘이라는 것을 알았다. 만약, 만약에 말이다, 하인학교를 졸업하고 신분 세탁을 거쳐 재벌 집에 들어가 주인이 되면, 그다음엔 어떻게 되는 거지……. 그럴 수 있다면 모든 문제는 다 해결될 것이다. 여기 있는 모든 학생들을 제치고 일 등이 되는 것. 누르든 짓밟든 싸우든, 무슨 짓을 해서라도 반드시 일 등이 된다면. 그렇다면 나도 서현이도 다 살 수 있을 것이다. 돌파구를 찾을 수 있는 유일한 방법은 그것뿐이었다.

조인석이 말을 이었다.

"그는 어머니를 죽였다는 죄책감에 평생 시달려왔다. 또한 어머니를 죽이고 얻은 기회니만큼 죽을 만큼 열심히 일했다. 그래서 아내를 외롭게 방치했고 결국 삼 년 전에 이혼했지. 두 딸은 엄마가 키우고. 천문학적 액수의 위자료를 준 사실로 온 나라가 떠들썩했다. 지금은 어떤 여자도 만나지 않고 혼자 산다. 반려견 래시와 주말에 여행 다니는 게 고작이지."

정면의 화면에는 강준석이 래시와 뛰어노는 장면들이 흘러가고 있었다. 동시에 바닷가 풍경이 떴다.

"전남 고흥의 바닷가다. 해마다 봄이면 고흥만은 흐드러진 벚꽃으로 몽환의 세상이 된다. 하동 십리벚꽃길은 발 디딜 틈도 없어 꽃을 보러 가는 건지 사람을 보러 가는 건지 헷갈릴 정도지만 여기는 다르다. 한적하고 인적도 별로 없지."

갑자기 웬 고흥인가, 하는 눈빛들이었다.

"강준석의 모친이 있는 곳이다."

그리 말하니까 학생들의 눈이 커졌다.

"고흥만의 외진 식당, 우거지해장국집에서 어부들과 인부들의 끼니를 해주며 주방에서 일하고 있다."

한 늙은 여자가 식당 주방에서 일하고 있는 장면이 이어졌다. 열어놓은 식당 뒷문으로 벚꽃 잎이 날아들어 살포시, 늙은 여자의 정수리에 가 앉았다.

늙은 여자가 일하다 말고 바람길을 따라 잠시, 하늘을 올려다 보았다. 그러고는 이내 다시 고개를 숙여 식당 일을 했다.

"강준석의 트라우마는 어머니다. 이혼한 전 아내에게도 말한 적 없는 어머니 생각에 강준석은 아직도 밤마다 혼자 술을 마시며 가끔 운다. 자, 이제 너희들이 해야 할 일을 알겠지?"

안다. 모두. 빠진 조각을 채워준다는 방식으로 접근해야 한다는 것을 말이다. 강준석의 트라우마를 감싸 안고 영원히 채워지지 않을 그리움과 외로움을 달래주고 채워주는 것. 그러므로 래시반 학생들이 갖춰야 할 것은 두 가지다. 첫째, 강준석과 함께 기업을 더욱 성장시킬 수 있는 능력 갖추기. 둘째, 강준석의 트라우마를 안다는 내색 없이 그 상처를 치유해주고 위로해주어 마음 사로잡기.

"강준석이 직원 채용 면접 때나 중요한 기획 회의가 있을 때 꼭 던지는 질문이 있다. 이 질문을 통과하지 못하면 누구도 채용되지 못한다. 그러니 너희도 미리 대비해둬야겠지!"

화면엔 강준석이 운영하는 건설사에서 지은 화려하고 고급스러운 건축물들과 안락하고 행복해 보이는 아파트들과 화려한 강준석의 집 내부가 나왔다. 학생들의 욕망을 자극하기에 충분했다.

"심플하다. 집이란 무엇인가."

성급한 대답이 터져 나왔다.

"따뜻한 엄마 품 같은 보금자리요."

조인석이 따분하다는 듯 하품했다.

"여러 가지 거창한 대답보다 오히려 기본에 충실할 때 좋은 답이 될 수도 있지 않습니까?"

대답한 학생이 반문했다. 이어서 다들 모성을 강조하는 대답을 내놓았다. 따뜻하고 그립고…….

"엄마가 트라우마라니까 거기에 묶여 있구나?"

조인석이 웃었다.

"상대적 박탈감. 불평등의 지표."

누군가 그렇게 말했다.

"강남 한복판 펜트하우스 옆에 판잣집 같은 건물들이 더덕더덕 붙어 있는 사진을 본 적이 있어요. 저절로 집이란 무언인가, 생각하게 되던데요? 자본주의의 천박함이 무엇일까도 생각했고요."

"맞는 말이지만, 정답은 아니야."

조인석이 또다시 딱 잘라 말했다.

"집이란 누구에게나 있지만 나는 없는 것."

모두가 우물쭈물하던 사이 한 학생이 우스개로 답하자 조인석은 이번에도 웃어넘겼다.

한서정은 문득 양키스반 얘기를 떠올렸다. 토론 수업 때 있었던 일에 대해 들은 적이 있었다. 타깃이 생명공학회사 오너라서 토론의 주제는 '생명 윤리에 대하여'였다고 했다. 토론을 하던 중 그 반 학생 하나가 이렇게 열변했다.

"거지발싸개 같은 것들이 죽을병 걸리면 쥐나 원숭이를 몇 마리나 죽였는지 따져보고 알약 한 알 삼킬까. 그게 다 게으른 것들이 시간 때우면서 시비 걸 상대가 필요하니까 떠드는 거지. 그런 것들은 딴 게 유행이라 그러면 거기 가서 또 들이받지. 원래 그런 것들이야. 힘이 없으니까 똑같은 것들끼리 우르르 몰려다니면서 여기저기 쿵쿵 들이받는 거지."

그렇게 대답한 학생은 기립 박수를 받았다고 했다.

요점은 이거다. '집이란 무엇인가'라는 주제에서 중요한 것은 '집'이 아니다. 중요한 건 강준석의 속마음이다. 모친 트라우마가 있으니까, 모친이 스스로 사망 처리를 하고 강준석이 고아원에 들어가 살면서부터 집에 유난히 집착했으니까 강준석에게 집이란 그리움, 슬픔, 외로움, 뭐 그런 감정적인 자극제일 것이라고 판단한다면 그건 강준석에 대해 제대로 이해하지 못한 결과다. 모친 트라우마를 갖고 있다는 사실을 아는 것이 이 부분에서는 오히려 걸림돌. 거기에 매몰되어서는 안 된다.

그는 건설회사 오너다. 일할 때 사적 감정을 배제할 것이다. 오너로서 그에게 집은 비즈니스다. 그 점을 놓치면 안 된다. 트라우마가 있어 속이 시커멓게 다 탔어도 일할 땐 냉정한 프로! 그것이 강준석이다. 강준석은 뼛속까지 비즈니스맨이다. 그리고 '집'은 그에게 비즈니스의 핵심이다.

천천히 생각을 곱씹던 한서정은 이렇게 대답했다.

"예민한 자산이자 상품입니다. 동향조사 결과에 따르면 이달 전국 주택의 평균 매매가격은 0.25퍼센트 상승했고, 전국 주택 가격 상승률은 사 개월 연속 오름폭을 축소하는 흐름을 나타냈습니다. 그러나 이 흐름은 일시적일 뿐, 급격한 상승과 하락이 반복되어 안정적이지 않은데요, 정부의 구체적인 정책이 수립되지 않은 데다가 말 바꾸기 행보 등으로 인해 시장에 혼란이 가중되고 있다는 지적이 나옵니다. 정부는 그간의 혼란을 바로잡기 위해 조만간 경제관계 장관회의를 열고 부동산 대책을 논의할 예정입니다. 따라서 민간기업이 주택 공급을 늘려야 할지 아니면 잠시 물러나 관망할 필요가 있는지는 이날 회의 결과를 보고 판단해야 할 것 같습니다."

잠시 적막이 흘렀다. 서로가 서로를 돌아보고 고개를 갸우뚱거렸다. 그러다 문득 한서정이 이렇게 대답한 까닭을 파악한 학생들이 오오, 하며 탄성을 뱉었다. 이윽고 박수가 터져 나왔다.

한서정은 어느새 수업에 집중하고 있었다. 아직은 그것이 궁극적인 목표를 향해 내딛는 걸음인 줄 스스로 알아차리지 못하고 있었다.

실종 전담 형사 마종식은 김희연의 실종 사건에 대해 내내 미심쩍은 생각을 품고 있었다. 오랜 형사 생활에서 오는 직감이랄까. 뭔가 석연치 않은 구석이 있다는 것 때문에 사건을 놓지 못했다. 우선 출국 사실이 없지 않은가. 게다가 어디에서도 김희연의 흔적이 발견되지 않았으니 더욱 의심스러울 수밖에 없었다.

오직 하나, 솔라즈 리조트가 신경 쓰였다. 신경이 쓰이니 발이 저절로 그를 이끌었다. 마종식은 또다시 솔라즈 리조트 근처를 어슬렁거렸다. 누가 묻지도 않았지만 누가 묻는다면 '왜! 나는 이런 고급진 데 놀러 오면 안 되냐?' 하고 되받아칠 생각이었다. 그런데 진짜 아무도 안 물어봤다.

딱히 꼬집어 말할 수는 없지만, 어마어마하게 큰 사건에서 누구도 눈치채지 못한 사이 풀려나온 실 한 가닥 같은 게 만져지는 기분이었다. 그런 찜찜함이 내내 그를 붙잡고 있었다.

다만 영장도 없는 주제라 딱히 어딜 들쑤시고 다닐 수는 없었다. 그래서 그냥 바람이나 쐴 겸 솔라즈에 두어 번 다녀왔다. 그러다 보니 아이들과 함께 놀러 온 가족들이 눈에 띄었고, 네 살 난 아들 기영에게 평소 쓸모없는 아빠였다는 사실을 깨닫고 부끄러웠다.

"기영이, 오늘 아빠랑 좋은 데 놀러 갈까?"

주말을 맞은 아침에 마종식이 눈을 비비며 깬 아들에게 물었다. 평소 아빠가 통 하지 않던 말을 들은 기영은 무조건 고개를 세게 끄덕였다.

"그래, 엄마랑 아빠랑 놀러 가자."

기영이 좋아서 팔짝팔짝 뛰었다. 마종식은 터덜거리는 모닝 자동차에 가족을 태우고 육성급 리조트 솔라즈에 갔다. 솔라즈에 들어온 어린 아들은 눈이 휘둥그레지며 어쩔 줄을 몰라 했다. 여기저기 뛰어다니는 걸 제 엄마가 간신히 붙들었다.

"여기서 잠깐 엄마랑 놀고 있어. 아빠 잠깐 둘러보고 올게. 그러고 나서 엄마랑 이 호텔 식당에서 밥 먹을까?"

기영은 무조건 좋았다. 태어나서 본 곳 중 제일 좋았다.

기영이 소리를 지르며 뛰어다니자 엄마는 당황했고, 알아차린 호텔 직원 하나가 공손하게 다가왔다. 기영이 앞에서 허리를 숙여 키를 맞추고 미소 지으며 커다랗고 동그란 막대사탕을 내밀었다. 사탕이 어찌나 큰지 얼굴을 다 가릴 수 있을 정도여서 기영은 사탕 뒤에 얼굴을 숨겼다가 옆으로 고개를 내밀고 엄마에게 까꿍, 했다.

"죄송합니다. 애가 너무 떠들어서…….."

엄마가 직원에게 고개까지 푹 숙여 사과했다.

"괜찮습니다."

직원이 미소를 잃지 않고 대답했다. 가슴엔 '김기홍'이라고 적힌 명찰이 붙어 있었다.

"괜찮으시다면 제가 안내해드려도 될까요?"

김기홍은 기영과 엄마를 이끌었다. 그리고 리조트 곳곳을 소개하면서 모자가 충분히 즐길 수 있도록 최대한 도와주었다. 친절하게.

마종식은 그사이 골프장 쪽으로 다가가고 있었다. 김희연의 핸드폰 신호가 끊어진 곳은 정확히 골프장 한가운데였다. 대체 왜 여기에 왔으며 갑자기 여기서 신호가 뚝 끊긴 이유는 뭘까.

골프장에 알아봤지만 김희연이 이곳에서 일한 적은 없었다. 또한 출입한 적도 없다고 클럽하우스 직원이 폐쇄회로 티브이를 보고 확인해줬다.

"밤에는 저희도 알 수 없어요. 밤엔 골프장 불을 다 끄고 출입문을 닫는 탓에 CCTV도 작동되지 않거든요."

그렇다면 더욱 수상쩍게 여길 수밖에 없다. 확률적으로 실종 사건이 많이 발생하는 시간은 밤이다. 마종식은 직원의 양해를 구하고 골프장 곳곳을 더 돌아다녔다. 잘 가꿔진 잔디와 볕을 받아 노랗게 반짝이는 호수의 잔잔한 표면과 싱그러운 꽃향기와 간혹 들리는 골퍼들의 웃음소리가 이질감을 불러일으켰다.

"여기는 팔자 좋은 사람들 천지구만."

쩝, 입맛이 써서 마종식은 미간을 구겼다. 한참을 걷다 다다른 곳은 지난번에 마주쳤던 측백나무 숲이었다.

안과 밖을 가르는 벽. 골프장과 외부의 경계. 측백나무 숲 밖에는 용문관광단지를 찾은 손님들에게 나물이며 콩이며 돼지감자며 옥수수를 팔아보겠다고 벽에 기대 쭈그리고 앉은 동네 노파들이 줄고 있었다. 관광단지 안 번잡한 곳은 번듯한 식당들이 죄 차지하고 있어, 누가 잘 찾아오지도 않는 골프장 뒤편에 하는 수 없이 자리를 깔고 앉은 거였다. 찾아오지 않는 손님들 대신 벌레와 벌들이 날아다니고 나물이나 감자 따위는 천천히 시들어가고 있었다.

마종식은 지난번과 달리 측백나무 숲으로 들어섰다.

빽빽한 나무 사이를 비집고 들어가는데 지나치게 커다란 덩치 때문에 몸이 끼여 끙끙거렸다. 뭐가 있을 거라는 생각이었다기보다 하도 뭐가 없어서 거기라도 들어가 보자는 심산이었다.

역시나……. 있기는 뭐가 있겠나. 축축하고 이끼 낀 벽이 끝도 모르게 길게 이어져 있을 뿐. 측백나무와 벽 사이 공간은 간신히 사람 하나가 들어갈 수 있는 정도. 그것도 저처럼 덩치 큰 사람이라면 측백나무 가지와 잎들에 얼굴이 쓸릴 정도였다.

"여기 뭐가 있다고. 나도 참."

마종식이 어이없는 웃음을 터트리며 천천히 몸을 돌렸다.

그런데 잠깐!

어, 저게 뭐지?

뒤로 용문산을 낀 벽 쪽에 뭔가 보였다.

끼어버린 몸을 다시 틀어 마종식은 그 안으로 향했다. 뭔지는 모르겠는데, 문 같은 것이 멀리서 보이는 것 같았다. 서두르려고 애썼지만 벽을 쓸듯이 옆으로 게걸음을 걷자니 걸음이 느렸다.

지잉. 지이이잉. 핸드폰 진동이 울었다. 확인해보니 아내였다. 둘만 두고 나온 뒤 시간이 꽤 흐르긴 했다. 기영이 아빠를 찾는구나 싶었다. 그래도 좀 이따 받자. 그리 마음먹고 마종식은 계속해서 게걸음으로 걸었다. 징. 징. 지잉. 핸드폰이 더욱 급하게 울었다. 하는 수 없었다.

"응, 여보. 나 금방 갈 건데, 왜?"

내심 혹시나 누가 들을까 목소리가 까닭 없이 작고 낮게 나와서 스스로도 놀랐다.

"뭐? 기영이가? 어딜? 왜? 얼마나?"

급작스럽게 커진 목소리는 마치 비명을 지르는 것 같았다. 하나밖에 없는 아들이 다쳤다니 자연스러운 반응이었다.

— 호텔 직원분이 안내해주셔서 기영이랑 같이 리조트 구경하고 있는데, 하필이면 기영이가 청소 중인 화장실 앞에서 뛰다가 미끄러져 넘어졌어.

"그래서? 애 많이 다쳤어?"

— 응, 다리가 부러진 거 같아. 당신 어디야? 빨리 와.

아내가 울먹였다. 마종식은 측백나무 가지와 잎에 얼굴이 쓸리든 말든 뛰쳐나갔다. 그 기세에 측백나무 가지 하나가 뚝 분질러졌다. 마종식은 있는 힘껏 뛰었다. 뛰면서도 이상했다. 리조트 직원이 안내했다고? 리조트 직원이라면 화장실 청소 시간을 알고 있지 않나? 그런데도 마구 뛰어다니는 아이를 그쪽으로 가도록 내버려두었다고?

멀리서 구급차의 응급한 사이렌 소리가 들려왔다. 그 소리가 들리자 다친 기영이에 대한 생각 외에 모든 생각이 단번에 멀어졌다.


"보안 유지에 좀 더 신경 써야겠던데?"

전금희가 하인학교에 들어오자마자 수위실에 들러 말했다.

보안요원이 일어나 구십 도로 인사했다. 저 옛날 그 시절의 유니폼처럼 각 잡힌 모자를 쓰고 제복을 입고 있었다. 가슴에 '엄희철'이라고 적힌 명찰이 붙어 있었다. 그런 촌스런 복장을 정이화가 아직도 내버려두고 있다는 사실에 전금희는 새삼 놀랐다.

"오셨습니까?"

전면에 배치된 수십 대의 CCTV 중 가운데 두어 대에 저 멀리 뛰어가는 마종식의 뒷모습이 잡혔다.

"왜 혼자야? 김기태 씨는 어디 갔어?"

전금희가 익숙한 듯 알은척하며 인사했다.

"잠깐 화장실에……."

엄희철은 전금희에게 쩔쩔맸다. 학교 안에는 차기 이사장이 전금희가 될 거라는 소문이 파다했다.

"조금만 늦었으면 굉장히 귀찮아질 뻔했잖아."

"안 그래도 리셉션 김기홍 씨에게 주의를 줄 작정입니다."

엄희철은 민망하다는 듯 쓰고 있던 모자를 벗어 정수리를 긁었다.

"희철 씨랑 기태 씨가 잘해줘야 해. 그래야 여기가 안전하잖아. 안 그럼 진짜 큰일 나는 거 알지?"

전금희는 부드럽게 웃으며 말했다. 그리고 엄희철의 주머니에 흰 봉투를 찔러주었다.

"매번 이렇게 챙겨주시니…… 정말 일할 맛 납니다!"

"기태 씨 건 여기 둘게. 수고."

전금희는 수위실을 나와 학교 안쪽으로 들어섰다. 그녀는 학교에 올 때마다 이런 식으로 일하는 사람들을 챙겼다. 봉투에는 그들이 한 달 동안 일해야 받을 수 있는 금액의 돈이 들어 있었다. 명색이 하인학교 졸업생이었다. 전금희는 조직마다 하인으로 일하는 사람들이 무엇을 할 수 있는지 잘 알고 있었다. 언제가 될지 알 수 없으나 언제가 되었든, 저들이 힘을 보탤 것이다.

전금희는 백을 열어 봉투를 확인했다. 언뜻 봐도 열대여섯 개는 충분히 넘어 보였다. 모두 하인학교에서 일하는 사람들에게 나눠줄 것이다. 돈을 목적이 아니라 방법으로 삼으면, 돈으로 얻을 수 없는 것들을 얻을 수 있게 된다. 돈이 들어 있는 봉투를 건네줄 때, 그 뜻하지 않은 선물을 받는 사람은 기분이 좋을 수밖에 없는 게 또 인지상정이었다. 봉투 안에 든 돈은 언제나 빳빳한 신권이었다. 그 신권을 세면서 사람들은 전금희의 편에 서게 되는 것이다.

"늘 수고가 많아요. 이렇게 애써주시는 덕분에 우리가 별 탈 없이 지내는 걸 잘 알아요. 고마워요."

돈을 건네면서 전금희는 꼭 이렇게 감사 인사를 함께 전한다. 받는 사람 또한 전금희의 이해와 공감과 연민을 느끼고 마음속으로 고맙게 여긴다. 그러므로 돈은 그냥 돈이 아니라 마음이고 표현이고 배려이며 때로 연민과 애정이 된다. 그럴 때 돈은 가장 훌륭하게 제 역할을 하는 것이다.

물론 물리적 관점에서 볼 때 돈은 무조건 나쁘다. 전금희가 하인학교에 입학하기 전, 은행에서 일했을 때 일이다. 지금처럼 자동 동전 분류 기계가 나오기 전이었다. 전금희는 하루 종일 동전만 셌다. 그 징벌적 업무를 하며 사람에게 돈이 얼마나 나쁜지 전금희는 몸으로 알게 됐다. 맨손으로 온종일 돈을 만지고 나면 밤에 몸이 아팠다. 심한 두통과 어지럼증에 시달렸고, 헛구역질과 함께 불면증이 동반되었다.

돈이 어떤 과정을 거쳐 돌고 도는지 누가 알겠는가. 사실 돈은 정체 모를 병원균과 세균과 바이러스가 잔뜩 묻어 있는 전염병의 온상이기도 했다. 전금희는 지금도 돈을 실제로 만지지 않는다. 얼마나 다행인지 모른다. 신용 사회에서는 오로지 나만 사용하는 신용카드 한 장이면 만사형통이니까. 그마저도 요즘엔 전화기만 있으면 되니 전금희는 돈을 만지지 않아도 되어 좋았다.

그래도 다른 이에게 줄 때는 꼭 현찰을 쓴다. 현찰은 주고받는 맛이 있으니까. 행운을 손에 쥐는 감각을 느끼게 해주니까. 전금희는 식당과 매점에 들러 일하는 사람들 모두에게 친근하게 인사를 건네고 봉투를 찔러주었다. 그중에는 전금희가 재학 시절부터 일하던, 두 손을 꼭 잡고 눈물을 흘리는 이도 있었다.

"사모님이 훌륭하게 성공해서 이런 멋진 모습으로 올 때마다 기뻐요. 왜 매번 눈물이 나는지 모르겠어요."

미화원 김복희였다. 김복희는 거칠고 쭈글쭈글한 손으로 전금희의 매끄럽고 보드라운 두 손을 맞잡고 눈물을 흘렸다.

"말 편하게 하래도. 다 아줌마 덕분인걸."

"그때 너 죽을 고생 하던 거 생각하면 아직도 코가 시큰거려."

전금희가 살갑게 말하자 김복희가 말씨를 한층 가볍게 바꿔 답했다.

"알잖아. 아줌마 아니었음 나 지금 여기에 없었을지도 몰라."

김복희가 손가락을 입술 위에 얹고 쉿, 조용히 하라며 바깥 동정을 살폈다. 뭔가 둘만 아는 비밀이 있기라도 한 것처럼.

김복희 덕분에 전금희가 살았다는 건 둘만의 비밀이었다. 학교에선 암암리에 전금희가 다른 학생을 죽이고 일 등으로 졸업했다는 소문이 돌았다. 그 소문과 관계가 있는 비밀일지도 모르지만 둘의 관계가 깨지지 않는 한 비밀은 영원히 드러나지 않을 것이다.

"매번 왜 돈을 줘. 돈 필요 없어. 일 년 삼백육십오 일 여기에만 붙어 있는데 무슨 돈이 필요해."

전금희가 내민 봉투를 김복희가 한사코 마다했다.

"그냥 여기 있는 애들, 다들 잔뜩 불행을 짊어지고 들어와서는 여기서도 죽을 만큼 고생하는 게 안쓰러워서 뒤에서 조금이라도 돌봐주고 싶은 마음뿐이야."

"그래도 언제 돈이 필요할지 사람 일은 모르는 거야. 갖고 있어. 우리 아줌마, 이제 너무 늙었네."

전금희가 억지로 김복희의 주머니에 봉투를 찔러주었다. 그리고 두 손을 꼭 잡았다. 잠깐이지만 김복희는 죽은 엄마를 떠올리게 했다. 김복희는 그런 인물이었다.

김복희는 혼자 몸이 된 후, 남은 삶에서 자신이 무엇을 원하는지 생각해본 적이 없었다. 다만 스스로를 연장처럼 부렸다. 사고로 남편과 딸을 잃고 혼자 살아남은 목숨이었다. 매일, 하루치의 생이 잘려나갔다. 꽃 피던 시절이 있었던가. 아득했다. 그런 시절은 그림자같이 지나가고 머물지 않았다.

하인학교에서 일하고부터 학생들이 꼭 죽은 딸 같았다. 못다 푼 모정이 김복희 안에서 슬프게 울음 울 때마다 진심으로 학생들을 가여워하고 안쓰러워했다. 그러나 학생들에게 먼저 접촉할 수는 없었다. 그랬어도 학생들 중 한둘은 김복희에게 먼저 다가왔다.

"이번 기수에는 아줌마가 특별히 신경 쓰는 아이가 있어?"

전금희는 살짝 질투 나는데, 하고 눙치면서 물었다.

"하나 있어. 한서정이라고. 배짱이며 똥고집이며 꼭 너 여기 있을 때랑 똑같아. 지난번에는 기둥에 묶여 처벌받는 애한테 끝까지 침 뱉기를 거부했다가 감옥에 갇혔어. 너랑 똑같지?"

김복희는 둘만 있는 방 안에서도 귓속말로 답했다.

"그래? 재밌는 애네. 애가 좀 어때요? 똘똘하고 쓸 만한가?"

전금희가 관심을 보였다.

"똑똑하지. 이쁘고, 가엽고."

김복희가 말끝에 탄식을 뱉었다.

"그건 그렇고, 오늘은 한참 있다 가겠네?"

"그렇지. 이사회도 있고, 개교기념일 파티도 한다니까. 교장도 웃겨. 뭘 개교기념일 파티까지 참석하라고 그러는지."

"너야 귀찮겠지만 학생들한테는 중요하지. 네가 좀 멋있니? 여기 졸업하고 너처럼 될 거라고 생각하면 밤낮없이 공부하고 훈련하는 학생들이 좀 힘이 나지 않겠어?"

그런가, 말하면서 전금희가 웃었다.

"그럼 이따 가기 전에 또 잠깐 들를게요."

전금희는 김복희와 인사를 나눈 다음, 미화원 휴게실을 나와 교장실로 향했다.


정이화는 교장실에 없었다. 개교기념일 파티 준비 때문에 바빴다. 파티 시작 전에 교장실에서 이사회가 열릴 예정이었다. 전금희가 일찍 온 탓에 이사들이 도착하기까지는 아직 시간이 충분했다. 전금희는 교장실을 천천히 둘러보았다.

우아하고, 화려하고, 그러면서도 기품 있고, 고풍스러우면서도 세련됐고……. 좀 있어 보인다는 수식어는 다 갖다 붙일 수 있을 만한 방이었다. 원래 공간은 그 공간의 주인을 닮는 법이다. 주인을 파악할 수 있는 근거이기도 하지. 정이화가 그런 사람이냐고? 그렇게 묻는다면 이렇게 대답할 것이다. 맞다. 그리고 아니기도 하다. 정확히 말하자면 정이화는 그렇게 보이고 싶은 욕망으로 가득 찬 사람이었다. 꼰대 소리 듣기 싫어하고, 모든 걸 파악하고 있어야 하지만 겉으로는 언제나 고요하다. 교장실의 느낌도 그렇다. 아름답지만 동시에 왠지 편하지 않다.

전금희는 그 교장실에서 편안히 쉬었다. 한쪽 옆 커다란 테이블이 아니라 응접세트의 안락한 소파에, 정이화가 늘 앉는 중앙 자리에 앉았다. 그리고 시선을 특정한 곳에 두지 않고 말했다.

"나와."

어떤 기척도 없었다. 전금희가 자리에서 일어났다. 그리고 걸었다. 작은 바가 있는 방향이었다. 음료들과 고급스러운 술 몇 가지와 갓 내린 커피와 솔라즈 리조트 내 베이커리에서 오늘 아침에 갓 구운 유기농 오트밀쿠키 같은 게 준비되어 있었다.

전금희는 싱글몰트위스키를 한잔할까 하다가 그냥 커피를 마시기로 했다. 금세 커피 향이 방 안에 은은해졌다.

"안 나와? 내가 끌어내줄까?"

도로 자리에 가 앉으면서 한 번 더 말했다. 한쪽 다리를 꼬고 최대한 소파 깊숙하게 몸을 묻었다. 전금희가 앉아 있는 뒤쪽, 정이화의 책상이 있는 방향에서 조심스러운 인기척이 들렸다.

한서정이었다. 한서정은 정이화의 책상 밑에서 기어 나왔다.

"이쪽으로 와."

전금희가 커피를 마시면서 돌아보지 않고 말했다. 한서정이 전금희 앞에 와 섰다. 전금희가 한서정을 보았다. 말없이 한참 보았고, 가슴에 붙은 '한서정'이라고 적힌 명찰을 보았다.

"너구나."

너구나…… 라니. 생전 본 적 없는 초면인 사람이 건넨 첫마디가 '너구나'였다. 한서정은 문득 이진욱을 처음 만났던 때가 떠올랐다. 그때 그도 그랬던 것 같다. '너구나?'라고.

내가 모르는 새 나를 알고 있는 사람이 또 있다니. 그것도 하인학교 졸업생이라니. 이 사람은 하인학교를 졸업하고 지금은 최고 위치에 있는 여자가 아니던가. 한서정은 박물관에 걸려 있는 전금희의 사진을 떠올렸다. 권위적이지 않지만 위엄 있고 카리스마 있지만 포용할 줄 알고 입이 무겁지만 어떤 말을 해야 하는지 알 것 같은 사람. 그리고 눈빛이 매서워 보였다.

쥐새끼처럼 교장실에 숨어들었다가 들켰다. 그녀가 보일 반응이 예상되지 않았다. 하인학교 최고 졸업생에다 차기 이사장 후보라고 들었다. 그냥 넘어가지는 않겠구나. 딱 감이 왔다.

"고개 좀 들어보지?"

한서정이 고개를 들었다. 전금희와 눈이 마주쳤다.

"한서정이라……."

놀랍게도, 전금희가 웃고 있었다. 한서정은 어떻게 반응해야 할지 몰라 주저했다. 전금희의 표정은 처벌 대상을 눈앞에 둔 심판자의 것이 아니었다. 같이 웃어야 하나. 아니면 반성의 뜻으로 약간 눈물을 흘려야 하나. 그건 좀 오버인가. 그냥 먼저 잘못했다고 빌까. 그것도 아니면…… 나 좀 데려가달라고 발밑에서 읍소해볼까. 섬에 갇힌 여자가 손님으로 온 남자의 바짓가랑이를 붙들고 매달려 탈출하는 신파적인 이야기처럼.

"너 여기 감옥에서 나온 지 얼마 안 됐다며?"

이건 또 무슨 얘기지? 아니, 아무리 이 여자가 여기 졸업생이고 차기 이사장이라고 해도 벌써 학생들 개개인의 일들까지 파악하고 있다고? 첫마디의 '너구나'라는 건 그런 뜻이었나? 학교 방침에 반기를 들고 끝까지 버티다 결국 감옥에 갇혀 개고생한 게 바로 너구나! 그러니까 학교 안의 요주의 인물이 바로 너구나, 이런 느낌이었다.

"긴장 풀어. 내가 널 또 감옥에 처넣기라도 할까 봐 쫄았니?"

말투 참, 친근하네. 한서정은 전금희를 보았다. 생글거리며 웃고 있는 그녀는 마치 말썽쟁이 딸이라도 흘겨보는 듯한 표정이었다.

"너 여기 친구 때문에 들어왔지? 강유진. 얼마 전에 몇억짜리 가방 몇 개 챙겨서 도망친 애. 그 애 딸 서현. 나이 오 세. 그 서현이 찾으려고."

입을 딱 벌리고 바닥에 털썩 주저앉아도 이해될 만큼 놀라는 게 당연한 상황이었다. 한서정은 순간적으로 턱뼈가 빠지는 줄 알았다.

"그걸, 어떻게……. 그게 아니라, 제가 딱히 학교를 뒤집어놓으려는 게 아니라 그저 서현이가 있는 곳이 어딘지만 알고 싶어서……."

"쉿, 조용히 해. 너 여기 있다고 광고할래?"

너무 당황한 나머지 저도 모르게 목소리가 크게 나왔다. 한서정은 말하다 말고 놀라 손으로 입을 막았다.

"그래서? 찾았어?"

전금희가 묻자 한서정이 입을 틀어막은 채로 고개를 저었다. 전금희가 기분 좋은 듯 웃었다.

"무작정 들어와 뒤지면 책상 서랍 같은 데서 그 정보를 찾을 수 있을 줄 알았니?"

한서정이 답이 없자 전금희가 다시 말했다.

"그러다 걸리면 어떻게 되는 줄은 아는 거야? 아니면 앞뒤 생각도 없이 들어왔어? 그 꼬맹이 엄마 없는 애 될까 봐? 누구나 언젠가는 엄마가 없게 돼. 너도 나도 엄마가 없잖니."

아니, 이 여자가 그걸 말이라고. 한서정이 발끈했다.

"서현이는 이제 고작 다섯 살이에요. 다섯 살에 엄마 없어봤어요? 그땐 그래도 엄마 사랑 많이 받았잖아요."

"너, 내가 누군지 아는구나?"

"이름 전금희. 강원도 탄광촌 출신. 하인학교 111기 졸업생. 굴지의 철강업체 안주인. 쇼핑몰 포시클럽을 성공적으로 안착시킨 뒤 현재는 양양에 리조트 사업 중. 재단 이사장 따위가 아니라 그룹 회장이 되는 것이 목표. 차기 하인학교 이사장."

"이제 좀 말이 통하겠네."

전금희가 와서 앉으라고 손짓했다. 자기가 앉아 있는 곳 맞은편을 가리켰다.

금방 발끈해놓고 또 금방 와서 앉으랜다고 냉큼 가 앉아도 되나. 한서정이 머뭇거렸다.

"침 한 번 뱉기 싫다고 오 일을 그 캄캄한 독방에 갇혀 있던 애가 뭘 부끄러운 척하기는."

전금희가 흥, 코웃음 쳤다. 한서정이 마지못한 척 자리에 가 앉으려고 했다.

밖에서 말소리가 들렸다. 최소한 서너 명. 나이 지긋한 여자들의 목소리. 당당하고 거침없는 발소리. 교장실 문 앞 삼 미터 부근. 한서정은 이 순간에도 계산했다. 몰래 정보 캐려고 교장실에 숨어든 게 걸리면 최소한 감옥행. 아니면 퇴학이려나.

"얘기는 나중에. 일단 숨어."

전금희가 황급히 일어났다.

"이쪽이야."

한서정을 끌고 바 쪽으로 갔다. 딱 봐도 최고급인 크리스털 위스키 잔을 휙, 들었다. 그러자 스르르, 벽이 열리더니 문이 되었다.

"들어가. 입 다물고. 끽 소리도 내지 마."

전금희가 한서정을 벽 속, 원래는 벽이었는데 방금 문이 된 그곳으로 밀어 넣었다. 그러자 곧 문이었던 그곳이 다시 스르르, 닫히면서 원래의 벽으로 돌아갔다.

곧 교장실의 문이 열렸다.

"어서 오세요."

전금희가 밝은 투로 맞았다.

"먼저 와 있었네."

안으로 들어온 다섯 명의 이사가 전금희에게 인사했다.

"밖에서 만나면 될 걸 꼭 번거롭게 이리로 오라 그런다, 니네 교장은."

하인학교 이사회 이사장 김은순. 나이 칠십육 세. 직접 낳은 아들이 재계 이십 위권 그룹의 총수.

김은순은 원래 그룹 총수의 비서로 들어가 그 아들과 결혼했다. 재벌 이세였던 남편은 사실 기업 경영에 취미도, 소질도 없었다. 아들이 열 살 되던 무렵, 김은순은 답답한 남편을 몰아내고(남편은 갑작스러운 사고로 식물인간이 되어 십 년 가까이 침대에 누워 있다 죽었다) 직접 회사 경영에 나서 원래 재계 삼십 위권에 간신히 발을 걸치고 있던 그룹을 지금 위치까지 올려놓았다. 일 년 전에 아들에게 자리를 물려주고 뒷방으로 물러나 재단을 맡고 있다. 그리고 솔라즈 리조트의 주인이다.

한때 하인학교의 전설이었지만, 생을 치열하게 살아 모든 것을 손에 쥔 사람들이 대개 그렇듯, 지금은 앉아서 삼천리를 내다보면서 막힌 물꼬를 터주는 역할을 하고 있다.

그런 위치에 있는 김은순마저도 교장 정이화에게는 함부로 하지 못했다. 정이화는 손에 쥐고 있는 정보를 이용하기로 맘먹으면, 누구든 단 하루 만에 기업을 망가트리고 주가를 폭락시키고 발밑에 꿇릴 수 있었다. 그것이 김은순을 비롯한 이사들이 정이화를 견제하면서도 존중하는 까닭이었다. 게다가 하인학교의 교장은 졸업생들의 치부를 쥐고 있는 사람이지 않은가. 김은순은 그 점을 잘 알고 있었다.

김은순이 전금희의 면전에서 정이화를 '니네 교장'이라고 부른 데도 이유가 있었다. 전금희의 교장은 맞지만 김은순의 교장은 아니었으니까. 김은순은 전임 교장 시절의 학생이었다.

정이화는 김은순이 졸업해 나가고 몇 년 뒤 학생으로 하인학교에 입학했다. 정이화는 한 회사에서 경리로 일했고 사장 아들과 눈이 맞아 남자아이를 낳았는데, 그 집안에 아이를 뺏기고 버림받았다. 그래서 하인학교로 들어왔다고 알려져 있었다. 하인학교 교장이 된 뒤에 자신을 내쳤던 집안을 한순간에 망하게 만들었다는 소문이 돌았다.

"우리 학생들에게 선배님들을 직접 만나는 것만큼 좋은 동기부여가 어디 있겠어요. 그래서 제가 어렵게 부탁드린 거지요."

마침 정이화가 들어서며 대답했다. 공손한 태도에 부드러운 말투로. 그러나 싸늘한 눈빛으로.

이사들은 저마다 정이화와 반갑게 인사를 나누었다. 정이화는 자신들의 생사여탈이 걸린 과거와 치부를 무기처럼 갖고 있는 사람이었다. 정이화와 반목해서 좋을 것이 없다는 걸 다 안다. 그러나 모두들 걸리기만 해봐라, 그런 속내로 정이화를 대했다. 이전 교장과 달리 정이화는 종종 무리한 요구들을 해왔기 때문이었다.

하인학교가 지금의 모습을 갖추게 된 것도 정이화가 교장이 된 후였다. 김은순이 솔라즈 리조트를 조성할 당시, 정이화는 서울의 사대문 안 은밀한 곳에 조용히 엎드려 있던 학교 위치를 이곳으로 옮길 것을 요구했다. 건축비만 수백억이었다.

정이화는 이전 교장과는 완전히 다른 인물이었다. 세기말 무렵, 그녀는 교장이 되면서 전임 교장들이 다져놓은 학교 운영 방식을 완전히 바꿨다. 원래 하인학교는 역사와 전통이 유구하다는 걸 자랑으로 삼았다. 박물관에 번듯하게 전시되어 있듯, 하인학교는 고종의 밀명으로 활동하던 은밀한 정보기관이었다. 이후에도 학생들이 가져오는 정보를 이용해 사회에 도움이 되는 역할을 맡아왔다.

그녀가 세운 하인학교의 목표는 최고의 플랫폼이 되는 것이다. 정보의 플랫폼. 모든 정보가 취합되는 곳. 그 목적을 위해 학생들을 이용하는 것이었다.

학교에 대한 애정이 하인학교의 은밀한 유지와 존속을 보장하는 유일한 길이라는 전임 교장의 뜻은 저버린 지 오래였다. 학교가 존속하려면 필요한 것은 잴 수도 따질 수도 없는 애정 같은 감정이 아니다. 끊임없는 감시와 지속적인 성과 그리고 반드시 주인으로 우뚝 서겠다는 죽음을 불사한 의지만이 그걸 가능케 한다. 그러려면 학생들을 더욱 강하게 만들어야 한다. 나약한 감정이나 불확실한 선의에 기대서는 무엇도 보장할 수 없다고 믿었다.

IMF 금융위기는 하인학교에도 영향을 미쳤다. 정이화는 그때가 하인학교의 분기점이라고 스스로 생각했다. 개교 이래 우수한 학생들이 가장 많이 들어왔다. 가장들이 죽어나가고, 빚더미에 올라앉은 학생들이 급증했다. 그들은 빨간딱지가 더덕더덕 붙는 걸 보고 생존에 대한 욕망을 극도로 키운 세대였다. 더 이상 화두는 민주화니 정의니, 하는 게 아니었다. 그런 쌀알 한 톨도 안 나오는 그들만의 싸움이 아니었다.

오직 생존이었다. 오직 살아남기였다. 그것이 단 한 가지의 이유, 유일한 목적, 모든 사람 앞에 놓인 지상 최대의 과제가 되었다. 그때 들어온 학생들은 그야말로 목숨 걸고 악착같이 훈련하고 공부했다. 지금의 하인학교 시스템은 그 무렵에 갖춰진 것이었다. 그렇게 좀 더 엄격하고, 좀 더 잔인하고, 좀 더 가차 없는 곳이 되었다.

정이화는 하인학교 졸업 무렵엔 이 등이었다. 그러므로 졸업할 수 없었다. 그런데 어떻게 갑자기 그녀가 교장이 되었을까. 그 과정은 아직도 베일에 싸여 있었다. 정이화 스스로 차기 교장이 되었음을 선언했고 전임 교장은 어디에서도 볼 수 없었다. 먼 바닷가 정신병원에 갇혀 있다는 소문도 있었고, 정이화가 이미 죽였다는 소문도 돌았다.

김은순을 비롯해 전임 교장 재임 때 졸업한 졸업생들은 정이화의 하인학교가 오랜 시간 쌓아온 자부심과 명예를 무너트렸다고 여겼다. 당연히 하인학교를 과거의 모습으로 되돌리고 싶어 했다. 그러나 섣불리 움직일 수 없다는 것도 알았다. 어떻게 정이화는 하인학교를 단숨에 장악할 수 있었을까. 그 수수께끼가 풀리지 않는 이상 정이화의 숨은 능력이 어디까지인지는 알수 없을 터였다.

김은순이 정이화에게 말을 건넸다.

"나이가 드니까 여기저기 댕기는 게 힘들어. 교장은 아직 젊어 모르지?"

정이화는 육십 대 초반. 그러니 김은순보다 한참 젊다는 건 맞는 말이었다.

"웬걸요. 저도 요즘에 관절 영양제며 오메가3며 아침마다 챙겨 먹는 게 한 주먹은 될걸요?"

정이화는 친근하게 김은순을 대했다. 김은순이 살짝 웃어 보였다. 각각 등 뒤에 칼을 감추고도 그들은 모두 우아하고 기품 있었다.

"그럼 회의를 시작해보시죠."

김은순의 말로 이사회가 시작되었다.

"안건은 다들 알다시피 대학 설립 기금 마련 건."

막 시작하려는데 조용히 문이 열렸다. 누군가 들어왔다. 비밀스러운 학교의 은밀한 회의 시간에 마음대로 출입할 수 있는 사람이었다. 무턱대고 들어와도 이사들이며 정이화가 놀라지 않는 단 한 사람은, 이진욱이었다. 그는 발소리 없이 들어왔다. 그리고 말없이 이사들과 정이화에게 알아서 커피나 음료나 가벼운 샴페인 따위를 따라서 자리 앞에 놓아주었다. 이미 그는 그들의 취향을 모두 정확하게 파악하고 있었다.

"다들 내용은 충분히 알고들 있을 테니까 여러 소리 할 거 없이 어떻게 할 건지만 얘기하지. 새 대학의 이사가 되는 거니까 나쁠 것도 없지. 그것도 이런 지하 구석이 아니라 당당하게 서울에 만들겠다니까. 좋잖아. 폼 나고."

이사회는 원래 학교 발전을 위해 움직인다. 그러나 이제는 학교와 정이화를 없애는 것이 목적이 되었다. 이사회는 하나로 뭉쳐 움직일 기미를 보였다. 대신 속도는 더뎠다. 서로의 비밀을 공유하고 있는 카르텔이었기에 서로가 서로를 견제했다. 서로를 다치게 할 바늘을 양손 가득 쥐고 있는 형국이었다. 그럼에도 움직여야 했다. 정이화는 바늘 따위와는 비교조차 할 수 없는, 모두에게 치명적인 상처를 입힐 비밀의 창을 쥐고 있었다.

대학 설립에 관한 내용을 전해 들은 건 정이화의 그림자이자 목소리인 이진욱을 통해서였다. 이사들은 정이화의 눈을 피해 조용히 모여 미리 서로의 의견을 타진했다. 김은순이 소집한 자리에서 전금희는 이사들에게 종용했다. 하인학교의 현 교장인 정이화를 해임해야 한다고.

이유는 단 하나였다. 그래야 자신들이 살아남을 수 있었다. 원하는 모든 걸 손에 넣고 꼭대기에 올라가 있는 지금, 정이화는 목에 든 가시나 마찬가지였다. 게다 정이화의 요구는 날로 터무니없어지고 있었다.

"차라리 교장을 지워버리면 어때요?"

전금희는 지운다는 표현을 썼다. 그것은 무엇을 사라지게 하다, 없애다, 삭제하다, 제거하다 등의 의미를 모두 담고 있지만, 속뜻은 '죽이다'에 가장 가까웠다.

"그러면 깔끔하잖아요."

반응이 없자 전금희가 마저 말했다. 이사들은 조심스러워하는 눈치였다.

"그런데 정이화 그년이 보통이 아니라서. 우리가 어떤 생각을 하고 있는지 알지 않겠어요?"

"알겠지. 방비하고 있겠지."

김은순이 웃으며 말했다. 이사들은 각자 자기들의 힘을 가늠해보았다. 정이화와 정면 대결은 불가하다. 그것이 결론이었다. 전금희도 그 점엔 동의했다.

"그럼 조용하고 클래식한 방법을 한번 써볼까?"

김은순이 눈짓을 하자 이사들이 각자의 앞에 놓인 꽃봉오리를 만지작거렸다. 그리고 봉오리 밑에 달린 작은 버튼을 눌렀다. 그러자 활짝, 봉오리가 벌어져 예쁜 오얏꽃이 피어났다.

오얏꽃이 피면 찬성, 봉오리가 열리지 않으면 반대. 오래된 하인학교 이사회의 의결 방식이었다. 김은순을 포함, 모든 이사의 오얏꽃이 활짝, 피었다. 실행은 전금희가 맡기로 했다.


회합이 있고 얼마 후, 이진욱이 이사들을 차례로 방문했다.

용건은 학교 설립 추진 기금이 각각 오백억에서 육백억으로 상향되었다는 것. 그리고 작은 오얏꽃 모양의 USB 하나를 놓아 두고 돌아갔다. 그 안에는 영상이 들어 있었다. 이사들이 매수해 정이화의 식사에 약을 타도록 지시한 하인학교 식당 조리원. 그녀의 마지막 말, 그녀의 처절한 눈물은 끔찍했다.

— 살려주세요, 제발…….

"아, 한 가지 더요."

돌아 나가던 이진욱이 다시 돌아서서 말했다. 전금희가 표정 없는 얼굴로 이진욱을 노려보았다.

"개교기념일 파티에 참석하시랍니다. 이사회도 그때 함께 열면 좋겠다고 하십니다."

"너……."

전금희가 돌아서는 이진욱을 불러 세웠다.

"알지?"

이진욱은 물끄러미 전금희를 바라볼 뿐이었다. 아무 말 없이.

무엇을 아느냐는 말인지 질문하지도 않고, 전금희의 물음에 답도 하지 않았다. 그 질문과 답을 알지만 알아도 몰라도 상관 없다는 스스로에 대한 방관처럼 보였다.

"교장은 얼마 못 가."

전금희가 한 발짝 다가섰다.

"나한테 와. 너는 교장이든 나든 상관없잖아."

그러자 그제야 이진욱이 전금희에게 물었다.

"왜죠?"

"왜냐하면…… 너는 거머리가 손등에서 피를 빨아먹고 있으면 그걸 털어내지 않고 그냥 지켜보고 있을 것 같거든."

홋, 이진욱이 웃었다.

"너는 참, 어떻게 웃는데 그렇게 허무하냐?"

전금희가 이진욱을 빤히 보았다.

"왠지 말야, 너를 보면 일본 소설 생각이 나. 다자이 오사무의 『인간실격』, 무라카미 하루키의 『상실의 시대』, 마루야마 겐지의 『물의 가족』 그런 거."

이진욱은 말이 없었다.

"감이 오지? 허무한 퇴폐미. 넌 그런 게 있어. 삶을 낭비하는 데서 느껴지는 매력이랄까."

정작 이진욱 본인은 어떤 대답도 하지 않았다.

"잠깐 기다려봐. 내가 특별히 너를 위해서 좀 읽어줄게."

전금희가 사무실 책장에서 『물의 가족』을 꺼내 왔다.

"그중 내가 제일 좋아하는 책. 왠지 알아? 귀신 이야기거든."

잠시 음음, 목청을 가다듬고는 책을 펼쳐 읽었다.

못다 한 일이 많다는 화자의 이야기를, 삼십 년간이나 살았음에도 사랑도, 결혼도 무엇도 못 했다는 이야기를, 그리고 살아 돌아오지도 못했다는 이야기를.

전금희가 읽다 말고 이진욱을 잠깐 보았다.

"처음부터 자기가 귀신이라고 밝히고 시작하는 게 재밌지? 좀 더 들어봐."

이어지는 이야기는 물에 대한 것이었다. 살을 에는 추운 강을 누군가 건너려 하고, 물의 기척이 팽팽하게 들려오고, 그 새벽의 일을 결코 잊지 못했다는 이야기…….

이진욱이 하, 탄식을 뱉었다.

"왜, 재미없어? 난 재밌는데. 그 새벽에 무슨 일이 있었는지 궁금하지 않아? 죽어서도 결코 잊을 수 없는 일 말야. 꼭 니 얘기 같지 않니? 너 그렇게 살다가 곧 죽을 거잖아."

전금희의 계속된 질문에도, 이진욱은 그저 서 있었다. 두 사람이 침묵 속에서 서로를 노려보았다.

오직 오얏꽃 USB가 꽂힌 화면에서 울부짖고 있는 사람의 소리만이 공간을 채웠다. 물러날 수 없는 벼랑 위에 선 자의 소리였다. 죽음이 임박했을 때의 막막한 소리였다. 그 울음은, 들숨과 날숨 사이에 배치되어 흐름을 타고 나오는 것이 아니라 사람이면 마땅히 숨을 쉬어야 한다는 조건조차 무시하고 숨조차 쉬지 못한 채 끝도 없고 쉼도 없이 밀려 나왔다. 그 울음만이 전금희와 이진욱이 버티고 있는 공간을 후벼 팠다.


오늘도 이진욱의 얼굴엔 어떤 표정도, 일말의 동요도 드러나지 않았다. 이사들은 그가 가져다 놓은 커피며 샴페인을 홀짝거렸다.

"바로 표결로 들어갈까?"

김은순의 말에 다들 고개를 끄덕였다. 그리고 꽃봉오리 하나

씩을 손에 쥐었다. 버튼을 꾹. 다섯 장의 꽃잎이 하얗고 단아하게 피어났다. 만장일치로 대학 설립을 위한 기금 조성 안건이 통과되었다.

정이화를 제거하려는 시도가 수포로 돌아간 만큼, 그 뜻을 정이화에게 들킨 만큼 이사들은 자세를 낮췄다. 이빨을 감추고 순순히 정이화의 뜻에 손을 들어주었다. 물론 그들이 태도를 바꾼 데에는 다른 이유도 있었다.

이진욱이 이사들을 일일이 만나 USB를 던져두고 간 걸 확인하자마자 전금희는 김은순에게 연락했다. 전금희의 얘기를 주의 깊게 듣던 김은순은 그러자며 동의했다. 내용은 이랬다. 정이화가 요구한 안건을 수락하자는 것. 그렇게 정이화의 욕망을 떠받쳐주자는 것. 대학 설립에 모든 에너지와 힘을 쏟을 수 있도록 최대한 지원하자는 것.

하인학교의 지하에 은밀하게 숨어 있는 정이화를 처리하기는 쉽지 않다. 오히려 양지로 올려놓고 처리하는 게 더 쉽다고 판단한 것이다. 정이화를 양지에 노출시키면 고꾸라지게 할 방법은 많다. 거기서 절벽 밑으로 떨어트리면 된다.

정이화는 잃을 게 없다. 현재는.


왜 늘 비밀은 벽 뒤에 있는 걸까.

한서정은 소리 내지 않고 한숨 쉬었다. 문으로 들어와 벽 속에 갇힌 신세였다. 하인학교에 오던 날부터 계속해서 문 앞에서 있었던 상황들이 떠올랐다. 문이란 언제나 선택과 결정의 경계라는 걸 비로소 알았다. 문이란, 열지 않으면 벽이니까. 문을 열 것인지, 말 것인지에 따라 삶의 방향이 판이해진다는 사실이 실감 나 온몸에 소름이 돋았다.

그런데 지금은 그 비밀의 경계를 지나 벽 속에 갇혔다. 처음엔 온통 어둠이었다. 스위치로 보이는 것을 찾았으나 불을 켜면 들킬 위험이 있으니 그저 숨죽인 채 어둠 속에서 들었다. 아, 이사회가 열리는구나. 아, 이사회와 교장의 관계는 원만하구나. 아, 새롭게 대학을 설립하려는구나. 아, 그렇구나. 그러면…… 하인학교는? 설마…… 하인학교가 문을 닫게 되는 걸까? 교장과 이사회는 정식으로 설립한 대학에 올인하게 될까? 그렇다면 여기 학생들은 어떻게 되는 거지?

나가서 물을 수 없었으므로 한서정은 혼자 답답했다. 지금은 그저 바깥 상황에 귀를 쫑긋하고 예의 주시 할 수밖에 없었다.

"이사님들께 진심으로 감사드립니다."

교장의 목소리였다. 한 명 한 명에게 고개 숙여 인사하는 모양이었다. 정말 감사한 일인 듯싶었다.

"자, 그럼 우리는 간만에 어린 학생들하고 놀아볼까?"

회의를 주도하던 이사가 볼일 끝났으면 일어나야지, 하면서 문을 열고 나갔다. 이어 다른 이사들까지 차례로 교장실을 빠져 나가는 듯 인사를 나누고 문이 여닫히는 소리가 들렸다.

한서정은 초조함을 느꼈다. 설마, 전금희도 나간 걸까?

짧은 정적이 흘렀다. 다행히 아직 남은 사람이 있는 것 같았다.

"파티 준비에 힘 좀 썼다면서요?"

"학생들 사기 좀 돋워줘야지. 네가 나가서 애들하고 잘 좀 놀아줘라."

전금희와 교장이었다. 한서정은 저도 모르게 꾹 참고 있던 숨을 조용히 내쉬었다.

둘만 남은 듯했다. 교장의 말투가 확연히 달라졌다. 교장은 전금희를 학생 대하듯 했다. 혹은 마치 딸인 것처럼 스스럼없이 굴었다. 상대가 굴지 기업의 안주인인데도 그런 건 개의치 않았다.

"내가 뭐, 코흘리개들하고 놀아주는 베이비시터라도 되나?"

"얘가 엄마한테. 너는 말버릇 좀 고쳐야 해."

"오늘 여기저기서 엄마 얘기 참 많이 듣네."

전금희가 코웃음 치며 말했다. 이내 소파에서 일어나는 소리와 발소리와 문이 열리는 소리가 들렸다.

한서정은 당황했다. 이대로 나가버려? 그럼 나는?

자신이 벽 속에 들어 있는 줄 뻔히 알면서 그냥 두고 가버렸다. 교장은 나가지 않은 것 같으니 혼자 빠져나갈 수도 없었다. 혹시 나 같은 건 벌써 잊은 건가? 어쩌라는 거지? 알 수 없었다. 그냥 웅크리고 있어야지.

그나저나 파티 준비하느라 분주하다 해도 내가 없어진 걸 아무도 모를까? 오늘은 모를 수도 있을 것 같다. 일 년에 한 번 있는 성대한 파티니까. 학생들 모두 며칠 전부터 들떠 있으니까.

그동안 배우고 훈련한 패션이며 뷰티며 음악과 무용을 점검하는 날이기도 하니까.

한서정은 며칠 전 모든 학생이 모인 자리에서 교장이 한 말을 떠올렸다.

교장은 이렇게 말했다. 이번 개교기념일 파티는 너희들이 지금까지 익히고 훈련해온 것들을 점검하는 자리가 될 것이라고. 파티의 드레스 코드는 바로 '나'라고. 각자의 매력을 최대한 끌어올려 스스로 누가 봐도 매혹적인 사람이라는 것을 증명하라고. 자신이 어떤 사람인지 분명히 보여줄 수 있는 모습으로 꾸미라고.

수백, 수천만 원짜리 옷이며 구두며 마음껏 이용해도 좋다는 말에 학생들은 신났다. 그러니까, 한서정도 그런 모습으로 파티장에 가야 했다.

그러려면 시간이 필요한데. 교장은 언제 나가려나.

잠잠하던 바깥에서 다시 소리가 들려왔다.

"전금희 잘 감시해."

"네."

이진욱? 분명 이진욱 목소리다. 한서정은 당혹스러웠다. 그가 언제 들어왔는지 알지 못했다. 쭉 말이 없던 탓이었다.

"내가 바본 줄 알아, 그 애는. 속으로 무슨 꿍꿍인지 모르는 줄 아는 거지. 그래도 금희 덕분에 수월하게 이사회는 통과했어."

교장이 웃었다. 왜 전금희를 감시하라는 걸까. 전금희라면 최고 졸업생에다 차기 이사장이라고 하지 않았나.

"너도 내가 무리한다 싶니?"

이진욱은 대답이 없었다.

"넌 무슨 애가 아직도 속을 모르겠니? 나랑 일한 지가 벌써 몇 년쨀데."

교장이 답답하다는 투로 물었다.

"아시잖습니까. 저에겐 아무것도 없다는 거. 그저 오늘 사는 것뿐입니다. 어떤 불만도 없어요."

"알지. 그런데 니가 그렇게 얘기해도 그게 진짜인지 가짜인지 알 수가 없단 말야. 말하자면 속내를 건져 올리는 곳이 깊은 바닥이 아니라 중간쯤 어디여서 그 아래에 무엇이 감춰져 있는지 모르겠는 느낌이랄까. 어디까지가 진짜고 어디부터 가짜인지 나도 모르겠어. 넌 깊은 바다에 감춰져 있는 동굴 같은 애야."

"없습니다, 동굴 같은 거."

한서정은 궁금했다. 교장의 질문에 대한 이진욱의 대답이 궁금했다. 여기서 만난 이진욱은 깊은 곳에 있어 찾을 수도 없고 어두컴컴해 속을 들여다볼 수도 없는 동굴 같았다. 두 사람이 대화를 빨리 마치고 나가길 바라면서도 이진욱이 무언가 대답 해주어 대화가 이어지길 기대했다.

"너 열심히 일하는 거 보면 왠지 우울해."

"그냥, 사는 겁니다."

교장이 여전히 답답하다는 듯 한숨지었다.

"너도, 참. 나야 이제 얼마 안 남았다지만 너는 아직 멀었잖아. 뭘 해도 다 할 수 있잖아. 시간 많잖아."

"아직 시간 있습니다."

홋, 교장이 웃었다.

"너, 나 죽으면 어디로 갈래?"

"모릅니다."

"그래, 지금도 여기서 이러고 있을 줄 몰랐겠지. 나도 그렇다. 니가 여기에 있어도 없는 것 같고 없어도 있는 것 같고. 넌 나한 테 그래."

이진욱은 대답하지 않았다.

"시간에는 누구도 저항 불가잖니. 살날이 얼마 안 남으니까 가장 소중한 게 시간이 되었어."

"무얼 원하십니까?"

이진욱이 물었다.

"내 삶의 증명."

교장이 답했다.

"내 평생 하인학교에 모든 걸 바쳤어. 너도 알잖니. 하인학교 가 얼마나 대단한 곳인지. 그런데 그런 엄청난 일을 하면서도 난 평생 지하에 숨어서 그림자로 살았어. 죽고 나면 누가 그걸 알아주겠니. 난 교육자야. 훌륭한 교육자로 존경받으며 죽고 싶 어. 그러려면 번듯하게 대학 설립해야지."

교장은 말을 하다 말고 문득 무언가 생각에 잠긴 듯 멈췄다.

손가락으로 소파의 팔걸이 부근을 두드리는 듯 탁탁거리는 소리가 들릴 뿐이었다.

한서정은 이번에도 궁금했다. 평생 그림자로 살았다고? 교육자로 존경받으며 죽고 싶다고? 교장은, 정이화는 어떤 사람일까. 무엇 때문에 하인학교에 모든 걸 바치며 살아온 걸까. 이진욱의 대답만큼이나 정이화의 이야기가 듣고 싶었다.


정이화의 삶은 한순간에 찢어발겨졌다.

그날 모든 것이 바뀌었다. 힘 있고 돈 있는 자들에게 짓밟혀 생이 통째로 무너져버린 날. 겨울의 끝자락에서 바람이 봄을 실어 온 날. 온 데를 알지 못하는 꽃잎이 난분분 흩날려 갓난아기 손톱만 한 꽃잎들이 사방에 퍼진 날. 갓 낳아 피투성이에 미끌거리는 벌거숭이 아기를 뺏기고 쫓겨난 날. 아랫도리를 제대로 건사조차 하지 못해 다리 사이로 핏물을 줄줄 흘리며 바닥에 꿇어앉아 개처럼 빌었던 날. 바로 그날.

정이화는 애 아빠의 얼굴조차 보지 못했다. 시부모가 될 거라 기대했던 노인들의 야멸찬 얼굴에 대고 빌고 또 빌었다.

"제발, 제발 아이만은 제게 주세요. 숨어 살게요. 없는 듯 살게요. 죽은 듯 살면서 숨도 쉬지 않을게요."

가랑이에서 흐른 핏물이 발목을 적시는 와중에도 애원하길 멈추지 않았다.

"어디 함부로 몸을 굴려 처녀 몸으로 애를 밴 것이 말이 많아?"

정이화가 덜덜 떨며 용서를 구하고 손을 모아 빌었다. 그리고 노인의 바짓가랑이를 붙잡고 매달렸다. 그러자 노인이 일부러 몸을 굽혀 정이화의 뺨을 때렸다.

"너 같은 근본 없는 것을 들인 내가 잘못이지, 쯧."

쓰러진 정이화는 맞아서 붉어진 뺨을 파들거리며 만졌다. 노인이 바닥에 널브러진 정이화의 등짝 위로 봉투 하나를 던져놓았다.

"어디 가서 찍소리도 내지 말고 엎드려 살아."

그런 패악이 받아들여지던 시절이었다. 처녀 몸으로 함부로 엉덩이를 흔들어 남자를 꼬시고, 그도 모자라 처녀가 애를 배고 낳으면 손가락질받던 때였다. 핏덩이를 빼앗기고 내쳐져도 어디 가 하소연도 못 하던 시절이었다. 노인들은 정이화가 낳은 핏덩이를 안고 가버렸다.

정이화는 바닥에 엎드려 울었다. 우는 것 말고는 아무것도 할 수 없었다. 울음은 한꺼번에 몸에서 터져 나왔고, 눈에서 불을 뿜듯 눈물이 터져 나왔다. 목에서 핏줄이 톡톡 튀어나왔다.

욱신거리는 생의 통증 같은 정이화의 울음은 비명이었다.

울음이란 이상했다. 운다고 덜어질 슬픔이 아니었다. 운다고 되돌릴 수 있는 일도 아니었다. 눈물을 흘리고 목구멍을 열어 비명으로 울어도 그것은 결국 무의미한 절망의 증명일 뿐이었다. 그럼에도 끝나지 않을 것 같은 울음은, 난바다의 물이 끊임없이 밀고 들어오듯 뼛속 깊은 곳으로부터 저절로 밀려 올라오는 것이었다.

아기를 빼앗기고 나서 정이화는 더욱 절박해졌다. 모든 것을 빼앗겼다. 힘이 없고 돈이 없고 아무것도 없었다. 힘을 키워야 한다고 마음먹었다.

하인학교에 들어와서도 걸신들린 것마냥, 아귀가 붙은 것마냥, 허기지고 또 허기진 얼굴에 눈은 움푹 파이고 날이 선 눈빛으로, 모든 훈련에 매달렸다.

그 눈빛은 어둠 속의 인광처럼 시퍼렇고 무엇엔가 넋을 빼앗긴 듯했다. 눈앞에 흐르는 시뻘건 피라도 노려보듯 밤에도 잠들지 못하고 부릅뜨고 있었다. 격렬한 신음 뒤에 숨은 절망을 견디지 못해 스스로 머리칼을 쥐어뜯고 밤새 피멍이 들도록 심장을 주먹질했다. 아무나 물어뜯고 싶은 칼날이 시퍼렇게 서서 휘두를 상대를 찾았다.

그렇게 하루하루가 쌓이자 어느 순간부터 그냥 그게 삶의 자세가 되었다. 오직 한 가지 남은 본능이 되었다. 정이화는 목적지를 잃은 폭주 기관차 같았다. 나중에는 스스로도 왜 그토록 치열하고 갈급한지 알 수 없었다.

비극, 단호, 절박, 결핍, 허기, 고통, 기도, 갈급……. 그런 것들이 한데 엉겨 정이화를 집어삼켰다. 마치 외로움에 지쳐 누군가 한 번만 안아준다면 제 인생 전부를 내주어도 상관없다고 마음먹은 듯한 표정으로 으르렁댔다. 만약…… 만약에 그때 누군가 한 사람만 정이화에게 따뜻한 손을 내밀어주었더라면, 그랬더라면 그녀의 생은 달라졌을까.


정이화가 훗, 쓸쓸한 웃음을 지었다.

"요즘 그렇게 옛날 생각이 나네."

이진욱은 여전히 말이 없었다.

"대체 뭐가 그렇게 절박하고 못 견딜 정도로 수치스러웠는지. 지금 돌이켜보면 다 쓸데없어."

정이화가 이제 나가보자며 자리에서 일어났다. 이진욱이 정이화를 따라 문 쪽으로 걸어가는 소리가 들렸다.

"넌 나처럼 살지 마. 평범하게 살아. 연애도 하고 이별도 하고 지지고 볶고 알콩달콩하면서. 안 되나? 이미 늦었나?"

정이화의 쯧쯧, 혀 차는 소리가 발소리와 함께 점점 멀어졌다.

한서정은 곧바로 문을 열지 않고 신중하게 더 기다렸다. 이사회, 대학 설립, 전금희, 이진욱, 정이화…… 머릿속에서 정리해야 할 정보들이 한둘이 아니었다. 하지만 지금은 우선 이곳에서 나가는 것만 생각해야 했다.

이윽고 모든 인기척이 사라진 지 몇 분이 지난 다음에야 불을 켰다.

하, 저절로 탄성이 터졌다.

여긴 대체 뭐지?

불을 끄고 바깥에만 온 신경을 집중하고 있느라 이런 공간인 줄은 전혀 모르고 있었다. 한마디로 끝내줬다. 〈인디아나 존스〉

나 〈미이라〉 같은 영화에 나오는 지하 동굴 무덤 속 보물 창고 같은 느낌이었다. 바깥세상과 완전히 단절된 채 아주 오랜 시간 동안 쌓인 부가 잠들어 있었다. 떳떳하고 정당하게 얻은 것들이 아니라 은밀한 수단과 방법으로 손에 넣은 욕망의 증거였다, 이 방은.

현 교장의 재임기뿐 아니라 수 대에 걸쳐 쌓인 결과물 같았다. 그림, 도자기, 조각 등 미술품과 골드바가 쌓여 있었다. 제대로 보려면 몇 시간은 필요할 것 같았다.

한서정은 정신을 차리고 이곳에서 자신이 해야 할 일을 떠올렸다. 필요한 건 정보였다. 문득 오래된 종이 파일 같은 걸 생각했다. 오래된 학교이니 그 옛날 서류들까지 다 보관되어 있으리라 짐작했다. 역시 방 안쪽에 커다란 책장들이 여러 개 서 있었고, 서류철이 빼곡했다.

설마 이걸 다 뒤져야 하는 건 아니겠지.

그러다 한쪽 구석에 놓인 책상, 그 위에 놓인 컴퓨터를 찾았다. 빙고!

누군가 잠입하리라고는 생각지도 않은 걸까. 컴퓨터는 잠겨 있지 않았다. 한서정은 전원을 켜고 어서 빨리 부팅되기를 초조하게 기다렸다. 시간은 상대적이어서 같은 시간도 이 벽 속 방에서는 지나치게 빨리 흐르는 것만 같았다. 마우스를 움직이는 손끝에서 그 조급함이 느껴졌다.

폴더는 단 두 개. 첫째, '학사일정 관리'. 둘째, '학생 및 교직원

관리'.

한서정은 서둘러 두 번째 폴더를 열고 '학생 관리' 파일을 열었다.

서현이의 정보는 어디에도 없었다. 하인학교에서도 모른다는 걸까. 여기에서도 서현이에 대한 정보를 찾을 수 없다면 어쩌면 좋지? 한서정은 당황했다. 혹시나 싶어서 폴더 곳곳을 훑어 파일을 하나하나 열어보았다.

"흡."

얼마 되지 않아 한서정은 숨을 멈췄다. 숨을 쉴 수가 없었다. 공기를 들이마시지도 못했고 내뱉지도 못했다. 머리칼이 쭈뼛 서고 등뼈가 순식간에 굳는 느낌. 옴짝달싹할 수 없었다. 다만 한 줄기, 눈에서 저도 모르게 눈물이 흐르기 시작했다. 이럴 수가! 어떻게 이럴 수가 있는 거지. 한 번도 얼굴을 보지 못한 하인학교 출신 선배들과 지금 파티 준비에 들떠 있을 재학생들의 면면이 한꺼번에 떠올랐다.

파일에는 하인학교가 저지른 온갖 범법 행위들까지 기록되어 있었다. 서류 위조, 신분 세탁, 범죄자 은닉, 불법 정보 취득, 불법 감금에 그보다 더한 것까지.

한서정은 그 모든 게 무얼 의미하는지 깨달았다.

내가 졸업을 하게 된다면 나는 더 이상 한서정으로 살지 못한다는 뜻이겠구나. 서류를 위조하고 신분을 세탁해 전혀 다른 인물로 살아가게 되겠구나. 졸업을 하든 못 하든 이제 이 세상에 한서정이라는 사람은 어디에도 없다는 뜻이겠구나.

한 명, 오직 단 한 명. 하인학교는 그야말로 그 한 명을 위해 존재하는 곳이었다. 한서정은 감히 입 밖으로 숨을 내뱉지 못했다. 차라리 이곳에 오지 않고 살인죄에 횡령죄를 뒤집어쓰고 감옥에 가는 편이 나았을까. 하인학교에 들어온다는 것이 나를 잃어버린다는 뜻인 줄 미처 몰랐다. 밖에서는 꿈꿀 수조차 없는 성공을 손아귀에 거머쥐기 위해서는 나 스스로를 버려야 한다니.

나를 낳은 아버지 한동식과 나를 기른 조부모를 모두 저버리고 완전히 다른 가공의 인물로 살아가야 한다는 사실을 어떻게 받아들일까. 온갖 불법과 잔인한 짓들을 해가며 동료를 짓밟고 올라서야 하는 그곳에 다다르면 나는 과연 행복할까.

욱, 구토가 치밀었다. 뜨겁고, 삼켜지지 않고, 오래 묵어 단단한 덩어리 같은 것이 목구멍을 거꾸로 타고 올라왔다. 한서정은 손으로 입을 틀어막았다. 악마다. 정이화는 악마다. 그렇지 않고서야 사람이 어떻게 눈 하나 깜짝도 하지 않고 이렇게까지 할 수 있을까.

그렇다면 전금희는 어떤가? 그녀는 이곳을 누구보다 잘 알고 있다. 당연히 여기 숨겨진 내용도 알겠지. 그걸 다 알고도 지금 저 위치에 있다. 혹시 그녀도 이 행위들에 가담한 걸까. 모든 졸업생이 다 함께 이 일들을 처리한 걸까. 그러니까 이런 짓까지 해야만 그 자리에 올라갈 수 있다는 걸까.

이진욱은 뭐란 말인가. 교장실에 정보가 있다는 것을 알려준 사람이 바로 그였다. 내가 알던 그 이진욱이 아니라는 건 눈치 챘다. 이진욱은 하인학교 사람이다. 정이화의 사람이다. 그렇다면 이 일들을 직접 처리한 것이 이진욱이란 말인가. 온갖 불법을 저지르고 사람을 해하는 일을 자행해온 인물이 바로 이진욱인가.

그런데 왜 이진욱은 내게 그 정보를 준 것일까. 내가 교장실 벽 속에 숨은 방의 존재를 짐작도 못 하리란 걸 몰랐을까. 그걸 이진욱이 모를 리가 없을 텐데. 그가 내게 바라는 것은 무엇이지? 들키기를 바랐나. 머리가 터질 것 같았다.

우선은 여기서 나가야 했다. 파티장에 자신이 없다는 사실을 누군가 눈치채고 이곳에 있다는 걸 들키면 오늘로 끝장이다. 한서정은 서둘러 열린 파일들을 닫고 방을 빠져나가려고 했다.

그런데, 잠깐! 이건 또 뭐지? 비둘기?

말 그대로였다. 한 파일에는 '비둘기'라는 명칭이 붙어 있었다.

비둘기는 학생들 사이의 모든 일을 학교 측에 비밀리에 전달하는 프락치였다. 각 기수에 다섯 명의 비둘기가 존재하는 것으로 보였다. 그러니까 각 반에 한 명씩인 듯했다. 프락치가 있을 것 같다는 의심이 지금 확인되었다.

비둘기는 전달하고 보고하는 데만 그치지 않고 직접 행동하기도 했다. 학생들에게 드러나지 않도록 각종 난관을 제공하는 일이었다. 그것을 수행해야만 탈락하지 않는다.

학생들끼리 싸웠던 일, 학기 초반 모든 학생이 굶고 목말라 있을 때 정수기까지 잠갔던 일, 한서정의 소시지를 상한 것으로 바꿔치기한 것 그리고 엘리사가 프라이팬을 놓치도록 손잡이에 미리 기름칠해놓은 것까지.

학교는 비둘기를 통해 학생들의 탈락을 더욱 앞당기고 있었다. 오직 단 한 명 있을 졸업생을 위해.

내용을 확인할수록 더욱 놀라운 사실들이 고개를 들었다. 그때마다 날카로운 이빨이 달려 있는 형상이 으르렁거리는 것 같았다. 그리고 그중에서 가장 충격적인 사실이 모니터에 떠올랐다.

숨겨놓은 다섯 비둘기. 그중 한 명이 바로 강유진이었다.

그러니까 강유진이, 밤새워 이야기하며 눈물 흘리고 학교에 들어와서 내내 옆에서 나를 도와주었던 그 강유진이 나를 방해하고 있었다는 것이다.

수치심의 기둥 앞에서 끝까지 침 뱉기를 거부했을 때 마지막까지 옆에서 그 결기를 북돋워주었던 건 다만 비둘기 역할에 충실했던 것이었나. 감옥에 갇히고 벌점을 받고 진도에 뒤처져 탈락 가능성이 높아지도록. 자신에게 딸을 부탁한다던 그 강유진이.

한서정은 후들거리는 다리를 간신히 가누어 벽처럼 막힌 문으로 향했다. 머릿속은 끓고 있는 화산처럼 터지기 직전이었다. 그러나 지금은 파티에 가야 했다.

불을 끄고, 어둠 속에서 바깥으로 나가는 문을 열었다.

파티장은 시끌벅적했고, 화려했고, 아름다웠으며, 가짜 같았다. 한서정의 눈에 파티장은 그렇게 보였다. 단 한 사람, 오직 일등을 만들어내기 위해 갖춰진 이 모든 것들. 일 등을 제외한 나머지 모두가 탈락하게 되는 지옥이 눈앞에 있었다.

"시작하겠습니다. 오늘 선보일 과목은 음악과 무용 그리고 체육입니다."

정이화가 파티의 시작을 알렸다.

"각 과목에서 가장 높은 점수를 받은 학생에게는 특별한 선물이 있습니다."

정이화가 말끝에 김은순을 바라봤다. 그녀가 자리에서 일어나 말했다.

"솔라즈 리조트 스위트룸 숙박권 그리고 루프탑 바 자유이용권을 드립니다."

학생들의 환호성과 박수가 퍼졌다. 공식적인 휴가에 스위트룸이라니. 파티장의 공기가 더욱 후끈 달아올랐다.

먼저 음악 과목 경연이 시작됐다. 학생들은 이미 타깃 취향 저격의 노래들을 마스터했다. 그걸 겨루는 자리였다. 팝송, 가요, 샹송, 갖가지 노래가 쏟아졌다. 심사는 이사회 이사들이 맡았다. 누구도 판정에 이의를 제기할 수 없다는 뜻이었다.

우승자는 포르투갈의 '파두(fado)'를 부른 노번아웃반의 학생이었다.

그 반 타깃은 유난히 취미가 없는 편인데, 오직 파두 가수 아말리아 호드리게스의 노래만은 즐겨 들었다. 그중에서도 '검은 돛배(Barco Negro)'를 가장 좋아했다.

'검은 돛배'는 고기잡이하러 바다에 나간 어부가 사고로 죽어 반쯤 실성해버린 그의 연인이, 죽은 어부가 바다에서 검은 돛배를 타고 돌아오는 환상에 사로잡힌다는 슬픈 내용이었다.

타깃은 깊은 밤 홀로 고독을 달래며 슬픈 곡조를 따라 몰래 눈물을 흘린다고 했다. 끝내주는 실력을 갖춘 여자가 그 노래를 타깃에게 불러준다면 그건 바다 마녀 사이렌의 유혹이나 다름없을 것이다.

우승자는 완벽하게 해냈다. 가슴 밑바닥에서부터 끓어오르는 듯한 창법에 전통 기타 반주까지 더해지니 그야말로 절절한 노래였다. 우승자에게는 바로 상품이 주어졌다. 김은순이 직접 봉투를 건네자 박수와 탄성이 쏟아졌다.

그다음은 무용 과목이었다. 학생들은 각 반 타깃을 공략할 수 있는 춤을 훈련했다. 그걸 겨루는 자리였다. 왈츠와 블루스, 탱고와 살사, 발레와 힙합까지.

대부분 나이 지긋한 타깃이 무슨 힙합이냐 싶을 것이다. 그건 모르는 소리였다. 요즘 신흥 재벌들은 나이도 전통 재벌들보다 적고 취향과 개성도 강했다. 오죽하면 티모시반은 이름이 '티모시반'으로 붙었을까. 어리디어린 배우 티모시 샬라메의 광팬인 타깃께서는 힙합 댄스 마니아였다. 티모시반의 남학생들은 시간만 나면 통 넓고 바닥을 질질 끌고 다니는 청바지를 입고 힙합 댄스를 췄다.

즐거웠다. 치열했지만 어디까지나 선의의 경쟁이었다. 자유롭게 이야기를 주고받으며 샴페인이나 와인을 마셨고 식당 직원들이 쟁반에 술이 담긴 잔을 가득 얹고는 파티장을 돌아다니며 서빙을 했다.

"오늘만 같으면 여기가 파라다이스네."

"여기 안 들어왔으면 우리가 어떻게 이런 걸 해보겠냐!"

흥이 오른 학생들은 그렇게 떠들어댔다.

한서정은 새삼스럽게 파티장을 둘러보았다. 차마 웃지 못했다. 누구에게도 자기가 본 걸 말할 수 없었다. 한쪽 구석에서 손보미가 티모시반 남학생과 귓속말을 주고받는 걸 보았다. 분명 파티의 즐거움을 나누고 있는 장면이 아니었다. 혹시나 누가 들을까, 혹여 누가 볼까, 신중하고 은밀한 모습이었다. 그리고 무언가 손에 든 것을 주고받았다.

한서정의 머릿속에 떠오른 단 하나의 낱말. 비둘기. 강유진의 후임일까. 감옥에서 나오자마자 한서정은 집단 구타를 당했다. 그걸 주도한 것이 손보미 아니던가. 그것도 강유진이 사라진 직후였다. 비둘기는 학생들의 탈락을 조장하는 장치였다.

손보미는 주위 눈치를 살피고는 서둘러 남학생과 멀어졌다.

"야, 마이 스텝. 너는 준비 안 하냐?"

오윤주가 지나가면서 어깨로 툭 쳤다.

"서둘러. 너랑 나, 둘 중 하나가 우승해야지. 결국 내가 널 누르고 이기겠지만. 불쌍한 마이 스텝."

오윤주가 환하게 웃으며 조잘거렸다.

모든 학생은 세 과목 중 한 가지를 골라 출전해야 했다. 한서정은 춤이나 노래엔 젬병이었다. 그 때문에 어쩔 수 없이 체육 과목에 지원했다. 그렇다고 체육에 뛰어난 건 아니었다. 진짜 안되는 걸 빼고 남은 게 그것밖에 없었다.

무용 과목 경연도 거의 끝나가고 있었다. 진행자 역할을 하던 음악교사 문남준이 체육 과목 출전 학생들에게 준비하라는 멘트를 했다.


한서정은 옷을 갈아입기 위해 방으로 돌아왔다. 복잡한 머릿속은 잠시 멈춰두고 지금은 당장 경연에 집중해야 했다. 등 뒤의 드레스 지퍼를 여느라 한참 애먹고 있는데 똑똑, 노크 소리가 들렸다. 누구세요, 묻기도 전에 문이 열렸다.

"나야."

들어오라고 말하기도 전에 전금희가 들어와 말했다.

"여긴 어떻게…… 누가 보면 어쩌려고."

한서정이 당황해 말을 더듬었다.

"넌 애가 그렇게 간이 작아서 어디에 쓰겠니?"

전금희가 웃었다. 그리고 좁은 방 안을 둘러보았다.

"변한 게 하나도 없어. 갑자기 옛날 생각나서 울컥하네. 나도 이 골방에서 무척이나 울었는데."

그러다 한서정의 침대에 털썩 걸터앉았다.

"이 방과 네가 입고 있는 드레스가 참, 코미디 같다. 웃겨. 골방에서 명품 드레스라니."

앉은 채로 한서정을 물끄러미 올려다보았다.

"이리 와봐."

전금희가 손짓하며 한서정을 불렀다. 한서정은 마지못해 침대 쪽으로 다가갔다.

"돌아서야지."

한서정은 무슨 말인가 싶어 눈을 끔뻑거리다가 이윽고 돌아섰다. 전금희가 드레스 지퍼를 내려주었다.

"교장실에 그런 곳이 있다는 걸 어떻게 알았죠?"

떨리는 목소리로 간신히 물었지만 전금희는 피식, 웃을 뿐이었다.

"넌 지금 고작 그런 게 궁금하니? 아직 멀었네."

한서정이 돌아서서 무슨 뜻이냐는 표정을 지었다.

"나도 학교 다닐 때 너처럼 거기 숨어든 적 있거든. 그때 봤어. 교장이 벽 속으로 들어가는 걸."

"그거 말고요."

다시 묻는 대신 그렇게 퉁명스레 말했다. 전금희가 귀엽다는 듯 손가락 끝으로 살짝 한서정의 이마를 때렸다.

"거기 있는 거 다 봤을 거 아냐. 그게 중요하지. 그걸 어떻게 사용하느냐. 그것이 너의 미래를 좌우하게 될 텐데. 나도 거기서 얻은 정보로 무사히 졸업했고."

정이화가 이진욱에게 전금희를 감시하라고 했던 말이 떠올랐다. 한서정은 그 사실을 전금희에게 함구했다. 말해도 될지 판단이 아직 서지 않았다. 그녀를 믿을 수 없었다.

"부자가 되면 좋은 점이 뭔 줄 아니? 복희 아줌마에게 주방에서 훔친 누룽지 따위가 아니라 주고 싶은 걸 무엇이든 줄 수 있다는 거야."

복희 아줌마? 미화원 김복희? 전금희가 김복희를 알고 있었다.

"나 여기 있을 때 복희 아줌마가 잘해줬어. 네 얘기 하더라. 나랑 닮았다고."

전금희가 또 살며시 웃었다.

"그럼 뭐, 얼굴 보기도 전에 네 정보를 어디서 얻었겠니. 설마 학생들 신상을 죄다 파악하고 있다가 불시에 해코지라도 할까 봐? 나 바쁜 사람이야."

전금희가 이번엔 호탕하게 웃었다.

"내가 어떻게 지금 위치에 있는지 아니? 타깃이 엄마에게 사랑 못 받고 자란 탓에 생긴 애정 결핍을 채워주었지. 엄마가 되어주었어. 그리고 시한부 전처를 정성으로 돌봤고. 내 몸과 마음을 다 쏟아부었어. 그래서 결혼한 지 삼 년이 지났어. 하지만 벽은 여전해. 다들 나를 신데렐라로 보지. 저들은 나를 여전히 울타리를 넘어 침범한 외부인으로 취급해. 내 왕관은 불완전하고 내가 이룬 꿈은 영원히 모래탑인 거야. 언제 돌아설지 모르는 감정 따위에 기대고 있으니까. 전처소생 아들 하나, 딸 하나의 계모니까. 사실 남자 하나에 목숨 거는 이 상황 자체가 어이없지만 잘 생각해봐. 이 방법이 아니라면 우리 같은 사람들이 꼭대기에 갈 수 없잖아. 그 남자 하나만 넘으면 세상이 네 것이 될 거야. 그러니까 비굴한 기분이 들더라도 영악하게 그 상황을 이용해. 거기서 태어나지 못했으니 거기 가려면 거기 있는 사람을 이용해야 하는 거야. 여자라는 성을 이용하는 게 아니야. 성을 이용하면 오히려 노리개가 될 뿐이지. 마음을 얻어야 해. 그것이 성공의 열쇠야."

전금희가 한서정의 벙벙한 표정을 보고 이어 말했다.

"네가 동생 같아서 그래. 복희 아줌마도 널 부탁했고."

복희 아줌마라면, 믿어도 되지 않을까.

"안 될 거 같으면 차라리 헛된 희망을 버리고 네 친구처럼 도망가는 게 나을지도."

그 말에 한서정은 발끈했다. 발끈한 지점이 '안 될 거 같으면'인지 '네 친구처럼'인지 '도망가는 게 나을지도'인지 헷갈렸다. 전금희가 능글맞게 웃었다.

"내가 도와줄까?"

전금희가 한서정의 손을 잡았다. 둘 사이에 복희 아줌마가 있어서인지 한서정은 그 손을 뿌리치지 않았다.

"교장을 그냥 놔두면 안 돼. 너도 봤잖니."

"뭘, 어떻게……."

나 따위가 무슨 도움이 되겠냐는 말은 삼켰다. 한서정은 전금희의 다음 말을 기다렸다.

"사라진 네 친구는 나도 어떻게 못 해. 대신 그 딸, 서현이를 내가 데리고 있을게. 최고의 환경에서 안전하고 건강하게 지내게 될 거야."

"제가 뭘 하면 되는데요?"

이때는 몰랐다. 서현이를 보호한다는 말과 서현이를 볼모로 잡겠다는 것의 차이를, 한서정은 몰랐다.

"네가 할 수 있고, 네가 해야만 하고, 네가 꼭 이뤄야 하는 일. 졸업."

졸업…….

"일단 졸업에 집중해. 그럴 수 있도록 내가 최대한 도울 거야. 그리고 네가 무슨 일을 해야 하는지는 차차 알려줄게."

한서정이 전금희를 다시 보았다. 이 여자는 당당하고, 자신감 넘치고, 확신에 차 있고, 강하다. 이 여자라면 하인학교 같은 이런 말도 안 되는 곳을 정상적으로 바꿔놓을 수 있을까.

"저기…… 아까 들었어요."

전금희가 인상을 살짝 구겼다. 다음 말을 재촉하는 듯한 표정이었다.

"교장이 이진욱에게 선배님을 감시하라고……."

"너……."

전금희가 깜짝 놀란 눈으로 한서정을 보았다.

"이진욱을 알아? 여러모로 쓸데가 많은 애구나?"

"아니, 그보다 선배님을……."

"이진욱이 너 좋아하는구나? 그거 잘됐네."

그러고서 혼자 큰 소리로 웃었다.

"넌 내가 바본 줄 아니? 교장이 그런 꿍꿍이가 있는 줄 내가 모를 거라고 생각해?"

아, 이 사람들. 한서정은 작게 한숨 쉬었다. 면전에서는 서로 웃고 상냥해도 뒤로는 서로를 치기 위해 수를 쓰는 게 다반사였다. 앞에서 하는 말이 진짜인 건 하수들이나 그렇다고 생각하는 사람들이구나. 이 사람들을 상대하려면 나도 그래야 하는 걸까. 한서정은 생각이 복잡했다.

"암튼 넌 어떡하면 졸업할 수 있을지나 잘 생각해."

전금희가 문을 열어 태연하게 밖으로 나갔다.


체육 과목의 경연은 무술 시합이었다.

사람들은 파티장 중앙을 넓게 비우고 주위에 둥글게 모여 서 있었다. 준비를 마친 학생들이 빈 중앙으로 들어와 섰다. 넓은 간격을 두고 일렬로 서로 마주 보는 자세였다.

학생들은 몸에 밀착된 블랙 의상으로 통일했다. 다들 건강한 식단과 운동과 훈련으로 어느새 군살 빠진 바디라인을 갖추고 있었다. 이십 명이 넘는 학생들이 매끈한 실루엣을 뽐내며 결기 어린 표정으로 서로를 쏘아보고 있는 장면은 압도적이었고 아름다웠다. 입장할 때부터 탄성이 연이어 쏟아졌다.

"이 시합의 규칙은 하나다. 무기 사용 금지. 오직 맨몸으로만 상대한다. 그럼, 시작해볼까!"

진행자 문남준이 시작을 알렸다. 학생들은 서로를 노려보았다. 호흡을 가다듬고, 다리를 적당히 벌리고, 팔을 가슴 높이로 들어 올리고, 힘차게 땅을 박차며, 앞으로 튀어나갔다.

룰은 간단했다. 단 한 명, 우승자만 가려내면 됐다. 토너먼트니 뭐니 그런 규정은 아예 없었다. 누가 누구에게 덤벼들든 그것도 상관없었다.


하인학교의 모든 학생은 무술을 배웠다. 가진 거 없는 사람의 무기는 몸뚱이뿐이니까. 몸을 제대로 쓸 줄 알아야 어떤 위기에든 대처할 수 있었다. 신체를 단련하는 무술은 정신 무장에도 꼭 필요한 것이었다.

무술은 학교 유지에 필요한 교육이기도 했다. 만약을 대비, 비상시에 대응할 수 있도록 학생들을 학교의 무기로 훈련시키는 것이었다. 학생들은 무술 교육을 받을 때, 비상시에는 어떻게 대응할 것인지 그 매뉴얼도 교육받았다.

무술 교육은 '공식 무술'과 '실용 무술'로 나뉘었다. 공식무술의 종목은 태권도, 유도, 주짓수 등등이었다. 모든 학생이 이 단

정도의 실력을 갖출 수 있도록 훈련받았다. 출신과 학력은 위조할 수 있지만 실력은 위조 못 하니까.

"싸움에서 가장 중요한 게 무엇인지 아는가?"

어느 날, 실용 무술 시간에 교관이 물었다. 실용 무술은 호신술이랄지 방어술이랄지 그런 것들이었다.

"전의를 상실하게 만드는 것이다."

일순간 교관이 한 학생을 향해 쥐고 있던 만년필을 던졌다. 만년필은 화살처럼 직선으로 날아갔다. 날카로운 만년필이 그 학생의 눈앞을 지나 귓가를 스쳤다.

그 학생은 하릴없이 주저앉았다. 온몸에 전율이 인 듯 식은땀을 흘렸다.

"죽을 수도 있다는 공포를 심어줘야 한다. 현실에서는 죽이든지 죽든지 둘 중 하나니까."

교관은 일상에서 무기로 사용할 수 있는 모든 것의 사용법을 가르쳤다. 예를 들면 부엌칼, 가위, 의자, 쇠사슬, 도끼, 볼펜 같은 것. 교육 내용에는 영화, 드라마에서나 보았던 것들도 있었다. 유사시에 볼펜으로 상대방의 목덜미를 찌르는 것과 같은.

"중요한 건 힘의 강도다."

교관의 지시에 따라 학생들이 테이블에 있는 힘껏 볼펜을 찍어보았다. 어림도 없었다. 테이블은 멀쩡했고 볼펜을 쥔 손만 아팠다.

"누군가를 해하려면 말이다, 그야말로 죽을힘을 다해야 하는 거다."

만약의 상황을 가정한 특수 상황 대비 훈련도 받았다. 예를 들면 눈을 가리고 방어하기. 오직 소리와 감각만으로 상대방의 움직임을 감지하고 대처하기. 이전 기수에서는 더욱 황당한 훈련도 했다고 들었다. 체육관에 학생들 모두를 몰아넣고 그 안에 맹견 수십 마리를 풀어놓았다고. 그 아수라장은 상상만으로도 끔찍했다. 맹견 이전엔 쥐를 풀었다고도 했다. 수백 마리의 쥐 떼가 온몸을 타고 오르는 상상을 하면 그 자리에서 기절할 지경이었다.

한번은 한 학생이 울분을 꾹 참아가며 왜 싸워야 하느냐고, 싸울 상황을 안 만들면 되지 않냐고 물었다. 연이은 대련으로 모두가 지쳐 쓰러진 때였다. 그럴 때마다 교관은 격언처럼 날카로운 말로 답을 대신했다.

"물론 안 싸우고 이기는 게 최고다. 그러려면 날 때부터 힘이 있어야겠지만 너희는 흙수저로 태어나 가진 게 없으니 싸울 수밖에. 싸워서 뺏어야겠지? 반칙도 없고 룰도 없다. 그게 생존이다. 왜 싸워야 하느냐고? 두려우니까. 삶에 질까 봐 두렵잖아. 그러니까 싸워야지."

교관이 쓰러져 있는 학생들을 둘러보면서 말했다.

"싸워서 강해지는 것이 곧 성장이다."

한서정은 교관의 말을 떠올렸다. 삶에 질까 봐 두려우니까 싸운다……. 싸워야 한다. 학생들은 상대를 가리지 않고 붙었다, 떨어졌다, 주먹질하다, 발길질했다.

그런 상황에도 학생들은 무술 시합 또한 파티의 일부란 사실을 잊지 않았다. 마치 영화 속 한 장면 같았다. 아크로바틱한 모습, 파티장에 흐르는 음악에 맞추듯 춤처럼 우아한 몸놀림, 보는 이를 긴장하게 하지만 예술적인 감각을 유지하는 자태. 아름다운 몸들이 서로 맞부딪쳐 만들어내는 몸놀림은 절도 있고 화려하고 강렬했다.

수업 때 본 중국 영화 〈일대종사〉의 한 장면이 한서정의 머리를 스쳤다. 영화의 가장 압도적인 장면. 눈 내리는 기차역에서 벌어지는 장쯔이의 격투 신이었다. 그 장면은 눈을 뗄 수 없을 정도로 강하고 아름답고 화려했다. '무술은 여자의 것'이라는 말이 전해지는 까닭은 여자가 무술을 하는 모습이 더 아름답기 때문이었다.

영화에서 엽문을 연기한 양조위는 이렇게 말했다. '무술은 수평과 수직, 오로지 둘 중 하나다. 지는 자는 수평이 된다. 최후에 수직으로 서 있는 자가 승리하는 것이다'라고.

생각해보니 승부의 기준이 없었다. 쓰러져 일 분이 지나면 진 거라든지, 입에서 비명이 나오면 진 거라든지. 누가 지는 것이고 누가 이기는 것인가. 시간이 차츰 지나면서 학생들의 호흡이 흐트러졌다. 단 한 명을 제외한 나머지 모두가 완전히 쓰러져야 승부가 나는 걸까.

점점 지쳐가면서 난투극이 되었다. 학생들은 악에 받쳤고 무술 시합은 이상한 쪽으로 흘러갔다. 뭐랄까, 가장 깊은 곳에 잠겨 있던 욕망이 튀어나왔달까. 궁극의 목적, 오직 그 하나에 사로잡혔달까.

처음엔 팀 대항전 같은 느낌이었다. 자기 반 학생들을 피해 서로 다른 반 학생들과 붙었다. 똑같이 훈련했으니 티모시반 학생들이 더 유리할 것이 뻔했지만 상황은 그렇지 않았다. 유일하게 남학생으로 구성된 티모시반은 처음부터 다른 모든 반의 견제를 받았다. 게다가 퇴교자가 많은 탓에 수적으로 열세였다. 다른 반 학생들의 전략적인 집중포화에 티모시반 학생들은 가장 먼저 지쳐갔다.

그런데 시간이 흐르면서 몇몇이 먼저 같은 반 학생들을 공격하기 시작했다. 더 이상 파티도, 시합도 아니었다. 그저 서로를 짓밟는 거였다. 탈락시키려고. 그래야 내가 남으니까.

"다 덤벼, 내가 다 뭉개버릴 거야. 내가 살아남을 거라고!"

그렇게 소리쳤다. 쥐어뜯고, 물어뜯고, 발로 밟았다. 전부 지쳐 허우적거렸다. 누구도 나서서 중단시키지 않았다. 어떤 의도가 있는 게 틀림없었다.

한서정은 이쯤에서 모두가 멈춰야 한다는 걸 알아차렸다.

"그만둬. 그만두라고!"

난장이 벌어진 가운데 소리쳤다. 아무도 그 말을 듣지 않았다. 오히려 시선은 다른 곳으로 몰렸다.

"악!"

한편에 뭉쳐 있던 학생들이 비명을 질렀다. 손보미. 그 애가 손에 칼을 쥐고 있었다. 날이 살아있는 잭나이프를.

"난 무조건 졸업할 거야."

티모시반 남학생과 주고받던 것이 저것이었나. 손보미는 정확하게 같은 래시반인 오윤주와 한서정을 향해 다가왔다. 학생들이 칼을 피해 양쪽으로 갈라졌다. 누구도 나서서 제지하지 못했다. 손보미가 팔을 벌렸다.

그리고 크게, 아주 크게, 휘둘렀다. 오윤주와 한서정이 그 사정권에 있었다. 일촉즉발. 풍전촉화. 툭 건드리면 폭발할 것 같은 위급한 상황. 곧 터질 듯 아슬아슬한 아찔함. 다급한 뒷걸음질. 백척간두에 올라서 있었다. 한 발 뒤에 낭떠러지가 입을 벌리고 있었다. 휘청거리는 발걸음을 주체할 수 없었다.

손보미가 핏줄 터진 뻘건 눈으로 한 발 더 다가섰다. 이내 두 사람을 향해 달려들며 칼을 휘둘렀다.

학생들이 비명을 지르며 눈을 감았다. 오윤주와 한서정이 엉덩방아를 찧으며 바닥에 넘어졌다. 한서정이 눈앞의 광경에 깜짝 놀라 소리 질렀다.

오윤주와 한서정이 넘어지는 순간, 엘리사가 뛰어든 것이다. 손보미와 한서정 사이로. 그러니까 손보미가 들고 있는 날카로운 칼날과 한서정 사이, 바로 거기로.

엘리사가 바닥에 쓰러졌다. 목덜미에서 피가 솟구쳤다. 놀라 튕기듯 몸을 일으킨 한서정이 반사적으로 엘리사의 목을 눌렀다. 오윤주도 벌떡 일어나 한서정의 손등 위로 손을 겹쳐 포개 눌렀다. 그랬는데도 엘리사의 목에서는 자꾸만 피가 흘렀다.

손보미가 수직으로 우뚝, 섰다. 피가 흐르는 칼을 손에 쥐고서.

누군가 울고, 누군가 소리 지르고, 누군가 욕을 했다. 어디선가 사감이 뛰어왔다. 그리고 전화를 걸었다. 곧 보안요원 둘이 달려왔고, 피 흘리며 의식을 잃은 엘리사를 끌고 갔다.

바닥에는 엘리사가 남긴 피의 길이 선명하게 붉었다. 이사들이 모두 자리에서 일어났다. 그리고 아무 말 없이 나가버렸다.

파티장의 음악은 멈췄고, 누구도 더 이상 웃지 않았다.

파티는, 끝났다.

〈2권에서 계속〉